Du même auteur, chez d'autres éditeurs :

Aussi libres qu'un rêve

June – Le Souffle
June – Le Choix
June – L'Invisible

Le Suivant sur la liste
La Nuit des fugitifs

CE LIVRE EST ÉGALEMENT DISPONIBLE
AU FORMAT NUMÉRIQUE

www.bragelonne.fr

Manon Fargetton

L'Héritage des Rois-Passeurs

Bragelonne

Collection dirigée par Stéphane Marsan et Alain Névant

ISBN : 978-2-35294-829-2

Extrait d'œuvre citée :
« Vers le bleu » © Dominique A, *Vers les lueurs*, Cinq7/Wagram Music, 2012

Bragelonne
60-62, rue d'Hauteville – 75010 Paris

E-mail : info@bragelonne.fr
Site Internet : www.bragelonne.fr

À ma mère et à la sienne,
aux centaines de cahiers noircis,
à la nécessité de l'écrit qui nous relie
de femme en femme.
Notre héritage d'Encrées...

« Ombre mon royaume
J'y retrouverais
Les anciens arômes
Et les noirs portraits »

Louis Aragon

Prologue

Terre de Feu

Ravenn frissonna.

Le dragon se dressait devant la Meute, à l'orée d'une grotte. C'était une femelle aux naseaux fumants, haute comme cinq guerriers, couverte d'écailles brunes et de piques acérées. D'un signe de la main, Ravenn lança ses chasseurs à l'assaut. Les hommes chargèrent sans hésitation, javelot en avant, muscles bandés. La bête se figea, étonnée par l'audace d'êtres à l'apparence si fragile. Mais la surprise ne dura pas. Le dragon avait un nid à défendre. Sa tête recula, s'inclina sur le côté, et son cou qui ployait selon un angle étrange se gonfla soudain.

— En arrière, hurla Pelekaï, colosse aux mille tresses sombres et second de Ravenn.

Son avertissement n'était pas nécessaire, les hommes s'étaient déjà jetés sur le côté, évitant de justesse le ruban de feu qui jaillit de la gueule du dragon. Du coude, Ravenn protégea ses yeux de la vague de chaleur. Elle rouvrit les paupières un instant plus tard et frémit en découvrant la scène qui s'offrait à elle : au bout du chemin de terre roussie, à une quinzaine de mètres de la bête, se tenait un très jeune garçon pétrifié de terreur. Ravenn jura. Pour la centième fois, elle se maudit d'avoir accepté de prendre le fils cadet du chef à l'essai dans la Meute. Le gamin n'avait pas l'étoffe d'un guerrier. Il ne l'aurait jamais. Et, s'il ne s'écartait pas immédiatement du chemin de ce dragon, il allait perdre pour toujours l'occasion de prouver qu'il pouvait être bon à autre chose.

— Pelekaï ! Sors Lïam de là !

Le guerrier se précipitait déjà vers le garçon. La bête repéra son mouvement et le suivit d'un œil menaçant. Ravenn inspira, fit jouer sa mâchoire, décolla de son crâne les courtes mèches rousses imprégnées de boue. Elle était le Croc de cette Meute, son chef. Aujourd'hui, pas un seul de ses hommes n'aurait pensé à défier son autorité, car ils avaient en elle une confiance absolue. Ils n'auraient pas dû. Ravenn les avait tous mis en danger en acceptant la présence du gamin. C'était à elle de réparer cette erreur, et pour cela, elle allait devoir se montrer digne de sa légende.

Un couteau jaillit de sa ceinture. Ravenn glissa la lame entre ses dents, saisit sa fine épée, s'élança.

Voyant qu'elle était en route, ses hommes harcelèrent la bête pour détourner son attention. Ravenn les contourna, s'approcha de l'arrière-train du dragon sans quitter des yeux l'épaisse queue aux puissants mouvements de fouet. L'odeur de terre brûlée envahit ses narines, obsédante. Ravenn aimait cette odeur. C'était celle de son triomphe. Elle prit son élan pour bondir sur un rocher, retomba sur le dos de la bête, se rétablit en souplesse, si légère que le dragon ne s'aperçut pas de sa présence. Prestement, Ravenn progressa en direction de la crête orange qui se dressait devant elle, se servant du poids de sa longue épée pour compenser les violentes secousses de la bête.

La seule partie vulnérable d'un dragon est la peau de son ventre, juste en dessous du poitrail. Il est presque impossible d'atteindre cette zone dans une attaque frontale. C'est pourquoi chaque Meute compte dans ses rangs un voltigeur, dont la technique consiste à remonter le dos de la bête avant de se laisser tomber le long de son cou pour se réceptionner entre ses pattes avant. Il lui faut être rapide, précis, agile, et posséder un sens de l'équilibre à toute épreuve. Quatre qualités que possédait Ravenn. En plus d'une mémoire redoutable.

Elle atterrit avec aisance entre les pattes de la bête et attrapa son couteau par la lame.

— Surprise, murmura Ravenn lorsque la dragonne l'aperçut.

Et sans lui laisser le temps de réagir, elle lança d'une main le couteau dans l'œil gauche de la bête, brandissant de l'autre son épée effilée, qui perça en oblique le cuir tendre du ventre et se ficha droit dans le cœur.

Ravenn bondit en arrière. Folle de douleur, la dragonne gronda, laissant échapper une fumée dense et irritante. Elle voulut avancer. Renonça. Le sang noir s'écoulait à flots le long de l'épée. Soudain, la bête s'affala sur le sol. Seul un filet de fumée sombre prouvait qu'elle était encore en vie. Ravenn avança prudemment, récupéra son couteau dans l'orbite sanguinolente, fit sauter l'écaille en losange qui protégeait le front de l'animal, puis abrégea ses souffrances en plongeant la lame directement dans le cerveau. Aussitôt, Pelekaï poussa un cri de victoire qui, repris par toute la Meute, s'en alla résonner dans les montagnes alentour. Puis il dégagea l'épée de Ravenn, l'essuya sur son pantalon de cuir et la lui rendit avec un hochement de tête appréciateur.

Les hommes s'activèrent sans tarder. Ils dépecèrent l'animal, remplirent des sacs d'écailles, mirent de côté une partie de la peau. Ils choisirent ensuite les meilleurs morceaux de viande, abandonnant le reste aux charognards et aux rapaces qui tournaient déjà autour du pic rocheux.

Ravenn et Pelekaï pénétrèrent dans la grotte. Ils trouvèrent facilement le nid. Cinq œufs noirs et luisants les y attendaient. Pelekaï les souleva un par un, les posa en ligne sur le sol de la grotte puis, sans la moindre émotion, les réduisit méthodiquement en miettes gluantes. Ravenn détourna le regard. Quand Pelekaï eut terminé, elle hocha la tête et pivota vers le coin de ciel visible par l'entrée de la grotte. Elle laissa un bref sourire jouer sur ses lèvres.

Leur mission était accomplie.

Ils pouvaient rentrer chez eux.

—J'ai été ridicule, n'est-ce pas ? murmura Lïam.

Ravenn jaugea le garçon à la lumière vacillante du feu de camp. Son visage affichait encore les rondeurs de l'enfance sans qu'aucune innocence y subsiste. Sur cette terre sans pitié, il fallait grandir vite et, si mentir à Lïam était tentant, ce serait un cadeau empoisonné. Mieux valait fermer la porte une fois pour toutes.

—Non, lâcha Ravenn.

Le garçon releva la tête avec espoir.

—Tu as été pathétique.

Lïam encaissa l'insulte comme le fils de chef qu'il était. Mâchoires serrées, il s'enferma dans un mutisme buté. Ravenn savait qu'elle l'avait blessé.

—Tu n'es pas fait pour la chasse, dit-elle d'une voix plus douce, mais tu es peut-être fait pour autre chose.

Lïam eut un rictus amer qui tranchait avec son jeune âge.

—Ici ? Tu parles.

Ravenn connaissait la cause de son dépit. Lïam était le fils cadet du chef de la région, celui qui présidait au conseil des clans. Son frère aîné prendrait la suite de leur père. Ses sœurs se marieraient avec les fils des clans voisins pour renforcer leurs alliances. Quant à lui, le seul sort honorable dans ces contrées sauvages était de devenir un héros pour renforcer le prestige de sa famille et de son clan. Un chasseur de dragons. Un glorieux chef de Meute. Malheureusement, Lïam n'était pas taillé pour ce genre de destin. Il dénotait au milieu des colosses qui peuplaient le village. Il était différent. Et Ravenn savait intimement ce que cela faisait. Elle retint un soupir, détailla le garçon.

— Combien de langues connais-tu, Lïam ?

Il lui lança un regard surpris.

— Je sais parler la nôtre et le dialecte du clan des Karidu. Et je…

— Oui ?

— Je connais quelques mots de maatali.

Ravenn haussa les sourcils, surprise. Les Maatali vivaient sur la pointe du continent, à près de trois cents kilomètres de leur fjord.

— Où les as-tu appris ? demanda-t-elle.

— L'un d'entre eux est venu au village quand j'étais petit, quelques lunes avant que tu arrives parmi nous. Je l'ai écouté prier.

— C'était il y a près de sept ans… Tu avais quoi ? Cinq ans ? Et tu t'en souviens encore ?

— Oui, répondit sobrement le garçon.

Ravenn le dévisagea, pensive.

— Va dormir, dit-elle au bout d'un moment. Une longue marche nous attend demain pour rejoindre les chevaux. Ne t'en fais pas pour ton père. Je lui parlerai.

La mine sombre, le garçon se leva pour regagner sa couche de feuillage improvisée au milieu des guerriers de la Meute.

— Tu m'as sauvé la vie, murmura-t-il. Merci.

Ravenn accepta sa reconnaissance d'un bref hochement de tête. Elle le suivit des yeux jusqu'à ce qu'il disparaisse sous le couvert des arbres, puis elle se perdit dans la contemplation des flammes, jouant machinalement avec les nombreux anneaux d'or qui perçaient ses oreilles. Là d'où elle venait, Lïam aurait étudié dans les meilleures écoles, auprès des meilleurs professeurs, et de brillantes carrières se seraient ouvertes à lui. Mais il vivait à l'autre bout du monde et, ici, ses qualités intellectuelles avaient peu d'utilité.

Ravenn s'enroula dans sa cape de laine et tourna le dos au feu pour scruter les ténèbres.

Certains hommes ne naissent simplement pas au bon endroit.

D'autres Meutes s'étaient jointes à celle de Ravenn sur le chemin du retour, si bien que lorsqu'ils arrivèrent en vue du fjord, une bonne cinquantaine de guerriers avançaient de concert dans une ambiance festive. Loin derrière eux, les montagnes aux dragons défiaient les hommes de leurs pics acérés. Mais aujourd'hui ils avaient gagné. De nombreux œufs avaient été détruits. Autant de dragons qui ne viendraient jamais décimer leurs foyers.

Le village apparut au détour d'une piste, assemblage disparate de cahutes colorées sous un ciel limpide. La bonne humeur de groupe s'accrut encore aux premiers cris des enfants et des chiens qui se précipitaient à leur rencontre. Ravenn sourit, passant une main dans ses mèches sanguines. Elle avait hâte de se débarrasser de la crasse du voyage et des résidus de boue dont elle enduisait sa courte chevelure pour ne pas attirer l'attention des dragons.

La troupe longea le rivage puis remonta vers le centre du village dans une joyeuse pagaille. Arrivée sur l'esplanade de terre battue, Ravenn sauta à terre, passa la bride par-dessus l'encolure de sa monture – un grand hongre à la robe blanche pommelée de gris et à la crinière ondulée qui répondait au nom d'Azor, « destin », dans la langue du clan. Elle s'avança vers le chef du village. Courte barbe, carrure imposante, yeux perçants de félin, il la regarda approcher d'un air grave.

— Si tu ne veux pas enterrer ton fils dans les six mois, souffla-t-elle de façon qu'il soit seul à l'entendre, trouve-lui un autre métier.

Ravenn tourna les talons. Elle avait failli ne ramener que le cadavre de Lïam, et la joie du retour ne parvenait pas à masquer complètement la colère froide qu'elle ressentait à cette idée.

— Ravenn, la rappela le chef d'une voix rugueuse.

Elle l'interrogea du regard.

— Tu as reçu un message. Princesse.

La jeune femme tressaillit. Au village, seules deux personnes connaissaient sa véritable identité. Le chef et Pelekaï, son second dans la Meute. Elle chercha immédiatement celui-ci du regard et, lorsque leurs yeux se croisèrent, le discret sourire du guerrier s'effaça. Il sauta à bas de son alezan, saisit sans un mot la bride du cheval de Ravenn et l'emmena avec le sien pour en prendre soin. Ravenn tiqua. Elle aimait s'occuper elle-même de sa monture, surtout après une aussi longue chevauchée. Mais il y avait plus urgent. Elle suivit le chef à l'intérieur d'une grande maison aux murs peints.

— Morte ? demanda-t-elle dès qu'il referma la porte.

— Bientôt. Quelques lunes peut-être, guère plus.

Il l'invita à s'asseoir dans un fauteuil et prit place en face d'elle. Ravenn resta droite, le dos raidi par l'appréhension, incapable de s'abandonner au moelleux du dossier malgré la fatigue du voyage. La reine, sa mère, était mourante. Même si elle savait depuis neuf ans que cette nouvelle pouvait lui parvenir à tout moment, elle n'en restait pas moins soudaine. Dans quelques lunes, Ravenn deviendrait l'héritière légitime du trône d'Ombre. Les mots résonnèrent dans sa tête, implacables, extirpant de sa mémoire le visage sans âge d'un prêtre sans clergé : *« Ce n'est pas à moi que tu fais cette promesse, jeune fille, c'est au dieu Gris. Et d'une telle promesse tu ne peux te défaire. »* Malgré sa fougue adolescente, Ravenn avait pesé chaque mot de sa réponse, scellant son destin : *« Je te le promets à toi, à lui, à moi-même. C'est mon trône. C'est ma terre. Je reviendrai. »* Alors l'homme avait posé une main sur l'épaule de la princesse, et son empreinte couleur de cendre s'était inscrite sur la peau tendre, indélébile, à l'image du serment qu'elle venait de prononcer.

Durant les deux années suivantes, Ravenn avait vécu en vagabonde, au gré des rencontres et de ses impulsions. Et chaque fois qu'elle reprenait la route, sa boussole intérieure pointait vers le sud, jusqu'au jour où elle était arrivée auprès de ce clan. Ici, dans les terres les plus australes du continent, elle avait décidé de rester, et, pendant les sept années où elle avait vécu au rythme des dragons, la réalité de sa naissance s'était estompée dans son esprit.

Mais le temps était venu, fourbe, comme il l'est toujours. Elle devait honorer sa promesse.

Ravenn perçut un mouvement à la limite de son champ de vision. La tignasse brune de Lïam disparut de l'embrasure d'une porte dès qu'elle tourna la tête dans sa direction.

— Je peux entrer ? demanda Pelekaï depuis le seuil.

Le chef acquiesça, désigna un troisième fauteuil.

— Je partirai demain matin, les informa Ravenn. Pelekaï prendra ma suite à la tête de la Meute ; il trouvera un nouveau voltigeur.

Pelekaï offrit l'un de ses rares sourires.

— Non, dit-il doucement en secouant ses minuscules tresses brunes. Tu sais bien que non. Je t'accompagne, petite sœur.

Une boule se forma dans la gorge de Ravenn. Elle ravala d'un bloc mots et émotions. Pelekaï était l'image même de la liberté. Il prenait ses décisions avec autant de simplicité que de conviction. Il n'y avait rien de plus à dire sur le sujet.

— Ta Meute sera donc dissoute, annonça le chef, dans une acceptation tacite du départ de Pelekaï.

— Mes hommes n'auront aucun mal à en intégrer une nouvelle, assura Ravenn avec une fierté qu'elle ne chercha pas à dissimuler.

— C'est vrai.

Le chef plongea son regard dans celui de Ravenn, plus sérieux que jamais.

— Mon peuple ne s'acquittera jamais de sa dette envers toi.

— Je n'aime pas les dettes, Kaltaj. Vous m'avez accueillie ici pendant sept ans, vous m'avez traitée comme l'une des vôtres, vous n'avez jugé ni mes mœurs ni mes choix... Ton peuple m'a rendu au centuple l'aide que je lui ai apportée. Il n'y a pas de dette. Il n'y en a plus.

— J'apprécie ta générosité, fit le chef en se redressant. Mais tu sais comme moi que ce n'est pas si simple. Tu connais nos coutumes : nos vies sont tiennes.

Ravenn ferma brièvement les yeux, réfléchit à toute allure, rouvrit les paupières.

— Très bien, Kaltaj. Je vais te demander deux faveurs, et nous serons quittes pour de bon.

— Cela ne fonctionne pas de cette manière, Ravenn...

— Écoute-moi d'abord, veux-tu. « Le sang et la vie » : je connais la loi du clan.

Kaltaj attendit, impénétrable.

— Tu sais comme moi que Lïam n'a pas d'avenir ici, lâcha Ravenn. Laisse-moi l'emmener en Ombre. Je te promets de veiller sur lui comme j'ai veillé sur ma Meute.

Le chef n'hésita qu'un instant avant de donner son accord. Tous trois firent semblant de ne pas entendre le murmure excité qui s'éleva dans la pièce adjacente.

— Tu parlais de deux faveurs, observa Kaltaj.

Ravenn prit le temps de former la requête dans son esprit avant de la présenter au chef. Elle l'énonça lentement, laissant chaque parole trouver son écho en Kaltaj :

— Si un jour tu reçois de ma part un appel à l'aide, tu rassembleras les clans et vous traverserez l'océan pour me rejoindre le temps d'une bataille. Une seule bataille. Alors vous serez libérés de votre dette.

— Et si tu ne me contactes jamais ? demanda le chef avec un petit sourire, admiratif de la manière dont Ravenn pliait la tradition à ses desseins.

Ravenn sourit en retour.

— C'est un accord sur la vie, Kaltaj, comme le veulent vos coutumes. J'emmène ton fils et ta promesse. Le sang et la vie. Quoi qu'il arrive, à ma mort ou à la tienne, lorsque le grand loup gris du temps dévorera l'un d'entre nous, nous serons quittes.

— Nos vies sont tiennes, répéta Kaltaj en portant une main à son front pour sceller sa promesse. Va en paix, Croc de mon peuple.

Ravenn sourit avec affection, imita le geste du chef, puis quitta la maison, Pelekaï sur ses talons. Son sourire disparut dès le seuil passé, et une émotion douce-amère l'envahit tandis qu'elle parcourait du regard les maisons colorées et les montagnes qui se reflétaient dans l'eau calme du fjord.

La paix. Même ici, au bout du bout du monde, elle ne l'avait jamais totalement ressentie. Et c'était bien la dernière chose qu'elle s'attendait à trouver en regagnant le château d'Astria.

Énora

Chapitre premier

Énora enfourcha sa moto, rabattit la visière de son casque et abaissa le kick d'un coup de pied sauvage. Le ronronnement familier du moteur lui arracha un sourire. Elle sortit du garage le cœur léger. Aujourd'hui, Énora avait vingt ans, et la vie lui semblait plus simple qu'elle ne l'avait jamais été.

Deux coups de Klaxon dans les oreilles et trois feux rouges plus tard, elle s'engageait sur le périphérique parisien, refrénant son impatience jusqu'à atteindre l'autoroute de l'Ouest. Lorsque la large piste goudronnée s'ouvrit devant elle, la jeune fille se pencha en avant et mit les gaz avec une joie féroce.

Vibrations.

Sifflement.

Vitesse.

Énora poussa un cri enthousiaste qu'elle fut la seule à entendre. Elle filait vers les siens, abandonnant dans son sillage masques et habits de lumière.

Qu'il n'y ait pas de malentendu : Énora adorait Paris. Elle aimait ses cours de théâtre, ses amis-papillons, le rythme incessant de la ville. Ici, elle se sentait libre, s'intégrant à la perfection au tourbillon d'anonymes pressés.

Mais une autre terre battait dans son ventre.

Énora franchit le portail de la propriété familiale quatre heures plus tard. Elle avança prudemment sur les graviers. La porte de la maison s'ouvrit à l'instant où elle coupait le moteur, et une vieille femme, épais chignon gris et allure vive, descendit les marches du perron pour venir à sa rencontre. Énora retira son casque, ébouriffa ses mèches auburn humides de sueur, puis abandonna la moto pour embrasser sa grand-mère. Jasmin et chèvrefeuille. Les effluves chéris s'enroulèrent autour d'elle l'espace d'une étreinte. La vieille dame s'écarta pour la regarder.

— On ne t'attendait pas si tôt, ma fleur ; tu as encore roulé trop vite.

— Mais non, Morgane, répondit tendrement Énora.

Le front ridé se crispa, les yeux clairs fuirent vers la maison.

— Il reste beaucoup à faire, nous ne serons jamais prêts pour l'arrivée des invités...

— Les invités ? Ça ne devait pas être juste la famille ?

— Erwan a voulu convier des amis. Quelques-uns des tiens aussi.

Énora leva les yeux au ciel. Son frère jumeau agissait comme il en avait envie, quand il en avait envie, et personne ne lui reprochait jamais rien.

— Il est là ?

— Je l'ai envoyé au supermarché avec ton père ; ils ne devraient pas tarder.

— Et maman ?

— Partie chercher des carafes chez les voisins. Je te laisse t'installer, ma chérie.

Énora suivit sa grand-mère des yeux tandis qu'elle remontait vers la porte de la grande maison de granit. La vieille femme semblait agitée et curieusement froide. Mais elle était toujours ainsi lorsqu'elle recevait du monde ; elle voulait que tout se déroule parfaitement et s'en rendait malade. La tension aurait disparu le lendemain.

Énora passa en revue le grand jardin en pente douce, l'allée de sable gris, le laurier qui avait abrité ses jeux, les saules pleureurs à qui elle avait confié ses secrets et, au fond près de la haie de noisetiers, les croix de tombes anciennes mangées par le lierre. *Home.* Un sourire aux lèvres, Énora ouvrit le coffre de la moto, attrapa son sac, le passa sur son épaule et grimpa les marches quatre à quatre vers la maison. Elle avait vraiment besoin d'une douche.

À peine avait-elle passé un tee-shirt propre qu'on frappa à la porte de sa chambre.

— Oui ? lâcha-t-elle en se laissant tomber au creux du lit.

Sa grand-mère entra et s'assit au bord du matelas, une petite boîte entre les mains.

— Je sais qu'on est censés vous offrir les cadeaux tout à l'heure, dit-elle doucement, mais j'aimerais que celui-ci reste entre nous deux.

Énora se redressa, intriguée. Elle saisit la boîte que lui tendait Morgane. C'était un minuscule coffret à bijoux recouvert d'un cuir rouge d'apparence étrange, comme de la peau de serpent usée. Énora l'ouvrit. À l'intérieur, elle découvrit un pendentif au bout d'une chaîne – un cercle d'or composé de deux moitiés, l'une dessinant un croissant de lune, l'autre un demi-soleil stylisé reconnaissable à ses rayons déployés comme dans un dessin d'enfant. Le trou qui s'ouvrait en son centre n'était pas plus large qu'une tête de vis, mais il attirait immédiatement le regard. Énora leva les yeux vers sa grand-mère. Celle-ci hocha la tête et, sans un mot, passa le bijou au cou d'Énora. La chaîne était si longue que le pendentif se logea entre ses seins, à l'abri du tee-shirt, et le cercle se plaqua contre sa peau comme s'il s'était toujours trouvé là.

— Prends-en soin, murmura Morgane. Il est dans la famille depuis très longtemps.

Énora hocha la tête, émue.

— Merci, dit-elle simplement.

La vieille femme eut un sourire tendu. Elle se leva brusquement et sortit. Énora la regarda disparaître, un peu perplexe. Si la préparation de cette fête d'anniversaire perturbait sa grand-mère à ce point, elle ferait mieux d'aller lui donner un coup de main en cuisine.

Elle dévala l'escalier. La porte d'entrée s'ouvrit alors qu'elle arrivait au bas des marches. Son visage s'illumina.

— Maman !

Sa mère, brune longiligne aux pommettes saillantes, l'embrassa malgré la caisse pleine de carafes qui encombrait ses bras.

— Bien roulé, ma puce ?

— Très bien.

Mère et fille étaient proches. Un peu trop. C'était probablement pour cette raison que leurs rapports avaient été compliqués à l'adolescence d'Énora..., mais ils s'étaient considérablement apaisés depuis que la jeune fille avait mis quatre cents kilomètres entre elles.

Énora saisit d'autorité la caisse et la porta jusqu'à la cuisine où sa grand-mère préparait des bâtonnets de légumes. Les trois femmes s'activèrent dans un silence complice. Pourtant, Énora ne put s'empêcher de remarquer une fois de plus la tension palpable qui régnait dans la pièce.

— Il y a un problème ? demanda-t-elle au bout d'un moment.

Sa grand-mère marqua une pause dans la découpe des carottes, échangea un regard impénétrable avec sa fille qui leva les yeux au ciel, exaspérée. Énora suivit l'échange sans comprendre.

— Rien du tout, lâcha enfin sa mère. Superstitions. Tu sais comment est ta grand-mère.

La vieille Morgane se crispa un peu plus mais ne dit rien, refusant de croiser le regard de sa petite-fille.

— Au fait, ajouta la mère d'Énora, le fils des voisins est rentré. Je lui ai dit qu'il pouvait passer.

— Axel ?

— Oui.

Énora sentit son ventre faire un looping. Axel. Le fils des voisins avait quitté la France à dix-sept ans, juste après son bac, envoyant valser les études brillantes qui s'offraient à lui pour un improbable road trip en Amérique du Sud. À l'époque, Énora avait onze ans, et son cœur s'était brisé en milliers de fragments salés. Elle ne l'avait jamais revu.

— Il est… rentré depuis longtemps ?

— Hier.

— Oh ! fit-elle d'un air détaché. Et… il a changé ?

Sa mère sourit.

— Plus bronzé. Une barbe. Et neuf ans de plus.

Énora plongea le nez sur son économe. Elle était une gamine lorsque Axel était parti. Il n'allait sûrement pas la reconnaître.

L'arrivée en fanfare de son père et de son frère jumeau sauva Énora du regard ironique de sa mère. Nappes de papier, paquets d'assiettes en carton et tours de verres en plastique atterrirent au centre de la table. Énora haussa les sourcils.

— Vous avez invité combien de personnes, au juste ?

— Hello sunshine ! s'écria Erwan en soulevant sa sœur du sol. Moi aussi, ça me fait plaisir de te voir !

Elle éclata d'un rire clair, se débattit pour retrouver la terre ferme, ficha un coup de poing dans les côtes de son frère et le traîna dans l'entrée. Il se laissa faire, un sourire irrésistible collé aux lèvres, sa tignasse blonde en bataille.

— Qu'est-ce qu'ils ont, tous ? chuchota-t-elle.

Erwan haussa les épaules.

— Bah, tu les connais…

— C'est-à-dire ?

— Ils s'inquiètent tout le temps pour rien.

Énora fit la moue puis sourit, incapable de résister à la bonne humeur communicative de son jumeau.

— Je vais me changer, annonça-t-il.

Se retournant sur la première marche de l'escalier, il s'exclama :

— Hé !

— Oui ?

— Joyeux anniversaire, frangine. C'est bon de t'avoir à la maison.

Énora se haussa sur la pointe des pieds pour déposer un baiser sur sa joue.

— Joyeux anniv' mon vieux...

Ils se séparèrent dans un éclat de rire.

Les premiers invités arrivèrent au milieu de l'après-midi. Énora avait enfilé un slim noir et une tunique fluide, mais refusait de quitter ses Doc – ses concessions à la féminité avaient leurs limites, et elles se situaient au niveau des chevilles. La bande de copains de l'IUT d'Erwan débarqua, emplissant le jardin d'exclamations et de blagues douteuses. Énora avait déjà amplement eu l'occasion de faire leur connaissance au cours des deux dernières années, aussi se laissa-t-elle séduire par la bonne humeur du groupe. Lorsque des amis du lycée firent leur apparition, Énora, heureuse de les retrouver, leur tomba dans les bras avant d'échanger des nouvelles fraîches. Bercée par les voix, elle jeta un œil au ciel limpide. Cette journée était parfaite.

Son regard descendit vers le portail. Mains dans les poches d'un jean fatigué, bronzage outrageusement prononcé, l'air de ne pas avoir mis les pieds chez un coiffeur depuis près d'un siècle, il était difficile de manquer Axel. Lorsqu'elle se rendit compte que le jeune homme venait dans sa direction, Énora se déroba à l'attention de ses amies d'un regard d'excuse et se faufila entre les convives pour aller à la rencontre du garçon d'un pas assuré – elle bénit ses cours d'art dramatique, qui lui permirent à ce moment précis de faire illusion.

Ce fut l'instant que choisit Erwan pour lui attraper l'épaule. Énora se retourna vers son frère, agacée.

— Qu'est-ce qu'il y a ?

— Je dois te parler.

Énora fronça les sourcils. Le visage d'Erwan était blême.

— Dis-moi.

Il balaya l'assemblée d'un coup d'œil nerveux.

— Pas ici. Viens à l'intérieur.

Énora avisa Axel qui s'était arrêté à quelques mètres pour ne pas les interrompre.

— Laisse-moi une demi-heure, fit-elle, je te rejoins dans ta chambre.

Erwan acquiesça à regret. Elle posa une main sur son bras.

— Profite, frangin ! C'est notre journée !

L'ombre d'un sourire passa sur les lèvres fines d'Erwan.

— Une demi-heure ?

— Promis, lui assura-t-elle.

Et elle abandonna le bras de son frère pour rejoindre Axel.

— Un revenant, lâcha-t-elle en arrivant à sa hauteur.

Ils se dévisagèrent un court instant, réprimant un sourire, puis Axel se pencha pour déposer une bise sur sa joue.

— Bon anniversaire.

— Merci. On marche ? proposa Énora en désignant le fond du jardin.

Ils montèrent en silence la pente douce de l'allée.

— Alors, tu étais où tout ce temps ? demanda Énora.

— Tu ne le sais pas ?

— Tes parents m'ont dit que tu vivais en Amérique du Sud, mais c'est vaste.

Axel sourit.

— J'ai atterri au Mexique. Je suis descendu assez vite vers le Pérou, puis la Bolivie. Après, je me suis baladé en Argentine et, au bout d'un an, je me suis posé tout au sud du Chili.

— Terre de Feu.

— C'est ça.

— Et tu es resté là-bas ?

— Oui. C'est un chouette coin. Pas trop de monde.

Énora éclata de rire.

— Axel le misanthrope !

L'interpellé haussa les épaules en souriant.

— Et qu'est-ce que tu as fait ? s'enquit Énora. Pour vivre ?

— Guide à cheval. Je ne gagnais pas des masses, mais je ne dépensais pas beaucoup non plus.

Énora acquiesça. Elle n'avait aucun mal à l'imaginer en train de galoper dans les montagnes du bout du monde.

— Et toi ? Ta mère m'a dit que tu vivais à Paris.

— Yep. Études de théâtre.

Les yeux d'Axel s'étrécirent.

— Hon…, lâcha-t-il finalement.

— « Hon » ? fit-elle, amusée. Ça veut dire quoi, « hon » ?

— Tu te souviens des chansons que tu m'écrivais, petite ? Tu avais une belle voix, un peu rauque dans les graves. Tu en écris encore ?

Les yeux d'Énora plongèrent vers la pelouse. Depuis combien de temps avait-elle cessé d'écrire ? Refermé les carnets pour de bon ? Coupé court à ces improvisations vocales qui jaillissaient pour un oui ou pour un non ? Elle ne s'en souvenait plus, mais la remarque d'Axel éveilla une flamme qu'elle pensait éteinte. Tout à coup, sa vie parisienne ne lui semblait plus si parfaite. Comme si elle s'était trompée de rêve. Avait oublié.

— Pourquoi es-tu revenu ? demanda-t-elle d'un ton plus brusque qu'elle n'en avait eu l'intention.

Axel ne parut pas vexé, au contraire. Une moue ironique ourla ses lèvres.

— Quoi ? se crispa Énora.

— Je pensais que tu allais d'abord me demander pourquoi je suis parti. C'est la question que tout le monde me pose depuis neuf ans...

Ce n'était pas vraiment étonnant. Après son bac, Axel avait l'avenir grand ouvert devant lui. Il aurait pu devenir ce qu'il voulait, suivre des études brillantes, être médecin comme son père, s'installer avec la fille qu'il aurait choisie... Une vie en ligne droite qu'il avait balayée d'un billet d'avion. Aller simple. Dans son entourage, personne n'avait vraiment compris. Énora ne faisait pas exception. À l'époque, elle se projetait dans le rôle de « la fille » avec toute la force de ses onze ans... Mais elle n'avait plus onze ans.

— Pourquoi es-tu revenu ? répéta Énora plus doucement.

Il hésita, comme si ce qu'il allait dire pouvait sembler stupide.

— Parce que je n'ai plus peur, dit-il finalement.

Énora ne demanda pas de quoi il avait eu tellement peur pour partir si loin. Elle le savait. Les routes toutes tracées sont rarement les bonnes. Et ce ne sont en tout cas pas les seules.

Elle se remit à marcher. Axel lui emboîta le pas. Ils atteignirent les vieilles tombes couvertes de lierre et de mousse, à l'ombre d'une haie de noisetiers et de frênes qui isolait la propriété de celle des parents d'Axel.

— Qu'est-ce que tu vas faire, maintenant ?

Il haussa les épaules, serein.

— Je trouverai quelque chose.

Énora n'insista pas. Tous ses proches devaient lui mettre la pression au sujet de son avenir, elle n'allait pas ajouter une voix au chœur des emmerdeurs. Axel s'accroupit.

— Quand j'étais môme, ces tombes sans nom me faisaient flipper.

— Ah oui ? J'aime bien cet endroit. C'est calme.

Axel laissa échapper un bref éclat de rire.

— Énora la casse-cou ! Depuis quand aimes-tu ce qui est calme ? J'ai dû rater un épisode !

Énora sourit, les yeux perdus en dedans.

— Tu en as raté quelques-uns.

— C'est vrai, admit-il.

Un violent bruit de moteur les fit se retourner. Cinq Jeep franchirent le portail en trombe, firent voler le gravier, interrompirent brutalement leur course près de la maison. Les portières s'ouvrirent à la volée. Des hommes en sortirent. Vêtus de longs manteaux de cow-boys, ils portaient des masques bizarres qui leur recouvraient entièrement le visage.

— Qu'est-ce que…, murmura Énora.

Inquiète, elle s'avança pour mieux appréhender l'étrange scène. Axel attrapa son poignet, tira en arrière pour la ramener à l'ombre, sous le couvert des arbres. Elle résista, puis se débattit carrément lorsque les hommes masqués dégainèrent les épées croisées dans leurs dos.

— Qu'est-ce que c'est que ce bordel ? Lâche-moi, putain ! Lâche-moi !

Axel la serra de plus belle contre lui, plaquant une main sur sa bouche. Des cris effrayés retentirent en contrebas. Plusieurs personnes coururent vers la maison, mais furtifs comme des songes, les intrus étaient déjà parmi eux. Ils levèrent leurs épées dans un ensemble parfait. Le métal étincela un bref instant dans le soleil printanier. Puis ils frappèrent.

Énora hurla.

Axel lui parlait à l'oreille, l'entraînant à l'abri des troncs. Elle n'entendait pas. Elle voulut crier encore, courir vers ses amis. Les défendre. Ne savait pas comment. S'en fichait. Devait les rejoindre.

Quelque chose roula au sol. Dans l'horreur et la panique du moment, Énora mit plusieurs secondes à comprendre qu'il s'agissait d'une tête. Détachée d'un corps. Elle sentit son estomac se contracter violemment. Dans le jardin, le chaos franchit un nouvel échelon. Cris hystériques, giclées de sang, cadavres entremêlés sur la pelouse. Les bras d'Axel se firent fer autour du ventre d'Énora. Il la traîna tant bien que mal, la plaqua au sol derrière une tombe. La jeune fille n'était plus que rage et sidération, bouillonnements figés dans son cerveau saturé de rouge. Les yeux fixés sur les épées qui se levaient et s'abattaient en coups de taille tourbillonnants, elle ne voyait plus ses amis ni sa famille. Juste des poupées de chiffon éventrées. Tout cela n'avait pas de sens. Ne pouvait en avoir. C'était une scène de film, une mise à mort chorégraphiée au millimètre par un cinéaste virtuose.

Puis soudain, les hommes masqués sautèrent dans leurs véhicules, qui disparurent par le portail aussi vite qu'ils étaient venus. Le bruit de moteur s'évanouit, ne laissant qu'un silence plus effrayant encore que les cris qui l'avaient précédé.

Les oreilles d'Énora bourdonnaient, comme si elle était sur le point de s'évanouir. Pourtant, elle se redressa à demi. Elle voulait voir. Axel refusa de la laisser se lever, l'attira contre lui, l'étreignit. Elle se dégagea violemment et courut vers le carnage. Ses jambes en coton se dérobaient sous ses pas. Elle manqua de tomber, se rétablit, atteignit les premiers corps décapités. Vomit. Lorsque les spasmes cessèrent, Énora se redressa. Des larmes brûlantes dévalaient ses joues, se perdaient dans son cou. Autour d'elle, les femmes et les jeunes filles se relevaient, couvertes d'un sang qui n'était pas le leur, leurs yeux absents rivés sur les corps suppliciés de leurs amis, leurs frères, leurs amoureux, leurs maris. Certaines restaient prostrées, à genoux, tremblantes. La vérité cingla Énora comme une gifle : le seul homme encore debout était Axel, et les cadavres qui gisaient à ses pieds étaient tous masculins.

— Erwan…, murmura-t-elle.

Elle s'élança vers la maison, monta les marches du perron, franchit la porte d'entrée. Le carnage commencé dans le jardin s'était poursuivi ici. Délaissant le rez-de-chaussée, Énora se précipita au premier étage, les mains agrippées à la rampe comme à une bouée de sauvetage. La chambre de son frère s'ouvrait sur la gauche du palier. Deux corps en barraient l'entrée, étendus sur le sol. Énora reconnut d'abord les longs cheveux bruns de sa mère. Une flaque de sang rampait sur le parquet à hauteur de son ventre. Elle aperçut la tête de son père, juste derrière. Seule. Ballon grotesque, indécent. Deux yeux grands ouverts qui semblaient la regarder. Énora enjamba ses parents. Plus aucune émotion n'était capable de l'atteindre à ce stade d'épouvante – croyait-elle. Sur le tapis aux motifs africains, elle trouva la silhouette recroquevillée de sa grand-mère. Plus que la gorge ouverte, ce fut le chignon défait qui la choqua. Elle n'avait jamais vu sa grand-mère les cheveux détachés, et cette vision improbable la convainquit de sa mort plus sûrement que n'importe quelle blessure.

Puis le regard d'Énora glissa vers le lit.

Il était décollé du mur, comme si quelqu'un s'était placé derrière pour se protéger. Seule une main dépassait du montant de chêne. Énora contourna le lit lentement. Elle ne sentait plus les battements de son cœur. Pourtant, lorsqu'elle aperçut le sang sur le visage de son jumeau, l'organe bondit dans sa poitrine. Un seul battement, comme un cri. La dernière étincelle de raison qui résistait encore dans l'esprit d'Énora s'éteignit, soufflée par l'horreur de sa perte.

Dans le jardin, Axel raccrocha le téléphone et le laissa tomber au sol. Ce n'était pas le sien – il n'avait pas encore eu le temps d'en acheter un depuis son retour du Chili et avait trouvé celui-ci dans la poche d'un mort. La femme à l'autre bout du fil lui avait assuré que la police et les ambulances seraient là d'ici à quelques minutes. À son tour, Axel courut vers la maison. Il cria le nom d'Énora dans la cage d'escalier. Personne ne répondit.

Il ne tarda pas à la trouver : à genoux sur un lit, elle essayait de tirer à elle le cadavre de son frère. Axel avisa les corps enchevêtrés au sol, repoussa les haut-le-cœur qui montaient à l'assaut de sa gorge et rejoignit la jeune fille. Les mains et les vêtements maculés de sang, ses cheveux auburn en bataille encadrant un visage halluciné, Énora s'acharnait sur le corps de son jumeau. Axel joignit ses efforts aux siens, évitant de regarder la profonde entaille sur la gorge d'Erwan. Ils parvinrent à le remonter sur le matelas. Traversée de tremblements, Énora s'effondra sur la poitrine de son frère, le visage enfoui dans ses cheveux. Axel se mit à pleurer en silence.

Combien de temps s'était-il écoulé quand les sirènes tourbillonnantes retentirent au-dehors ? Aucun des deux n'aurait su le dire.

Fragment

Le carnet de Morgane

5 avril

Je les ai retrouvés.

Trois ans que je traque la moindre trace de mes petits-enfants. Servanne n'est pas ma fille pour rien, elle a tout effacé derrière elle lorsqu'elle est partie. Seulement, je la connais. Je savais qu'un jour arriverait où elle commettrait une erreur, et j'avais raison. Aujourd'hui, elle a voulu faire découvrir à ses enfants les empilements de granit rose qui se dressent sur la côte nord – les traditions familiales ont la vie dure. J'y étais depuis une semaine lorsque je les ai aperçus. Je n'ai même pas eu à bouger de la terrasse du café où j'étais installée : ils sont venus manger une glace, et Servanne s'est plongée dans un roman, laissant les petits jouer. Une fille, un garçon. Jumeaux. Je le savais. Pour quelle autre raison aurait-elle fui si soudainement, coupant tous les ponts avec sa famille ? Les jeux de la fillette l'ont portée vers moi.

— Comment t'appelles-tu ? lui ai-je demandé.

— Énora.

— Et lui ?

— Erwan. C'est mon f'ière !

Son « fier ». À ce mot, ma gorge s'est serrée, comprimée par une émotion issue de ma propre enfance, du souvenir de ma mère au ventre si rond, du souvenir de ce frère évanoui avant d'avoir eu la chance d'aspirer une première goulée d'air.

Les jumeaux se sont vite désintéressés de moi. Ils se sont disputé un caillou blanc poli par la mer que la petite venait de trouver sous une table. Dans chacun de leurs regards, chacun de leurs gestes, se trouvait l'écho de ce lien indicible qu'ils partageaient. Alors, j'ai su.

Jamais je ne pourrais faire ce qui devait être fait.

Jamais je n'aurais la force de tuer le garçon.

J'ai pivoté ma chaise. Levant les yeux de son livre, Servanne m'a aperçue, s'est précipitée vers ses enfants. Furieuse, elle les a attrapés, les a poussés en arrière, faisant barrière de son corps entre eux et moi.

— Tu vois bien que je ne peux pas, ai-je dit.

Elle m'a regardée longtemps, droit dans les yeux. Des larmes ont emperlé ses paupières.

— Rentre à la maison, ai-je murmuré. Rentrez tous.

À ce moment-là, c'était la seule chose qui m'importait : réunir ma famille, quel que soit le coût que nous ayons à payer, que nous allions payer un jour. À ce moment-là, je ne voulais plus y croire, aux vieilles malédictions qui se racontaient de femme en femme, de génération en génération, jusqu'à pourrir nos cerveaux de peurs infondées. Servanne a soupiré.

— Maman, cette famille…

— Je sais.

Elle s'est approchée de moi. Ses longs cheveux sentaient le sel et les embruns. En la serrant dans mes bras, je me suis sentie bien pour la première fois depuis très longtemps.

Mais ce soir, alors qu'elle dort à l'étage avec son mari et ses petits, ce soir je ne sais plus. Je crois que j'ai fait une erreur. Je ne vivrai plus un seul jour sans cette terreur au fond du ventre, une certitude atroce comme un monstre dévorant mon sang : je les perdrai. Pour de bon.

Chapitre 2

Une femme apparut sur le palier de la chambre. Axel lui adressa un regard absent. Elle approcha.

— Je suis le commandant de police Camille Keller, dit-elle doucement. C'est vous qui avez appelé ?

Il acquiesça.

— Comment vous appelez-vous ?

— Axel. Axel Mathis.

Sa voix était rauque, assourdie, comme si les mots refusaient de sortir. La femme glissa un regard vers Énora qui sanglotait, le front appuyé contre le torse de son frère.

— Vous êtes en état de choc, Axel. Vous sentez-vous capable de me raconter ce qui s'est passé ?

Il hocha la tête. Elle lui adressa un sourire compréhensif.

— Sortons d'ici, d'accord ?

— Énora ? demanda-t-il en désignant la jeune fille.

— Je vais envoyer un collègue pour s'occuper d'elle, ne vous inquiétez pas.

Il hésita un instant, puis se leva et la suivit.

Ce ne fut que lorsqu'elle se retrouva seule dans la pièce qu'Énora se détacha du corps de son frère. Longtemps, elle détailla les pommettes hautes héritées de leur mère, les plis rieurs aux coins de ses lèvres, la corolle blonde de ses cheveux. Enfin, elle quitta la chambre maudite. Descendant l'escalier, son regard effleura les nombreux hommes en combinaison blanche affairés à des tâches qu'elle ne comprenait pas. Énora eut envie de leur dire de partir, tous, de laisser sa maison tranquille, de ne rien toucher à ce qu'avait été sa vie. Mais elle n'était pas capable de parler.

Elle sortit.

Le jour éclatant plissa ses paupières gonflées, effaça la réalité dans un éclair de blancheur. C'était mieux ainsi. C'était bien. Les yeux grands ouverts fixés sur le soleil, Énora traversa le jardin, évitant instinctivement les obstacles qui se trouvaient sur sa route. Elle ne regarda personne et personne ne la vit.

En parvenant près des tombes recouvertes de lierre, elle baissa les yeux. Des dizaines d'étoiles rémanentes dansaient sur ses rétines. Elle devina une pelle métallique au manche vermoulu sous la haie de noisetiers. La saisit. Quelque chose monta en elle, une vague de détresse qui la précipita à la frontière de la folie. Sa respiration s'accéléra, un tremblement irrésistible parcourut ses mains. Soudain, elle se laissa tomber à genoux et se mit à creuser entre les stèles anonymes. Pelletée après pelletée, le fil rouillé de l'outil arracha l'herbe pour dégager la terre. Toute l'énergie d'Énora était concentrée sur cette tâche. Elle devait creuser encore, plus loin, plus profond. Là, au bout de ce jardin qui avait un jour représenté les limites de son univers, naissait la tombe de son père, de sa mère. De son frère. Ou la sienne, peut-être ; une fosse où s'enterrer tout entière pour ne plus savoir, ne plus sentir ce trou béant au creux de sa poitrine, ce hurlement sans fin enroulé dans son ventre et qui ne trouvait pas de sortie.

Alors que la fosse gagnait en profondeur, les gestes d'Énora se firent orage, tempête de terre jaillissant autour d'elle. La pelle épingla sans pitié les papillons de lumière qui filtraient entre les feuilles de la haie. Les jeta au loin. Plus de lumière, plus jamais. Mais ils réapparaissaient sans cesse, obsédants. Énora contourna le trou jusqu'à ce que son ombre le recouvre, et c'est dans cette noirceur profonde qu'elle se remit à creuser, comme dans son propre corps. Lorsqu'un instant plus tard le manche de la pelle se brisa sous ses assauts désespérés, Énora plongea sans hésiter ses mains nues dans la terre, la griffa à s'en écorcher la peau.

Soudain, le sol se déroba sous son poids.

Énora bascula tête la première dans le trou, s'y enfonça jusqu'à la taille.

Elle tenta de se retenir, mais le sol venait littéralement de disparaître sur un large cercle, si bien que ses mains ne trouvèrent aucune prise. Énora battit des pieds, paniquée. Impossible de bouger. Elle était suspendue dans le vide, la moitié inférieure de son corps dans le jardin, le reste... ailleurs. L'adrénaline fusant dans ses veines, elle leva les yeux vers un ciel étoilé. Puis elle tourna la tête. Dans la grisaille ouatée précédant l'aube, elle aperçut au loin une étrange ville fortifiée. Mais avant qu'elle puisse se poser la moindre question sur ce qui venait de se passer, Énora sentit qu'on l'attrapait par les chevilles. Elle réintégra brutalement le fond du jardin.

Un inconnu la saisit par les épaules, la remit sur ses pieds, planta ses yeux bruns dans les siens.

— On file d'ici, dit-il calmement.

— Pardon ?

Julian serra légèrement les épaules de la fille. Elle était dans un sale état. Des rivières brunes maculaient ses joues, ses vêtements étaient couverts de sang et de terre, et la lueur hallucinée qui brillait dans ses yeux ne présageait rien de bon. Il n'y avait pas une seconde à perdre. Pourtant, Julian allait devoir en laisser filer quelques-unes.

— Les hommes masqués reviennent, articula-t-il en ne la lâchant pas du regard. Pour toi. Tu dois me suivre.

Les mots parurent faire leur chemin dans l'esprit de la fille.

— Pourquoi ces..., commença-t-elle.

— Plus tard. Cours !

Il saisit son poignet, l'entraînant vers la haie. La fille ne résista pas. Ils se glissèrent entre les troncs d'arbres, franchirent une barrière de bois, traversèrent au pas de course un jardin élégant, déboulèrent dans la rue. Comme prévu, Charly les attendait dans la voiture, moteur en marche. Julian ouvrit la portière passager.

— Monte, ordonna-t-il.

Elle lui jeta un regard méfiant – ce que Julian trouva plutôt rassurant pour sa santé mentale.

— Une fille ? s'exclama Charly. Tu t'es trompé, elle ne peut pas être...

Julian le fit taire d'un regard. Oui, le Passeur était une Passeuse, ce qui était théoriquement... impossible. Mais vu la position dans laquelle Julian avait trouvé la jeune fille, il n'y avait pas de doute possible.

— Monte, répéta-t-il.

Un rugissement de moteur au bout de la rue résolut la situation : en voyant les Jeep noires qui fonçaient vers eux, elle n'hésita plus et plongea vers le siège. Julian s'engouffra sur la banquette arrière. Il n'eut pas le temps de refermer la portière que Charly fit bondir la voiture sur la route.

— Tu conduis comme un pied, lâcha Énora.

Le blond lui jeta un regard amusé, secoua ses dreads.

— Sympa, la nouvelle recrue, lança-t-il à son frère assis à l'arrière.

— Regarde la route, rétorqua celui-ci d'un air sombre.

Les yeux rivés sur le rétroviseur, Énora serra les mâchoires. Depuis quelques heures, sa vie avait viré au film d'horreur. Catégorie « *slasher* », les étudiantes dénudées en moins. Elle n'avait pas la moindre idée de ce qui se passait. Les deux hommes dans cette voiture semblaient posséder les clés pour lui expliquer la situation, mais encore faudrait-il qu'ils en aient l'occasion : les monstres noirs lancés à leur poursuite se rapprochaient à chaque tournant. Ce clown au volant savait peut-être conduire sur une autoroute mais, pour ce qui était de gérer une course-poursuite, il manquait de réflexes. Énora fronça les sourcils, tendue. Un violent coup sur le pare-chocs arrière éveilla la colère qui brûlait dans son ventre. Sa peine étourdie pour un temps, elle passa à l'action.

— Wooow, qu'est-ce que tu fais ? s'exclama le conducteur en la voyant se contorsionner pour s'asseoir sur ses genoux.

Elle glissa ses jambes sous le volant et, poussant les pieds du blond, prit le contrôle des pédales.

— Je..., commença-t-il.

— Bouge ! rugit Énora.

— O... OK !

Il se dégagea tant bien que mal, son long corps plié en deux dans l'habitacle, puis se laissa tomber sur le siège passager.

— Je retire ce que j'ai dit, lança-t-il à son frère. Ce n'est pas une fille, c'est un troll.

Énora ajusta le rétroviseur intérieur, se forçant à ne pas regarder l'étrange masque de cuir de leur poursuivant.

— Boucle ta ceinture, dit-elle.

Il obtempéra. Elle enfonça brutalement l'accélérateur. Frein à main. Coup de volant. Énora vira à droite sur une petite route de campagne. La première Jeep ne fut pas assez réactive pour la suivre, essaya quand même, se planta dans le fossé.

Plus que quatre, pensa Énora. Ainsi que les deux voitures de flics qui les avaient pris en chasse.

Sans prêter la moindre attention aux protestations des garçons, Énora accéléra encore. Elle conduisait sa moto sur piste toutes les semaines, les trajectoires serrées n'avaient aucun secret pour elle, pas plus que ces routes qu'elle connaissait comme sa poche. Et puis se concentrer sur la conduite lui permettait d'oublier le reste. Ce qui, vu la gueule du reste en question, était sacrément appréciable.

Alors que le blond à côté d'elle se répandait en glapissements effrayés, le brun qui l'avait ramenée dans le jardin plus tôt chercha à se rendre utile.

— Là-bas, suggéra-t-il en désignant un bois à moins d'un kilomètre sur la gauche.

Oui, ils pouvaient essayer de les semer sur les chemins forestiers. Elle bifurqua au croisement suivant et fila vers les arbres.

Dix minutes plus tard, les voitures de police avaient disparu, embourbées sur le chemin, et un tout-terrain s'était pris un tronc d'arbre assez violemment pour ne pas repartir, bloquant au passage un autre véhicule.

Plus que deux, pensa Énora en virant à gauche vers l'étang. Quelques monospaces étaient garés sur le parking d'un centre nautique. Elle déboucha près de l'eau, dispersant une bande d'enfants effrayés, et s'engagea sur le chemin qui longeait l'étang. Les deux Jeep la suivirent. L'esquisse d'un sourire pointa à la commissure des lèvres d'Énora. Si ce chemin était uniquement réservé aux piétons et aux vélos, c'était parce qu'un vieux pont vermoulu se trouvait au bout du point d'eau. Énora le traversa sans hésiter. Le bois craqua sous ses roues. Tint bon. Leur premier poursuivant franchit l'obstacle à son tour. Mais le poids du dernier véhicule eut raison de la construction trop fragile. Énora eut juste le temps de voir les hommes en noir abandonner leur 4×4 qui sombrait dans l'étang.

Plus qu'un.

Les chemins de terre n'étaient pas son terrain de jeu de prédilection. Elle rejoignit une route goudronnée. C'était une nationale très fréquentée, large trouée qui coupait le bois en deux et filait vers la ville. Énora se glissa audacieusement entre les voitures, un œil fixé sur son rétroviseur. La dernière Jeep lui collait aux pneus comme un vieux chewing-gum. Elle sortit de la file de véhicules pour doubler. Le conducteur qui arrivait en face d'elle klaxonna. Énora enfonça l'accélérateur et se rabattit au dernier moment, sous les cris de Charly. La Jeep qui avait déboîté derrière elle donna un coup de volant et pila sur le bas-côté opposé. Elle mit plusieurs dizaines de secondes avant de réussir à retraverser la route pour se lancer à la poursuite d'Énora, délai qui suffit à celle-ci pour disparaître : elle bifurqua de nouveau vers les bois, invisible sous les branchages, et en ressortit quelques minutes plus tard sur une petite route de campagne. Le 4×4 avait perdu sa trace.

Énora parcourut encore quelques mètres, le cœur battant, puis s'arrêta près du fossé et coupa le moteur. Dans la voiture, chacun retenait son souffle.

— T'es complètement tarée…, murmura le blond.

Énora haussa les épaules, fataliste.

— Oui.

— Je tiens à la vie !

— Pas sûre de pouvoir dire la même chose.

— Il va falloir que tu tranches cette question très vite, intervint le brun d'une voix sèche. Le suicide, ce sera sans nous.

Un bref silence résonna dans l'habitacle.

Un bref silence au cours duquel Énora trancha.

— Où on va ? demanda-t-elle calmement.

Le brun hocha la tête.

— Chez un ami. Je prends le volant ?

— Non. Je préfère rester concentrée sur quelque chose d'autre que…

Le blond voulut répliquer, mais l'autre fut plus rapide :

— Très bien. Fais demi-tour.

Ce mec était détestable. Froid, insensible, autoritaire. Mais bizarrement, Énora préférait cela à la sensiblerie ou à la pitié. Elle redémarra, enclencha la marche arrière, se retourna vers les garçons.

— Au fait, je m'appelle Énora.

Fragment

Chroniques d'Ombre : les cristaux de Kanna

Astria, 35e année de l'Alliance

Les cristaux de sang furent et demeurent l'un des plus fascinants mystères du royaume d'Ombre.
Découverts à demi enfouis dans la terre aux abords de la maison du premier Passeur, Kanna, les mages qui les étudièrent les confondirent d'abord avec des cristaux d'âme qui poussent en Terrilis. Quelques tests suffirent pour invalider cette hypothèse, et les capes d'or ne leur trouvèrent aucune particularité hors du commun. Mais quelques années plus tard, lorsque les pouvoirs de Kanna se révélèrent et qu'il parvint à traverser d'un monde à l'autre, ces cristaux réagirent d'une étrange manière : ils changèrent brusquement de teinte et se mirent à vibrer jusqu'à ce que le passage soit refermé. Étudiant le phénomène, les mages découvrirent que ces minéraux étaient liés à Kanna et à son pouvoir de Passeur. Les cristaux se comportèrent de façon identique envers chacun de ses descendants.
Bien sûr, nombre d'entre eux furent perdus lorsque le traître abandonna son peuple. Ceux qui demeurèrent de ce côté des mondes sont encore aujourd'hui aux mains des mages sentinelles. Si les Passeurs reviennent en Ombre, les cristaux nous préviendront, et nous serons alors en mesure de les accueillir comme ils le méritent : sans la moindre pitié.

Extrait des *Chroniques d'Ombre*,
par Amaël, Encré du royaume.

Chapitre 3

— Elle est toujours dans la chambre ? demanda Charly en s'écroulant dans un fauteuil au velours élimé.

Julian hocha la tête, passa une main sur sa nuque, échangea un regard avec Hank. Ils avaient débarqué chez lui deux heures plus tôt. L'homme, un vieil ami de leur père, les avait accueillis comme chaque fois sans la moindre question. Cela valait mieux. Après tout, c'était lui qui avait poussé les deux frères à sauver Énora et à réapparaître sur les radars de l'Ordre qu'ils fuyaient depuis des années. Il leur devait bien le silence.

Julian jeta un coup d'œil au salon. Cette maison isolée pleine de secrets et de livres poussiéreux lui donnait une impression troublante de sécurité, mais le jeune homme savait qu'il n'en était rien. L'Ordre était à la poursuite d'Énora et avait à sa disposition tous les outils pour la retrouver. Où qu'elle se terre. Énora ne pouvait se permettre l'immobilité. Et eux non plus.

Julian se leva, traversa la pièce, frappa à la porte de la chambre.

Aucune réponse.

Il entra.

Énora était assise sur le lit, prostrée, peau et vêtements encore maculés de sang séché et de terre. Ses bras étreignaient ses genoux repliés, comme si elle essayait d'occuper le moins d'espace possible. Le bref sursaut d'énergie qui lui avait permis de prendre le volant dans leur fuite était retombé, et la réalité lui revenait en boomerang. Sa famille était décimée. Julian connaissait intimement la tempête d'émotions qui se déchaînait dans l'esprit de la jeune fille. Incrédulité, refus, abattement. Des émotions qu'il fallait tuer dans l'œuf.

— Énora ?

Elle tourna vers lui des yeux rougis. Plus aucune larme n'y brillait. Les coulées de Rimmel qui s'étalaient sur ses joues lui donnaient un air gothique que Julian ne put s'empêcher de trouver beau. Étrange, tragique, mais beau.

— Nous devons parler, dit-il froidement. Tu n'es pas à l'abri.

Elle déglutit, comme si sa gorge était asséchée.

— Parler changera quelque chose ? demanda-t-elle d'une voix rauque.

— Peut-être.

Elle le fixa du regard. Acquiesça lentement. Ferma les yeux.

— Dépêche-toi, l'enjoignit Julian.

Il refusait toute sollicitude. Soit Énora choisissait de sortir de cette apathie, soit elle serait morte avant le lendemain. Sans l'attendre, il retourna au salon, s'adossa contre un mur, ses doigts nerveux tambourinant sur ses cuisses. Si cela n'avait tenu qu'à lui, jamais il ne se serait mis dans une situation aussi périlleuse. Il faisait tout pour protéger Charly. Mais Hank savait se montrer persuasif, et voilà qu'en l'espace de deux heures leur relative sécurité avait volé en éclats. Anxieux, Julian décapsula une bière sans tenir compte du soupir réprobateur de son frère. L'alcool l'aidait à se détendre.

Moins de deux minutes plus tard, la porte de la chambre s'ouvrit sur la silhouette tourmentée d'Énora. Elle avança vers les canapés où l'attendaient Hank et Charly, puis s'arrêtant, elle leva les yeux vers Julian. *Survivante.* Le mot frappa l'esprit du jeune homme lorsque leurs regards se croisèrent. Il sut qu'à partir de ce jour rien ne pourrait mieux définir Énora que ce terme, comme une flamme irradiant tout son être.

— Vous êtes qui, exactement ? demanda-t-elle à Hank.

Julian observa celui qui avait été pour lui un deuxième père, malgré son air bourru et ses réactions imprévisibles. Il fut étonné de voir Hank sourire.

— « Exactement » prendrait trop de temps, dit l'homme en ébouriffant sa barbe poivre et sel de pirate. Disons que je connais ces garçons depuis leur enfance, et que je détiens des informations sur ta famille.

Énora pencha la tête de côté, parut se satisfaire de la réponse.

— Très bien, lâcha-t-elle avec une rage glaçante. Ces hommes. Qui sont-ils ?

Julian retint un sourire. La colère était une bonne chose. Énora ne fuyait plus la réalité, elle l'affrontait.

— Tu peux t'asseoir si tu veux, proposa Hank en désignant un fauteuil.

Énora resta debout, un masque de dureté figeant ses traits si fins. Elle répéta :

— Qui ?

— Ce sont des membres de l'Ordre, répondit Julian.

Énora tourna son visage vers lui. Deux rayons vert jade étudièrent la moindre de ses expressions.

— Cet Ordre existe depuis plus de trois cent cinquante ans, poursuivit-il en se forçant à soutenir le regard d'Énora. Tes propres ancêtres l'ont créé.

— Dans quel but ?

— Pour qu'aucun descendant mâle ne vive au-delà du jour de ses vingt ans.

La jeune fille tressaillit.

— Ta famille est spéciale, Énora, intervint Hank.

— Était, le corrigea-t-elle d'une voix sourde.

L'homme sourit.

— Est. Tu portes son pouvoir dans ton sang. Et curieusement, il s'est activé en toi.

Énora secoua la tête, excédée.

— De quoi parlez-vous ?

— Tu sais de quoi il parle, dit Julian. Lorsque je t'ai trouvée tout à l'heure dans le jardin…

Les yeux de la jeune fille se perdirent un instant dans le vide. Réintégrèrent le salon.

— Descendant mâle.

— Pardon ?

— Tu dis que l'Ordre tue les descendants mâles. Pourquoi seulement eux ?

— Parce que le pouvoir n'est actif que chez les hommes, après leur vingtième anniversaire, l'informa Charly en levant un doigt d'un air docte. Enfin, c'est la théorie. Dont tu es l'exception.

Il se renfonça dans le canapé, songeur.

— Aucune fille n'a eu ce… pouvoir avant moi ?

— Pas à ma connaissance, admit Hank. Peut-être est-ce dû à votre gémellité ? Le fait que toi et ton frère vous êtes développés ensemble dans le ventre de votre mère ? Mais ce n'est qu'une hypothèse.

Énora fit un pas en avant, s'appuya des deux mains au dossier du fauteuil.

— Ce que j'ai vu quand je suis tombée tout à l'heure, l'autre côté, c'était quoi ?

Les trois hommes s'entre-regardèrent.

— Le royaume d'Ombre, murmura Charly, les yeux brillants.

Énora verrouilla la porte de la salle de bains.

Un instant, elle affronta son reflet dans le miroir sans vraiment le reconnaître. Ce n'étaient pas les traînées brunes sur son corps ni ses cheveux en bataille qui la troublaient. C'était son regard. Clair. Immense. Dérangeant. Les morts s'y étaient glissés, et elle ne pouvait plus fermer les yeux sans voir l'image des cadavres familiers incrustée derrière ses paupières.

Soudain, Énora sentit monter en elle une vague de dégoût, le besoin urgent de se débarrasser des constellations de sang étalées sur sa peau. Elle ouvrit le robinet encrassé, passa ses mains sous le jet d'eau froide, regarda l'eau brune disparaître dans le siphon du lavabo.

Ce n'était pas suffisant.

Dans le miroir, Énora avisa la baignoire. Elle ôta ses chaussures, se déshabilla, ne gardant que le pendentif offert par sa grand-mère le matin même – un siècle plus tôt. Pieds nus sur le carrelage, elle laissa couler l'eau jusqu'à ce qu'elle lui brûle la main, puis elle s'assit sous le jet, lui offrit son visage. Des volutes de vapeur envahirent la pièce. Énora frotta frénétiquement ses bras, son ventre, ses jambes, ses cheveux. Lorsque l'eau cessa de se teinter de rouge, la jeune fille s'immobilisa, le menton posé sur les genoux, le pommeau de douche sur la nuque. Les mots dansaient dans sa tête, balayant tout ce qu'elle croyait savoir. Le puzzle était encore incomplet, mais elle commençait à entrevoir une forme, un début de sens qui jetait une lumière nouvelle sur sa vie.

Il y avait deux mondes – ce que lui avaient expliqué les garçons quelques minutes plus tôt. Celui-ci, dans lequel elle était née, et Ombre, dont sa famille était originaire. Le pouvoir qui s'était transmis de génération en génération pour arriver jusqu'à elle était celui de traverser. D'ouvrir des passages d'un monde à l'autre. Et alors que cette capacité n'était active d'ordinaire que chez les hommes de la famille, elle en avait hérité, pour une raison inconnue. Seulement, il y avait trois cent cinquante ans de cela, l'un de ses ancêtres – un souverain du royaume d'Ombre, semblait-il – avait émigré dans ce monde et avait décrété que plus personne ne devait traverser. Pour être certain qu'aucun de ses descendants n'ouvrirait de passage, il avait créé l'Ordre, une société de guerriers qui veillaient à ce qu'aucun homme de la famille ne dépasse l'âge auquel se développe le pouvoir. Vingt ans.

— Happy birthday, bro', murmura-t-elle.

Elle laissa échapper quelques larmes, les effaça d'un jet d'eau. Puis elle se releva, ferma le robinet et quitta la baignoire. En tuant son frère, les membres de l'Ordre pensaient avoir accompli leur mission. Mais Énora avait ouvert un passage. Ils avaient détecté cette brèche et étaient revenus sur leurs pas pour finir le travail. L'éliminer elle aussi. À présent, ils étaient à sa recherche. Julian, Charly et Hank semblaient certains que l'Ordre la retrouverait, ce n'était qu'une question d'heures, de minutes peut-être. Il n'y avait qu'un seul endroit où ils ne pourraient pas l'atteindre. En Ombre.

Énora attrapa une serviette propre sur l'étagère, s'essuya brièvement, enroula le carré de tissu autour de son corps. Un nuage de vapeur la suivit lorsqu'elle regagna le salon.

— Quelqu'un pourrait me prêter des vêtements ? demanda-t-elle.

Les trois hommes se tournèrent vers elle, se figèrent un instant. Puis Hank se racla la gorge.

— Je vais te trouver quelque chose, dit-il en se levant.

Il disparut dans l'entrée. Énora rejoignit les garçons et s'assit sur le canapé, les bras croisés pour maintenir sa serviette.

— Il y a deux éléments que vous ne m'avez pas expliqués.

— Oui ? s'enquit Julian avec un effort manifeste pour la regarder dans les yeux.

— Comment êtes-vous au courant de tout ça, Ombre et l'Ordre ? Et comment avez-vous fait pour me trouver si vite tout à l'heure ? Vous saviez où j'étais ? Et… (Énora s'interrompit, interloquée, puis agita la main.) Julian, regarde-moi.

— Pardon ?

— Mon visage est au-dessus. Voilà.

Ses yeux redescendirent pour détailler son corps sans la moindre gêne.

— Énora, tu es à moitié nue.

— Et ? On n'a plus quinze ans.

— On avait remarqué, murmura Charly en souriant jusqu'aux oreilles. Surtout ne change rien !

Énora ne releva pas.

— Répondez. Comment avez-vous appris tout ça ?

— Notre père était membre de l'Ordre, avoua Charly.

Énora le dévisagea, interdite, puis chercha une confirmation dans les yeux de Julian. La trouva. Elle fronça les sourcils.

— Vous m'avez dit que les membres de l'Ordre transmettaient le flambeau de leur mission de père en fils… Ça fait de vous ses successeurs.

—Notre père a refusé. Il ne voulait pas nous faire porter cette charge. Il a… déserté, disons. Et nous avec. Mais il a conservé ses artefacts, à commencer par celui qui nous a permis de te trouver aujourd'hui.

Julian sortit de sa poche un boîtier rond de métal ouvragé qui ressemblait à une vieille montre, puis il l'ouvrit, révélant une sorte de boussole ornée de lignes délicates. L'aiguille d'or était posée au centre du disque sur un cristal carmin taillé en pointe.

—Nous pensons que cet appareil détecte l'ouverture de brèches entre les deux mondes.

—Vous n'en êtes pas sûrs ?

—Avant ce midi, on n'avait aucune idée de l'utilité de cet objet. La nuit dernière, il s'est mis à vibrer.

—Ce n'était jamais arrivé ?

—Jamais ! s'exclama Charly. Ce midi, il a commencé à siffler comme une Cocotte-Minute ! On a suivi la direction indiquée par l'aiguille. Elle nous a menés à toi.

Énora observa la pointe dorée. Elle vibrait légèrement, mais ne pointait pas vers elle.

—Elle désigne encore la brèche que j'ai ouverte, devina-t-elle.

Julian hocha la tête.

—Il y a autre chose, annonça-t-il. Le cristal. Je l'avais toujours connu transparent. Quand la boussole s'est mise à vibrer, il était rose pâle. Aujourd'hui, il a viré brusquement au rouge.

Énora déglutit. Un goût de bile remonta dans sa gorge.

—Le sang, murmura-t-elle.

—Pardon ?

—La pierre appelait le sang. Encore maintenant. Elle pointe vers la brèche, mais elle sait que celle qui l'a ouverte est toujours en vie. Que *je* suis toujours en vie.

—Ça se tient, réfléchit Julian. Elle est repassée au blanc pendant une grosse heure, cet après-midi.

Après la mort d'Erwan, pensa Énora sans réussir à prononcer ces mots. Mais elle n'avait pas besoin de le faire : tous y pensaient.

—Puis la boussole s'est remise à faire la Cocotte-Minute, ajouta Charly, et le cristal s'est une nouvelle fois teinté de rouge.

—Probablement quand j'ai ouvert le passage, acquiesça Énora. Mais si cet objet détecte les brèches, ça signifie que quelqu'un en a ouvert une peu avant le massacre.

La jeune fille fronça les sourcils.

— Erwan, mon frère…, se souvint-elle soudain. Il voulait me dire quelque chose tout à l'heure, pendant la fête ; il avait l'air bizarre, il… (Elle releva brusquement la tête.) il avait ouvert une brèche sans le vouloir, comprit-elle avec horreur, c'est ce qu'il voulait me dire et je ne l'ai pas écouté…

Une vague de culpabilité noua ses entrailles. Les garçons échangèrent un regard en silence. Hank apparut à la porte du salon, des vêtements dans les mains.

— Tu sais que ça n'aurait rien changé, dit-il doucement, n'est-ce pas ?

Énora luttait pour retenir ses larmes.

— Peut-être que…

— Peut-être que rien, trancha Hank en s'approchant. L'Ordre était déjà en route. Si tu avais été avec ton frère à leur arrivée, ils t'auraient tuée toi aussi.

— Ç'aurait peut-être été mieux. Toute cette histoire aurait pris fin avec moi.

Hank s'accroupit devant elle, saisit son menton, la força à le regarder. Dans ses yeux bruns, Énora lut de la compassion, accompagnée d'autre chose, une étincelle vibrante qu'elle ne parvint pas à définir. Elle eut l'étrange impression qu'il fouillait littéralement son âme.

— Ne dis pas cela, assena-t-il en détachant chaque mot. Ce que tu es, Énora Forestier, est infiniment précieux. Par l'héritage que tu portes dans ton sang. Mais aussi par le courage que tu as d'être toi-même, contre vents et marées. Par cette nécessité à provoquer les événements jusqu'à ce qu'ils ne puissent faire autrement que de coller à tes projets.

— Perdre ma famille entière ne faisait pas partie du plan initial, ne put-elle s'empêcher de répliquer d'un ton cinglant. Vous avez pensé à une carrière de coach new age, Hank ? Vous feriez fureur.

À son grand étonnement, l'homme éclata d'un rire aussi bref que joyeux. Il se releva.

— Qu'est-ce que je disais ! Tu ne peux pas t'en empêcher !

— De quoi ?

— D'être merveilleusement toi…

Énora haussa les épaules.

— La mort marche derrière chaque homme, fit Hank avec un sourire. Certains en sont plus conscients que d'autres, et ce sont souvent ceux-là qui plient le monde à leurs rêves. La question est donc : quel est ton rêve, Énora ?

Elle eut un sourire amer.

— Pas de passer ma vie à fuir des samouraïs cow-boys psychopathes, en tout cas.

— J'imagine…, mais ce n'est qu'un contexte. Les rêves s'accommodent des contextes.

— Non, vraiment, Hank, vous ratez une carrière exceptionnelle. Des gens paieraient cher pour entendre ce genre de conneries.

Il se détourna.

— Mais pas toi, bien sûr. Tu n'en as pas besoin. Je ne m'inquiète pas pour toi.

À ces mots, Énora baissa les yeux. Elle sentit un étau se resserrer autour de sa poitrine. Qui s'inquiéterait pour elle, à présent que les siens n'étaient plus ? Elle avait beau railler Hank, ses paroles avaient fait mouche, bien plus qu'elle ne voulait se l'avouer. L'homme ne vit pas son trouble ou fit semblant de ne pas le remarquer.

— Tu devrais trouver quelque chose à ta taille là-dedans, dit-il en désignant les vêtements posés à côté d'elle sur le canapé.

Elle tourna la tête, attrapa un jean noir, haussa un sourcil.

— Vous aviez du 36 dans vos placards ? C'est à qui ?

Énora attendit un instant, puis, voyant qu'il n'avait pas l'intention de répondre, elle choisit un débardeur noir, un pull ajusté, et s'en fut récupérer ses sous-vêtements dans la salle de bains. Elle avait à peine enfilé le jean et son soutien-gorge qu'on tambourina à la porte. Elle se rua sur la poignée et ouvrit.

— L'Ordre, lâcha Julian d'une voix où perçait l'urgence. Ils arrivent.

Elle remarqua la large épée qu'il tenait avec l'assurance de celui qui sait s'en servir. Une dose d'adrénaline fusa dans les veines d'Énora.

— Tu en as une pour moi ?

— Pas question, ma vieille ! fit Charly en déboulant derrière son frère, une arbalète entre les mains. Toi, tu creuses !

Terre d'Ombre

Fragment

Chroniques d'Ombre : proclamation d'Alix

Astria, 1re année de l'Alliance

Qu'il soit ouï par tous que Gwendal, de la lignée maudite des Rois-Passeurs, trahit le bon peuple du royaume avant de fuir lâchement dans l'autre monde pour y rejoindre ses amis, ceux-là mêmes qui tuèrent nos frères et massacrèrent notre terre pendant de trop longs jours. Cette trahison abjecte marque la fin d'une époque. Les magiciens du Clos, ainsi que les prêtres et prêtresses d'Aa et d'Izil, m'ont d'une voix commune portée sur le trône. Moi, Alix, descendante de la lignée des Tymoden, qui occupa le trône d'Ombre deux siècles durant, princesse régnante du royaume d'Ombre, proclame l'avènement d'une nouvelle époque, l'ère de l'Alliance. Une alliance entre toutes les forces de ce royaume, pour qu'ensemble nous reconstruisions nos foyers et faisions rejaillir la vie des cendres qui parsèment nos champs de bataille.
Afin d'être certains que tous travailleront main dans la main, il a été décidé que :

Le droit de régner se transmettra à présent par les femmes. Ainsi, même si mon sang se mêlait par mégarde au sang maudit des Passeurs, jamais l'un d'eux ne pourrait prétendre au trône.

La princesse appelée à régner devra, pour accéder au pouvoir, épouser un magicien du Clos.

Le grand prêtre d'Aa et la grande prêtresse d'Izil béniront en personne l'union royale, et au moins un membre des clergés devra siéger comme conseiller auprès du couple.

J'épouserai donc le magicien Hoël, héros de la guerre qui vient de s'achever. Notre mariage aura lieu à la prochaine lune, pour nous laisser à tous le temps de pleurer nos morts. Peuple d'Ombre, prions pour qu'Aa et Izil nous accordent la paix à laquelle nous aspirons tant.

Extrait des *Chroniques d'Ombre*,
proclamation consignée par Amaël, Encré du royaume.

Chapitre 4

Le cœur d'Énora cognait à tout rompre dans sa poitrine.

À genoux derrière la maison de Hank, les mains plongées dans la terre meuble, elle essayait de faire abstraction de la bataille qui faisait rage autour d'elle. Un éclat métallique menaçant lui fit pourtant relever les yeux. Deux épées se croisèrent avec fracas à quelques centimètres de sa tête.

— Qu'est-ce que tu attends ? rugit Julian en repoussant de toutes ses forces son adversaire.

Énora rencontra le regard de celui-ci, brillant à travers les minces fentes de son masque de cuir. Pour la première fois, l'humanité de ces êtres aux longues silhouettes sombres la frappa de plein fouet. Ils n'étaient pas des guerriers invincibles, créatures de cauchemars capables de se matérialiser ou de se dissiper à loisir dans un panache de fumée. Ils étaient mortels.

Une vague de haine monta en elle, se précipita le long de ses bras comme pour étrangler l'homme. Luttant contre l'envie de se ruer sur lui, Énora enfonça de plus belle ses mains dans la terre. Elle devait vivre. Elle devait vivre pour venger les siens. Pour se venger. Les membres de l'Ordre étaient anonymes et rompus au combat, elle pouvait difficilement les tuer un à un. Pour l'instant, la fuite était nécessaire. Mais lorsqu'elle les connaîtrait mieux, elle trouverait le moyen de les anéantir pour étancher le fleuve bouillonnant de sa colère. Ces hommes l'avaient rendue orpheline ; elle leur ferait éprouver à leur tour le vide hurlant qui se déchaînait en elle.

Elle s'échina quelques secondes de plus sur la terre, envoyant valser des mottes grosses comme des oranges.

— Ça ne fonctionne pas ! s'énerva-t-elle.

— Dans ton ombre, cria Hank, luttant contre deux hommes masqués à quelques mètres d'elle. Creuse dans ton ombre !

Énora fronça les sourcils mais obéit, consciente que les garçons ne pourraient plus la protéger très longtemps. Elle contourna le trou pour le recouvrir de son ombre, puis se laissa retomber à genoux et reprit son ouvrage. Aussitôt, elle perçut quelque chose de nouveau sous ses doigts, comme une membrane transparente qui résistait à ses assauts. Un picotement bizarre parcourut la peau de ses mains, remonta le long de ses bras. Elle inspira une grande goulée d'air. Puis d'un geste tranchant elle déchira la membrane invisible. Le sol se déroba devant elle, mais, cette fois, Énora était préparée et battit en retraite avant de basculer. Le morceau de ciel qu'elle aperçut à travers le trou était d'un bleu transparent comme un matin de printemps.

— C'est ouvert, lança-t-elle.

— Qu'est-ce que tu attends ? fit Julian dans son dos. Plonge !

Énora releva la tête, soudain inquiète.

— Vous venez ?

— Tu ne crois pas qu'on va manquer ça ! s'écria Charly avec un grand sourire.

Les deux frères se rapprochèrent du trou à reculons, gardant tant bien que mal les hommes masqués hors de leur cercle.

— Fais gaffe, souffla Charly en parant un coup, il paraît qu'il y a des dragons en Ombre...

— C'est ça, ouais.

Elle saisit les manches des garçons.

— Hank ? cria Julian.

— Filez. Je les retiens.

— Non ! Je ne te laisse pas derrière.

— Je ne peux pas venir. Sautez !

Les yeux perçants de Hank croisèrent un bref instant ceux d'Énora. Il semblait à la fois épuisé et invincible. Quelque chose circula entre eux, comme un accord, et sans trop savoir pourquoi, Énora saisit plus fermement les vêtements des garçons.

— Des dragons, hein ? murmura-t-elle. Allons voir ça...

Elle sauta dans le trou, entraînant avec elle Julian et Charly.

— Renseignez-vous sur les Noirs Portraits, cria Hank. Les Noirs Portraits !

Sa voix semblait lointaine, comme assourdie. Un courant d'air frais ondula autour d'eux tandis qu'ils tombaient en chute libre. Au bout de ce qui parut une éternité à Énora, il y eut un moment de flottement étrange, puis, saisis par la gravité inversée d'Ombre, tous trois tombèrent lourdement sur le sol d'un champ abandonné, près d'une petite construction de pierre en ruine.

Énora se releva immédiatement. Le passage avait disparu, sûrement refermé par Hank d'un simple jet de terre comme l'avait fait Julian quelques heures plus tôt. Mais dans le cercle où la terre avait été retournée, une épée à demi enterrée pointait vers le ciel, et elle n'appartenait ni à Erwan ni à Charly. Les garçons se redressèrent souplement. Charly se pencha vers la lame prisonnière.

— Celui qui tenait cette épée a bien failli nous suivre. Vous croyez qu'il est dans le même état que son arme ?

— J'espère bien, lâcha Énora, impitoyable.

— Hank..., murmura Charly en fixant le sol des yeux.

— Hank est un roc, affirma Julian, et ce n'est pas après lui que l'Ordre en a. Ils le laisseront tranquille.

Mais l'assurance dans sa voix ne parvenait pas à masquer son inquiétude.

Julian consulta la boussole. Énora eut juste le temps d'apercevoir le cristal sur lequel reposait l'aiguille d'or avant que le garçon referme le fin couvercle d'un claquement sec. Elle haussa un sourcil.

— Violet ? demanda-t-elle. Qu'est-ce que ça signifie, quand le cristal est violet ?

Julian se racla la gorge.

— Aucune idée. On ferait mieux de s'éloigner le plus vite possible. Cet artefact est une technologie ombroise, il doit y en avoir aussi dans ce monde. Quelqu'un ici a probablement détecté l'ouverture de cette brèche.

C'était la première fois qu'il alignait autant de mots. Énora tourna au coin du bâtiment en ruine. À deux cents mètres de là, une file ininterrompue d'hommes à pied et de chariots marquait le tracé d'une route. La plupart des voyageurs marchaient dans la même direction.

— Prêts à vous fondre dans la population locale? demanda sombrement Énora.

— Et comment ! s'exclama Charly avec un sourire jusqu'aux oreilles.

Charly observait avec une curiosité gourmande les inconnus qui avançaient près de lui sur la route. Les histoires prenant place en Ombre avaient bercé son enfance comme d'autres les contes de fées. Depuis toujours, il avait rêvé de s'y rendre, persuadé que sa vie était ici.

Et voilà qu'il foulait cette terre fantasmée. Les paysages et les hommes qu'il découvrait lui semblaient à la fois délicieusement nouveaux et d'une familiarité troublante.

Deux hommes à cheval le dépassèrent au petit trot, attirant son attention. Vêtus d'une cape d'or pâle sur des vêtements sombres, ils ne semblaient pas particulièrement riches, mais tous s'écartèrent pour les laisser passer. Charly les suivit des yeux jusqu'à ce qu'ils disparaissent à sa vue.

— Où est-ce qu'ils vont tous ? murmura-t-il.

— Ça ressemble à une route commerciale, nota Julian en désignant le chariot opulent d'un marchand de tissus et de verroteries qui tintinnabulait en cahotant sur la route pavée. Mais pas seulement…

Charly hocha la tête. Toutes sortes d'individus empruntaient cette voie. L'un d'eux l'intriguait particulièrement : à côté du chariot, un homme solitaire marchait, son visage anguleux surmonté d'un crâne parfaitement chauve, une robe noire nouée à la taille par un cordon blanc et qui laissait apparaître des mollets noueux sanglés de sandales sommaires. Il portait une sacoche de cuir en bandoulière pour seul bagage. Le cordon étrangement immaculé dénotait sur la robe poussiéreuse du voyageur.

Deux enfants qui ne devaient pas avoir plus de sept ans déboulèrent soudain devant Charly en se chamaillant. L'un trébucha et tomba tête la première sur les pavés. Il se redressa aussitôt, s'assit sur le sol avec un air surpris, ouvrit la bouche comme s'il allait pleurer.

— Relève-toi, bonhomme, fit Charly avant que le son strident s'échappe des lèvres enfantines. Hop, debout !

Le gamin lui lança un regard noir, furieux que cet étranger lui refuse le droit de se faire plaindre et consoler.

— Tu vas avoir une sacrée bosse, sourit Charly. Mais tu risques d'en avoir une encore plus grosse si tu empêches toutes ces personnes d'avancer.

L'enfant avisa la file de voyageurs derrière eux, se releva, frotta son front meurtri avec une moue boudeuse. Tous se remirent en marche. L'autre garçon rejoignit ses parents à l'arrière, mais celui qui était tombé resta à côté de Charly, lui jetant des regards en coin qui se voulaient discrets.

— T'es habillé drôle, observa le garçon au bout d'un moment. Quoi c'est ton nom ?

— Charly. Et toi ?

— Ju.

— Eh bien, bonjour, Ju.

Le garçon le jaugea, comme s'il essayait de déterminer si l'on se moquait de lui. Il dut décider que non.

—De vrai c'est Juhel, précisa-t-il, mais tout le monde me braille Ju.

—Ju, fit en écho la voix d'une femme derrière eux, arrête d'asticoter les gens.

Charly se retourna. La mère des deux enfants, une brune rondelette qui devait aller sur ses quarante ans, lui adressa une mimique d'excuse. Il lui fit signe qu'il n'y avait pas de problème, aussi s'approcha-t-elle.

—Vous rappliquez pour la fête de l'arbre-feu ? demanda-t-elle en dévisageant amicalement Charly et ses compagnons.

—Nous venons de loin, intervint Julian, méfiant. C'est la première fois que nous passons dans la région. Nous ne savions pas qu'il y avait une fête...

La femme parut étonnée mais ne dit rien.

—En fait, ajouta rapidement Charly, nous n'avons plus un sou en poche et nous espérions trouver du travail dans la prochaine ville.

—La prochaine ville, c'est Astria, fit la femme en hochant la tête. Vous avez entendu jaser d'Astria, quand même ?

—Évidemment, assura Charly.

C'était la vérité. Dans les histoires que racontait leur père, Astria était la capitale du royaume d'Ombre, celle où habitaient les rois et les magiciens. Un frisson d'excitation parcourut le dos du jeune homme à l'idée qu'il allait découvrir cette cité légendaire.

—Vous débarquez de la Lorden, n'est-ce pas ? s'enquit la femme.

Julian fut le premier à réagir.

—Qu'est-ce qui vous fait dire ça ?

—Votre façon de jaser.

—Bien vu, fit Charly avec un clin d'œil.

Après tout, la Lorden ou ailleurs, peu importait, il suffisait d'avoir une origine à donner, et cette femme venait de la leur fournir. Celle-ci hocha la tête, fière de s'être montrée si perspicace.

—Et la piote, elle cause pas ? demanda-t-elle en désignant Énora qui marchait entre les garçons, l'air sombre.

L'intéressée tourna la tête, baissa le regard sur la femme.

—Je cause quand j'ai quelque chose à dire, lâcha-t-elle d'un ton neutre.

La femme éclata de rire, comme si Énora venait de raconter une blague désopilante.

—Elle est plaisante, ta jeune dame !

—Cousine, corrigea Énora.

—Ah, vous n'êtes pas...

—Non. Eux sont frères.

—Vous êtes famille. Je vois.

Elle sourit, satisfaite d'avoir cerné les trois jeunes voyageurs.

—Je vous aime bien, les piots, dit-elle. On va visiter ma sœur et son bourru à la ville. Ils tiennent une mangeoire près de la Porte du Roi. Accompagnez voir avec nous autres, possible qu'ils aient besoin de beaux bras comme ceux-là pendant la fête... Tenez ! Voici Astria !

Charly tourna la tête dans la direction qu'elle indiquait. Il s'immobilisa, stupéfait. L'éternel sourire que le jeune homme portait en bannière étira un peu plus ses lèvres à mesure qu'il détaillait les tours vertigineuses de la capitale, toutes d'arabesques et de volutes sombres, prises dans l'étreinte d'une haute muraille de pierres anthracite. Les murs du château, touche de solidité dans cette ville qui semblait défier l'apesanteur, se détachaient clairement sous l'entrelacs éthéré des dizaines de passerelles transparentes. Celles-ci reliaient les bâtiments d'un bout à l'autre de la cité, capturant la lumière du soleil. Les rues labyrinthiques ne s'écartaient qu'en de rares endroits qui, même à cette heure matinale, semblaient grouillants de monde. Des quartiers entiers débordaient des remparts, de part et d'autre d'une rivière qui se jetait dans la mer une dizaine de kilomètres au nord, où Charly devinait la présence d'un port. Le jeune homme était incapable de déterminer si Astria lui semblait accueillante ou repoussante, chaleureuse ou menaçante. Mais le mélange des matériaux et les formes voluptueuses d'où s'échappaient ces constructions en pics escarpés comme des sommets de montagnes étaient d'une beauté indéniable. Jamais, même dans ses rêves les plus délirants, Charly n'avait imaginé une allure aussi ambiguë. L'esprit de celui qui avait conçu cette ville était génial. Ou fou. Ou probablement les deux.

—Wow ! murmura-t-il enfin.

—Ça fait toujours cette atteinte la première fois, lui assura la mère de Ju en lui donnant une petite tape dans le dos pour qu'il se remette à marcher avant de provoquer un embouteillage.

Charly ne prononça pas un seul mot sur le reste du chemin, trop occupé à examiner chaque nouveau détail d'Astria qui s'offrait à sa vue. Pour lui, une seule chose était sûre : observer cette ville de ses propres yeux ne faisait que confirmer la place qu'elle occupait dans son cœur depuis l'enfance. Sa vie – celle qu'il désirait – était ici. Devait être ici. Car sinon elle n'était nulle part.

Énora glissa un regard discret à Charly. Elle fut frappée par la détermination tranquille qu'il affichait. C'était nouveau. Jusqu'ici, le jeune homme n'avait montré qu'une agaçante bonne humeur, un humour douteux et une propension élevée à la trouille. En même temps, songea-t-elle, ils ne s'étaient rencontrés que quelques heures plus tôt. Mais la vie d'Énora avait volé en éclats dans ce court laps de temps. Les garçons représentaient le seul élément tangible qui la raccrochait à ses vingt premières années, si bien qu'elle avait l'impression de les connaître depuis toujours.

Tandis qu'elle observait d'un œil méfiant l'impressionnante stature de la capitale du royaume, les mots de Charly tournaient dans sa tête : « Nous espérions trouver du travail dans la prochaine ville. » À vrai dire, Énora n'attendait rien de tel. Les images du massacre de sa famille se superposaient à la réalité dans une danse morbide et incessante qui alimentait sa colère, ne lui laissant que deux objectifs en tête. Trouver le moyen de détruire l'Ordre et rentrer accomplir sa vengeance. C'était l'histoire de quelques jours, de quelques semaines tout au plus, et elle n'avait aucune intention de s'éterniser dans cette ville inhumaine ni ailleurs sur cette terre étrangère.

Elle reconnut pourtant que d'ici là ils allaient devoir dénicher un toit et de quoi manger. Un peu. Même si la faim pointait, son ventre était trop noué par les souvenirs de cette journée pour accepter la moindre nourriture.

En descendant en pente douce vers Astria, la route serpentait entre des fermes d'élevage et de petites exploitations agricoles. Des hommes inspectaient leurs pousses de blé encore vertes. Si l'heure n'était pas la même dans les deux mondes – ils avaient quitté Hank en début de soirée, alors qu'ici le soleil n'avait pas encore passé le zénith –, la saison était identique, remarqua Énora. Les plantes et les animaux qu'elle croisait lui semblaient familiers, à l'image de l'âne qui tractait le chariot du marchand de tissus devant eux. Charly devait plaisanter en évoquant des dragons.

Elle avisa les mendiants sur le bord de la route. Ils étaient de plus en plus nombreux à l'approche d'Astria, adressant aux voyageurs de longues litanies suppliantes.

Une brise chaude se leva, apportant avec elle des effluves de fumier qui soulevèrent l'estomac d'Énora. Mais ce n'était rien en comparaison de ceux qui l'assaillirent lorsqu'ils pénétrèrent dans les quartiers extra-muros de la ville, très animés en cette fin de matinée. Les fumets de cuisine se mêlaient aux relents d'urine et de merde, aux parfums agressifs de certaines femmes, à la transpiration des travailleurs, et l'odeur forte des animaux semblait imprégner chaque jointure de pavé. Énora se força à respirer par la bouche. Malgré cette précaution, sa gêne ne fit qu'empirer à mesure que la mère des gamins – Karen, avait-elle dit – les guidait dans le dédale des ruelles rendues obscures par les encorbellements en escalier des maisons à colombages. C'était comme si les parois de son nez s'étaient brutalement retrouvées à vif.

À l'image de cette ville aux constructions entrelacées, les sons provenaient de partout à la fois, s'entrecroisaient au-dessus de sa tête, s'emmêlaient dans l'air. Souvent, elle ne les reconnaissait pas et cherchait du regard leur origine à travers les passants affairés, les fenêtres ouvertes, les échoppes et les courettes intérieures qu'elle apercevait à travers de nombreux porches. Mais, prudente, Énora réprima sa curiosité et ses frayeurs, calquant son attitude sur celle de Julian qui se comportait en habitué des lieux. En l'espace de quelques minutes, une migraine bourdonnante remonta ses épaules tendues, lui agrippa l'arrière du crâne et s'y lova comme si elle avait l'intention d'y rester pour toujours.

— On y est presque, leur indiqua Karen en se retournant vers eux, un gamin au bout de chaque bras.

Le petit Ju semblait avoir du mal à tenir en place et faisait tout pour échapper à la poigne de sa mère, mais celle-ci le tenait de plus en plus fermement à mesure que la foule se densifiait. Ils débouchèrent bientôt dans une large rue encombrée de charrettes et d'hommes. Énora aperçut tout au bout une haute porte enchâssée dans la pierre sombre des remparts, surmontée de part et d'autre par des tourelles. Des hommes en uniforme pourpre contrôlaient le contenu des chariots. L'un d'eux, obligé de faire demi-tour, ajoutait à la confusion qui régnait dans la rue.

— Pourquoi lui a-t-on refusé l'entrée ? demanda Énora en désignant le malheureux marchand qui essuyait des bordées d'insultes en se frayant un chemin à contre-courant.

— La ville intérieure a plusieurs portes, lui expliqua Karen par-dessus le tumulte. Celle-ci que tu zieutes au fond est la Porte du Roi. N'y entrent que les convois de matériel pour l'armée et les fournisseurs officiels du palais. Les autres marchands doivent enfiler la Porte Sonnante. Lui, là, a dû s'embrouiller les godillots !

— Combien y a-t-il de portes ?

Karen les entraîna dans une ruelle transversale moins fréquentée – la « rue du Chat-qui-Danse », lut Énora sur une plaque poussiéreuse. Elles purent enfin discuter sans devoir crier.

— Quatre, lui répondit Karen. Il y a aussi la Porte des Pèlerins, qui mène tout de franc aux temples, et la Grande Porte, pour les hautes gens résidant à l'intérieur des murs.

— Mais toi, si tu veux entrer, comment sais-tu par quelle porte tu dois passer ?

Karen haussa les épaules.

— J'élis selon ce que je viens y commettre.

Énora hocha la tête. La curieuse manière qu'avait Karen de parler lui plaisait.

— C'est ici, déclara celle-ci en s'arrêtant brusquement.

Perdue dans ses pensées, Énora releva la tête pour découvrir une devanture de granit percée de fenêtres rondes aux vitres colorées de tons doux. Au-dessus de la porte, l'enseigne qui pointait vers la rue affichait « *La Plume et l'Enclume* ». L'inscription était accompagnée d'une chope au contenu mousseux.

— Je sens que je vais aimer cet endroit, commenta Charly en suivant Karen et ses fils à l'intérieur.

— Il aime toujours tout, comme ça ? demanda Énora à Julian.

— Tout sauf ta façon de conduire.

Elle ne releva pas et s'avança pour gravir les deux marches du perron. Julian attrapa son poignet, la retint avant qu'elle franchisse le seuil de l'auberge. Son visage était redevenu sérieux.

— Charly aime tout ce qui concerne Ombre, dit-il. Il risque de ne pas être suffisamment méfiant, nous devons y prendre garde.

À ces mots, Énora comprit pourquoi Charly l'agaçait tant. Il lui rappelait Erwan. La même blondeur solaire, le même humour insouciant, la même bonne humeur insolente, et surtout… la même habitude d'être préservé des dangers et des contrariétés par ceux qui l'entouraient. Julian, malgré son masque de dureté, jouait le rôle du protecteur auprès de son petit frère. Énora avait agi de cette manière avec son jumeau. Petite, elle endossait naturellement la responsabilité de ses bêtises, puis en grandissant, elle avait passé son temps à anticiper ses écarts, à dissimuler ses fautes, à le couvrir, envers et contre tout. Se faire punir à sa place lui semblait normal : chaque bêtise d'Erwan signifiait qu'elle avait failli à l'empêcher de la commettre, et elle s'en punissait bien plus violemment que ne le faisaient les adultes, rongée qu'elle était par la culpabilité. Les révélations à propos de sa famille et de l'existence de l'Ordre expliquaient en partie son attitude. Ce rôle de protectrice, on le lui avait donné, ou elle se l'était elle-même attribué en sentant les craintes de ses parents et de sa grand-mère, qui planaient autour d'Erwan. « La malédiction », comme disait la vieille Morgane sans jamais expliquer ce qu'elle entendait par là. C'était comme si toute l'existence d'Énora avait été tournée vers la survie de son frère. Comme si elle avait été façonnée pour cela, dès ce développement jumeau dans le ventre de leur mère, prenant sur ses épaules tous les non-dits d'une lignée de femmes frustrées de ne jamais voir leurs fils devenir des hommes.

L'éloignement de ces dernières années avait été bénéfique. À Paris, Énora avait appris à vivre pour elle-même. Erwan, à assumer les conséquences de ses actes. Mais Erwan était mort. La vie d'Énora avait perdu son sens premier. Elle se sentait si vide qu'elle n'avait pas la force de repousser la culpabilité familière qui, dans un nuage de colère, revenait au galop lacérer son ventre : elle avait échoué.

Hochant la tête, elle pénétra dans *La Plume et l'Enclume*, Julian dans son sillage.

L'intérieur de l'auberge était tel que Julian se l'était imaginé, bien tenu et sommaire. Des tables de bois brut s'entassaient au rez-de-chaussée et à l'étage, le long d'une galerie qui s'enroulait tout autour de la pièce. Un cercle de métal suspendu au plafond descendait au centre jusqu'au niveau de la galerie, parsemé de bougies éteintes aux coulures figées. Dans le fond de la salle, un comptoir brun se dressait, patiné par les coudes qui s'y étaient posés au fil des ans. Une lumière douce pénétrait par les fenêtres rondes, et une lampe à huile éclairait le coin le plus sombre, où Karen discutait avec une femme à la longue tresse auburn qui devait être Maëlle, la sœur dont elle leur avait parlé sur la route. Il se dégageait de la pièce une atmosphère accueillante et sereine. L'endroit devait être bien plus animé en soirée.

— Tu nous as rameuté toute une horde ! s'exclama la sœur de Karen en apercevant Julian près de la porte.

— Je les ai coudoyés en chemin ; ils cherchent de la besogne pour mettre quelques sonnantes dans leurs poches... Je me disais que peut-être ici... ?

Maëlle replaça une mèche derrière son oreille, s'approcha des nouveaux venus, les examina de haut en bas. Plus fine et musclée que sa sœur, elle avait des traits harmonieux où pointaient des rides encore légères. Elle portait une chemise blanche dont les manches courtes ne cachaient rien de ses bras solides, et une longue jupe recouvrait ses jambes jusqu'aux chevilles. Charly lui sourit. Énora soutint le regard inquisiteur, une lueur de défi au fond des yeux. Julian, lui, resta parfaitement neutre, laissant la femme le détailler tout son soûl. Il s'efforça de mettre de côté l'inquiétude qu'il ressentait à l'idée d'avoir abandonné Hank aux mains de l'Ordre. Il ne pouvait rien y faire, et l'urgence était de gérer leur situation immédiate.

— Vous êtes habillés drôle, lâcha Maëlle. D'où vous rappliquez ?

— Lorden, répondit Charly.

Les mains de la femme se posèrent machinalement sur ses hanches.

— Et vous savez faire quoi ?

Charly consulta Julian du regard. Celui-ci désigna l'épée passée en travers de son dos.

— On sait se battre.

— Ça peut être utile, admit la femme. Quoi d'autre ?

— On apprend vite, fit Charly avec un sourire légèrement insolent.

La femme laissa échapper un petit rire amusé.

— Rien d'autre, quoi. Et toi, la piote ?

— Je peux servir les clients, proposa Énora.

— C'est mon travail. Je n'ai besoin de personne pour ça.

— Tu risques d'avoir copieusement du monde pour la fête de l'arbre-feu, Maëlle, objecta Karen.

La dénommée Maëlle se retourna vers sa sœur.

— Tu es là pour m'aider, dit-elle.

Puis d'un air désolé mais ferme :

— Les temps sont durs, les piots. Je ne peux pas payer des autres en plus.

Julian s'apprêtait à remercier les deux femmes avant de s'en aller lorsqu'il remarqua qu'Énora semblait hésitante, ses yeux étudiant l'instrument qui trônait le long d'un mur – un clavier aux touches entièrement noires. Elle redressa brusquement la tête et planta son regard dans celui de leur hôtesse.

— Je sais chanter, dit-elle.

— Fais voir, répondit Maëlle du tac au tac.

La détermination de la jeune fille déserta ses traits. Elle s'assit au clavier, déglutit, visiblement mal à l'aise, puis ferma les yeux et prit une profonde inspiration. Dans la salle de l'auberge, tous s'étaient tus. Ju et son frère s'assirent par terre, leurs petits nez levés vers Énora comme vers une promesse prête à se réaliser. Celle-ci plaqua un accord, entrouvrit les lèvres. Chanta :

Une ombre passait sur le mur
Au pied duquel tu m'attendais
La main posée sur tes blessures
Que n'importe qui t'avait fait

Julian reconnut une chanson de Dominique A. Le chanteur y parlait de l'un de ses frères, de la manière qu'il avait de veiller sur lui. C'était incongru de l'entendre en ce lieu, mais ces mots résonnaient avec profondeur, portés par la voix rauque et douce d'Énora. Bien que le chant soit chargé de tendresse, Julian restait à distance, comme toujours. Il était le seul. Quand le refrain arriva, la jeune fille avait réussi à créer une belle empathie autour d'elle. Sa voix se fit plus puissante, ses doigts sur le clavier, plus violents, emportant avec eux l'émotion des spectateurs.

Mais comment vais-je faire pour
Te faire passer le goût du feu ?
Mais comment vais-je faire pour
Pour te ramener vers le bleu ?

Pour te ramener vers les îles
D'enfance et d'arches suspendues
Vers nous deux glissant tout graciles
Sur nos vies comme sur un talus

Quand nos pensées ne faisaient qu'une
Le sommeil était l'ennemi
Nous ne connaissions pas la nuit
Nous n'avions jamais vu la lune

La présence en creux d'Erwan dansait entre les mots de sa sœur. Julian frotta lentement ses avant-bras, incapable de détacher son regard d'Énora qui reprenait le refrain. Lorsque la résonance du dernier accord s'évanouit, la jeune fille laissa ses mains posées un moment sur les touches, puis elle se retourna vers les autres. L'expression froide et distante qu'elle affichait depuis leur passage en Ombre voilait de nouveau ses traits.

Julian parcourut l'assistance du regard. Énora n'avait pas fait d'acrobaties vocales spectaculaires, pourtant elle avait réussi à démontrer davantage que ce que Maëlle lui avait demandé : non seulement elle savait chanter, mais dans sa sincérité d'écorchée vive, elle possédait un don de conteuse. Les yeux qui brillaient dans la salle commune de l'auberge en attestaient.

Julian remarqua soudain la présence d'un homme dans l'encadrement de la porte. Petit – même si les habitants du royaume lui semblaient tous petits en comparaison d'Énora, de Charly ou de lui-même –, il avait la corpulence étrange de ceux qui, quoi qu'ils fassent, ne développeront jamais de musculature impressionnante mais n'en recèlent pas moins de force. Un visage en lame de couteau, le nez un peu trop long, une barbe courte, des yeux étincelants d'intelligence... Le nouveau venu avait le visage d'un traître. Il plut d'emblée à Julian. L'homme lui adressa un sourire infime, puis son regard glissa de nouveau vers Énora.

— Visiteurs ou clients ? demanda-t-il, rompant le silence qui régnait depuis qu'elle avait cessé de chanter.

Tous se retournèrent vers lui.

— Oncle Talan ! s'exclama Ju en courant vers lui.

Le gamin sauta dans les bras de l'homme, aussitôt imité par son frère. Talan les souleva du sol sans effort et plaqua sur leurs joues des bises sonores.

— Mon mari, expliqua Maëlle, avant de s'adresser à lui. Tu tombes bien. As-tu entendu la piote ?

Talan repoussa les enfants et gagna le comptoir pour y déposer un gros sac de toile.

— J'ai entendu, dit-il avant d'embrasser sa femme.

— On ne peut pas les payer, souffla celle-ci, l'air inquiet.

— Non.

Talan observa les garçons puis Énora, le visage impassible.

— On peut vous aligner des lits et de la mange si tu chantes ici tous les soirs, pendant et après le dîner. Mais je veux la moitié des sonnantes que tu ramasses auprès des clients. Et les grands gaillards, là, il va falloir vous rendre utiles.

Énora consulta Julian du regard, comme si la décision ne la concernait pas. Elle n'avait pas dit un mot depuis la fin de la chanson. Le jeune homme prit l'initiative :

— Merci à vous. Nous tenterons de mériter votre accueil.

— J'espère bien ! Peux-tu leur solutionner des couches, amour ? Ils ont l'air rétamés.

Maëlle acquiesça, rejeta sa longue tresse derrière son dos et les invita à la suivre. Au bout d'un corridor obscur, une porte donnait sur une courette qu'ils traversèrent pour rejoindre un deuxième bâtiment.

— Il y a des chambres derrière la salle de mange, expliqua leur hôtesse, mais vous serez plus à l'aise de l'autre côté. Les urinoirs sont ici, précisa-t-elle en désignant de petites cabanes en bois alignées sur un côté de la courette.

Julian fut étonné que l'odeur ne soit pas plus forte. Ou bien était-il déjà en train de s'habituer ?

Maëlle leur attribua une chambrette mansardée à l'étage. Un lit se trouvait sous la fenêtre, et un autre, plus petit, au fond de la pièce. Un matelas était posé à même le sol contre le dernier mur.

— Je n'ai plus que ça, lâcha-t-elle comme une excuse.

— C'est parfait ! s'exclama Charly. Merci beaucoup !

Maëlle secoua la tête, amusée par l'enthousiasme du jeune homme.

— Je vous porte des draps, annonça-t-elle en fermant la porte derrière elle.

Énora s'attribua d'emblée le petit lit et tourna le dos aux garçons. Charly s'allongea sur l'autre, l'air si ravi que Julian ne put s'empêcher de sourire en s'asseyant près de lui. Il passa lentement une main sur son visage, massa ses paupières, parcourut du regard la chambre exiguë. Même si Julian était épuisé, il devait reconnaître que jusqu'ici ils avaient eu de la chance. Il espérait que Hank en avait eu autant. Julian s'en voulait de l'avoir abandonné aux mains de l'Ordre, il aurait dû rester l'aider pendant qu'Énora fuyait en Ombre. Mais il n'imaginait pas laisser Charly traverser seul avec elle, en prenant le risque qu'ils soient séparés pour toujours. Et puis Hank lui avait demandé de sauver la jeune Passeuse – la seule aide que Hank ait jamais sollicitée après tout ce qu'il avait fait pour les deux frères ces dernières années. Il ne pouvait s'y dérober.

Ses yeux glissèrent vers le dos arrondi d'Énora. Murée dans son silence, elle n'avait pas montré le moindre intérêt pour Ombre et ses habitants. Julian lui avait peut-être sauvé la vie ; pourtant, ce qui était mort en elle aujourd'hui ne se ranimerait pas. Ou pas avant longtemps. Il était bien placé pour le savoir.

Des picotements désagréables couraient sous la peau de ses bras. Julian se frictionna vivement. Rien n'y fit. Se tournant vers le seul remède qui ne lui avait jamais fait défaut, il se leva, quitta la chambre et regagna la grande salle de l'auberge, que Talan et Maëlle préparaient pour la soirée.

— Que boit-on, par chez vous ? lança-t-il avec un sourire forcé.

Hank frappa à la porte d'une petite maison de pierre adossée à un phare, tout en haut de la falaise. Une jeune fille blonde lui ouvrit et s'écarta pour le laisser entrer.

— Ma mère est dans la chambre, dit-elle.

C'était une platitude pour combler le silence – où Lucie aurait-elle pu être d'autre ? Hank hocha la tête, emprunta un petit couloir aux murs couverts de photos colorées et s'arrêta devant une porte. Il ferma les yeux. Les rouvrit. La femme qui se trouvait dans cette chambre dormait. Il tourna la poignée en laiton et entra. Son cœur se serra en voyant le corps trop maigre perdu dans les draps. Il se reprit rapidement. Il avait l'habitude de côtoyer les mourants, mais même après tant d'années, une vie restait une vie. Et celle-ci était spéciale.

Hank tira une chaise près du lit, s'assit, posa doucement sa main sur celle de la malade. Lucie avait cinquante-sept ans. Elle n'en aurait jamais cinquante-huit. Pourtant, elle devait tenir encore, c'était trop tôt. Conscient de prolonger une agonie qui n'avait déjà que trop duré, Hank gonfla sa poitrine de tout l'air qu'il put y mettre, puis il toucha le front de la femme et expira d'un coup. Elle geignit en recevant son souffle, remua doucement.

— Bientôt, Lucie, murmura Hank. C'est promis.

Au moins, elle ne ressentirait plus la douleur pendant quelques heures. Se laissant aller contre le dossier inconfortable de la chaise, il considéra le visage émacié qui semblait s'être détendu, se remémorant les rondeurs qui s'y trouvaient encore quelques mois plus tôt. Puis il baissa les yeux sur ses propres mains et s'aperçut qu'elles tremblaient. C'était la première fois de son existence qu'il se sentait affaibli. Tout à l'heure, il avait bien failli ne pas tenir les guerriers de l'Ordre en respect suffisamment longtemps pour que les garçons disparaissent en Ombre avec Énora, et la décharge d'énergie qu'il avait ensuite utilisée pour se débarrasser de ses adversaires l'avait vidé durablement. Les quelques jours de répit qu'il venait d'offrir à Lucie entamaient ses dernières réserves.

Hank soupira.

Lui. Épuisé.

C'était ridicule et dangereux, il était grand temps que cela cesse.

Il se leva et ajusta l'oreiller trop épais qui gênait la respiration de la femme avant de quitter la pièce. La fille de Lucie l'attendait dans le couloir, les yeux chargés d'un espoir qui transperça Hank de part en part comme une lame brûlante. Il avait toujours été beaucoup trop sensible à l'espoir des hommes.

— Docteur ? s'inquiéta-t-elle alors que le silence entre eux se prolongeait.

— Je vous ai déjà dit que je ne suis pas médecin.

Elle balaya sa remarque d'un haussement d'épaules.

— Ils la voyaient déjà au fond d'un cercueil il y a trois mois. Vous lui faites plus de bien qu'eux tous.

C'était faux. Hank offrait du temps à Lucie, mais peu de bien-être. Il resta impassible.

— Quand pensez-vous qu'elle… ? demanda la jeune fille.

— Difficile à dire. Quelques jours, une ou deux semaines peut-être, répondit-il d'un ton neutre. Je suis désolé.

Elle sourit.

— Vous ne m'avez jamais menti sur ses chances.

Hank réprima un sourire triste. Il était bien placé pour savoir qu'au bout du chemin les chances de survie étaient toujours égales à zéro.

— Je dois y aller, lâcha-t-il d'un ton un peu brusque. Je reviendrai bientôt.

La jeune fille le raccompagna jusqu'à la sortie. Il sentit son regard qui le suivait jusqu'à ce qu'il disparaisse vers le petit parking de gravillons, au milieu des rochers et des herbes jaunies balayées par le vent. Il s'arrêta pour reprendre son souffle.

Hank n'aimait pas ce qu'il faisait ici. Mais au vu de son état de faiblesse, il n'avait plus le choix. Pendant des années, il avait avancé ses pions, préparé chaque parcelle du terrain de jeu pour la partie à venir. À présent, son travail était presque terminé. Les trois coups avaient été frappés ce matin même, certains acteurs étaient déjà en pleine lumière et d'autres ne tarderaient pas à les rejoindre. Tel un metteur en scène impuissant observant son œuvre depuis l'obscurité de la salle, il en était réduit à la condition de simple spectateur. Alors autant s'installer confortablement.

Ignorant les promeneurs en imperméable coloré qui admiraient les déferlantes au pied de la falaise, Hank leva le bras et, d'un geste fluide, traça un cercle dans l'air. Il lui fallut moins de deux pas pour pénétrer dans les limbes.

Alentour, personne ne s'aperçut de sa disparition.

Fragment

Note à l'intention du Mage Supérieur

Astria, 365e année de l'Alliance

Til'Orfaël,

Je vous ai informé ce midi que les cristaux des boussoles étaient tous passés au rouge, puis redevenus limpides. Pour la première fois depuis que j'occupe la charge de Sentinelle, ils viennent de virer au violet. J'ignore si le Passeur qui a ouvert la faille est originaire de notre monde ou de celui de nos ennemis, mais quelqu'un ou quelque chose a traversé. Je me tiens à votre disposition pour superviser les recherches du potentiel intrus si vous jugez opportun de me les confier.

Très respectueusement,

Til'Enoc'h, magicien du premier cercle,
Sentinelle du royaume d'Ombre.

Chapitre 5

Énora essuya d'un revers de bras la sueur qui perlait à son front et accepta les applaudissements d'un hochement de tête. C'était le cinquième soir qu'elle se produisait à *La Plume et l'Enclume*, alternant entre chansons qu'elle avait composées elle-même des années plus tôt et classiques du rock – inconnus ici, évidemment. La première session avait été contrariante. Les notes s'égrenaient difficilement sous ses doigts rouillés, les paroles trébuchaient sur ses lèvres… Mais l'énergie désespérée avec laquelle elle s'accrochait au sens des mots rattrapait ses quelques erreurs, si bien qu'elle avait rapidement emporté l'adhésion de l'assistance. À présent, sa prestation était suffisamment fluide pour qu'elle oublie la technique. Elle venait d'achever une chanson de Sinéad O'Connor, comme un long cri déchirant qui, même en piano-voix, sonnait résolument rock. La rage qu'elle avait déchargée en martelant les touches lui avait fait du bien. Elle s'apprêtait à se retourner vers le clavier lorsque Maëlle, ondoyant entre les tables, passa près d'elle et lui glissa un verre entre les mains.

— Tu as mérité une pause !

— Toi aussi, répliqua Énora.

Maëlle, Talan et Karen n'avaient pas arrêté un instant depuis que les premiers clients s'étaient attablés, et, ce soir encore, cette musique que personne ici n'avait entendue auparavant avait attiré une meute de fêtards qui débordait jusque dans la rue.

— Pause, répéta Maëlle d'un ton autoritaire. Je préfère rescaper ta voix.

Elle lui fit un clin d'œil puis disparut vers le comptoir. Portant le verre à ses lèvres – une sorte de bière qui avait pour seul mérite d'être fraîche – Énora parcourut la salle d'un air vide. Un groupe de jeunes gens, des chopes à la main, protestaient contre l'interruption de la musique, mais Talan émergea brièvement de la cuisine et les moucha d'une réplique dont le sens se perdit dans le brouhaha. Énora balaya les visages rougeauds rendus luisants par la température qui ne cessait de monter. Elle croisa le regard de Julian. Il observait les autres tablées depuis un coin sombre de la pièce en discutant avec son frère. Talan leur avait prêté des vêtements ombrois en attendant qu'ils puissent s'en acheter et, même si, comme elle, les garçons avaient tenu à conserver quelques éléments de leurs anciens habits, ils se fondaient à présent dans la population locale. Se levant pour les rejoindre, elle porta son regard au-dessus des têtes et marcha d'un pas déterminé pour éviter de se faire aborder par des clients.

— Pas encore bourré ? lança-t-elle à Julian en s'asseyant.

Depuis leur arrivée, il avait bu tous les soirs jusqu'à se mettre dans un état pitoyable. Ce n'était pas le problème d'Énora, mais Julian s'était posé en protecteur du groupe, un rôle qu'il était incapable d'assumer dans cet état. Et Charly s'assombrissait dès que son frère buvait trop.

— J'ai déjà une conscience, merci.

— Je t'emmerde.

Julian leva son verre d'un geste ironique et but une longue lampée. Énora l'ignora, se tournant vers Charly :

— Il est toujours aussi charmant ?

— Non.

Charly adoucit d'un sourire la sécheresse de sa réponse. Dès qu'il s'agissait du passé, il devenait aussi lapidaire que Julian, si bien qu'après une semaine en leur compagnie, la vie des deux frères restait cernée de mystère. En rassemblant des bribes de discussions et des remarques jetées au détour de conversations, Énora avait compris que leur mère était morte lorsque Charly était très jeune. Les garçons et leur père avaient ensuite passé des années à fuir l'Ordre de ville en ville à travers une bonne partie de l'Europe, mais les guerriers masqués avaient fini par les retrouver. Ce jour-là – Charly était encore adolescent –, leur père était mort. Les garçons s'étaient retrouvés livrés à eux-mêmes. Julian s'était occupé de son frère. Énora n'avait pas la moindre idée de ce qu'ils avaient fait ces dernières années.

— On devrait aller aider Talan en cuisine, grogna Julian.

— Il ne veut pas qu'on y entre tant que le service n'est pas terminé, objecta Charly.

— Besoin de m'occuper les mains.

— Pas moi. Énora leur ramène plein de clients. Je suis un homme moderne, je n'ai aucun problème à me faire entretenir par une femme.

Énora esquissa un sourire – Charly était vraiment le seul à réussir l'exploit de l'amuser. Julian envoya un coup de coude dans les côtes de son frère, qui sursauta puis leva les paumes en signe de reddition.

— Très bien, très bien ! Allons-y ! Mais si on se fait jeter je t'aurai prévenu…

Les garçons quittèrent leurs sièges et se faufilèrent souplement entre les tablées. Énora goûta un instant la solitude. Elle ne l'avait jamais crainte auparavant, aussi fut-elle ébranlée par l'amertume qui l'envahit dès que les garçons disparurent dans l'antre de Talan. Des images lui revinrent, qu'elle préférait oublier. *Non, pas oublier*, se corrigea-t-elle, un pli durcissant la ligne de ses lèvres. Juste mettre de côté, le temps de pouvoir les regarder en face, ce dont elle n'avait pas encore la force.

Énora repoussa les souvenirs sanglants qui rampaient vers sa conscience, focalisant son attention sur les présents plutôt que sur les absents. Pourtant, à mesure qu'elle détaillait les visages des clients, le malaise ne fit que croître. Et la douleur. Et la colère. Son regard tomba sur le piano. Elle s'y précipita comme un naufragé sur une bouée.

Elle s'était attardée trop longtemps dans cette auberge, décida-t-elle en plaquant le premier accord. Ce clavier était devenu son défouloir, mais de jour en jour, la révolte et la douleur d'Énora enflaient dans son esprit. Il était urgent de profiter des journées pour explorer cette ville et en découvrir plus sur les Passeurs et l'Ordre. Il était urgent de trouver une raison de vivre encore. Il était urgent de venger les siens pour étancher sa colère.

Laissant Charly terminer la plonge, Julian quitta la cuisine pour aller respirer une bouffée d'air nocturne. Talan avait fermé le restaurant deux heures auparavant et remercié les fêtards qui risquaient de perturber le sommeil de ses clients. Le piano s'était tu, abandonné par une Énora épuisée. Seuls quelques habitués hantaient encore la salle de l'auberge silencieuse tandis que les bougies du lustre s'éteignaient les unes après les autres.

Julian franchit le seuil, fit quelques pas vacillants dans la rue, s'appuya contre un mur. La fraîcheur doucha son ivresse. À part quelques rares lueurs aux fenêtres, la ville d'Astria était plongée dans une obscurité si dense qu'elle semblait indissoluble. Mais curieusement, de nombreuses personnes étaient encore dehors à cette heure avancée, vaquant à leurs occupations comme elles auraient pu le faire en plein jour. Aucune d'elles ne portait de lumière. Alors qu'il marchait vers l'extrémité de la rue du Chat-qui-Danse, Julian s'aperçut que les picotements dans ses bras s'étaient interrompus pour la première fois depuis leur passage en Ombre. Cela le troubla, bien qu'il ignorât ce qu'il devait en penser.

En atteignant l'avenue qui menait à la Porte du Roi, un bruit de cavalcade le sortit de ses pensées. Il s'arrêta, scruta les profondeurs de la nuit sans distinguer l'origine du vacarme. Soudain, trois cavaliers passèrent en trombe devant lui et achevèrent leur course folle au pied des remparts.

Les gardes en faction approchèrent une lampe tamisée d'un tissu pour sonder les visages encapuchonnés des voyageurs. Dissimulé par la nuit, Julian s'avança, intrigué. Une voix de femme retentit :

—Allez quérir Rhun.

Le garde considéra Ravenn avec un amusement évident.

—Mademoiselle, nous n'allons pas déranger le général au milieu de la nuit.

—Je ne vois pas le problème. Il ne dort jamais.

—Revenez demain.

—Non.

—Écoutez..., s'agaça le garde.

Ravenn bondit à bas de sa monture et se planta devant l'homme. Sa cape glissa dans le mouvement, dévoilant le roux inimitable de sa courte chevelure.

—Allez le chercher, siffla-t-elle.

Un éclair de doute traversa les yeux du garde, qui déglutit. Ravenn le toisait, impénétrable. À Astria, la proximité physique entre deux étrangers était rare et malséante. Le garde recula.

—Mademoiselle, ce n'est pas possible avant...

—Écarte-toi, Cadoal, ordonna un homme depuis le chemin de ronde.

Tous levèrent la tête vers la tourelle des remparts. Barbe grisonnante, nez épaté à force d'avoir été brisé, le général de l'armée d'Ombre salua Ravenn d'un hochement de tête, puis disparut pour se porter à sa rencontre. La jeune femme saisit la bride de sa monture et franchit la Porte du Roi avec Pelekaï et Lïam.

Ce fut à ce moment précis, en écoutant les sabots d'Azor résonner sous les pierres sombres des remparts, qu'elle eut le sentiment d'être vraiment rentrée. Les baraquements des soldats et les terrains d'entraînement alignés à l'intérieur, de part et d'autre de la route, avaient constitué ses aires de jeu préférées. L'homme qui s'avançait vers elle n'avait pas été épargné par ses années d'absence. Sa démarche familière arracha un sourire à Ravenn.

— Mettons ces bêtes au repos, ordonna-t-il en arrivant à sa hauteur.

Sans plus de cérémonie, il entraîna les voyageurs vers l'écurie. Il ne protesta pas lorsque Pelekaï et Ravenn écartèrent les palefreniers pour s'occuper eux-mêmes de leurs chevaux, et il aida Lïam à faire de même. Celui-ci tombait de sommeil. Il s'assit dans la paille du box.

— Nous avons des lits, mon garçon.

Lïam hésita un bref instant avant de répondre dans un ombrois de courtisan :

— Ce serait une faveur inestimable, messire général. Je me nomme Lïam.

Amusé, le général dévisagea le garçon, puis releva la tête pour croiser le regard de Ravenn.

— Il apprendra, dit simplement celle-ci.

— Oh, cela ne fait aucun doute !

Ce ne fut qu'après avoir déposé Lïam et Pelekaï dans un dortoir et refermé la porte de son appartement que Rhun se permit de détailler la princesse. Ses yeux d'acier scrutèrent son visage bronzé encadré de mèches folles, descendirent le long des quelques tresses ornées de perles métalliques, parcoururent ses vêtements en cuir de dragon, s'arrêtèrent sur le croc qu'elle portait en collier et la fine épée qui pendait le long de sa jambe.

— Peu seront heureux de ton retour, dit-il finalement.

— Le bonheur de mes parents est la dernière chose que je souhaite.

— Je ne parle pas seulement de ta famille. Si tu es là, c'est que tu connais l'état de ta mère. Ta sœur doit lui succéder sur le trône. Et tous l'ont façonnée pour servir leurs desseins.

Aenor. Sa sœur n'était qu'une petite fille à l'époque où Ravenn avait fui le royaume. Elle avait à présent dix-sept ans, et elle était logiquement devenue l'héritière du royaume.

— Comment est-elle ?

— Aussi glaise que tu es feu. Ils se servent d'elle.

— Les magiciens du Clos ?

— Oui.

— Les prêtres ?

— Aussi. Tu n'es pas la bienvenue au château, Élouane.

La princesse retint une grimace en entendant son nom de baptême. Pas assez vite cependant pour qu'elle échappe à Rhun.

— Si tu veux faire valoir tes droits sur le trône d'Ombre, ce doit être sous ta véritable identité. Élouane d'Astria peut s'emparer de la couronne. Nulle autre.

— Je suis Ravenn. C'est mon identité.

— Alors tu n'as rien à faire dans cette ville, la provoqua-t-il. Retourne chasser tes dragons.

— Mes vrais dragons sont ici, Rhun ! Ils rôdent dans le château. Ils complotent dans le Clos et murmurent dans les temples.

Le général la contempla en silence, un sourire discret au bord des lèvres. La princesse admit intérieurement qu'il avait raison sur un point : en rentrant accomplir son destin, elle ne pouvait plus fuir son identité, elle devait l'embrasser tout entière. Mais là où Rhun faisait erreur, c'était en imaginant qu'elle s'était un jour appelée « Élouane ». Elle n'avait jamais aimé ce prénom. Non qu'il ne soit pas beau – il l'était. Mais il n'était pas elle. Ce nom-là ne pouvait être le sien. Trop doux. Trop docile. Aussi, vers l'âge de six ans, la princesse avait-elle choisi son véritable nom. Un nom qui ne sortait de nulle part, qui n'était qu'à elle, que personne ne portait. Un nom secret et sauvage qui faisait vibrer ses entrailles avides d'aventure.

Aravenn.

Aravenn d'Astria.

Ravenn, pour les intimes.

Ce nom qu'elle n'avait murmuré qu'à elle-même pendant des années avait façonné son caractère bien plus que son nom de baptême. Et elle l'avait tout naturellement utilisé au cours de son exil.

— Tu sais que la cérémonie du solstice a lieu demain ? s'enquit Rhun.

— Oui.

— Que vas-tu faire ?

Ravenn sourit. Elle allait faire ce dont tout voltigeur devait être capable pour vaincre un dragon.

— Improviser.

Julian se retourna sur son matelas. Les effets de l'alcool s'étaient dissipés avant qu'il trouve le sommeil, et ses vieux démons revenaient le hanter. S'il avait pu rendre l'ivresse permanente, il n'aurait pas hésité, mais Talan et Maëlle prenaient soin de rationner ses boissons. Soudain, il sentit un corps se glisser contre lui.

— Qu'est-ce que tu fais ? s'exclama-t-il en reconnaissant Énora.

Elle était nue. Comme seule réponse, ses mains glissèrent sur le ventre de Julian.

— Merde, Énora, arrête !

— Pourquoi ? T'as pas envie de moi ?

— C'est pas la question.

— Embrasse-moi.

Julian la repoussa. Il savait ce qu'elle cherchait. Un corps chaud contre le sien, vivant, une respiration où se perdre, une odeur étrangère pour diluer sa peine. Un désir où se noyer pour oublier les visages des morts épinglés à son crâne. Il connaissait cette faim. Il l'avait vécue, passant de peau en peau, de lèvres en lèvres, de sexe en sexe. Mais cela n'apportait rien. À peine un apaisement passager. Puis la culpabilité d'être encore en vie revenait le gifler, boxer son esprit, l'essorer jusqu'à ce que seule subsiste la pire des certitudes : *tout est ma faute.* Et l'écho se répétait à l'infini. *Ma faute, ma faute…*

Énora se plaqua un peu plus contre lui. Le léger ronflement de Charly résonnait sur le lit. Julian essaya de réprimer son érection, mais il bandait déjà dur.

— Juste ce soir, souffla-t-elle. Embrasse-moi.

Ses yeux luisaient dans l'obscurité, irrésistibles. Elle plongea son visage dans le cou de Julian, ses lèvres avides traçant un chemin de baisers sur sa peau. Il déglutit. Il avait toujours été faible face à ce type de proposition. Et peut-être était-ce cela dont il avait besoin pour trouver enfin le sommeil.

Brusquement, il fit basculer Énora au-dessus de lui, happa un téton, le suça. Puis glissant une main fiévreuse dans ses cheveux, il chercha sa bouche et l'embrassa. Elle répondit à son baiser. Sans plus de préliminaires, il entra en elle.

Fragment

L'embrasement de l'arbre-feu

Astria, 57ᵉ année de l'Échange

Si Astria est une destination de pèlerinage privilégiée, la période où l'on observe la plus grande affluence est sans conteste celle du solstice d'été. Les voyageurs convergent depuis les contrées les plus éloignées du royaume pour assister à la célébration qui se déroule chaque année sur la place des Dieux : l'embrasement de l'arbre-feu. En plus de participer à la cérémonie religieuse, beaucoup d'entre eux accourent avec l'espoir d'apercevoir leurs souverains, puisqu'il s'agit de l'unique moment de l'année où la famille royale paraît devant la foule.

Extrait de l'*Introduction aux rituels du temple d'Izil*,
par Merwan, Encré du royaume.

Chapitre 6

Ravenn s'immobilisa.

Les pas légers d'une servante résonnèrent dans le couloir adjacent. Une porte s'ouvrit. Se referma. Dans le silence qui suivit, Ravenn vérifia que le couloir était vide avant de s'y engager. Sa main courut sur les bas-reliefs jusqu'à trouver la licorne. Elle plaça ses doigts en cinq points autour de l'animal et pressa le mur de tout son poids. Le mécanisme était grippé, mais un grincement récompensa ses efforts. Un pan de mur s'ouvrit. Elle se glissa à l'intérieur avant qu'il se referme de lui-même.

Ravenn ne pouvait pas affirmer qu'elle connaissait tous les secrets du château d'Astria, mais elle en avait découvert suffisamment pour pouvoir observer ses occupants avant de dévoiler sa présence. Il y avait des dizaines de passages comme celui qu'elle empruntait en ce moment, dissimulés dans l'épaisseur des murs, et la plupart communiquaient entre eux. Si bien que lorsqu'elle avait par hasard déniché le premier, des années plus tôt, elle avait facilement localisé les autres entrées.

Elle emprunta une échelle vermoulue pour gagner l'étage supérieur, contourna les appartements de sa mère sans s'y arrêter, se faufila jusqu'à ceux du roi. Des voix familières lui parvinrent bientôt.

— … trop d'étrangers en ville. Difficile de mener nos recherches dans ces conditions.

— Cela va faire six jours, Orfaël, et tu n'as pas la moindre piste. À chaque minute qui passe, nous perdons des chances de les retrouver.

Celui qui venait de parler était son père. Son interlocuteur était un magicien du Clos, ami de longue date du roi Degan. Ravenn plaqua son œil contre une minuscule faille entre deux pierres. Le roi était debout près de la fenêtre, sa cape d'or pâle négligemment rejetée sur l'épaule. Ses cheveux bruns s'étaient éclaircis sur les tempes, et il semblait inquiet.

Orfaël, barbu corpulent, un œil de verre, l'autre bleu vif irradiant de pouvoir, marchait de long en large dans la pièce. Avisant l'insigne sur sa poitrine, Ravenn comprit qu'il n'était plus un simple magicien : élu Mage Supérieur, il avait pris la tête du Clos, le poste le plus important au sein du royaume après le trône lui-même.

— Tous nos effectifs sont déployés dans la ville, Degan. Les Sentinelles sont plongées dans les anciens textes pour trouver un moyen de détecter le Passeur. Nous finirons par le dénicher, ne t'en fais pas.

Ravenn se redressa, surprise. Un Passeur ? À Astria ? Les paroles d'Orfaël ne laissaient aucune place au doute... Songeuse, elle attendit que le Mage Supérieur prenne congé du roi, puis quitta le passage secret, entrant directement dans la chambre vide de son père. Elle ne prit pas la peine de frapper avant de pénétrer dans son bureau.

— Bonjour, père.

L'homme sursauta, se retourna vivement et dévisagea sa fille avec stupeur avant de reprendre contenance.

— Élouane. J'aurais dû m'en douter.

— Manifestement, vous aviez d'autres problèmes pour occuper votre esprit.

Les yeux du Roi-Magicien s'étrécirent.

— En effet. Et je m'en serais volontiers contenté.

Ravenn soutint le regard de son père avec indifférence.

— Nos sujets te croient morte.

— Ils n'ont pas vu mon corps.

— Ils ont vu un corps. Ils n'accepteront jamais ton retour.

— Puisque vous en êtes si sûr, sourit Ravenn, vous n'avez rien à craindre. Mais après le règne des Rois-Passeurs et celui des Rois-Magiciens, le couronnement d'une Reine-Fantôme ne me semble pas si exotique.

Un bref instant, la fureur déforma les traits du roi.

— Tu n'auras jamais le trône d'Ombre.

— Nous verrons.

Ils se jaugèrent. Puis l'expression du roi s'adoucit.

— Au moins as-tu appris dans ton exil comment l'on doit s'adresser à son souverain.

— Détrompez-vous. La manière dont je vous parle n'a aucun rapport avec votre âge ou votre rang. Le tutoiement est pour moi une marque de proximité, et je ne l'offre qu'à ceux que j'estime.

— Ta putain n'est pas rentrée avec toi ? jeta-t-il, les yeux étincelants de haine.

Les politesses étaient terminées.

— Nous nous verrons ce midi sur la terrasse, père. Je suis sûre que vous avez beaucoup à faire d'ici là pour planifier mon assassinat.

La foule colorée se pressait en direction de la Porte des Pèlerins. À l'idée de franchir les remparts d'Astria, Charly piétinait d'impatience autant que le petit Ju qu'il tenait par la main. Un vendeur ambulant posté au bord de la route proposait des souvenirs d'une voix stridente. Talan et Maëlle, eux, avaient fermé *La Plume et l'Enclume* pour la journée du solstice, comme la plupart des commerçants de la ville. Ils guidaient habilement leur petit groupe à travers la cohue.

Deux hommes se tenaient immobiles de part et d'autre de la porte, au pied du haut mur de granit. Vêtus de la même cape d'or pâle que les cavaliers qui les avaient dépassés six jours plus tôt sur le chemin d'Astria, ils scrutaient les passants, impassibles. Près d'eux, quatre gardes intervenaient pour faire régner l'ordre, mais ils ne contrôlaient personne. Julian s'en étonna.

— La Porte des Pèlerins est la moins surveillée, expliqua Talan, parce qu'elle ne donne accès qu'au secteur de la ville intérieure voué aux cultes.

— Et les hommes en cape ?

— Magiciens.

Charly jeta un coup d'œil à son frère. S'il semblait inquiet d'attirer l'attention – son mètre quatre-vingt-dix surplombait de loin les plus grands des Ombrois –, il continua à avancer avec assurance. À côté de lui, Énora endurait l'épreuve de la foule avec plus de difficulté. Ses yeux bondissaient d'une personne à l'autre, comme si elle cherchait à identifier une menace. La haine qu'elle ressentait pour Astria était palpable. Ce n'était pas étonnant : son premier contact avec ce monde avait été le massacre de sa famille, et tout ce qu'elle voyait ici devait lui rappeler ce moment. Mais Charly ne put s'empêcher d'être peiné. Astria était sublime, le royaume d'Ombre fascinant. Il aurait tellement aimé qu'Énora puisse les voir par ses yeux…

— On arrive, on arrive ! s'exclama Ju en tirant sur le bras de Charly.

Celui-ci se retourna et lança une bourrade joyeuse à l'enfant. Enfin, ils pénétraient dans l'enceinte d'Astria ! L'allégresse qui s'était nichée en lui depuis leur passage en Ombre infusa chaque fibre de son être. Cette ville vertigineuse le rendait léger. Il s'y sentait libre, à sa place. Effacées les années de fuite auprès d'un père aimant mais intransigeant, effacée la terreur enfantine d'être retrouvé par l'Ordre, effacée l'errance qui avait suivi la mort de son père parce que Julian refusait toute immobilité. En Ombre, Charly foulait une page grisante de blancheur.

Une fois passé les remparts, ils empruntèrent une rue interminable et bruyante. Sur la droite, des dizaines de ruelles s'effilochaient en un dédale d'hôtels et de pensions qui affichaient tous « complet ». Sur la gauche se dressait une haute paroi, d'une blancheur laiteuse, qui ne ressemblait en rien au granit sévère des remparts. Charly dut crier pour se faire entendre.

— Qu'est-ce que c'est ?

— Le mur des Ombres, répondit Maëlle. Le Clos des magiciens loge de l'autre côté.

— C'est là-bas qu'ils vivent ?

— Et qu'ils se fabriquent les méninges ! Astria enferme la plus ancienne académie de magie du monde, ajouta-t-elle fièrement.

Charly scruta la longue paroi.

— Ne fouille pas, anticipa Talan, il n'y a pas d'entrée. Seuls les magiciens peuvent s'y localiser. Autrefois, il y avait une porte au nord de la ville, mais elle est chevillée depuis longtemps.

Hésitant sur le sens à donner aux derniers mots de leur hôte, Charly demanda des précisions.

— Elle est collée, quoi. La porte est toujours apercevable, mais elle est fondue dans les pierres.

— Je vois… Mais pourquoi ?

Talan marqua son ignorance d'un haussement d'épaules.

Soudain, la rue dessina un coude vers la droite, passa sous un porche et déboucha sur une immense esplanade, bondée malgré l'heure matinale. La multitude grouillante ne parvenait cependant pas à estomper l'écrasante présence de deux bâtiments jumeaux. Le premier, un temple de pierres noires aux facettes étincelantes, se profilait contre le mur des Ombres. Tout en arcs gothiques et volutes spiralées, ses parois s'affinaient par endroits jusqu'à atteindre une transparence fumée. De l'autre côté de la place, contrastant sur la muraille anthracite qui séparait le quartier des temples du reste de la ville, une construction épurée à la ligne élégante défiait la clarté des nuages.

Talan désigna les bâtiments l'un après l'autre.

— Voici le temple d'Aa, dieu de la Nuit, et celui d'Izil, déesse du Jour. L'arbre-feu se localise au noyau de la place.

Effectivement, Charly distingua la silhouette d'un arbre rouge, mais il semblait chétif entre ses monumentaux voisins.

— C'est moi, ou ces dieux sont sacrément mégalos ? souffla Charly à Julian.

— Ces dieux, je ne sais pas, mais leurs prêtres, c'est probable…

Charly éclata de rire.

Et c'est à cet instant précis qu'il la vit.

À deux mètres à peine de leur petit groupe, trois jeunes filles discutaient avec animation. L'une d'elles, blonde gracile au visage constellé de taches de rousseur, portait une longue robe claire ajustée à la taille par un ruban. Le cœur de Charly s'emballa lorsque, se sentant observée, la blonde lui adressa un regard amusé. Il fit un pas vers elle.

— Que se passe-t-il ? osa-t-il en masquant son trouble d'un regard charmeur.

La jeune fille lui sourit. Persuadé que la déesse du Jour elle-même ne pouvait rivaliser avec ce sourire, Charly attendit une réponse, suspendu aux lèvres de l'inconnue.

— Vous n'avez pas entendu les jasements ? lança l'une de ses amies.

Avec difficulté, il tourna la tête vers celle qui venait de parler.

— Que… Quoi donc ?

— Toute la place braille que la princesse Élouane est rentrée ! Elle est respirante ! J'en étais sûre !

— Oh… Je… C'est incroyable !

Charly n'avait jamais entendu parler de cette princesse et, à ce moment précis, il s'en moquait totalement. Ses yeux croisèrent une nouvelle fois ceux de la blonde, éclair d'ambre qui le paralysa dans l'instant. Il détourna le regard. Julian lui saisit le bras, l'obligea à reculer. Voyant que les trois amies étaient sur le point de s'éclipser, Charly voulut protester, mais son frère ne lui en laissa pas le temps.

— Tout doux, don Juan, souffla-t-il à son oreille.

— Pourquoi ? Elle est parfaite…

— D'abord, parce qu'il ne se passe pas une journée sans que tu trouves une nouvelle fille « parfaite ». Ensuite, parce que celle-ci n'est pas pour toi.

L'intéressée s'éloigna avec ses amies, bientôt avalées par la foule.

— Que… Pourquoi ?

— Ses frocs, lâcha Maëlle qui n'avait pas perdu un mot de la conversation. Robe blanche, ruban noir. C'est une promise d'Izil.

Charly les regarda sans comprendre. Julian enfonça le clou :

— C'est une prêtresse.

— Oh… et ici les prêtresses ne doivent pas…

— Non, sourit Talan. Désolé, mon piot !

Sans se démonter, Charly avisa le temple blanc de la déesse.

— Eh bien, au moins, je sais où la trouver !

Le magicien pénétra dans le temple d'Aa.

Une centaine de prêtres en robe noire se préparaient dans le hall tamisé. Ils ne tarderaient pas à faire leur entrée sur la place pour participer à la cérémonie du solstice. Le magicien se faufila jusqu'à la grande porte d'onyx qui s'ouvrait sur la nef – déserte, comme il l'espérait. Il admira un instant la haute voûte, semblable à un ciel étoilé, puis s'engagea dans l'allée principale. La statue monumentale du dieu de la Nuit semblait le suivre du regard. Il s'arrêta à ses pieds, posa avec tendresse une main sur la pierre sombre.

— Vous allez manquer le spectacle, lança une voix derrière lui.

Le magicien se retourna. Un petit prêtre d'Aa au crâne chauve marchait dans une travée secondaire, le ruban immaculé de sa ceinture contrastant sur sa robe élimée.

— Vous aussi, remarqua le magicien. Ne prenez-vous point part au défilé ?

— Non, seul le clergé permanent d'Astria participe à la cérémonie. Je suis un prêtre itinérant.

Le petit homme s'approcha, sourire aux lèvres. Il avait les yeux très clairs, presque transparents. Le magicien éprouva un sentiment de familiarité sans réussir à déterminer son origine.

— Je ne crois pas vous avoir déjà vu ici, pourtant j'ai l'impression de vous connaître.

L'homme haussa les épaules.

— C'est la robe qui veut ça. Mais je ne pense pas que nous nous soyons déjà croisés ; je ne suis pas revenu dans la capitale depuis de nombreuses années. Je m'appelle Nozaa.

— Til'Enoc'h, magicien du Clos, se présenta celui-ci en retour.

— Et Sentinelle du royaume, ajouta le prêtre en désignant l'œil qui ornait l'attache de la cape d'or.

Enoc'h sourit.

— C'est exact.

— Mais je vous dérange dans votre méditation, pardonnez mon intrusion, s'excusa Nozaa en reculant.

Enoc'h hésita. Il était venu ici pour réfléchir loin du tumulte de la cérémonie mais, après tout, il s'était toujours senti plus proche du dieu de la Nuit que de la déesse du Jour. Discuter avec un membre de son clergé pourrait l'aider à ordonner ses idées.

— Non, restez, Nozaa, vous ne me dérangez pas. Marchons un peu, voulez-vous ?

Ils grimpèrent un escalier et s'engagèrent dans la galerie aux arcs gothiques qui faisait le tour de la nef. Enoc'h replaça derrière son oreille une mèche de ses longs cheveux blancs. Cette couleur atypique était la seule altération magique qu'il avait opérée sur son apparence, mais elle était devenue au fil des années partie intégrante de sa personnalité, son signe distinctif.

— Pourquoi recherchez-vous la solitude, un jour de fête comme celui-ci ? s'étonna Nozaa.

— Vous connaissez le rôle des Sentinelles, n'est-ce pas ?

— Oui, vous détectez l'ouverture de brèches entre les deux mondes pour éviter le retour en Ombre d'un Passeur.

— L'ouverture de brèches, acquiesça Enoc'h. En effet, mais nous sommes aussi capables de savoir si quelque chose ou quelqu'un passe au travers.

— Et c'est le cas, n'est-ce pas ? Quelqu'un est passé, le Mage Supérieur Orfaël en a informé notre ordre.

Enoc'h eut une mimique amère.

— Je lui ai offert d'organiser personnellement les recherches pour trouver le Passeur. Mais il a refusé, il préfère s'en charger en personne.

— J'ai entendu que les recherches étaient suspendues aujourd'hui. Trop d'étrangers se trouvent en ville, et la plupart des prêtres ne sont pas disponibles, puisqu'ils participent à la cérémonie.

— C'est une erreur, s'agaça Enoc'h. Au milieu de la foule, le Passeur va se croire à l'abri et sera moins attentif. Til'Orfaël gâche l'occasion parfaite pour le démasquer ! Il semble plus préoccupé par le retour de la princesse Élouane que par celui d'un Passeur...

Le prêtre observa un silence prudent.

— Je suis curieux, osa-t-il après un moment. Pourquoi avez-vous choisi d'intégrer les rangs des Sentinelles ? Ce n'est pas une position très convoitée parmi les magiciens, me semble-t-il...

— Mon père était un magicien mineur qui ne s'est jamais élevé dans la hiérarchie du Clos. En entrant à l'académie, je ne sortais pas de nulle part comme les enfants dont les parents n'ont aucun pouvoir, mais je ne bénéficiais pas non plus des avantages des fils de magiciens du premier cercle. J'avais besoin d'une place à la fois peu demandée, tranquille, afin d'avoir le temps d'étudier, et qui offre des possibilités d'évolution. J'ai choisi de devenir Sentinelle. Il y a deux ans, j'ai obtenu la direction de notre groupe.

— Je vois. Un jeune homme ambitieux. J'imagine que vous briguez déjà une position plus élevée ?

Enoc'h pencha la tête sur le côté. Il ne s'était jamais vu sous cet angle, mais devait reconnaître que l'analyse était pertinente. Il désirait devenir une personnalité importante dans la communauté du Clos et, même si rien ne l'y prédestinait, il se donnait les moyens de gravir les échelons.

— Je n'avais pas imaginé qu'un Passeur traverserait sous ma garde, dit-il. Ce n'était pas arrivé depuis la fuite du traître, il y a plus de trois siècles. C'est une occasion que je ne vais pas laisser passer. Si je retrouve ce Passeur, toutes les carrières me seront ouvertes.

— Je peux vous aider à atteindre votre objectif, affirma Nozaa.

Enoc'h lui lança un coup d'œil dubitatif. Il ne voyait pas vraiment quelle aide un petit prêtre itinérant à la robe usée pouvait lui apporter. Nozaa sourit.

— Ne vous fiez pas aux apparences, Til'Enoc'h.

Son curieux regard transparent plongea dans celui du magicien.

— En théorie, le Clos possède une indépendance totale vis-à-vis de la Couronne et des clergés. Mais nous savons, vous et moi, que pour chaque nomination à un poste important dans votre communauté le roi est consulté ainsi que les prêtres.

— Bien sûr, admit Enoc'h. Mais, sans vouloir vous offenser, vous n'êtes pas…

— Je suis bien plus influent que vous ne pouvez en rêver, l'interrompit Nozaa. Tenez-moi au courant de vos recherches concernant ce Passeur, et je m'assurerai de votre avenir.

Enoc'h fronça les sourcils. Collaborer avec un serviteur d'Aa le dérangeait. Si clergés et magiciens s'informaient mutuellement de tout ce qui pouvait menacer la sécurité du royaume, ils évitaient de se mélanger et n'avaient pas pour habitude de s'entraider. Pourtant, le prêtre semblait sûr de lui. Suffisamment pour bousculer les usages et balayer les réticences d'Enoc'h.

— D'accord, Nozaa.

— Rencontrons-nous ce soir dans un endroit plus neutre que celui-ci. Au château, par exemple ?

— J'y serai.

Le prêtre serra brièvement l'épaule du magicien en guise de salut et prit congé. Enoc'h s'accouda à la rambarde de la galerie. Songeur, il laissa ses yeux glisser sur la silhouette de pierre du dieu. Cette conversation n'avait pas été conforme à ce qu'il avait envisagé, mais son esprit était à présent limpide. Il allait prouver sa valeur au Mage Supérieur Orfaël en retrouvant ce Passeur, et, qui sait, peut-être finirait-il un jour par le remplacer à la tête du Clos.

Sur cette pensée plaisante, Enoc'h quitta le temple d'Aa.

Til'Orfaël, Mage Supérieur du Clos, s'agenouilla devant la haute statue d'Izil. Une légende familiale racontait que le sang de la déesse coulait dans les veines d'Orfaël, dilué de trop nombreuses fois pour être perceptible mais dotant sa lignée d'une magie puissante. Il murmura une brève prière, puis se redressa, froissant entre ses doigts le message envoyé par le roi Degan. La princesse Élouane était de retour.

Dix ans plus tôt, lorsque le caractère indépendant de l'héritière au trône s'était affirmé, Orfaël avait conseillé au roi de l'éliminer. Celui-ci ne l'avait pas écouté. Et il avait eu tort. Non seulement le retour de la princesse mettait en péril les projets que Degan et Orfaël menaient depuis trois décennies – l'extension des terres Est du royaume pour englober les précieux champs de cristaux d'âme que le souverain voisin refusait d'exporter et la restauration de l'ancien modèle de succession de la couronne, de père en fils –, mais il menaçait l'indépendance même du Clos. Qui savait ce que cette sorcière d'Élouane avait en tête ? Qui savait quelle politique cette femme souhaitait mener au sein du royaume ? Elle avait toujours été incontrôlable, réticente à l'autorité masculine. Elle ne *devait pas* monter sur le trône. Et il mettrait tout en œuvre pour l'en empêcher.

Ajustant sa cape, Orfaël s'engagea dans la travée principale du temple d'Izil. Il était temps de lancer la cérémonie de l'arbre-feu… En espérant que Degan aurait la présence d'esprit d'empêcher Élouane de paraître devant la foule.

Julian leva les yeux vers la terrasse sur laquelle la famille royale devait se présenter d'un moment à l'autre. Elle se situait à l'extrémité de l'esplanade, au-dessus du porche par lequel Julian et les autres étaient arrivés trois heures plus tôt.

— Comment vont-ils venir jusqu'ici ? s'étonna-t-il.

— La terrasse dialogue avec le château par une des passerelles de verre qui sautent sur toute la ville, lui apprit Talan.

Apercevant les tourelles claires du château – l'un des rares bâtiments officiels qui n'aient pas été façonnés par magie –, Julian évalua la distance que le roi et ses enfants allaient devoir parcourir pour paraître devant leur peuple.

— Ce n'est pas dangereux ? Tu disais que n'importe qui pouvait entrer dans ce quartier de la ville... Avec un penchant pour l'escalade, il serait facile d'atteindre le haut de ce mur.

Talan le dévisagea de ses yeux perçants.

— Tu n'as jamais entendu braire des remparts d'Astria ?

La voix était suspicieuse. Prudemment, Julian fit signe que non.

— Tu ne peux pas y grimper, lâcha-t-il sans plus d'explication.

Une clameur interrompit leur échange. Les magiciens venaient de gagner la tribune officielle, près de l'arbre-feu. Dès qu'ils furent installés, celui qui semblait être leur chef leva son maillet et frappa sur un gong dont le son ample s'enroula sous le soleil au zénith. Répondant à l'appel, prêtres et prêtresses sortirent lentement des temples. Ceux d'Aa, dieu de la Nuit, portaient une robe noire nouée à la taille par une bande de tissu blanc. L'apparence de ceux d'Izil était leur exact négatif.

Tous les visages se tournèrent vers la terrasse. Au fil de la matinée, Julian avait compris que la reine, malade, serait incapable de quitter son lit. Personne ne fut donc surpris de voir le roi se présenter en premier, une adolescente aux longs cheveux blonds accrochée à son bras – la princesse Aenor, déduisit Julian. Un jeune homme d'une trentaine d'années les suivait de près. Comme son père, le prince Cadeyrn portait la cape d'or des magiciens.

Au lieu de les acclamer, la foule retint son souffle, fébrile. La rumeur du retour de la fille aînée du roi avait fait le tour de la place, alimentant les conversations au cours de la longue matinée d'attente et, à cet instant, tous se demandaient si elle était fondée.

Lorsque soudain, une jeune femme rousse parut à son tour.

Julian reconnut avec stupeur l'étrange cavalière aperçue dans la nuit. Courte coiffure tribale, tunique de cuir rouge moulant son corps musclé, épée pendue à la taille, elle s'avança jusqu'au parapet dans un silence parfait, prenant soin de garder ses distances avec le reste de sa famille. Le roi et la jeune Aenor semblaient furieux. Le prince, lui, souriait en regardant sa sœur. Des murmures s'élevèrent dans l'assistance.

— Badass, la princesse ! s'enthousiasma Charly.

— Badass ! répéta le petit Juhel, perché sur ses épaules.

Si le garçonnet ignorait la signification exacte de ce qu'il disait, il en avait compris le sens global. Julian acquiesça sans un mot. Il balaya l'esplanade du regard. L'allure de Walkyrie de la princesse Élouane produisait son effet sur les habitants d'Astria. Son nom jaillit quelque part. Fut repris. Bientôt, tous le scandèrent avec une joie manifeste. Tous, sauf la tribune des magiciens et les prêtres dont la procession s'était arrêtée autour de l'arbre.

Julian se retourna brusquement, saisi par une impression de danger. Il observa les environs sans identifier la cause de son intuition. Puis il comprit.

Énora avait disparu.

— Pardon. Excusez-moi. Pardon.

Oppressée par les cris de la foule, Énora se frayait un chemin vers le seul endroit clairsemé de la place, à l'extrémité opposée de la terrasse. À Paris, la cohue du métro ne l'avait jamais dérangée. Mais c'était différent ici. La fièvre qui s'était emparée de l'esplanade avait une aura fanatique qui la terrifiait. Il lui semblait qu'à chaque instant des hommes masqués de cuir allaient surgir devant elle, arme à la main, comme le jour de son anniversaire. C'était absurde, elle le savait, l'Ordre avait été créé dans son monde natal, et ses membres n'avaient aucun moyen de rejoindre Ombre. Mais elle était incapable d'être rationnelle.

Émergeant enfin de la marée de corps incontrôlable, elle fila vers le bâtiment adossé aux remparts et se laissa glisser contre son mur. Accroupie, isolée, elle essaya de calmer les tremblements compulsifs qui agitaient ses bras.

— Ça va ?

Énora leva les yeux. Une jeune femme l'observait avec curiosité. Cheveux châtains relevés en chignon négligé, regard d'automne, elle paraissait moins de trente ans.

— Mieux, répondit-elle.

La femme hocha la tête, rassurée, puis se désintéressa d'elle pour reprendre l'observation du mur qui s'étalait dans son dos. Énora se redressa, considéra à son tour la façade dont elle n'avait pas perçu l'étrangeté dans sa crise de panique. Graffitis injurieux et dessins obscènes se superposaient sur la peinture d'origine, quasiment disparue. Des plaques entières de plâtre étaient tombées, entrecoupant d'espaces vides les bas-reliefs et les fresques usées. Ce bâtiment à l'abandon détonnait avec le faste clinquant du reste de la place.

— Cet endroit, qu'est-ce que c'est ? demanda Énora.

— Étrangère ? devina l'inconnue sans la regarder.

— C'est la première fois que je viens ici.

— Curieuse réponse.

Énora se demandait si elle avait commis une erreur lorsque l'autre la rassura d'un sourire.

— J'aime les gens curieux. Cette bâtisse est le tombeau des Rois-Passeurs.

Énora réprima difficilement sa surprise. Les dépouilles de ses ancêtres reposaient en ce lieu. C'était la première fois depuis son passage en Ombre qu'elle trouvait une trace concrète des Passeurs. Elle considéra la femme d'un œil nouveau.

— Vous n'avez pas l'air passionnée par la cérémonie, observa Énora. Ni par le retour de cette princesse.

— La cérémonie me permet d'auditionner ce mur sans que l'on se zyeute de moi. Ceux qui s'intéressent aux Passeurs sont tout de go douteux au regard des gardes.

— Et pourquoi les Passeurs vous intéressent-ils ?

— Je me fiche de ces félons. Le mur de leur tombeau, en revanche, est une œuvre collective fascinante. La rage et la haine jetées sur cette façade dégagent une telle puissance... Je suis peintre, ajouta-t-elle avec un coup d'œil à Énora. Je me hèle Jana.

Une mendiante s'approcha d'elles, démarche boitillante et mains tendues.

— Quelques sonnantes pour une pauvre femme ?

Deux yeux d'encre inquiétants se fixèrent sur Énora qui balbutia une excuse, lorsqu'un nouveau gong retentit au centre de la place.

— Ah ! s'exclama Jana en lui prenant soudain le bras, ce chapitre de la cérémonie vaut le détour !

Énora ne put que la suivre vers la foule, heureuse de s'éloigner de l'étrange mendiante. Plus elle échangeait avec des natifs d'Ombre, moins leur singulier usage des mots la dérangeait. Comme si sa compréhension s'ajustait.

Elle se mit sur la pointe des pieds pour observer la scène. Si elle n'en distinguait pas tous les détails, il était impossible de manquer la femme en robe immaculée qui s'avançait vers l'arbre-feu, une torche à la main.

— La grande prêtresse d'Izil, lui apprit Jana.

— C'est elle qui va embraser l'arbre ?

— Oui. Il incinérera jusqu'au solstice d'hiver, moment où le grand prêtre d'Aa accueillera les cendres.

Soudain, des flammes apparurent sur les branches. Le brasier se propagea très vite, et bientôt l'arbre-feu parut avoir doublé de volume. Énora jeta un coup d'œil à la peintre subjuguée par le spectacle, puis recula discrètement jusqu'au bâtiment qui abritait le tombeau des Rois-Passeurs. Peut-être qu'en apprendre plus sur les Passeurs l'aiderait à trouver un moyen d'anéantir l'Ordre ? Cette piste était fragile, mais c'était la seule qu'Énora possédait, elle ne perdrait rien à la suivre. La porte du tombeau était scellée par une chaîne. Énora remarqua une ruelle au coin de la place qui longeait le mur saccagé, voulut s'y glisser, s'arrêta net. À quelques pas de là, un jeune magicien aux cheveux blancs l'étudiait d'un regard suspicieux.

Énora rejoignit Jana en se composant un air détaché, la salua, puis, malgré ses craintes, plongea au cœur de la foule.

Le regard du magicien lui brûla le dos jusqu'à ce qu'elle franchisse les remparts.

Près du tombeau des Rois-Passeurs, un petit prêtre d'Aa au crâne chauve s'approcha d'une mendiante qui grommelait en jetant son sac sur son dos.

— As-tu entendu cette histoire de Passeur ? demanda-t-il.

La femme fit volte-face puis, le reconnaissant, le considéra en silence.

— Toujours prêtre de ton propre clergé, à ce que je vois, grinça-t-elle. Comment t'appellent-ils, déjà ? Nozaa ?

— J'aime veiller sur les miens, répondit simplement celui-ci.

— Un Passeur, dis-tu ? Peut-être bien que j'en ai entendu parler.

Le prêtre tiqua.

— Entendre parler de l'autre monde n'est jamais une bonne nouvelle pour nous, ma sœur.

— La barrière est solide, nous l'avons conçue ainsi. Même si les Passeurs étaient de retour, Il ne pourrait traverser avec l'un d'entre eux.

— Je sais, Iz. Mais nous ignorons ce qu'Il est devenu.

Elle plongea ses yeux noirs dans le regard transparent de son frère, laissant entrevoir un bref instant l'étendue de sa puissance, puis murmura :

— Débrouillons-nous pour ne jamais l'apprendre.

Fragment

Décès de la princesse Élouane

Astria, 356ᵉ année de l'Alliance

Notre bien-aimée princesse Élouane est décédée hier. La reine Sandra et le roi Degan décrètent une semaine de deuil durant laquelle les portes d'Astria seront closes, à l'exception de la Porte des Pèlerins. Toutes affaires commerciales seront suspendues durant cette période dédiée à la prière, et chacun réduira ses activités au minimum. Les funérailles se tiendront sur la place des Dieux dans une semaine.
Peuple du royaume, que ces jours sombres soient placés sous le signe de la famille et de la solidarité. Qu'Izil, la porteuse de lumière, éclaire vos chemins.

Proclamation de la famille royale consignée par Rhett,
Encré du royaume.

Chapitre 7

Ravenn entra dans le bureau.

Cette pièce toute en longueur avait été utilisée par son arrière-grand-mère et n'avait pas été réinvestie depuis. Elle possédait l'avantage, rare dans ce château, de ne pouvoir être observée par aucun passage secret. Deux autres atouts avaient décidé Ravenn à s'y installer : la distance à parcourir depuis la porte pour atteindre la petite estrade où se dressait le bureau était assez longue pour lui permettre de réagir et de se défendre en cas d'attaque. Et la haute fenêtre qui ponctuait le mur du fond offrait toute la lumière nécessaire à son occupant pour observer ceux qui venaient à lui, alors qu'eux ne le voyaient qu'à contre-jour. Ainsi, la princesse était assurée de son intimité et de sa sécurité.

À l'instant où elle franchit la porte, Ravenn sut qu'elle n'était pas seule. Sa main se posa sur la poignée de son épée, puis se détendit en découvrant une peintre agenouillée devant la fresque qui recouvrait un mur. Elle portait une tenue de travail maculée de couleurs, et ses longs cheveux tressés étaient enroulés sur sa tête, plus par esprit pratique que par souci esthétique. Elle se releva, adressant à Ravenn un regard noir qui ne s'adoucit pas lorsqu'elle reconnut l'intruse.

— Vous savez qui je suis, affirma la princesse.

— Difficile de l'ignorer.

— Peut-être pourriez-vous vous présenter, que nous soyons à égalité ?

La peintre parut surprise, mais l'hostilité restait intacte sous le vernis d'ironie :

— « Égalité » ? Entre vous et moi ?

— Dans l'information, du moins.

— Jana. C'est mon nom.

Ravenn hésita. Elle avait essuyé nombre de regards haineux dans le château aujourd'hui, mais celui-ci était... différent. Non seulement cette peintre se moquait de son rang, mais elle l'affrontait sans montrer le moindre signe de peur. Séduite par cette attitude irrévérencieuse, Ravenn prit un risque.

—Vous pouvez continuer votre tâche, Jana, mais ce bureau va devenir le mien. Si vous ne me dérangez pas, j'en ferai autant.

—Je ne peux travailler si quelqu'un me regarde.

—Dommage.

Le visage de la peintre se teinta d'orage. Ouvertement furieuse, elle jeta le pinceau qu'elle tenait à la main et quitta la pièce. Ravenn la laissa faire, intriguée. Puis elle s'assit au bureau.

Le fauteuil était usé mais confortable. Elle ouvrit un à un les tiroirs, découvrant vieux documents et flacons d'encre séchée. Elle venait d'en sortir un boîtier rempli de crayons lorsqu'on frappa. Le général Rhun entra, Lïam et Pelekaï à sa suite. Ce dernier salua la princesse d'un regard préoccupé et se plaça immédiatement devant la porte. Le solide maître d'armes marcha jusqu'à Ravenn.

—Heureux de voir que tu as survécu à ta première journée à Astria, princesse.

—La journée n'est pas encore terminée. Mais avec Pelekaï à mes côtés j'ai confiance en mes chances de voir l'aube entrer par cette fenêtre demain.

Elle se tourna vers Lïam. Au cours du voyage de retour vers le royaume, Ravenn s'était attachée plus qu'elle ne savait le montrer à ce garçon sensible, à l'esprit redoutablement vif. Rhun et Pelekaï l'avaient pris sous leur aile aujourd'hui, mais il devrait apprendre à se débrouiller seul dans les couloirs hostiles du château. Elle lui tendit un parchemin vierge et un crayon.

—Lïam, je te donne trois jours pour découvrir, explorer et cartographier les passages secrets de ce château. Si tu as des ennuis sérieux, viens me trouver ici. Et ne rentre jamais dans cette pièce quand tu m'entends discuter avec quelqu'un que tu juges menaçant. File.

Il disparut aussitôt.

—Pelekaï, s'il te plaît, ne laisse entrer personne. (Puis elle se ravisa.) Sauf la peintre.

Le géant jeta un coup d'œil au pinceau abandonné sur le sol, puis il secoua la tête, ses minuscules tresses brunes dansant autour de son visage.

—Tu la laisserais assister aux conversations que tu auras dans cette pièce ? s'étonna-t-il dans son dialecte natal.

—Je me débarrasserai d'elle si elle pose problème.

—Ce n'est pas prudent...

—Non.

—Ça ne te ressemble pas, Croc de ma Meute. Tu connais ta faiblesse. Es-tu sûre... ?

Ravenn l'arrêta d'un regard tranchant. Elle n'était pas d'humeur à subir son agaçante perspicacité.

Il fronça les sourcils, puis sortit.

—Tu as fait forte impression auprès de mes gardes, sur la terrasse, lança Rhun à l'autre bout de la pièce. Ils ne parlent que de toi depuis que nous avons rejoint les baraquements.

Ravenn le dévisagea, songeuse.

—J'ai été surprise d'obtenir une réaction si unanime.

—Les stratagèmes du roi pour faire croire à ta mort jouent en ta faveur. Tes funérailles ont duré une semaine entière, tous ont porté le deuil des mois durant et, chaque année, on a honoré ta mémoire. Tu es devenue une sorte de... figure romantique.

—Romantique ? Moi ? répliqua Ravenn avec un sourire en coin.

—Contrôler son image est une tâche complexe, ironisa Rhun, surtout lorsqu'on se trouve à l'autre bout du monde.

—En effet...

La porte s'ouvrit. La peintre Jana entra et marcha droit vers la fresque. Ravenn ne lui adressa qu'un bref regard avant de reprendre la conversation là où elle l'avait laissée.

Jana bascula à l'horizontale le pupitre de bois qui lui servait de palette, y déposa une peinture gorgée de pigments rouges, leva les yeux vers le mur. Même si elle refusait de l'afficher sur ses traits, sa colère ne retombait pas. Pourquoi la princesse avait-elle choisi cette salle, parmi les centaines disponibles ? La présence des autres l'avait toujours gênée, elle contaminait son travail. Les coups de pinceau lui échappaient. Jana détestait cette impression d'être dépossédée de son œuvre. Pourtant, après avoir erré quelques minutes dans les couloirs, elle était revenue. Peut-être simplement par fierté ? Jana travaillait sur cette fresque depuis des jours ; ce n'était pas elle, l'intruse ; ce n'était pas à elle de partir.

L'image de son compagnon, un Encré du royaume, s'imposa à elle et l'apaisa. Rhett lui avait offert un équilibre qu'elle n'avait jamais connu auparavant, emportée par des relations passionnées qui alimentaient son art mais la perforaient de douleurs. Aujourd'hui, elle était plus concentrée que jamais, et Jana savait qu'elle lui devait ce recentrage. Elle était capable d'ignorer la princesse Élouane, se persuada-t-elle.

Mais à peine eut-elle levé son pinceau que la conversation l'atteignit comme une mouche agaçante.

— C'est de ceux qui vivent entre ces murs dont je me méfie, disait la princesse. Après la politique désastreuse qu'a menée mon père, je ne m'inquiète pas du soutien du peuple.

Le moins que l'on puisse dire, songea amèrement Jana. Ses propres parents étaient morts après une vie entière à trimer pour garder la tête hors de l'eau, étouffés par les taxes qui finançaient la guerre contre Terrilis, dans l'Est du royaume. Elle avait eu plus de chance. Ses talents précoces l'avaient amenée à intégrer la Maison des Arts ; au cours des années elle avait gagné une renommée suffisante pour survivre en restaurant des tableaux anciens ou en portraiturant les bourgeois d'Astria. Bien sûr, elle avait dû trouver des sources de revenus alternatifs, mais elle espérait pouvoir bientôt s'en passer. Ses propres œuvres commençaient enfin à trouver acquéreurs.

— As-tu vu ta mère ? interrogea le général Rhun.

— Pas encore, répondit la princesse.

Jana contempla la fresque, inspira, plongea dans les couleurs.

Elle n'émergea de sa transe qu'après plusieurs heures et, posant son pinceau, elle poussa un léger soupir de contentement. Seul le silence lui répondit. La princesse avait quitté la pièce sans qu'elle s'en aperçoive.

Ravenn serra les dents.

Adossée à la porte de la chambre, elle ne parvenait pas à se décider à rejoindre le chevet de la reine. Encore plus qu'à son père, c'était à sa mère que Ravenn en voulait. Elle méprisait sa faiblesse, cette façon de toujours s'en remettre à son époux, de ne jamais imposer son point de vue alors qu'en tant que souveraine du royaume ses décisions prévalaient sur celles du roi. Une marionnette entre les mains des magiciens et des prêtres. En rentrant chez elle forte de neuf années solitaires, la princesse aurait aimé affronter cette mère transparente, se tenir devant elle pour lui délivrer sa vérité, la pousser à reconnaître ses erreurs. Mais la reine n'était plus que brume aux portes de la mort, corps alité sans espoir de rémission. Ravenn ne trouvait qu'une coquille vide pour écouter ses reproches.

Pourtant, elle s'approcha. Les longs cheveux blonds défaits s'étalaient sur l'oreiller comme les fils d'une toile d'araignée informe. Ravenn avait hérité de ses taches de rousseur et, même si la vie dans des contrées plus ensoleillées que le royaume les avait partiellement recouvertes d'un bronzage mat, elle aurait préféré ne rien avoir en commun avec cette femme.

Les paupières de la reine s'ouvrirent, révélant un regard clair voilé de fatigue. Elle reconnut aussitôt sa fille, et ses lèvres s'étirèrent en une ébauche de sourire rapidement avortée. Elle était donc encore lucide, s'étonna Ravenn. *Très bien.* Si la princesse ne pouvait déverser son ressentiment, elle pourrait malgré tout lever le doute qui avait persisté dans son esprit tout au long de son exil. Une réponse, juste une.

Ravenn se pencha au-dessus de sa mère, traquant la moindre de ses expressions.

— Lorsque père a décidé de me marier, demanda-t-elle, tu savais qu'il m'était impossible d'accepter ? Que ma seule solution était la fuite ?

La reine la dévisagea, ne laissant rien paraître.

— J'aime les femmes, maman. Depuis toujours. Tu le savais, n'est-ce pas ?

Baissant les yeux, la mourante serra les lèvres. Regret et culpabilité. La reine n'ignorait rien des préférences de sa fille aînée, mais elle n'avait pas dit un seul mot pour s'opposer au mariage décidé par le roi, alors même qu'elle en avait le pouvoir. À cause de son inaction, Ravenn avait été rejetée, spoliée, forcée d'abandonner sa terre et ses amis. Si la douleur de cette blessure s'était atténuée avec le temps, son souvenir restait vivace. Violent. La princesse ravala l'émotion qui menaçait de déborder sous la frange de ses cils.

— C'est tout ce que je voulais savoir, murmura-t-elle en tournant les talons.

Sa mère la rappela d'une voix vacillante. Ravenn revint sur ses pas.

— Comment… vas-tu faire ? Le trône… Épouser magicien. Tu dois… tu dois…

S'exprimer semblait lui demander une force infinie, mais Ravenn savait exactement ce qu'elle lui demandait. Pour monter sur le trône d'Ombre, la princesse devait épouser un magicien du Clos. Cette règle avait été édictée à la suite d'une guerre dévastatrice, afin de préserver l'alliance entre les différentes puissances du royaume, et Ravenn ne pourrait la modifier qu'après son couronnement. Elle était coincée. Mais contrairement aux événements qui l'avaient fait fuir Astria alors qu'elle était encore adolescente, elle avait aujourd'hui la possibilité de choisir son époux, ce qui changeait considérablement la donne.

— C'est un peu tard pour t'inquiéter de mon sort, dit-elle.

Elle franchit le seuil de la chambre avec la certitude satisfaisante de ne jamais revoir sa mère vivante.

Le prince, premier-né de la fratrie, l'attendait dans le couloir. À trente ans, son visage n'avait rien perdu de ses rondeurs, et, si la coupe étudiée de ses vêtements sombres flattait sa silhouette, elle ne pouvait entièrement dissimuler son ventre. Il avait toujours joué au chevalier blanc avec ses sœurs, ce que Ravenn exécrait.

— Cadeyrn, le salua-t-elle fraîchement sans ralentir sa marche.

Le prince la suivit. Des servantes affairées disparurent à leur approche.

— Élouane. Ou dois-je t'appeler Ravenn ?

— Pour toi, ce sera Élouane. Que veux-tu ?

Cadeyrn sourit, ajusta sa cape de magicien.

— Simplement te souhaiter la bienvenue.

— Rien n'est jamais simple avec toi. Tu n'adresses la parole qu'à ceux qui ont quelque chose à t'offrir.

— Petite sœur, tu as été absente longtemps. Je ne suis plus cet homme-là.

Ravenn eut un sourire dubitatif. Elle ne croyait pas les gens capables de changer. Que des personnalités évoluent, que certaines facettes se développent au détriment d'autres, que des objectifs différents se révèlent avec le temps, pourquoi pas. Mais un changement véritable ? Non. Sa mère serait toujours une faible soumise. Son père, un tyran obsédé par la conquête. Son frère, un manipulateur avide de reconnaissance.

— Oh ! s'exclama-t-elle, faussement étonnée. Tu serais devenu pire encore ?

Cadeyrn sourit de nouveau, enjôleur.

— Peut-être bien. Tu comptes t'emparer du trône ?

Question rhétorique. Ravenn ne se donna pas la peine d'y répondre.

— La proposition que j'ai à te faire, petite sœur, pourrait t'épargner bien des soucis.

— Je n'ai pas de soucis.

— Ton futur époux sera-t-il d'accord sur ce point ?

Ravenn demeura impassible. Apparemment, ce mariage obnubilait chaque membre de sa chère famille. Si Ravenn cherchait encore à éviter la question, elle devrait s'y confronter sans tarder.

— Je te parle de bénéfices réciproques, Élouane. (Il posa une main sur l'avant-bras de sa sœur.) Que dirais-tu de m'épouser ?

Ravenn s'arrêta, interloquée, dévisagea son frère. Il ne plaisantait pas.

Alors, pour la première fois depuis des années, Ravenn éclata d'un rire sonore dont l'écho rejaillit par les murs creux jusqu'à atteindre les oreilles de Lïam.

Le garçon venait de trouver une porte dissimulée derrière un tableau et progressait dans le passage secret. Élève appliqué, il s'empressa de déterminer sa position et traça quelques lignes sur son parchemin, lorsque le rire de Ravenn lui parvint. D'abord, il ne le reconnut pas, n'ayant jamais entendu la princesse émettre un tel son. Puis l'évidence s'imposa et, surpris, il sourit. Cette femme avait changé sa vie, ouvrant devant lui des horizons dont il n'aurait jamais osé rêver. Au cours de leur voyage vers le nord et de la longue traversée qui avait suivi, elle lui avait appris à parler la langue commune du royaume, mais aussi à la lire et à l'écrire. Il s'embrouillait encore ; pourtant, à force d'entendre l'ombrois autour de lui depuis la veille, les mots lui venaient plus naturellement. Les chiffres, eux, l'avaient absolument fasciné. Ce n'était pas le domaine favori de Ravenn, aussi n'avait-elle pu lui offrir plus que les bases du calcul. Il brûlait d'en découvrir davantage.

Lïam atteignit un embranchement. Percevant des voix étouffées sur sa gauche, il s'engagea dans cette direction et s'arrêta devant un miroir sans tain. Deux hommes marchaient dans un couloir secondaire – un prêtre d'Aa et un magicien, comme les identifia immédiatement Lïam à leur apparence. Le premier était âgé, ses muscles secs échouaient à dissimuler les traces du temps, et son regard transparent avait l'éclat brumeux de celui qui a déjà tout vu. Le magicien, lui, paraissait moins de trente ans, mais il arborait déjà une chevelure entièrement blanche.

— L'attitude de cette fille était étrange, assura-t-il à voix basse. Grande. Fuyante. Et elle s'intéressait au tombeau des traîtres.

— Nous recherchons un homme de vingt ans, rétorqua le prêtre. Le Passeur ne peut être une fille.

— Qui vous dit qu'il a traversé seul… ? Si cette fille vient de l'autre côté, elle peut nous mener au véritable Passeur.

— Vous l'avez suivie ?

— Je l'ai perdue dans la foule. Mais, à présent que je sais qui chercher, je la dénicherai.

— Bien. Quoi que vous trouviez, je vous en prie, tenez-moi au courant.

— Je n'y manquerai pas, Nozaa ; nous avons un accord.

Le prêtre lui sourit, puis secoua la tête.

— Comme si nous n'avions pas déjà assez à faire avec le retour de cette fichue princesse… (Il se figea, fronça les sourcils.) Remarquez, reprit-il d'une voix traînante, il existe un moyen de retourner ce double problème à notre avantage. Nous devons dénicher ce Passeur, plus que jamais.

Tous deux bifurquèrent dans un couloir latéral. Leurs voix se perdirent au loin. Soudain, un froissement de tissu alerta Lïam. Il n'était pas seul dans le passage secret. Avisant une échelle qui montait à l'étage supérieur, il l'emprunta sans un bruit, puis s'immobilisa à mi-hauteur, dissimulé dans l'obscurité. Des pas discrets résonnèrent, puis une silhouette apparut. Tandis que l'intrus passait en dessous de Lïam, un rayon de lumière joua un instant sur ses lunettes aux montures dorées, et le garçon reconnut Ojaedd, l'intendant du château. Celui-ci continua sa route sans lever la tête et disparut. Songeur, Lïam nota mentalement de faire part à Ravenn de cette étonnante rencontre, puis il reprit sa tâche, gravissant les derniers barreaux de l'échelle. Comme chaque fois que le garçon passait à proximité des appartements du roi, il jeta un coup d'œil discret par une fente du mur.

L'homme se tenait debout devant la fenêtre, plongé dans ses pensées, sa couronne à la main.

Le roi Degan parcourut lentement du regard les toits d'ardoise d'Astria qui s'étalaient sous sa fenêtre. Une question obsédante occupait son esprit : pourquoi sa fille aînée était-elle revenue ?

Contrairement aux apparences, il portait à Élouane un amour inaltérable. Il aimait son caractère indomptable et audacieux. Il aimait son refus des conventions, la force qu'elle déployait pour se tenir éloignée des sentiers battus. Elle n'était pas faite pour le pouvoir. Les décisions qu'elle aurait à prendre en tant que souveraine allaient la broyer lorsqu'elle se rendrait compte que ses idéaux étaient irréalisables et que diriger consistait le plus souvent à renier ses convictions à force de compromis. Élouane était taillée pour la liberté et l'indépendance. Tout ce à quoi une reine ne pouvait prétendre.

Degan en avait pris conscience très tôt, alors qu'elle n'était encore qu'une enfant. Il sourit en se remémorant la petite princesse sauvageonne qui se cachait au moment du bain, refusait robes et rubans, ne supportait pas qu'on la coiffe et passait le plus clair de son temps à se battre avec les fils des soldats. Oui, il avait compris à cette époque que le pouvoir serait pour elle un corset insupportable, si bien qu'il avait saisi la première occasion pour l'éloigner du royaume. Feignant l'indignation, il s'était dressé contre son amour pour une jeune fille et avait imposé à Élouane d'épouser un magicien de quinze ans son aîné, certain qu'elle ne l'accepterait jamais. Il avait eu raison. Élouane avait quitté le royaume avec sa jeune amante. Le roi s'était empressé de la faire passer pour morte, délestant à jamais la princesse du poids de son héritage. Il lui avait offert le plus beau cadeau qu'il avait pu envisager en tant que père : la possibilité d'être elle-même. Alors pourquoi, pourquoi était-elle revenue ?

La colère qu'il avait ressentie à sa vue ce matin s'était effacée, laissant derrière elle une profonde mélancolie mêlée d'incompréhension. Il fit glisser sa couronne entre ses doigts. Évidemment, il connaissait la réponse à sa question, même si elle lui semblait absurde. Élouane était rentrée pour monter sur le trône d'Ombre.

Ce développement inattendu plaçait Degan devant un douloureux dilemme.

Depuis des dizaines d'années, les magiciens, dont il faisait partie, avaient le projet d'asseoir durablement leur suprématie au sein du royaume en éliminant toute menace.

La première était celle que constituaient les magiciennes qui se cachaient au cœur du royaume. Au tout début de son règne, Degan chercha à acquérir des cristaux d'âme auprès du souverain voisin. Ces cristaux étaient seuls capables de percer les illusions des magiciennes. Mais le roi de Terrilis veillait jalousement sur ces étranges pierres et refusa de les vendre. Degan lança donc une guerre de conquête pour annexer les champs de cristaux. Après trente ans de combats, son armée touchait au but, c'était l'affaire de quelques mois, tout au plus. Les capes d'or, qui s'étaient jusqu'ici tenues à l'écart des combats de crainte de voir surgir face à elles les magiciennes, allaient pouvoir donner le coup de grâce aux combattants terrilisiens. Privées de leurs illusions, les magiciennes ne seraient bientôt plus qu'un agaçant souvenir… Mais Élouane qui n'approuverait pas les enjeux de cette guerre si on les lui expliquait y mettrait un terme prématuré.

Et puis bien sûr, il y avait cette question de la transmission du pouvoir. Degan avait façonné Aenor pour en faire une reine malléable, qui accepterait de ratifier la seule réforme que son épouse avait toujours refusé de signer : le retour à l'ancien mode de succession, de père en fils. De magicien à magicien, pour toujours. Le prince Cadeyrn qui brûlait lui aussi d'accéder au trône avait proposé d'épouser sa plus jeune sœur. Mais, quelle que soit l'affection que le roi portait à son fils, Cadeyrn était aussi imprévisible qu'Élouane. Mieux valait attendre une génération afin d'être certain que la réforme perdurerait.

C'était son plan.

Celui qu'il avait minutieusement préparé.

Celui que le retour d'Élouane venait bouleverser.

Le choix que le roi devait faire était simple : laisser Élouane hériter de la couronne ou l'écarter pour de bon. Dans le premier cas, il anéantissait l'œuvre de sa vie, et ses pairs magiciens ne le laisseraient pas faire. Que risquait-il ? La mort, probablement. Ainsi que celle d'Élouane, dont ils ne permettraient jamais le règne.

Ou bien il pouvait l'éliminer lui-même, régler discrètement cette affaire une fois pour toutes, agir tant qu'elle avait peu de soutien et qu'elle se terrait, vulnérable, au cœur d'un château hostile.

Quoi qu'il arrive, donc, Élouane mourrait. Cette certitude ranima la colère du roi. Elle aurait pu poursuivre son existence à l'autre bout du monde pendant des dizaines d'années, et il aurait continué à l'imaginer au milieu de ses sauvages et de ses dragons. Et il aurait souri, comme chaque fois qu'il avait pensé à elle depuis qu'il avait provoqué son exil. Mais elle avait eu la stupide idée de rentrer. Ce faisant, elle s'était condamnée.

C'est sa faute, pensa-t-il avec humeur, *je ne voulais pas en arriver là, mais elle l'a cherché, elle m'y oblige !*

La seule différence entre les deux solutions qui s'offraient à lui était sa propre mort. Une différence notable, le roi Degan ayant toujours fait grand cas de sa vie. Sa décision prise, il posa sa couronne sur son front. Malgré l'amour qu'il portait à Élouane, il n'était pas prêt à renoncer au pouvoir ni à son grand projet.

Il fallait juste que personne ne puisse établir de preuves de sa culpabilité.

Fragment

Chroniques d'Ombre : la trahison des Rois-Passeurs

Astria, 6e année de l'Alliance

Six ans après les événements qui bouleversèrent notre royaume, il paraît important de regarder en arrière pour aider cette blessure encore vive à se refermer.
Durant les trois cent cinquante ans de l'ère de l'Échange, le Roi-Passeur Kanna et ses descendants régnèrent sur Ombre avec plus ou moins de succès. Cette lignée accéda au trône grâce à un pouvoir étrange que nul n'avait développé auparavant et qui restait inaccessible aux meilleurs des magiciens : celui d'ouvrir des brèches entre notre royaume et cet autre monde que nous connaissons sous le nom de Rive.
Les contacts entre les deux terres furent nombreux, souvent prospères, et permirent d'innombrables découvertes quant aux étranges liens qui les unissent, tel le phénomène fascinant des Noirs Portraits.
Mais l'ère de l'Échange prit fin lorsque le dernier Roi-Passeur, Gwendal, trahit son peuple. En Rive, il assembla une armée pour déferler sur Ombre et réduire ses habitants en esclavage. Ce que les souverains de Rive lui avaient promis en échange, nul ne le sut jamais. Le premier assaut de ces forces étrangères prit tout le monde par surprise. Les hommes du royaume montèrent courageusement à l'assaut. Nombre d'entre eux moururent. Mais les magiciens du Clos parvinrent à repousser les envahisseurs et scellèrent les

passages existants. Le dernier Roi-Passeur disparut avec sa famille. Les magiciens le traquèrent, en vain.
Parce que nous pensons que le traître trouva refuge en Rive, un nouvel ordre magique fut créé : celui des Sentinelles. Jour après jour, les Sentinelles du royaume traquent le moindre signe de l'ouverture d'un nouveau passage afin de prévenir le retour des traîtres.

Extrait des *Chroniques d'Ombre*,
par Amaël, Encré du royaume.

Chapitre 8

— Ne refais jamais ça, répéta Julian.

Énora s'étira dans la chaleur des couvertures. La veille, après sa mésaventure devant le tombeau des Rois-Passeurs, elle était rentrée directement à l'auberge et avait attendu que les autres la rejoignent. Ils étaient arrivés près d'une heure plus tard, affolés par sa disparition. Énora avait expliqué qu'elle s'était laissé emporter par la foule sans parvenir à les retrouver par la suite. Plus tard, elle avait confié aux deux frères l'étrange regard du magicien, mais elle avait gardé pour elle sa découverte du tombeau à la façade profanée. Elle croisa les yeux orageux de Julian. Ils n'avaient pas reparlé de leur étreinte nocturne. Énora craignait qu'elle n'ait signifié plus pour Julian que pour elle.

— Je suis désolée.

Elle jeta un coup d'œil à Charly, allongé sur le lit. Un sourire discret flottait sur ses lèvres tandis que son regard s'échappait par le cercle de la lucarne, juste au-dessus de lui.

— Tu ne renonceras pas, n'est-ce pas ? s'amusa-t-elle.

Charly lui adressa un regard lumineux.

— Jamais lorsqu'il s'agit de la famille.

Julian se redressa sur son matelas.

— Enfin, Charly, cette prêtresse n'a rien à voir avec la famille ! Tu ne l'as croisée qu'hier !

— Je ne vois pas le problème. Cette fille partagera ma vie, il faut juste qu'elle le comprenne...

Cette manière qu'avait le garçon de croire que les autres adhéreraient à ses désirs était étonnante. Il risquait une déconvenue cinglante et semblait ne pas en avoir conscience.

— Et puis c'est comme Énora, ajouta-t-il, on ne la connaît que depuis une semaine, et, pourtant, elle fait partie de la famille.

Touchée, Énora détourna les yeux pour ne pas rencontrer le regard de Julian.

— Tu vas chercher à la revoir ? s'inquiéta celui-ci.

— J'irai au temple d'Izil pas plus tard qu'aujourd'hui.

— Énora a manqué de se faire repérer pendant la cérémonie alors que l'esplanade était noire de monde. Pas question que tu y retournes seul. Je t'accompagne.

Charly haussa les épaules avec indifférence.

— Je viens aussi, annonça Énora. Tu vas te prendre un vent mémorable, pas question que je rate ça.

— Tu es sûre que c'est prudent ? tiqua Julian. Si ce magicien aux cheveux blancs est toujours là, il risque de te reconnaître...

C'était vrai, et le souvenir de son regard perçant lui tirait encore des frissons. Mais Énora refusait de lâcher son objectif. Si elle tenait encore debout, c'était parce que l'idée de la vengeance brûlait dans son esprit comme une flamme obsédante. Elle voulait en apprendre plus sur le dernier Roi-Passeur, celui qui avait créé l'Ordre après avoir quitté Ombre. Elle avait tenté à plusieurs reprises d'interroger Talan et Maëlle, mais les aubergistes refusaient de parler des Rois-Passeurs, comme si ce sujet était tabou. Le seul témoignage concret

de leur règne qu'Énora avait déniché était le tombeau au mur saccagé, à l'extrémité de la place des Dieux. Une piste ténue... Mais c'était la seule qu'elle possédait et, si elle voulait en apprendre davantage, elle devait pénétrer à l'intérieur de ce tombeau.

— Justement, mentit-elle. Mieux vaut avoir plusieurs paires d'yeux pour surveiller nos arrières.

Julian fronça les sourcils mais demeura silencieux.

N'étant jamais couchés avant une heure avancée de la nuit, Charly, Julian et Énora émergeaient rarement avant midi. Aussi, la journée était-elle déjà bien entamée lorsqu'ils parvinrent sur l'esplanade des temples.

De nombreux pèlerins et mendiants passaient d'un bâtiment à l'autre mais, contrairement à la veille, le dallage complexe de la place était clairsemé. Julian balaya les alentours à la recherche d'une cape dorée. N'en dénichant aucune, il se détendit légèrement.

L'espace à présent dégagé autour de l'arbre-feu lui offrait une majesté nouvelle. Julian se demanda comment ce bois pouvait brûler sans interruption six mois durant. Personne à *La Plume et l'Enclume* n'avait su lui donner d'explication.

Mais déjà, Charly et Énora marchaient vers l'étincelant temple d'Izil, déesse du Jour. Julian les rattrapa.

— Tu ne connais même pas son nom, Charly. Comment espères-tu la retrouver ?

— Elle est à l'intérieur, je le sens.

— Comment ça, tu le sens ?

— C'est... c'est bizarre. Hier, lorsque j'ai aperçu cette fille, j'ai senti que nous étions... je ne sais pas... liés.

Énora leva les yeux au ciel avec ironie. Julian, lui, connaissait mieux son frère. Il était idéaliste, romantique, naïf parfois, mais il en avait conscience et riait de lui-même. Les paroles qu'il venait de prononcer avec une hésitation inhabituelle recélaient au contraire une véritable conviction.

— Liés ? souffla-t-il en pénétrant dans le bâtiment.

Happé par l'atmosphère du temple, Charly ne répondit pas. La lumière filtrait au travers des murs opalescents et jaillissait dans chaque recoin du hall, illuminant dorures et fontaines cristallines. Prêtres et prêtresses d'Izil naviguaient entre les pèlerins pour les renseigner. Quelques mètres plus loin, une arche s'ouvrait vers le corps du bâtiment. Évitant les robes blanches, le petit groupe pénétra sous l'immense voûte translucide. Un puits de lumière vive tombait en son centre sur la statue de la déesse, grande comme dix hommes, ses paupières de marbre closes sur un visage serein. À ses pieds, une volée de prêtresses priaient. Charly marcha droit vers elles.

Un pressentiment insidieux enfla en Julian, une alarme intérieure qui se fit plus pressante à mesure que son frère approchait de la statue. Celui-ci accéléra l'allure, reconnaissant la jeune fille de la veille parmi les prêtresses. Elle leva les yeux, aperçut Charly, sourit, puis sortit du rang et s'avança vers lui. Les picotements dans les bras de Julian s'intensifièrent. Quelque chose n'allait pas. Inconscients du danger, Charly et la fille allaient se rejoindre. Se toucher. Ils ne devaient pas. Julian ignorait d'où provenait cette certitude. Pourtant, elle était si absolue qu'il ne pouvait la repousser. Les longs cheveux de la prêtresse ondulaient dans son dos, nimbés par la lumière qui tombait du plafond. Charly leva la main pour la poser sur l'épaule de la jeune fille. Julian contempla l'ombre de son frère qui se découpait sur le sol. Une vague de chaleur parcourut son corps, afflua dans ses bras.

Charly ne devait pas la toucher.

Il ne devait pas.

Poussé par l'instinct, Julian redessina mentalement l'ombre de son frère pour l'éloigner de la prêtresse. Charly fit un tour complet sur lui-même, comme bousculé par une force invisible. Se rétablissant tant bien que mal, il chercha du regard celui qui l'avait ainsi malmené. Ses yeux croisèrent ceux de Julian. Bras tendus, il n'avait pas bougé, trop abasourdi par le phénomène qui venait de le traverser.

— Comment as-tu… ? articula Charly, incrédule.

Un cercle s'était formé autour d'eux. Religieux et pèlerins les dévisageaient avec une crainte non dissimulée. Julian se redressa, voulut rejoindre son frère, lorsque deux gardes l'attrapèrent par les épaules. Une lame caressa sa gorge.

— Ne t'agite pas, étranger. Au moindre geste, je n'hésiterai pas à te trancher.

Impuissant, Julian vit son frère se faire intercepter de la même façon.

Énora recula vers l'arche de l'entrée.

Qu'était-il donc passé par la tête de Julian ? Lui, habituellement si prudent, pourquoi s'était-il précipité ainsi vers Charly et… quoi au juste ? Qu'avait-il fait pour attirer l'attention de tous ? Restée en retrait durant toute l'action, Énora l'ignorait.

Soudain, cinq magiciens la dépassèrent. Elle se figea. Celui qui l'avait effrayée la veille était parmi eux, ses cheveux pâles en corolle autour d'un visage anguleux. Il n'y avait nulle part où se cacher ici, le jour jetait sa lumière impitoyable dans chaque angle, sous chaque arcade. Se faire repérer à son tour condamnerait pour de bon Charly et Julian, car ils n'auraient plus personne au-dehors pour les tirer d'affaire. Pourtant, Énora ne pouvait se résoudre à abandonner ses compagnons. Elle se glissa derrière une colonne nacrée et observa la scène.

Ce fut vite réglé : les magiciens firent sortir Julian du temple, escorté par les gardes. Des prêtres d'Izil s'emparèrent de Charly et lui firent suivre le même chemin.

Encore sous le choc, Énora laissa traîner une oreille parmi les fidèles.

— Un mage renégat, disait un homme. Je n'escomptais pas qu'il y en ait encore de nos jours…

— Oui, c'est extravagant qu'il soit passé entre les filets de l'académie, renchérit une femme. Ils les détectent ordinairement avant la mue…

Énora s'obligea à rester impassible alors que son esprit bouillonnait de questions. L'« académie » désignait vraisemblablement celle des magiciens. Mais « mage renégat » ? L'homme parlait-il de Charly ? De Julian ? Mage... magicien ? L'un des garçons aurait-il un potentiel magique ? Cela expliquerait l'arrivée immédiate des capes d'or...

Au pied de la statue d'Izil, la grande prêtresse aperçue lors de la cérémonie de l'arbre-feu entraînait à l'écart la jeune fille blonde que Charly prenait pour la femme de sa vie. Le regard de cette dernière se planta dans celui d'Énora et s'écarquilla légèrement en la reconnaissant. D'un mouvement imperceptible de la main, elle lui indiqua la direction de l'entrée, puis disparut dans une alcôve avec sa supérieure. Incapable de déterminer ce qu'avait voulu lui dire la jeune prêtresse et craignant d'être dénoncée, Énora battit en retraite vers l'extérieur.

Empêtrée dans ses pensées, ses pas la menèrent vers la façade couverte de graffitis. Elle s'arrêta avant de paraître suspecte en s'approchant de trop près de ce lieu déserté par tous et bifurqua vers l'angle du temple d'Aa, dieu de la Nuit. La ruelle qu'elle avait aperçue la veille, coincée entre le gigantesque temple noir et le tombeau des Rois-Passeurs, semblait lui tendre les bras. Repérant un magicien qui scrutait les passants, elle attendit qu'il tourne la tête pour se faufiler dans l'étroit passage.

C'était un cul-de-sac. Un bâtiment de pierres claires clôturait la ruelle après une vingtaine de mètres. Ses fenêtres arrondies ornées de sculptures florales aux courbes délicates allégeaient le caractère grossier de la construction. Énora avisa la porte de bois brun. La poussa.

À l'intérieur, l'air était frais et la lumière douce. Un petit autel se dressait devant elle, au pied duquel reposaient diverses offrandes. Par la porte ouverte d'une deuxième pièce, un homme assis dans un confortable fauteuil la dévisageait, un gros livre ouvert sur ses genoux. Son corps noueux était recouvert d'une longue robe grise. Il était impossible de lui donner un âge.

Il posa son livre, se leva mais ne s'avança pas vers elle.

— Que puis-je pour vous ? s'enquit-il d'une voix rugueuse.

Énora se dirigea vers la deuxième pièce, avisa la bibliothèque qui recouvrait plusieurs pans de mur.

— Quel est cet endroit ?

— La chapelle du Fou.

— Chapelle ? s'étonna Énora. De quel dieu ?

L'homme sourit.

— On ne bouscule jamais cette porte par hasard, éluda-t-il. Accepteriez-vous de m'élucider sur les raisons de votre compagnie ?

Énora eut un mouvement de recul qui n'échappa nullement à l'étranger en robe grise.

— Retranchez ma requête, dit-il. Profitez de ces lieux comme bon vous sied.

Il se rassit et poursuivit sa lecture. Hésitante, Énora resta immobile un moment, examinant la chapelle de fond en comble. Elle remarqua une porte qui pouvait mener à l'intérieur du tombeau, détourna les yeux, l'ignora résolument. Le regard de l'homme était baissé sur son livre, mais il était à coup sûr en train de l'observer.

Et à présent, Énora ne pouvait plus faire confiance à personne.

Quelqu'un arracha la cagoule de Julian.

Il papillonna des paupières, découvrit son environnement. On l'avait traîné sans la moindre explication du temple d'Izil jusqu'à cette petite cellule, tête couverte afin qu'il ignore le chemin. Il était à présent attaché à une chaise, les bras douloureusement tendus derrière le dos. Des magiciens épiaient ses réactions à la lumière ondulante de deux torches fixées aux murs. Julian ne laissa rien transparaître.

— Ton nom, exigea l'un d'eux.

— Julian. Où sommes-nous ?

— D'où viens-tu ?

Un magicien aux cheveux blancs hésita à intervenir, puis se ravisa. Était-ce celui qui avait suivi Énora ?

— Lorden, lâcha Julian.

— Où, exactement ?

Julian s'était renseigné sur la côte sauvage de la Lorden pour peaufiner leur alibi.

— Tyrane, précisa-t-il.

— Il affabule, affirma un brun au visage d'aigle. Nous l'aurions détecté plus tôt.

Conscient qu'il ne tromperait pas longtemps ces hommes, Julian se tut.

— Quand as-tu découvert tes pouvoirs ? s'enquit le magicien aux cheveux blancs.

— Il y a quelques minutes, dans le temple…

— C'était la première fois que tu les produisais ? s'étonna-t-il.

Julian acquiesça.

— Tu as voulu protéger le blondin qui était avec toi, c'est bien ça ?

Julian hésita, puis approuva de nouveau. Cet homme lui inspirait confiance. Il choisit de s'en méfier plus encore.

— Où est-il ? osa-t-il.

En plein conciliabule, tous ignorèrent sa question. Ses capacités magiques faisaient manifestement débat. Ils tombèrent d'accord, et l'un des magiciens moucha une torche tandis que le plus âgé du groupe, un barbu corpulent et borgne auquel les autres montraient un respect évident, se plantait devant Julian. Il tenait une sphère de verre grosse comme un pamplemousse.

— Zyeute à l'intérieur, ordonna-t-il.

Julian obtempéra. Le globe était séparé en deux hémisphères par une surface blanche opaque. De part et d'autre, des volutes de brume sombre s'enroulaient paresseusement. Un homme approcha la flamme de la torche restante.

— Vois-tu l'ombre de la fumerolle sur la paroi blanche ?

— Oui.

— Essaie de la bouleverser.

— Ce serait plus aisé s'il pouvait exploiter ses mains, suggéra l'homme au visage d'aigle. Et la lumière d'une flamme n'est pas la plus évidente à user…

— On ne cherche pas la simplicité, objecta le doyen.

Julian se concentra. Il ne savait pas s'il était prudent de prouver ses capacités, mais il était aussi curieux que ceux qui l'entouraient d'en découvrir plus. Alors qu'il observait l'ombre mouvante formée par les volutes, il sentit une chaleur intense irradier le long de sa colonne vertébrale. Les volutes s'immobilisèrent. Des exclamations étouffées retentirent.

— Personne n'est en train de l'assister ? s'inquiéta le doyen.

Tous répondirent par la négative. Julian redoubla d'attention et, lentement, regroupa l'ombre au centre de la surface blanche séparant les deux hémisphères. À l'image de leur projection, les volutes se rassemblèrent en une boule grossière. Julian avait l'impression que son cerveau allait prendre feu. Il persévéra pourtant, sculptant l'ombre jusqu'à ce que la fumerolle sombre forme une boule parfaite à l'intérieur de la paroi de verre. Puis il releva la tête. Il lui sembla que la lumière avait décliné dans la pièce, mais peut-être n'était-ce qu'une impression laissée par son effort.

Alors que tous s'étaient approchés pour mieux voir, Julian remarqua que le magicien aux cheveux blancs restait à l'écart. Les autres se redressèrent, certains admiratifs, d'autres agacés.

— En tout cas, cette démonstration règle la question, trancha l'un d'eux. Ce ne peut pas être lui. Ni le blondin.

— Mais ils viennent irréfutablement de Rive ! protesta un autre en se tournant vers le doyen. Ils doivent connaître le Passeur, Til'Orfaël.

Ce dernier – le borgne doyen du groupe – dévisagea Julian d'un regard dur.

— Nous allons investiguer. Cependant, quelle que soit sa racine, ce garçon est lié à l'un des nôtres. Il restera encellulé ici pour le moment. Enoc'h, ajouta-t-il en se tournant vers le magicien aux cheveux blancs, vous vouliez aider à débusquer le Passeur ?

Le dénommé Enoc'h acquiesça prudemment.

— Très bien. Alors interrogez-le. Mais ne lui apprenez rien.

Tête d'Aigle jeta à Julian un coup d'œil dégoûté, puis les capes d'or quittèrent une à une la cellule. Tirant à lui une chaise, Enoc'h s'assit à bonne distance de Julian, le détaillant d'un regard si perçant qu'il semblait pénétrer l'esprit. Julian l'imita, méfiant. Ils devaient avoir à peu près le même âge, et, bien que leur ressemblance physique ne soit pas frappante, Julian ressentit un effet miroir déroutant. L'autre finit par se redresser sur sa chaise et lança :

— J'ignore ce qu'Orfaël va arbitrer à ton sujet, mais il ne te laissera pas repartir avec de tels pouvoirs.

— Pourquoi me dis-tu cela ?

L'autre sourit.

— Je ne devrais pas te braire. J'imagine que je le fais par empathie.

— C'est-à-dire ?

— Il doit être discordant de découvrir ses ressources magiques si tard. Mais, crois-moi, je sais de quoi tu es capable, je le sais très exactement... Ta vie ne sera plus jamais égale.

Si Julian jugea les affirmations de son interlocuteur arrogantes, il n'en laissa rien paraître, conscient qu'il lui manquait trop de clés pour saisir le sous-texte cryptique qui affleurait dans ses paroles.

— Sais-tu où se trouve Charly ? s'inquiéta-t-il.

— Le blondin ?

Julian hocha la tête.

— Puisque l'anecdote s'est localisée dans un temple, il est aux mains des prêtres, comme cela aurait été ton cas si tu n'avais pas manifesté tes ressources magiques. Ils sont certainement en train de l'asticoter pour déterminer comment vous avez atteint le royaume.

L'asticoter, que diable cela signifiait-il ? Julian se refusa à tout commentaire. Les capes d'or savaient d'où il venait, mais, en admettant son origine, il craignait de trahir la présence d'Énora.

— Que s'est-il passé au temple ? demanda-t-il.

Deux yeux d'eau parcoururent son visage.

— Tu l'ignores vraiment, constata le magicien.

Il fit une pause, hésita, changea de position.

— Tu connais bien sûr l'existence des Passeurs. Mais as-tu déjà entendu braire des Noirs Portraits ?

Énora marchait de long en large depuis une heure, incapable de rester immobile.

Soudain, la porte de la chapelle s'entrouvrit. Énora et l'homme en robe grise se figèrent tandis qu'une silhouette gracile se glissait à l'intérieur. Énora ne se détendit pas en reconnaissant la jeune prêtresse d'Izil. Celle-ci eut une mimique d'excuse, se tordit les mains.

— Une amie t'a vue plonger dans la ruelle, expliqua-t-elle. Il fallait que je te jase.

Énora s'approcha du petit autel où se tenait la jeune fille.

— Sais-tu où ont été emmenés les garçons ? murmura-t-elle.

— La grande prêtresse a refusé de me le braire.

— Tu lui as parlé de moi ?

Elle ouvrit de grands yeux horrifiés.

— Non, se défendit-elle, sûrement pas !

Cette fille transpirait la sincérité.

— Comment t'appelles-tu ? se renseigna Énora, radoucie.

— Iouna. (Elle se mordit les lèvres, inquiète.) Je me ronge pour le blondin, avoua-t-elle.

— Charly. Que s'est-il passé avec lui, tout à l'heure ?

— Apparemment, les magiciens traquent un Passeur. Et le blondin… Charly est mon Noir Portrait. S'il m'avait touchée, nous serions morts tous les deux. Ton autre relationné, le brun…

— Julian.

— Oui. Il a intercédé par magie pour empêcher ce contact.

C'était donc Julian le magicien.

— Je dois les aider.

— Non, lâcha l'homme en robe grise d'un ton définitif, depuis son fauteuil.

Énora se tourna vers lui, surprise qu'il ait entendu leur conversation alors qu'elle avait pris soin de ne pas élever la voix.

— L'un de mes amis est dans le temple d'Izil, insista-t-elle, je dois m'y rendre.

L'homme posa son livre et les rejoignit tranquillement.

— Tu ne sortiras pas d'ici.

— Pardon ?

— Je te l'ai dit, jeune fille, on ne bouscule pas cette porte par hasard. Tu as une entreprise à commettre en ce lieu. J'ignore de quelle nature. Mais toi, peut-être le sais-tu ? Quoi qu'il en soit, tu ne te précipiteras pas au temple d'Izil ni chez les capes d'or pour secourir tes amis, tu te ferais restreindre avec eux, c'est tout ce qui arriverait.

— Je dois essayer, s'obstina Énora en se dirigeant vers la porte.

— Quelle tête de dragon !

Énora poussa le lourd battant de bois. Une brusque rafale de vent le referma d'un coup sec, repoussant la jeune fille à l'intérieur de la chapelle. Elle se retourna vers l'homme en robe grise, interloquée.

— C'est vous qui… ?

Pour toute réponse, il lui adressa un regard fataliste.

— Il a raison, intervint doucement Iouna. Les prêtres traquent les compagnons de Charly. Tu te feras cibler tout de go si tu sors d'ici. Tu as déniché le seul havre où ils ne penseront pas à te chercher.

Énora soupira. Apparemment, elle était bloquée dans cette chapelle. Elle dévisagea la jeune prêtresse.

— Tu dis que Charly est ton… Noir Portrait ? Qu'est-ce que c'est ?

Énora avait déjà entendu ce terme. Alors qu'ils sautaient dans le trou pour rejoindre Ombre, Hank les avait sommés de se renseigner à ce propos mais, emportés par leur nouvelle vie, ils avaient oublié cet ultime conseil. Le suivre leur aurait probablement évité des ennuis.

— Ce sont des personnes chevillées ensemble, commença Iouna. Elles naissent chacune dans un monde, l'une en Ombre, l'autre en Rive, exactement le même jour. Tout le monde en a, hors les Passeurs.

— Troisième étagère, cinquième section, le volume avec le dos argenté, lâcha l'homme en robe grise. (Il pointait du doigt la bibliothèque.) Toutes les sciences que nous possédons sur les Noirs Portraits se dévoilent dans cet ouvrage, ajouta-t-il.

Fragment

D'un monde à l'autre

Astria, 57e année de l'Échange

À la suite de nos expériences, nous sommes en mesure d'exposer la nature des lois qui relient Ombre et Rive. Citons en guise de préambule les observations triviales qui posèrent les bases de notre réflexion :
La géographie des terres est identique de chaque côté. Les différences observées sont dues à la modification de l'environnement par les hommes ou les animaux.
De même, il ne fut observé aucune dissemblance dans l'écoulement du temps, ni concernant les astres visibles dans le ciel. La faune et la flore sont similaires, même si certaines créatures n'existent qu'en Ombre.
Il est en revanche à noter que le jour et la nuit sont inversés, de même que la gravité, comme si les habitants de Rive et d'Ombre marchaient sur un miroir et qu'ils étaient les reflets les uns des autres.
Une fois ces considérations établies, nous pouvons en venir au point qui nous intéresse. Des recherches que nous menâmes, notre découverte la plus essentielle est celle des Noirs Portraits, car elle concerne chacun d'entre nous. En effet, pour chaque personne née en Ombre, une autre voit le jour en Rive, au même endroit. Ces personnes ne se ressemblent pas nécessairement, elles peuvent être de sexes différents, mais toute leur vie elles seront liées sans le savoir et seront attirées par la même zone géographique. Si le contexte de leur vie les éloigne et qu'elles sont dans l'impossibilité de se rejoindre,

elles s'affaibliront, parfois jusqu'à la mort. De même, si l'une meurt, l'autre ne peut survivre plus d'une lunaison. Il est étonnant de constater que la première personne peut décéder à la suite d'une longue maladie qui n'aura aucunement affecté son Noir Portrait, mais que, dès que la mort survient, ce dernier est condamné et risque un accident à tout moment.
Une exception est pourtant à noter : les Passeurs n'ont pas de Noir Portrait. Personne n'en connaît la cause, mais il semble que c'est bien cette particularité qui offre à nos souverains le pouvoir d'ouvrir des passages entre les deux mondes, particularité qui se transmet à leur descendance.
Si deux Noirs Portraits se retrouvent dans le même monde et se rencontrent, un contact physique entraîne instantanément leur mort.

Extrait d'*Un monde à l'autre*,
par le Mage Supérieur Pertyn.

Chapitre 9

Charly tressaillit.

Deux jours que les prêtres lui refusaient le sommeil. Deux jours qu'ils le harcelaient de questions dans ce sous-sol morbide. Deux jours sanglé sur cette foutue planche. Le seul moyen que Charly avait pour déterminer le passage du temps consistait à observer la couleur des robes de ses tortionnaires. Prêtres d'Aa et d'Izil se relayaient. À l'instant, une femme tout de blanc vêtue venait d'entrer par la trappe de sa geôle. La grande prêtresse d'Izil. C'était de nouveau l'aube.

Elle rejoignit son homologue en robe noire. Le grand prêtre d'Aa, un brun à la peau pâle, avait passé la nuit dans un coin du cachot, observant sans intervenir. Charly les vit échanger quelques mots. Épuisé, il ferma les yeux. Un seau d'eau glacée s'abattit sur son torse.

— Comment as-tu accosté en Ombre ? s'exclama un prêtre pour la millième fois.

— Je vous l'ai dit, j'ai trouvé un trou dans la terre, j'ai traversé !

— Qui a percé ce passage ?

— J'en sais rien…

La prêtresse blanche s'approcha, saisit le visage de Charly entre ses mains.

— Le problème, vois-tu, c'est que si ce que tu brailles est la vérité, tu ne nous es d'aucun bénéfice et nous allons te tuer.

Charly avait atteint un degré de fatigue qui lui rendait l'idée de la mort presque douce. Il sourit.

— Si tel est votre bon plaisir…

La prêtresse le gifla, puis reprit :

— Mais comme je sais que tu fabules, nous allons reconduire notre petite discussion.

— Je ne mens pas ! se révolta Charly.

— Nos dieux n'auraient pas validé ton passage par simple hasard, intervint le grand prêtre d'Aa d'une voix grave, pas alors que personne n'a traversé depuis des générations. C'est absurde.

— C'est vous qui êtes absurdes avec vos dieux !

Une nouvelle cascade d'eau glacée lui coupa le souffle.

— Nous allons t'enseigner à les frémir, cracha la prêtresse d'Izil.

Un homme au visage couvert d'une cagoule s'approcha d'une table sur laquelle il vida le contenu d'une sacoche dans un vacarme de métal. Charly tira sur ses sangles.

— Pitié..., gémit-il. J'ai une tolérance très faible à la douleur...

La prêtresse sourit. L'homme poursuivit sa tâche, alignant lames et instruments aux formes effrayantes. Charly inspira. Julian. Énora. Il devait tenir pour eux.

Croisant le regard froid du tourmenteur, il déglutit avec angoisse.

Dissimulé dans les limbes, Hank serra les poings. Il aurait aimé jaillir dans cette cave pour tirer Charly des griffes d'Aa et d'Izil, mais il était incapable d'entrer en Ombre. Et cette impuissance le rendait furieux. L'option de retourner en Rive prendre la vie des Noirs Portraits de ces prêtres serait inefficace, car ils pourraient rester vivants encore une lunaison, ce qui n'aiderait en rien Charly.

Le bourreau s'avança, une pointe rougeoyante plongée dans la flamme de sa torche, puis apposa le métal sur le ventre du jeune homme. Un hurlement remplit la pièce, aussitôt suivi par un rire nerveux. Charly avait beau se raccrocher à sa joie de vivre comme à une bouée de sauvetage, il ne tiendrait pas éternellement.

Hank avisa deux silhouettes brumeuses dans un angle du mur. Aa et Izil assistaient à l'interrogatoire, invisibles aux yeux des hommes. Leurs visages millénaires reflétaient une légère inquiétude, mais on n'y lisait aucune trace de pitié.

— Cher frère, chère sœur, gronda Hank, il est vraiment temps que je rentre. Vous n'avez jamais mesuré le prix d'une vie.

Heureusement, rien dans l'aura d'un Passeur ne le différenciait du commun des mortels ; aussi les dieux, incapables de repérer Énora, étaient-ils forcés de recourir aux vieilles méthodes d'interrogatoire.

D'une rotation du poignet, Hank quitta les limbes.

La falaise venteuse de Rive se matérialisa autour de lui. Il marcha sans attendre vers le phare auquel s'appuyait la maison de Lucie. Dans le grand jeu des dieux, tous les coups étaient permis – Hank l'avait appris à ses dépens deux cent cinquante ans plus tôt. L'heure était venue d'abattre une nouvelle carte.

La fille de Lucie le fit entrer. Un instant plus tard, ils étaient au chevet de la mourante. Respiration rauque, pâleur extrême, os saillants ; le cancer aurait dû la prendre depuis plusieurs semaines, mais Hank l'avait maintenue en vie jusqu'au retour de la princesse Élouane à Astria. Il pouvait enfin la laisser s'en aller.

— Dites adieu à votre mère, murmura-t-il.

Des larmes dévalèrent les joues de la jeune femme. Elle caressa le visage de Lucie, l'embrassa, puis quitta précipitamment la chambre. Hank s'assit au bord du lit.

— Merci d'avoir résisté si longtemps, Lucie. Tu peux partir à présent.

Elle était inconsciente mais, à ces mots, ses traits se détendirent, comme soulagés. Hank saisit la main brûlante posée sur les draps. Il ne s'était pas senti aussi mélancolique depuis une éternité – ce qui, le concernant, était à prendre au sens littéral. Lorsqu'il avait compris qui était le Noir Portrait de Lucie, elle n'était encore qu'une jeune femme, et il s'était évidemment intéressé à elle de près. De trop près.

— Va, murmura-t-il.

Il savait que Lucie attendait des mots qu'il était incapable de prononcer. Alors il attira à lui sa main et l'embrassa.

Lorsqu'il rouvrit les yeux, Lucie était morte, un sourire de Joconde au coin des lèvres.

— C'est mon trône, gronda Aenor.

Ravenn conserva une façade parfaitement calme. Elle avait repoussé pendant plusieurs jours toute confrontation avec sa petite sœur, désirant garder intact le souvenir de l'adorable fillette qu'elle avait côtoyée des années plus tôt. Aenor était la seule parente qu'elle avait abandonnée avec un pincement au cœur. Elle s'était souvent demandé ce qui était advenu d'elle. Et aujourd'hui, les pires craintes de Ravenn se révélaient exactes : Aenor était une adolescente arrogante qui martyrisait ses serviteurs, croyait que tout lui était dû et adulait son père. Venue la rencontrer de sa propre initiative, elle s'employait à lui déverser un venin plein de rancœur.

—Notre père t'a promis le trône sans posséder aucun droit sur lui, affirma Ravenn. Il est le seul à blâmer pour ta déception.

—Il s'occupera de toi !

Cette conversation était ennuyeuse, car terriblement prévisible. Les yeux de Ravenn dérivèrent, attendant qu'Aenor se lasse. Face à sa fresque, la peintre s'obstinait à éviter son regard, mais elle semblait apprécier que Ravenn remette sa sœur à sa place.

—Tu nous as abandonnés, Élouane. En partant, tu as renoncé à ton trône ; il est injuste de venir le réclamer maintenant !

—Cela te semble injuste, car tu ne sais rien de moi.

—J'en sais assez ! Tu t'es enfuie avec une putain pour échapper à ton devoir ! Tu es une traîtresse amorale ! Jamais la grande prêtresse d'Izil n'acceptera de célébrer ta noce !

Ravenn encaissa l'insulte sans broncher.

—Toutes les histoires possèdent plusieurs versions, Aenor. Comme tu viens de le faire remarquer, avec une élégance et un raffinement notables pour ton rang, tu n'as pas à t'en faire, car quel que soit l'homme que j'épouserai, je n'ai pas l'intention de le laisser m'engrosser. Un jour, toi ou ta descendance monterez sur le trône d'Ombre. Mais dans l'intervalle, j'aurai le temps de parfaire ton éducation.

Blanche de rage, l'adolescente s'apprêtait à répliquer lorsque des éclats de voix retentirent dans le couloir. Sans lui laisser le temps de prononcer un mot, Ravenn marcha jusqu'à la porte et l'ouvrit à la volée. Le roi et le prince Cadeyrn s'immobilisèrent. Leurs visages se rembrunirent en apercevant Aenor à l'intérieur. Celle-ci s'empressa de sortir pour regagner leur protection.

—Réunion de famille, grinça Ravenn. Charmant. Que me vaut l'honneur ?

Le roi pointa Pelekaï d'un doigt accusateur.

—Cet animal a refusé de s'écarter pour me laisser entrer.

—Il agit selon mes ordres.

—Je suis le roi ! Chacun me doit obéissance ! Toi comme ton sauvage !

Impassible, Pelekaï ne fit pas un geste, mais Ravenn le savait prêt à se jeter sur le roi à la moindre menace, ce qui le ferait exécuter sur-le-champ. Il était trop précieux pour qu'elle le laisse prendre un tel risque.

—Que faites-vous ici ? demanda-t-elle.

La colère du roi retomba dans l'instant. Cadeyrn fit un pas en avant.

—Nous sommes venus…

—Tais-toi ! l'interrompit le roi. Je t'interdis !

Père et fils échangèrent un regard houleux. Ravenn fronça les sourcils. D'ordinaire, ces deux-là étaient toujours d'accord. Que leur arrivait-il ?

— Élouane peut apprendre la nouvelle du premier serviteur qui passera dans le couloir, père.

Et, sans attendre l'assentiment du roi, le prince se tourna vers ses sœurs.

— Mère est morte il y a quelques minutes.

Ravenn baissa les yeux, enregistrant l'information, puis elle considéra son père et lança :

— Cette nouvelle règle la question. Mes hommes et moi ne sommes définitivement plus sous vos ordres.

— Je reste roi jusqu'à ce que l'une de vous deux soit couronnée ! s'insurgea-t-il en posant une main sur l'épaule d'Aenor qui refoulait ses larmes.

— Oui, en apparence.

Ravenn tourna les talons, fit signe à Pelekaï de la suivre et ferma la porte au nez de sa famille. Les voix irritées résonnèrent encore un moment dans le couloir avant de s'éloigner.

— Cet homme est dangereux, Ravenn, l'avertit Pelekaï. Tu ne gagneras rien à le provoquer.

Il était revenu naturellement à son dialecte natal, rencontrant plus de difficultés que Lïam à maîtriser l'ombrois.

— Rien, sauf le plaisir de le rendre furieux. Et plus il s'énerve, plus il risque de commettre des erreurs.

Pelekaï ne commenta pas. Elle connaissait la source de sa désapprobation : chaque nuit depuis leur arrivée au château, il avait gardé l'entrée de sa chambre. Trois assassins s'étaient déjà montrés, vraisemblablement envoyés par le roi ou ses alliés. Pelekaï et Ravenn les avaient éliminés sans peine. Mais avec la mort de sa mère, les attaques risquaient de se multiplier.

Ravenn s'assit derrière son bureau. Elle ne pouvait jamais être seule, il en allait de sa sécurité, et cela l'oppressait. Les longues chevauchées solitaires lui manquaient – elle prit la décision d'aller saluer Azor au plus tôt, le grand cheval gris pommelé qui l'avait accompagnée depuis la terre des dragons. Pourtant, elle avait juré d'accomplir son destin et ne se déroberait pas. Le royaume avait besoin de paix. Et Aenor, sous l'influence de son conquérant de père, serait incapable d'ordonner le retrait des troupes d'invasion qui se battaient à la frontière est.

Plongée dans l'observation d'une carte du royaume, Ravenn se redressa pourtant au premier grattement sur la porte. Pelekaï l'ouvrit. La silhouette malingre de Lïam se glissa dans l'entrebâillement. Ses vêtements de toile étaient poussiéreux, son visage, maculé de taches sombres. La peintre lui jeta un coup d'œil étonné tandis qu'il s'avançait vers Ravenn, un parchemin enroulé dans la main. La princesse accueillit son protégé d'un bref sourire avant de lui désigner un plateau où l'attendaient de l'eau, des noisettes et des fruits confits. Le garçon lui remit le plan qu'il avait établi, puis se précipita sur la collation. Ravenn le regarda faire, songeuse.

— Tu n'as pas mangé depuis que nous nous sommes quittés, affirma-t-elle.

— Non, admit Lïam entre deux bouchées.

— N'as-tu pas trouvé d'occasions pour te restaurer ?

— Si, mais j'étais occupé. Je n'ai pas pensé à la nourriture.

Ravenn eut un demi-sourire. Elle-même était capable d'oublier de manger lorsqu'elle était accaparée par une tâche, mais rarement trois jours durant…

— As-tu appris des informations intéressantes ?

— Avez-vous entendu parler d'une altercation au temple d'Izil ?

— Les deux garçons arrêtés ?

— Oui. L'un d'eux est un magicien renégat. L'autre est actuellement interrogé par les prêtres, il serait le Noir Portrait d'une prêtresse, quoi que cela signifie. Je ne suis pas sûr d'avoir tout compris, mais ils viendraient d'un autre monde.

Ravenn fronça les sourcils. Les magiciens cherchaient un Passeur depuis qu'elle était rentrée à Astria. Comme il était impossible d'être à la fois magicien et Passeur, il ne pouvait s'agir du mage renégat… ni du deuxième garçon, puisqu'un Passeur n'a pas de Noir Portrait. Prêtres et magiciens se rapprochaient de l'intrus mais ne l'avaient pas encore trouvé.

Elle expliqua brièvement à Lïam ce qu'était un Noir Portrait, avant de dérouler le parchemin. Sur l'endroit, le garçon avait dessiné cinq plans, figurant les cinq niveaux que comprenait le château. Le tracé était soigné, et malgré l'échelle très réduite, les différentes ailes du bâtiment étaient parfaitement reconnaissables, entrecoupées par des lignes grisées qui représentaient les passages secrets. En les examinant, Ravenn fut surprise de découvrir plusieurs sections inconnues. L'une d'elles attira son attention : Lïam avait ombré une partie de son bureau alors que la princesse l'avait précisément choisi parce qu'il était isolé des oreilles indiscrètes. Elle confronta le plan à la réalité. La zone pointée par le garçon correspondait à l'estrade, sous la fenêtre.

— Tu as réussi à pénétrer sous le plancher ? demanda-t-elle.

Lïam but d'un trait le verre d'eau avant de répondre en se resservant :

— Il faut ramper sur trente bons mètres, mais c'est possible.

— Je m'occuperai de condamner ce passage. Merci, Lïam, c'est du bon travail.

Le garçon lui adressa un sourire luisant de sucre et de fierté. Ravenn retourna le parchemin. De nombreux chiffres et des notes jetées en désordre recouvraient le verso. La princesse devina qu'il s'agissait de mesures prises par le garçon pour établir le plan. Ce n'est qu'en les déchiffrant qu'elle mesura l'ampleur du travail qu'elle lui avait commandé. Durant les trois mois de leur voyage, les capacités intellectuelles de Lïam n'avaient cessé de l'étonner. Plus elle le poussait, plus il en demandait. Il était doué pour les langues depuis toujours, mais dès qu'elle avait placé un crayon entre ses mains, il s'était révélé un dessinateur appliqué, et l'apprentissage de l'écriture ne lui avait pas pris plus de cinq jours. Si en l'enlevant à son père Ravenn n'avait pas de but précis pour Lïam, son rôle auprès d'elle se révélait peu à peu.

— Tu es capable de refaire ces plans, n'est-ce pas ?

Lïam confirma d'un hochement de tête. La princesse plongea le papier dans la flamme d'une bougie. Ce document était trop précieux pour risquer de le laisser tomber entre de mauvaises mains.

— Nous ne sommes pas les seuls à connaître l'existence de ces passages, lui apprit Lïam.

— Que veux-tu dire ?

Il lui fit part de sa rencontre fortuite avec Ojaedd, l'intendant du château.

— Es-tu sûr que c'était bien lui ?

— Petit homme grisonnant aux lunettes dorées. Il administre le château, gère l'argent, les domestiques et le ravitaillement.

Ravenn le dévisagea, pensive. Enfant, elle avait trouvé l'une des entrées des passages secrets. Il était logique que d'autres y soient aussi parvenus, et Ojaedd qui connaissait parfaitement le château était bien placé pour faire une telle découverte. Si elle le connaissait et l'appréciait depuis toujours, Ravenn était restée éloignée trop longtemps du royaume pour savoir si l'intendant était loyal au roi ou s'il accomplissait juste son devoir. Voyant que Lïam avait fini de se restaurer, elle lui lança :

— Très bien. Trouve-le et dis-lui que je souhaite le rencontrer.

Le garçon s'essuya la bouche d'un revers de la manche et se leva. Alors qu'il s'apprêtait à sortir, on frappa. Ravenn soupira.

— Rends-toi invisible, Lïam. À part ceux à qui je te présenterai, je ne veux pas qu'une seule personne au château t'associe à moi. Éclipse-toi pour aller trouver Ojaedd dès que tu en auras l'occasion.

Lïam hésita une demi-seconde, visiblement confus face à l'ordre de devenir invisible. Puis il s'assit en tailleur près de la peintre comme un assistant, dos à l'entrée, épaules en avant pour paraître inoffensif. Ravenn marqua son approbation d'un imperceptible sourire. Pelekaï ouvrit la porte. Un magicien inconnu se tenait dans l'encadrement. Une quarantaine d'années, de longs cheveux châtains striés de gris, un nez aquilin évoquant le bec d'un aigle… c'était l'homme auquel son père avait tenté de la marier neuf ans plus tôt.

— Puis-je entrer, princesse ?

— Que voulez-vous, Til'Fyleas ?

Du coin de l'œil, Jana observa le nouveau venu. La princesse ne l'avait pas formellement invité à entrer, si bien qu'il oscillait sur le seuil, indécis et visiblement agacé par les vingt pas qui le séparaient du bureau.

— J'aimerais vous parler seul à seul.

— Allez-y.

Le magicien jaugea Pelekaï, puis Jana.

— Qui est-elle ?

— Ce n'est personne.

Jana interrompit le mouvement de son pinceau une demi-seconde – alors ainsi elle n'était « personne » ? Son indignation disparut rapidement. À force de se trouver dans la même pièce, Jana commençait à se faire une idée sur cette étrange princesse et, dans sa bouche, « personne » sonnait presque comme un compliment, par opposition à tous les vautours qui la harcelaient à longueur de journée dans l'espoir de devenir « quelqu'un ».

Les talonnettes du magicien résonnèrent dans son dos, malmenant le parquet ancien que Ravenn avait refusé de faire restaurer et dont chaque latte craquait affreusement. Ce détail rendait les interlocuteurs de la princesse mal à l'aise lorsqu'ils traversaient la longue pièce pour la rejoindre. Elle les regardait approcher dans ce silence craquelé de bois, visage impénétrable, comme si elle les blâmait pour le moindre son émis, et lorsqu'ils atteignaient le pied de l'estrade, forcés de lever la tête vers le bureau pour discuter, leur assurance s'en trouvait considérablement entamée. Fyleas ne fit pas exception.

— Princesse…

— Til'Fyleas ?

Jana posa son pinceau sur le pupitre et s'assit sur un coussin en face de la fresque. Elle faisait régulièrement des pauses dans son ouvrage pour se concentrer sur ce qui se disait autour d'elle. De nombreuses personnalités du château défilaient dans cette pièce. Même si elle refusait de se l'avouer, Jana prenait goût à ces séances d'espionnage. Elle devenait experte dans l'art de deviner les expressions des gens rien qu'aux émotions suggérées par leurs intonations.

—Avez-vous réfléchi à l'identité de celui que vous prendrez pour époux ? questionna le magicien.

Jana perçut un sourire.

—Droit à l'essentiel, apprécia la princesse. Continuez sur cette voie, ne perdons pas notre temps. Vous venez déposer votre candidature, j'imagine...

—En effet.

—Elle sera prise en compte, merci beaucoup.

Le magicien ne lâcha pas prise.

—Élouane, je sais que notre passif ne plaide pas en ma faveur. Puis-je vous expliquer les raisons de ma démarche ?

—Vous voulez devenir roi, comme chacun de vos confrères. Il n'y a rien de plus à expliquer.

—Au contraire. J'aime ce royaume, Élouane, peut-être autant que vous.

—Ne soyez pas ridicule.

—Croyez-moi. Je suis un conservateur, attaché aux traditions. Un homme pieux, aussi. Rien qu'à votre apparence je me doute que vous êtes plus libérale dans votre façon de vivre. Vous voulez établir des changements, et peut-être ce royaume en a-t-il besoin, après tout. Seulement les changements brutaux mènent au chaos, le peuple a besoin de constance. En régnant à vos côtés, je pourrais tempérer vos ardeurs pour que vos réformes passent en douceur, être le visage de l'Histoire quand vous serez celui de la modernité.

Tempérer mes... ardeurs. Une proposition pour le moins originale.

Jana réprima un sourire.

—Je me limiterai aux ardeurs politiques, rétorqua le magicien avec habileté.

Si l'homme avait été accueilli froidement par Ravenn, elle semblait à présent mieux disposée à son égard. Sentant un flottement dans la conversation, Jana s'autorisa un regard vers le bureau. Les yeux de la princesse la transpercèrent de part en part. Jana y lut plus d'ironie que de reproche, si bien qu'elle repoussa la sensation d'avoir été prise en faute et ne se détourna pas. La princesse leva imperceptiblement les sourcils, comme si elle lui posait une question. Surprise, Jana se figea. Son sentiment sur Til'Fyleas était globalement positif. Il semblait honnête, ne déguisait pas ses objectifs et tenait un discours sensé. Mais pourquoi l'héritière du royaume s'inquiétait-elle de son avis ? Mettant de côté ses interrogations, elle hocha lentement la tête. Aussitôt, les yeux de Ravenn l'abandonnèrent.

— Je réfléchirai à votre proposition, Til'Fyleas, dit-elle en désignant la sortie au magicien.

Alors que celui-ci prenait congé, Jana se rendit compte que le garçon à l'apparence de mendiant était parti sans un bruit.

Lïam posa son oreille près de la poignée, s'assurant qu'aucun intrus n'accaparait Ravenn.

— Personne ne t'a appris qu'il était impoli d'écouter aux portes ? le gronda Ojaedd.

— Si, intendant. Mais on m'a aussi appris que, parfois, passer outre la politesse permettait d'éviter les impairs.

L'intendant grogna et suivit l'impertinent dans le bureau de la princesse. Sitôt entré, Lïam s'effaça, reprenant sa place près de la peintre. Celle-ci lui jeta un regard agacé mais ne le chassa pas.

— Rends-toi utile, souffla-t-elle. Prépare-moi plus de rouge.

Lïam avait observé Jana élaborer ses peintures, aussi saisit-il un bol de terre et mélangea-t-il sans hésitation les pigments à l'huile. L'intendant s'avança vers Ravenn.

— Vous désiriez me voir, princesse ?

— En effet. J'aimerais que tu prennes Lïam comme apprenti.

L'intéressé releva la tête, curieux.

— Cherchez-vous à me remplacer, Altesse ? s'inquiéta l'intendant d'une voix lente.

Lïam remarqua qu'il lui avait donné le titre royal alors qu'elle n'était pas encore sur le trône, comme une reconnaissance tacite de son statut de souveraine.

— Devrais-je ? demanda Ravenn.

— Que voulez-vous dire ?

— Je te connais depuis toujours, Ojaedd, et je sais que tu fournis un travail remarquable. Je n'aimerais pas avoir à te remplacer. Mais tu as servi mon père pendant de nombreuses années. Nos différends ne sont un secret pour personne. Je comprendrais que tu souhaites quitter ton poste en même temps que lui le sien.

— Comme mon père et mon père avant lui, je sers la Couronne, et la couronne était portée par votre mère. C'est elle que je servais. Je ne souhaite pas porter préjudice au roi, mais vous êtes l'héritière, non lui.

Ravenn étudia longuement le petit homme. Un tel sens du devoir était rassurant. Mais cela ne suffisait pas. S'il voulait conserver sa position, il devrait s'impliquer personnellement, sans se cacher derrière le masque de la tradition. Elle devait le pousser sur le terrain affectif.

— Bien, murmura-t-elle. Je préférerais de loin garder à mes côtés quelqu'un de compétent, sur qui je puisse m'appuyer pour gérer ce château. Tu as toute ma confiance, Ojaedd. L'acceptes-tu ?

Troublé, l'intendant resta silencieux, sourcils froncés, les yeux fixés sur la princesse bien plus longtemps que l'étiquette ne l'autorisait. Mais Ravenn se fichait royalement de l'étiquette. Lïam décela une lueur nouvelle dans le regard du petit homme, similaire à celle qui habitait les yeux de la jeune femme. *Estime réciproque*, devina-t-il.

— Ma reine, murmura l'intendant, je ferai tout pour en être digne.

Son corps se plia dans une profonde révérence. Ravenn eut un sourire où affleurait une rare tendresse.

— J'ai sauté sur tes genoux, ne t'incline pas devant moi, par pitié.

— C'était il y a bien longtemps, observa-t-il en lui rendant son sourire, mais je dois avouer que votre caractère n'a pas tant changé. Peut-être vous êtes-vous un peu assagie ?

Sans répondre, Ravenn fit quelques pas pour rejoindre son bureau, jeta un coup d'œil par la fenêtre, s'assit sur son fauteuil. Elle venait de gagner un allié de poids.

— Que dois-je faire du garçon ? s'enquit Ojaedd.

— Apprenez-lui ce que vous savez. Les mœurs de la cour, l'organisation et la vie du château, la gestion des stocks, la levée des impôts... et tout ce que j'ignore encore moi-même de votre charge.

— Vous souhaitez que je fasse de lui un intendant ?

— Non.

— Quoi, alors ?

— Montrez-lui, c'est tout. Ce qu'il fera de ces connaissances, je ne suis pas encore certaine de le savoir moi-même. Mais je peux vous assurer qu'il sera le meilleur élève que vous aurez de toute votre existence.

Lïam ne se sentit pas particulièrement flatté. Ravenn énonçait simplement la vérité. Il croisa le regard désapprobateur de son nouveau maître.

—Jeune homme, nous commencerons par un bain, annonça-t-il en grimaçant.

Lïam posa le bol de peinture, se leva et rejoignit l'intendant sans un mot.

—Ojaedd, l'interpella Ravenn. Une dernière chose : n'embauche personne d'ici à mon couronnement.

—Vous craignez les traîtres ?

—Si ce sont des hommes fidèles à mon père dont tu parles, les traîtres pullulent déjà entre ces murs. Jusqu'ici, les visites nocturnes auxquelles j'ai été confrontée étaient celles de gardes – ils ne portaient pas l'uniforme, mais leur technique d'épée les trahit. Je préférerais éviter qu'un véritable assassin n'infiltre tes équipes. Plusieurs ont sûrement déjà un contrat sur ma tête. Ne leur facilitons pas la tâche.

Ojaedd acquiesça.

—J'y veillerai, ma reine.

Til'Orfaël patientait dans les appartements privés du roi, lorsque Jana fit son apparition.

—Dites-moi, exigea-t-il sans attendre.

La jeune peintre rassembla ses pensées, puis lança :

—Élouane continue de forger des alliances. Après le général Rhun, c'est aujourd'hui l'intendant Ojaedd qui s'est rangé à ses côtés.

—Racontez-moi leur rencontre.

—Le gamin a été le chercher, commença-t-elle.

Ses mains maculées de peinture papillonnaient devant elle tandis qu'elle rapportait au Mage Supérieur les paroles de la princesse et de l'intendant. Elle était adorable, avec cette étincelle de fierté dans le regard. Parfaite pour le rôle qu'il lui avait confié.

Ils échangèrent pendant près d'une heure, puis Orfaël la renvoya auprès de la princesse. Le roi choisit ce moment pour rejoindre ses appartements.

—Qui est cette femme ? s'étonna-t-il après l'avoir croisée sur le pas de la porte.

Til'Orfaël sourit.

—La future putain d'Élouane.

Complots

Fragment

Chroniques d'Ombre

Astria, 365e année de l'Alliance

Il est difficile de déterminer aujourd'hui l'image que laisseront la reine Sandra et le roi Degan dans les livres d'histoire. Le temps sera seul juge. Cependant, il est de notre devoir en tant qu'Encrés du royaume de rendre compte de l'état d'esprit du peuple autant que de celui des élites. C'est à cette tâche que je m'astreindrai à travers ces lignes.

Le couple royal lança dès le début de son règne une ère de conquêtes. Les frontières furent repoussées au prix de nombreuses vies et de sacrifices financiers. Il ne se passa pas plus de cinq ans avant que des dissensions se fassent jour, non seulement les anciennes rivalités entre Nord et Sud, mais surtout des heurts dans les territoires envahis. Depuis trente ans, le royaume est dévoré par ses luttes internes, et ses habitants se trouvent affaiblis par des taxes exorbitantes pour maintenir leur sécurité. Astria, grâce à la présence des magiciens, fut partiellement épargnée. Mais, si notre époque est encore connue sous le nom de l'Alliance, cette période, dans les faits, ne mérite plus ce nom. La promesse d'entente, de respect et de prospérité émise après la trahison des Rois-Passeurs ne concerne aujourd'hui que les dirigeants de ce royaume, magiciens et prêtres inclus. Et la révolte gronde.

Si ce texte ne pourra être rendu public sous peine de censure, il sera conservé dans les archives des Encrés en témoignage de cette époque troublée. Que nous le redoutions ou l'espérions, le changement est inévitable. Nul doute qu'il surviendra plus vite encore que nous ne l'imaginons.

Par Rhett, Encré du royaume,
extrait de ses *Notes personnelles*.

Chapitre 10

La nuit était déjà profonde lorsque Jana posa son pinceau. Si elle préférait travailler à la clarté du jour, la lumière dansante d'une flamme révélait des formes et des couleurs nouvelles, auxquelles la peintre aimait se confronter. Cette fresque la troublait. Elle avait pour mission de la restaurer, de rester fidèle au travail de l'artiste original, mais elle ne pouvait s'empêcher de la modifier, de la réinterpréter, de manière subtile… Comme si un dessin se cachait là et la guidait, brûlant d'être porté au jour.

Jana jeta un coup d'œil vers le fond de la pièce. La princesse Élouane occupait la couche qu'elle avait installée sous la fenêtre, derrière son bureau. Elle la dissimulait d'un paravent durant la journée, mais le retirait la nuit venue pour conserver la porte dans son champ de vision. Jana s'aperçut avec surprise que la princesse n'était pas seule. Une femme nue – probablement une servante – se tenait à genoux sur la couche. Plaquée dans son dos, Ravenn la caressait en embrassant sa nuque.

Jana détourna les yeux, gênée. Depuis le jour où la princesse avait investi ce bureau, elles faisaient mine de se soucier le moins possible l'une de l'autre, et chacune était libre d'occuper la pièce à n'importe quelle heure. Mais les soupirs et les gémissements résonnant aux oreilles de Jana couvraient ses pensées d'un voile confus. L'image des amantes s'était imprimée dans son esprit, obsédante, et lui refusait tout répit. Jana eut la sensation qu'en affirmant ainsi par ses actes qu'elle pouvait faire ce qu'elle voulait dans ce bureau, la princesse lui lançait un défi.

Fuiras-tu ?

Jana reprit son pinceau et brandit la lampe à huile, refusant de céder ce territoire qu'elle considérait comme le sien. Tout son corps vibrait malgré elle à l'unisson des soupirs. D'une main fiévreuse, elle laissa les pigments rouges envahir le mur comme s'ils l'avalaient tout entier.

Le souffle de la femme s'accéléra, comme au bord de l'implosion. La main de Ravenn dansa de plus belle sur son sexe. Lorsque la princesse mordit avidement la nuque offerte, des cris rauques récompensèrent son effort. Elle maintint le corps de la femme contre le sien jusqu'à ce que les tremblements refluent et que les muscles se détendent. Puis elle la libéra. Celle-ci se laissa aller sur la couche. Ravenn ne bougea pas, contemplant le sourire de sa partenaire.

— Pourquoi es-tu restée ce soir ? demanda-t-elle.

L'autre haussa les épaules.

— J'apporte tes repas depuis trois jours. J'ai senti ton intérêt, et… j'aime joindre l'utile à l'agréable.

Elle invita la princesse à s'allonger à ses côtés. Celle-ci s'exécuta, sa main plongeant aussitôt sous le matelas. Lorsqu'un éclair métallique fusa vers sa poitrine, Ravenn était prête. Elle roula sur elle-même, se retourna d'un bond et planta son propre poignard dans le ventre blanc de la femme. Cette dernière eut un hoquet surpris, puis une mousse rouge s'échappa à la commissure de ses lèvres.

— Tu… tu savais que j'étais là pour te tuer.

— Oui, admit Ravenn.

— Alors pourquoi… ?

— Pourquoi t'ai-je acceptée dans mes draps ?

L'autre hocha la tête, le visage déformé par la douleur. Ravenn eut un bref sourire.

— J'aime joindre l'utile à l'agréable.

Abrégeant ses souffrances, elle retira la lame pour accélérer l'hémorragie. La femme mourut rapidement. Ravenn repoussa du pied le corps qui roula au sol avec un son mat. À cet instant, elle aperçut Jana qui la dévisageait, hagarde comme si elle émergeait d'un long cauchemar. Ravenn soutint son regard chargé d'horreur.

— Aurais-tu la gentillesse d'appeler Pelekaï ? murmura-t-elle.

La peintre recula vers la porte. S'enfuit.

Percevant dans le couloir des chocs métalliques d'épées, Ravenn étouffa un soupir et s'habilla rapidement. Elle ajusta les pièces en cuir de dragon qui, bien que légères, offraient une résistance étonnante, puis saisit sa rapière.

La nuit ne faisait que commencer.

Rhett, Encré du royaume, relisait les mots qu'il venait d'inscrire dans un grand cahier relié de cuir sombre. Il avait toujours préféré travailler à l'abri de la nuit, cerné d'ombres et de silence.

On frappa doucement à la porte de sa garçonnière, nichée sous le toit de la Maison des Arts, où vivaient artistes et historiens protégés par la Couronne. Jana entra sans attendre de réponse, et Rhett sourit à sa compagne, heureux qu'elle le rejoigne enfin. Elle s'assit sur le lit, les yeux dans le vague. Il remarqua avec tendresse les taches de peinture rouge sur ses bras, ses vêtements, son front. Même ses longs cheveux relevés en étaient maculés. Elle avait travaillé tard et intensément.

— Ça va ? demanda-t-il.

— Ça va, dit-elle très vite.

Trop vite. Sa voix n'était qu'un souffle, quelque chose la troublait. Rhett se leva, contourna son écritoire, s'assit à côté d'elle. Il voulut l'enlacer, mais une raideur inhabituelle dans la posture de son amante le retint. Il se contenta de replacer délicatement une mèche de cheveux derrière son oreille. Elle secoua la tête, fit retomber la mèche.

— Jana ?

Enfin, elle le regarda. À la lumière de la bougie, ses yeux d'automne n'avaient plus de couleur, ils n'étaient que brillance, comme si Rhett devait se contenter de leur surface sans pouvoir y plonger. Il attendit, espérant qu'elle se confie – ils avaient toujours beaucoup parlé. Mais Jana l'embrassa sans un mot. Ses mains s'aventurèrent sous la chemise de l'Encré et, pressantes, le déshabillèrent.

Elle le poussa sur le lit. Il ne résista pas, heureux et surpris de son soudain élan de passion. Lorsqu'il voulut lui faire l'amour, elle se dégagea, plongea brusquement vers son sexe, le prit dans sa bouche. Une explosion de plaisir balaya les questions de Rhett. Il s'assit bientôt, attira le visage de Jana vers le sien, l'invita d'un geste à venir sur lui. Il voulut la prendre doucement, mais leur étreinte fut brève et sauvage, entrecoupée de râles rauques.

Leur désir satisfait, ils restèrent un bref instant enlacés en silence. Puis Jana s'assit, ramassa ses vêtements, se rhabilla. Rhett sentit un étrange poids tomber dans sa poitrine.

— Qu'as-tu ? murmura-t-il.

— Rien, je n'ai rien ! s'exclama-t-elle, agacée.

Elle se leva, marcha vers la porte.

—Je vais dormir dans ma chambre.

Et elle sortit.

Resté seul, Rhett rabattit sur lui la couverture. L'excitation était retombée, laissant derrière elle un profond malaise. Jana avait mené leurs ébats de bout en bout, ses lèvres s'aventurant même vers son membre, qu'elles évitaient d'habitude. Comme si elle essayait de se prouver qu'elle en avait envie.

Le regard de l'Encré tomba sur le gros cahier posé sur l'écritoire. Les phrases notées plus tôt refirent surface dans son esprit: «Que nous le redoutions ou l'espérions, le changement est inévitable. Nul doute qu'il surviendra plus vite encore que nous ne l'imaginons.» Il soupira. En rédigeant ses impressions sur l'état du royaume et le règne de Degan, Rhett n'avait pas pensé qu'elles trouveraient aussi un écho dans sa vie privée.

L'assaillant se jeta sur Ravenn qui s'écarta vivement sans chercher à parer. Emporté par son élan et le poids de son épée, l'homme trébucha, se rétablit, fit volte-face. Ce bref répit permit à la princesse de gagner l'encadrement de la porte de son bureau – à cet endroit, ses adversaires seraient forcés de l'attaquer un par un, et elle pourrait reculer si besoin.

Alors que le soldat revenait à la charge, elle devina du coin de l'œil Pelekaï qui affrontait trois hommes dans le couloir obscur, les empêchant d'atteindre Ravenn. Son compagnon de Meute était solide, mais au sifflement rauque de son souffle, elle sut qu'il ne tiendrait plus longtemps. Elle-même fatiguait. Ses attaques ralentissaient, ses parades s'affaiblissaient. Et, si leurs assaillants tombaient les uns après les autres, quatre d'entre eux s'acharnaient. Ils ne portaient aucun uniforme. Leur technique de combat à l'épée, cependant, était celle des soldats du roi, et ces quatre-là étaient impressionnants de puissance.

Sans cesser de se battre, Ravenn calma sa respiration et purgea son esprit de toute pensée parasite, cherchant à deviner les mouvements de son adversaire. Elle remarqua qu'il reculait très légèrement son coude gauche avant d'attaquer de son bras droit. Une fois, deux fois, elle vérifia cette hypothèse, et sa courte rapière interrompit la lame adverse avec fracas. La troisième fois, lorsque le coude gauche de l'homme recula, Ravenn était prête. Elle sauta sur le côté, esquivant l'épée qui fusait vers son ventre, et planta sa rapière dans les flancs de l'homme. Il se figea avec un cri étrange, bref et aigu, puis tomba à genoux. Une odeur de merde se répandit, éclipsant celle du sang. Ravenn acheva le soldat et se précipita vers Pelekaï.

— Reste en arrière, gronda-t-il en l'apercevant.

Il n'en était pas question. Elle s'élança vers un soldat brun, visage rectangulaire et carrure de taureau, le forçant à s'écarter de Pelekaï. Il la dominait de deux bonnes têtes, et son allonge était gigantesque. La voix du général Rhun retentit dans son esprit. *Lorsque tu peux fuir, fuis ; lorsque tu peux esquiver, esquive. Il n'y a aucune honte à rester en vie.* Vingt ans plus tôt, ces mots avaient constitué sa première leçon de combattante. La plus importante. Esquiver restait sa méthode favorite pour appréhender un adversaire et l'épuiser jusqu'à trouver une faille dans sa défense, aussi s'employa-t-elle à rester intouchable, virevoltant autour du colosse brun. Plusieurs fois, l'acier mordit la peau de ses bras à la jointure de ses protections en cuir de dragon, des blessures superficielles qu'elle se força à ignorer. Mais la garde de son adversaire était parfaite, son endurance à toute épreuve. Elle s'épuiserait avant qu'il faiblisse.

Lorsque tu peux fuir, fuis.

Sans réfléchir, elle bondit en arrière et recula de plusieurs mètres pour reprendre son souffle. L'homme la suivit, méfiant. Cinq pas. Quatre. Trois. Le cœur de Ravenn cognait dans sa poitrine tandis qu'elle le laissait venir. Puis brusquement, elle plongea par la porte ouverte du bureau et se cacha derrière le mur. Il n'avait pas pu voir de quel côté elle avait roulé. Sa rapière levée à hauteur de visage, elle attendit qu'il se risque à pénétrer dans la pièce.

Personne n'entra.

Aux sons qui lui parvenaient du couloir, Ravenn comprit que le soldat brun avait rejoint ses compagnons qui affrontaient Pelekaï. Ils allaient se débarrasser de lui, puis gagner le bureau pour s'occuper d'elle. Elle jura.

Lorsque tu peux fuir, fuis.

— La ferme ! gronda-t-elle.

Et elle se rua hors du bureau. Un corps de plus jonchait le sol, ils n'étaient plus que deux à harceler Pelekaï. En apercevant Ravenn, le visage du colosse brun se déforma en un rictus satisfait. Elle n'était plus qu'à deux mètres lorsqu'il pivota et, dans un geste étrangement gracieux pour un corps aussi massif, abattit sa lame vers le crâne de la princesse. Elle se jeta sur le côté. Trop tard. Le choc la précipita à terre. Pelekaï rugit son nom au milieu des bruits de pas. Puis sons et corps se brouillèrent en un magma indistinct.

Lorsque tu peux fuir, fuis, soupira dans son esprit la voix rugueuse du général… *Pourquoi ne m'écoutes-tu jamais ?*

— Tu sais pourquoi, balbutia-t-elle.

Juste avant de sombrer, elle sentit des mains puissantes la soulever.

Le roi Degan marchait de long en large dans son bureau.

Si tout se passait comme prévu, Élouane serait morte avant l'aube. Il devenait urgent de l'éliminer car, même s'il retardait au maximum le moment d'informer le peuple du décès de la reine, le couronnement de la nouvelle souveraine devrait intervenir avant la lunaison suivante.

Il ressentit un bref pincement au souvenir du corps sans vie de sa femme. Il avait épousé Sandra plus par ambition que par amour, mais un profond respect les unissait. Elle n'avait jamais été intéressée par le pouvoir. Au fur et à mesure des années, elle s'était entièrement dégagée de ses responsabilités politiques au profit de son mari. Cet arrangement leur convenait à tous deux et, en vingt-cinq ans de règne, Sandra avait soutenu avec confiance chacune des décisions du roi – excepté la réforme de la transmission du pouvoir par les femmes.

Il appela un domestique.

— Va visiter l'aile ouest, deuxième étage, et reviens.

L'homme acquiesça sans poser de questions.

— Qu'as-tu vu ? l'interrogea Degan lorsqu'il réapparut.

— Des cadavres, seigneur, huit, dans le couloir principal.

— Les as-tu identifiés ?

L'homme déglutit, baissa les yeux.

— Non, seigneur. Je ne connaissais pas ces hommes.

Hommes ? Il n'y avait que des hommes ?

— Sans exception, seigneur.

Le roi jura. Si cet imbécile disait la vérité, Élouane avait survécu. Il fixa sur le domestique un regard noir.

— Eh bien, gronda-t-il, qu'attends-tu pour faire disparaître ces corps ?

L'homme décampa aussitôt. Degan déchargea sa rage d'un coup de poing dans le mur. Puis il se redressa, pensif. Peut-être le domestique s'était-il trompé ? Il n'avait sûrement pas osé entrer dans le bureau que s'était octroyé Élouane… Rejetant dans son dos sa cape d'or, Degan quitta la pièce en coup de vent pour vérifier par lui-même le sort de sa fille aînée.

S'il avait bel et bien échoué cette nuit, il accepterait l'aide que lui avaient proposée les magiciens. À regret, bien sûr. Élouane était la seule à blâmer pour cette situation.

— Que ce qu'elle mérite, marmonna-t-il pour lui-même. Elle n'aura que ce qu'elle mérite… Elle a refusé mon amour en revenant, elle ne m'a pas laissé le choix.

Fragment

Le carnet de Morgane

12 janvier

Servanne a reçu les bilans sanguins des jumeaux ce matin. Nous étions seules dans la cuisine lorsqu'elle a ouvert l'enveloppe. Fébrile mais déjà résignée, elle a parcouru les lignes du doigt, sautant de l'une à l'autre jusqu'à trouver l'information recherchée.

—Alors ? lui ai-je demandé.

Servanne a levé les yeux vers moi. Son regard d'ambre avait cette teinte d'orage que je lui connais si bien. Sans qu'un mot soit échangé, j'ai su quelle était la sentence. Ma fille – ma si grande fille, si sérieuse, trop sérieuse – a rassemblé les feuilles, lissant longuement leurs pliures. Puis d'un geste nerveux, elle les a glissées à l'intérieur de sa veste.

—Ne dis rien à leur père, a-t-elle soufflé avant de s'éclipser. Inutile de l'inquiéter.

J'ai contemplé le cadavre de l'enveloppe abandonné sur la table. Je ne dirai rien. Ce sont ses enfants, c'est son mari. Moi, je ne suis que la grand-mère. Celle qui ravale ses peurs et ses avis pour ne pas être envahissante, mais dont l'esprit bouillonne parfois de tous ces mots tus. Alors je les écris.

Je me suis souvent demandé pourquoi notre famille possédait un groupe sanguin si rare. Génération après génération, malgré les métissages, cette particularité perdure. Ma mère s'en est aperçue tardivement, peu avant sa mort, lors d'examens de santé. Son sang n'était compatible avec aucun donneur, excepté moi. Dès que Servanne est née, j'ai demandé un

diagnostic, de peur qu'elle n'ait un jour besoin d'une transfusion. Le résultat a été sans appel : sa grand-mère et moi étions les seuls donneurs compatibles connus. Et depuis ce matin, nous savons qu'il en est de même pour les jumeaux. La longue litanie se déroule dans mon esprit : ma mère, moi, Servanne, Énora, Erwan… Comme si aucun sang ne pouvait se mêler au nôtre. Est-ce sur cette découverte que se fondent les vieilles angoisses que je tente jour après jour de juguler ? Ces bruits qui courent de femme en femme, cette certitude que nous ne devons pas avoir de fils ? Sommes-nous porteuses d'une maladie particulière qui ne toucherait que les hommes ?
Je l'ignore.
Je l'ignore mais j'ai peur.
Énora et Erwan auront huit ans demain. Chaque anniversaire sonne en moi comme le gong cruel d'un compte à rebours.

Chapitre 11

Fou d'inquiétude, Julian fulminait dans sa cellule.

Il croupissait ici depuis trois jours, attaché à une chaise, mains dans le dos et yeux bandés pour l'empêcher d'utiliser la magie. De temps à autre, un homme en cape d'or venait l'interroger sur le Passeur, n'hésitant pas à employer la force pour lui soutirer des informations. Julian n'avait jamais craint la douleur physique et il encaissait en silence. Il savait Charly aux mains des prêtres, mais il ignorait son sort exact. Et si quelqu'un avait retrouvé la trace d'Énora ? Elle ne s'était pas fait arrêter en même temps qu'eux ; pourtant, si Charly avait imprudemment parlé… Il se montrait parfois tellement désinvolte…

Le cliquetis du verrou interrompit ses pensées. Quelqu'un entra, marcha vers lui, dénoua son bandeau. Julian plissa les paupières tandis qu'un flot de lumière se précipitait dans ses yeux – après l'obscurité prolongée, la moindre flamme lui semblait un soleil. Il avisa l'homme qui lui faisait face. C'était Til'Enoc'h, le magicien aux cheveux blancs qui lui avait parlé après son arrestation. Son Noir Portrait. Comme la première fois, il gardait ses distances pour ne pas risquer de le toucher et s'assit sur une chaise.

— Ils t'ont abîmé, constata-t-il en désignant son visage. (Julian ne commenta pas.) À la suite des tests que tu as passés, le Mage Supérieur Til'Orfaël a arbitré que te laisser détenir un tel potentiel magique incarnait un danger trop important. Tu risques de te laisser déborder et de meurtrir ton entourage.

— Quel entourage ? ironisa Julian. Je ne risque pas de blesser grand monde, enfermé ici…

— En effet. Mais nous ne pouvons te renfermer ici à vie.

Julian le jaugea, circonspect.

— Pourquoi pas ?

— On ne claquemure pas un magicien de ta trempe, affirma-t-il avec une étrange pointe de fierté. Tu finiras par dévoiler un moyen de te libérer malgré tes entraves.

— Qu'allez-vous faire, alors ? Vous pouvez… m'enlever mes pouvoirs ?

— Les limiter fortement. Je me suis opposé à cette résolution. Je vais t'aider à façonner tes pouvoirs.

Franchement étonné, Julian s'interrogea sur les raisons d'une telle générosité. Enoc'h et lui avaient beau être liés par leur vie, le mage voulait retrouver Énora. Ils n'étaient pas dans le même camp. Et il l'imaginait mal désobéir aussi effrontément à un ordre de son supérieur.

— Commençons, décida Enoc'h. Tu sais déjà que la magie utilise les ombres pour…

— Où se trouve Charly ? l'interrompit Julian.

— Asticoté par les prêtres, je te l'ai déjà dit.

— Comment va-t-il ?

— Je n'en sais rien. Si tu veux l'assister, apprends ce que tu as à apprendre.

— Très bien, ragea Julian. Que dois-je apprendre ?

Enoc'h sourit, un demi-sourire qui tenait plus de la grimace.

— Tu as assimilé que la magie utilise les ombres pour modifier les objets auxquels elles se rapportent. En réalité, si c'est ce que les gens en perçoivent, ce n'est pas rigoureusement véritable : l'énergie que nous consommons est celle de la lumière. Sans lumière, pas d'ombres, pas de magie.

— Quand j'ai agi sur les ombres, j'ai eu l'impression que la luminosité de la pièce baissait.

— Ce n'était pas une impression. Nous mangeons la lumière que nous utilisons. On brait qu'à l'élévation d'Astria, lorsque des pelletées entières de mages travaillaient ensemble à confectionner les temples, l'astre du jour lui-même perdit en clarté. (Le magicien s'accorda un instant pour rassembler ses pensées.) Puisque nous agissons sur les ombres, nos domaines d'affection – les seuls que nous aborderons ici – sont la Transformation et le Déplacement. Quand tu as modelé la fumerolle de l'orbe, lors de ton premier test dans cette geôle, tu as usité la Transformation. En revanche, selon les jaseries que nous avons recueillies dans le temple d'Izil, c'est par Déplacement que tu as agi pour abriter Charly.

— Je n'ai pas eu la sensation d'agir différemment.

— Non, l'empreinte physique et ton ressenti sont les mêmes. Mais il est important lorsque tu usites tes pouvoirs de savoir de quelle manière tu ambitionnes d'altérer l'objet ciblé, et, en cela, distinguer Déplacement et Transformation est utile. Te concentraliser sur l'un ou l'autre de ces termes t'aidera à focaliser ton esprit. Tu t'apercevras vite qu'il est aisé de faire une bévue dès que ton objectif est nébuleux, particulièrement si tu dois agir à la hâte. Soyons clairs, précisa-t-il à mi-voix, si Til'Orfaël se rend compte que je t'ai…

— À quoi correspond ce « Til » devant vos noms ? l'interrompit Julian. Un rang particulier au sein de votre communauté ?

— Non. Les préfixes signalent des potentiels de progression. Nous ne sommes pas tous égaux face à la magie. Nous distinguons trois échelons, ou « cercles » : « El » pour les magiciens mineurs, « Jar » pour les magiciens intermédiaires et « Til » pour les magiciens supérieurs.

— Trois niveaux seulement ? s'étonna Julian.

— Il existe des disparités au sein même de ces… catégories. Mais elles annoncent les limites de nos prédispositions. Par exemple, les magiciens mineurs peuvent altérer la forme d'un objet mais sont ignares à modifier sa texture, et ils ne savent utiliser que les ombres créées par la lumière du soleil. Les magiciens intermédiaires, eux, agissent sur les textures mais ne savent pas gérer les ombres multiples, ou les sources lumineuses trop faibles comme la lune…, contrairement aux magiciens supérieurs.

Julian secoua la tête.

— « Ombres multiples » ? Tu vas trop vite.

— Un objet peut avoir plusieurs ombres, expliqua patiemment Enoc'h, s'il se trouve entre plusieurs lampes. Les ombres multiples favorisent certaines Transformations de texture, mais elles sont ardues à maîtriser. Enfin, nous n'en sommes pas là, je reviendrai sur ces interrogations en temps voulu.

Julian acquiesça lentement. Enoc'h lui ouvrait de nouveaux horizons.

— Tu es donc un magicien puissant, déduisit Julian.

— J'ai beau être puissant, je suis encore jouvenceau pour un magicien.

— Puissant comment ?

— Puissant comme toi. Strictement. (Il baissa la voix.) Les Noirs Portraits savourent exactement le même potentiel magique, ajouta-t-il sur le ton de la confidence.

Julian prit quelques instants pour réfléchir à cette information, puis il redressa la tête, satisfait. Il pensait enfin savoir pourquoi Enoc'h s'était proposé comme professeur.

— Si tu limitais mon pouvoir comme te l'a ordonné Til'Orfaël, tenta Julian, le tien serait limité aussi.

Enoc'h le dévisagea longuement.

— Oui, admit-il enfin.

— Ils ne savent pas... Tu ne leur as pas dit ce que nous sommes.

— Ils se doutent que ton Noir Portrait est un magicien du Clos, mais ils ignorent qu'il s'agit de moi.

— C'est pour cela que je suis encore en vie, n'est-ce pas ? Ils craignent en m'éliminant de tuer l'un de tes puissants collègues ?

— Revenons à la magie.

Mais Julian, comprenant qu'il possédait un moyen de pression sur Enoc'h, poursuivit sur sa lancée :

— Et tu as peur qu'en découvrant qu'il s'agit de toi ils décident que c'est là une perte acceptable et te sacrifient pour le bien de la communauté. Après tout, tu es encore jeune pour un magicien, c'est toi-même qui l'as dit. Tu n'as pas atteint un rang très élevé dans votre hiérarchie. Je me trompe ?

Enoc'h le dévisagea sans répondre. Son silence sonnait comme un aveu.

— Si tu ne me donnes pas de nouvelles de mon frère, je dirai à tes supérieurs que tu es mon Noir Portrait.

— Tu exposerais ta vie autant que la mienne.

— Ce qui ne m'arrêtera pas.

Enoc'h sonda son regard, deux rayons bleus jaugeant sa détermination.

— Nous ne sommes pas les féroces, Julian. Crois-moi, mieux vaut que nous trouvions votre Passeur avant que d'autres le fassent.

— D'autres ?

— Les prêtres d'Aa et d'Izil pourchassent ta jeune amie. Celle que j'ai repérée sur la place des Dieux.

« Ta jeune amie »... Ils connaissaient l'existence d'Énora. Cette révélation se planta en Julian comme une lame glacée.

— J'ai trouvé l'auberge où vous nichiez, l'informa encore Enoc'h.

Conscient qu'il sapait son moral pour le pousser à dévoiler des informations, Julian resta de marbre.

— Charly a-t-il parlé ? demanda-t-il.

— Je l'ignore. Mais crois-moi, à un moment ou à un autre il jasera. Tout homme possède un point de rupture...

Soudain, les mains de Julian se mirent à trembler. Il reconnut immédiatement la sensation. Conscient que le phénomène n'avait rien à voir avec les craintes qu'il éprouvait en pensant à Charly, il serra les poings.

Son véritable calvaire commençait.

Charly hurla.

Chacun de ses doigts était brisé en plusieurs morceaux, de longues estafilades zébraient son torse, ses côtes cassées le lançaient à chaque inspiration, son visage tuméfié l'empêchait d'ouvrir entièrement les paupières… Malgré cela, il n'avait lâché aucune information. Jamais il n'aurait imaginé tenir si longtemps, lui qui tournait de l'œil à la moindre coupure et croyait mourir à chaque mauvais rhume. Au cours des trois derniers jours, il en avait appris plus sur lui-même qu'en vingt-quatre ans de vie. Ils s'étaient trompés sur lui. Tous. Ces prêtres sadiques, son frère, lui-même. Charly s'était cru faible – et il l'était, d'une certaine manière, car si on lui avait demandé où se trouvait Énora au cours d'une simple discussion entre gens civilisés, il aurait été du genre à ne pas se méfier et à divulguer trop d'éléments sans s'en rendre compte. Ils auraient pu anesthésier sa méfiance par la politesse et l'humour. Mais ils avaient commis l'erreur d'utiliser la torture, qui ne laissait aucun doute quant aux intentions des prêtres : ils voulaient du mal à Énora. Et menacer les gens que Charly aimait était la meilleure manière de lui faire supporter la plus atroce des douleurs. C'était ce trésor insoupçonnable qu'il avait découvert dans ce sous-sol maudit : il pouvait tenir pour eux. Énora. Julian. Il allait tenir.

Le bourreau parlait à voix basse avec la grande prêtresse d'Izil. Celle-ci s'approcha de Charly, majestueuse dans sa robe blanche mouchetée de sang.

— Nous avons un embarras, mon cher, dit-elle d'un air désolé. Il semble qu'il n'en faille pas beaucoup pour que tu expires. Or, mort, tu ne nous es pas avantageux. Nous allons donc rénover notre stratégie. (Elle se tourna vers deux prêtres qui assistaient le bourreau.) Faites venir Iouna. Cela fait des éons que nous n'avons eu l'occasion de potasser le phénomène des Noirs Portraits.

Charly tressaillit. Il n'avait jamais appris le prénom de la jeune prêtresse blonde rencontrée avant la cérémonie de l'arbre-feu, mais il sut aussitôt qu'il s'agissait d'elle.

Ses craintes se confirmèrent lorsqu'un instant plus tard, il perçut une exclamation d'horreur. Charly voulut tourner la tête vers l'escalier. Échoua. Enfin, la jeune fille entra dans son champ de vision. Malgré l'horreur et la pitié qui déformaient ses traits, sa beauté délicate était intacte. Si ses muscles lui avaient répondu, nul doute que Charly aurait souri. À défaut, il se contenta d'une esquisse grimaçante en la dévorant des yeux. Le regard effrayé d'Iouna se posa sur sa supérieure.

— Vous désiriez me voir, murmura-t-elle.

— Tu as toujours servi notre ordre avec abnégation. Aujourd'hui, la Dame impose un sacrifice. Izil convoite que tu touches cet homme. Mais, antérieurement, j'aimerais qu'il perçoive de quoi il retourne.

Elle se planta devant Charly, détacha ses mains du trépied, l'aida à s'asseoir. Il ne put retenir un gémissement tant chaque mouvement provoquait des éclairs de douleur dans sa chair. La grande prêtresse versa lentement le contenu d'un verre d'eau entre ses lèvres. Il but avec avidité.

— L'autre jour dans le temple, commença-t-elle, ton ami t'a rescapé la vie.

Elle lui expliqua de quelle manière il était lié à Iouna. De ce flot de paroles, une seule information perça l'esprit brumeux de Charly : si Iouna le touchait, ils mourraient tous les deux.

— C'est là votre nouvelle stratégie ? articula-t-il difficilement. Je serai mort... Inutile, vous disiez...

— C'est vrai, sourit la grande prêtresse. Mais nous ne sommes pas contraints d'en arriver là. Le choix est élémentaire. Tu jases ou vous mourez ensemble. N'est-ce pas romantique ?

Charly réussit à relever la tête, croisa le regard terrifié d'Iouna. Sa volonté s'effondra dans l'instant. Il savait que pour tout choix il existait d'autres solutions que celles qui étaient proposées. Il savait que, pour tout choix, il existait la possibilité de *ne pas* choisir – il avait souvent vu Julian user de ce stratagème auprès de filles. Mais l'épuisement et la douleur annihilaient chaque tentative de réflexion.

— Iouna, la pressa la grande prêtresse, approche-toi.

Celle-ci obéit, s'agenouillant en face de Charly. Ses mains tremblaient, et des larmes dévalaient ses joues pâles.

— Touche-le.

Elle leva la main, hésita. Plongeant dans le regard terrifié d'Iouna, Charly sentit un gouffre s'ouvrir en lui. Il ne pouvait pas la laisser le toucher. Il ne pouvait pas être responsable de sa mort. Sentant qu'il allait craquer, Iouna se reprit, écarquillant les yeux pour l'enjoindre de se taire. La main de la jeune femme fusa vers l'épaule de Charly.

— Non ! cria-t-il.

La grande prêtresse tira vivement Iouna en arrière. Celle-ci perdit l'équilibre et tomba avant d'avoir effleuré la peau de son Noir Portrait.

— Tu as une assertion à braire, Charly ?

Il dévisagea la grande prêtresse d'Izil.

— Ne jase rien, supplia Iouna, ne jase rien…

Charly eut un sourire las, baissa la tête et, le regard perdu au sol, il lâcha :

— Elle s'appelle Énora.

Il sut dans l'instant que ce qui venait de se briser en lui ne pourrait jamais être réparé.

L'amphithéâtre était bondé.

Situé directement sous la place des Dieux, il était utilisé lorsque les clergés souhaitaient débattre d'un point de dogme. Les prêtres et prêtresses d'Izil composaient une moitié de l'audience, tandis que ceux d'Aa leur faisaient face. Tous venaient assister au concile exceptionnel réuni à la hâte une heure plus tôt.

Le dieu de la Nuit prit place parmi les robes noires sous l'identité du prêtre itinérant Nozaa, rôle qu'il occupait depuis une cinquantaine d'années. Il prêta l'oreille aux conversations de ses voisins.

— Connaissez-vous la raison d'une réunion de cette ampleur ? demandait un homme au ventre proéminent.

— Je l'ignore, mon frère, assurait un autre. Mais nous ne tarderons pas à l'apprendre, regardez !

Les grands prêtres de chaque ordre venaient d'entrer sur l'estrade, accompagnés par le Mage Supérieur Orfaël, maître du Clos des magiciens. La présence de ce dernier souleva une vague de chuchotements étonnés – si prêtres et magiciens associaient régulièrement leurs efforts concernant la politique du royaume, il y avait bien longtemps que cette salle sacrée n'avait pas accueilli une cape d'or. Le dieu, lui, ne fut pas surpris. Ayant assisté aux aveux de Charly, il connaissait l'objet du concile.

— Comme vous le savez déjà, commença la grande prêtresse d'Izil, il y a une semaine, un Passeur a ouvert une faille depuis Rive et posé pied dans le royaume pour la première fois depuis près de trois siècles. Il était accompagné de deux individus que nous avons appréhendés. Au cours de leur interrogatoire, nous avons découvert une information pour le moins perturbante. Le Passeur serait une femme.

Un silence stupéfait tomba sur l'assistance. Puis des cris de protestation s'élevèrent :

— Impossible !

— Ridicule !

— Le pouvoir du Passeur ne peut être porté par une femme !

Le dieu sourit. Les paradoxes de ce royaume ne cessaient de l'amuser. Après la trahison des Rois-Passeurs, prêtres et magiciens avides d'exercer leur influence politique avaient mis en place une nouvelle gouvernance, où le pouvoir royal se transmettait par les femmes. Mais en obligeant les reines à épouser l'un d'entre eux, ils s'étaient assurés d'en faire de simples marionnettes entre leurs mains. De même, en acceptant les femmes dans leurs rangs, les prêtres offraient une façade d'ouverture. En réalité, la plupart étaient profondément misogynes ; ils déléguaient aux prêtresses le conseil aux fidèles et se réservaient les postes importants – à l'exception bien sûr de la grande prêtresse d'Izil qui devait être du sexe de la déesse, mais s'en tenait à un rôle représentatif. Sans compter que, parmi les clergés, seules les femmes étaient assujetties à un vœu de chasteté... Au fond, les magiciens étaient les seuls à assumer leur vision de la femme : ils avaient réglé la question en les bannissant de leur académie des siècles plus tôt.

En voulant rompre avec le pouvoir masculin des Rois-Passeurs, prêtres et magiciens l'avaient finalement perpétué. Ils étaient incapables de concevoir une gouvernance réellement féminine ou mixte. Alors si même les Passeurs, souverains virils par excellence, pouvaient être des femmes, où allait le monde ?

Illustration parfaite de ce paradoxe, la grande prêtresse d'Izil s'échinait depuis plusieurs minutes à ramener le calme, mais il suffit d'un geste de la main de son homologue en robe noire pour mettre fin au tumulte.

— Je partage votre indignation, déclara-t-il. Nous sommes ici pour comprendre comment un tel bouleversement a pu se produire. J'ai invité le Mage Supérieur Orfaël à se joindre à nous, son expertise sur les Passeurs étant incontestable.

Le dieu ajusta sa ceinture avec agacement. Les prêtres et leurs débats stériles ! Allaient-ils vraiment rester là à discuter pendant des heures du sexe du Passeur au lieu de partir à sa recherche ? Il fallait donner un coup de fouet à cette réunion. Il se leva, quitta l'amphithéâtre et traversa son temple pour regagner la lumière du jour.

Apercevant sa sœur sur la place, Aa marcha droit vers elle. La mendiante le regarda venir.

— Quelles nouvelles ? demanda-t-elle.

— Je pense que l'heure a sonné de venir voir par toi-même.

— Pitié, leurs débats m'assomment...

— Et moi donc… Mettons-y fin. Il est temps de te débarrasser de tes oripeaux, Iz.

La déesse du Jour dévisagea son frère, puis sourit.

— Une apparition, hein ? grinça-t-elle. Tu as raison, il y a trop longtemps que je n'ai revêtu mes habits de lumière.

L'instant d'après, ils se matérialisaient sur l'estrade de l'amphithéâtre. Frappée de stupeur, l'assistance entière se figea. Puis tous tombèrent à genoux et ployèrent la nuque dans un silence absolu.

Aa avança vers ses fidèles, les pans de son long manteau sombre traînant sur le sol comme de la brume nocturne. Izil, elle, brillait tant qu'il était impossible de la regarder en face.

— Tu ne crois pas que tu en fais un peu trop ? murmura le dieu à sa sœur.

— Je ne vois pas de quoi tu parles. (Elle balaya du regard les bancs pleins à craquer de corps prosternés.) Crois-tu qu'ils vont finir par se redresser ?

Le dieu de la Nuit sourit sans répondre.

Le grand prêtre d'Aa fut le premier à relever la tête. Il croisa les yeux pâles de son maître.

— Oh, seigneur, murmura-t-il, si vous êtes ici, c'est que vous connaissez la raison de notre rassemblement.

— En effet.

— Avez-vous une réponse à nous apporter ? Comment une femme a-t-elle pu devenir Passeuse ?

Les dieux eux-mêmes l'ignoraient. Izil botta en touche, amplifiant sa voix pour tonner à chaque oreille présente :

— Vous perdez du temps à force de questions ! Que ce Passeur soit homme ou femme, il est de votre devoir de l'arrêter. Le garçon de l'autre monde vous a indiqué où chercher l'intruse. Qu'attendez-vous pour vous lancer à sa poursuite ?

Tous se recroquevillèrent, craignant le courroux de la déesse. Aa posa une main sur le bras de sa sœur, croisa le regard de son grand prêtre.

— Trouvez-la, dit-il simplement. Ses pouvoirs vous seront utiles pour garder les rênes du royaume.

Le grand prêtre acquiesça, l'air grave.

Et les dieux s'évanouirent.

Fragment

Chroniques d'Ombre : l'avènement des Rois-Passeurs

Astria, 27e année de l'Alliance

Nul ne sait comment Kanna, le premier Passeur, acquit son pouvoir. Fils d'un magicien de l'académie, il n'avait lui-même aucun potentiel magique. Le jeune royaume étant en guerre contre son voisin, Kanna devint soldat.

À vingt ans, il était déjà un meneur d'hommes reconnu. La légende le décrit comme un colosse tout en muscles, beau comme un dieu, sage comme un érudit, fort et loyal, plus rusé que le plus rusé des généraux de l'armée d'Ombre. Ce portrait est peut-être légèrement enjolivé, Kanna l'ayant rédigé lui-même.

Personne ne sut jamais à quelle occasion il découvrit son don, mais ce fut un pas décisif vers la victoire dans cette guerre interminable. Alors que les batailles faisaient rage, Kanna ouvrait des passages entre les mondes, entraînant une partie de l'armée à sa suite, et ressortait derrière la ligne ennemie pour les attaquer à revers. Employant la même méthode, ils profitaient des nuits de trêve pour aller dérober les vivres de ses adversaires, détruire leurs catapultes, vider leurs réserves d'armes, espionner leurs chefs…

Après deux semaines, Ombre repoussa ses voisins, et de nouvelles frontières furent établies. Le retour de l'armée à Astria fut triomphal, son glorieux héros Kanna érigé en figure de proue.

Le vieux roi n'avait pas de descendance. Voyant combien le peuple aimait Kanna, et voulant couper court aux querelles de succession qui se préparaient dans son dos, il fit du jeune homme son héritier. Son aura était telle que, lorsqu'il monta sur le trône quelques années plus tard, personne ne protesta. Les magiciens de l'académie, à l'époque uniquement concentrés sur leurs études et coupés de la politique du royaume, prirent acte de sa nouvelle position.
Ainsi débuta le règne des Rois-Passeurs, que tous connaissent sous le nom de « l'ère de l'Échange ».
D'autres l'évoquent plutôt comme « cette maudite période », « le règne des démons » ou « le temps des traîtres ».
C'est selon.

Extrait des *Chroniques d'Ombre*,
par Amaël, Encré du royaume.

Chapitre 12

Craignant que la sécurité de *La Plume et l'Enclume* ne soit compromise, Énora n'était pas retournée à l'auberge.

Elle leva les yeux vers l'homme en robe grise. Il s'appelait Luernios – la seule information qu'elle ait apprise à son sujet. Depuis trois jours qu'il lui avait interdit de quitter la chapelle du Fou, il ne lui avait plus adressé la parole et n'avait bougé de son fauteuil que pour aller chercher des fruits secs, des biscuits ou pour remplir la carafe d'eau. Il l'ignorait cordialement. Pourtant, Énora devinait qu'il l'aurait arrêtée sans délai si elle avait esquissé le moindre pas vers la sortie et, parce que la frontière entre gardien et geôlier était si mince, elle ne parvenait pas à lui accorder sa confiance.

Qui était-il ? Un magicien ? Il ne portait pas de cape d'or, juste un habit usé de prêtre qui n'était ni du noir d'Aa ni du blanc d'Izil. Alors quel dieu servait-il ? De temps à autre, un Astrien se faufilait à l'intérieur de la chapelle pour déposer des offrandes au pied de l'autel et ressortait à la hâte, comme s'il venait d'accomplir un acte honteux. Hormis ces rares visites, les lieux étaient parfaitement calmes.

Énora avait mis de côté son inquiétude pour les garçons. Enfermée ici, elle ne pouvait les aider. Et son désir de vengeance colonisait son esprit, ne laissant aucune place pour d'autres pensées. Elle devait trouver un moyen de supprimer ceux qui avaient massacré sa famille pour faire taire les cris qui la hantaient.

Refusant d'interroger Luernios dont elle se méfiait, Énora s'était plongée dans les vieux manuscrits qui recouvraient un pan de mur. Aucun d'eux ne mentionnait l'Ordre, ce qui était logique, Hank et les garçons lui ayant expliqué que cette organisation avait été créée dans son monde. Cependant, les livres d'histoire occupaient de nombreuses étagères, et elle connaissait à présent les circonstances au cours desquelles le dernier Roi-Passeur, Gwendal, avait fui en Rive – comme les habitants du royaume nommaient le monde natal d'Énora. Selon les chroniques de l'époque, cet ancêtre était un lâche cupide. Moyennant rétribution, il aurait livré son peuple aux envahisseurs avant de se réfugier dans l'autre monde.

À la lumière de ce contexte, Énora avait déduit les motifs ayant poussé le roi Gwendal à créer l'Ordre : il l'avait sûrement mis en place afin qu'aucun de ses descendants ne puisse revenir en Ombre, car après sa trahison, il se doutait que ceux-ci ne seraient pas les bienvenus au royaume. Il avait préféré sacrifier la part masculine de sa famille pour préserver la sécurité du reste de sa lignée : les femmes, celles qui pourraient perpétuer son sang à défaut de son nom. Énora le maudissait de cette décision. Cet homme, son propre ancêtre, avait imaginé l'engrenage cruel qui avait fait exploser sa vie en éclats sanglants.

Luernios se leva brusquement.

— Je dois sortir, annonça-t-il. En mon absence, fais comme chez toi.

Énora le regarda passer la porte, incrédule. C'était la première fois qu'elle le voyait délaisser ses livres et quitter la chapelle. Elle se posta derrière le vitrail aux motifs floraux. Lorsque la silhouette de Luernios disparut de la ruelle, elle se précipita vers la porte en bois qu'elle avait repérée à son arrivée. Plus elle y pensait et plus il lui semblait évident que celle-ci donnait sur le tombeau des Rois-Passeurs.

La porte était fermée. Avisant une clé accrochée au mur, Énora la saisit et l'introduisit dans la serrure. Celle-ci résista mais finit par céder. Énora se glissa dans l'entrebâillement, prenant soin de verrouiller dans son dos.

Elle découvrit une pièce sommairement meublée. Une table, une chaise en bois sculpté, une banquette et un coffre. En face, une autre porte. Énora la poussa. Puis se figea, saisie par le spectacle qui s'offrait à elle.

Avec son toit transparent et ses murs de pierre ciselée envahis de mousse, le vaste espace évoquait une curieuse alliance entre une serre en friche, une cathédrale et un hall de gare laissé à l'abandon. Le plus surprenant était la profusion d'arbres et de plantes. Ils se déployaient partout, luxuriants, branches tendues vers la clarté qui se déversait du plafond. Énora avança lentement, émerveillée par la poussière en suspension qui scintillait dans les rais de lumière. Elle gagna un angle du bâtiment pour mieux embrasser la scène du regard.

Un système de tuyaux transparents tombait du toit et plongeait dans le sol. Découvrant des carrés de terre creusés dans le dallage de marbre,

Énora comprit que les végétaux avaient été présents dès la création du bâtiment et que les tuyaux les alimentaient en eau de pluie. Après deux cent cinquante ans de croissance sauvage, ils avaient envahi l'espace, fissurant la pierre de leurs épaisses racines. Un oiseau cria quelque part. Énora sursauta. Prenant son courage à deux mains, elle s'engagea à l'ombre des ramures.

Elle parvint à se frayer un chemin jusqu'à une zone dégagée – sorte de long corridor où la végétation paraissait incapable de s'insinuer, comme empêchée par une force qu'Énora ne put identifier. Des gisants s'y alignaient. Elle marcha vers le plus proche d'entre eux, contempla son visage de pierre, lut l'inscription sur le socle. « Edenyr, deuxième Roi-Passeur. » Un détail attira aussitôt l'attention d'Énora. Un pendentif reposait sur la poitrine du roi. Un pendentif qu'elle connaissait. Elle porta sa main à son cou, n'y trouva que sa peau. Elle avait enlevé le bijou offert par sa grand-mère quelques jours plus tôt, craignant de se le faire voler dans la foule qui se pressait pour la cérémonie de l'arbre-feu. Le bijou était resté à l'auberge avec ses rares affaires. Son absence lui pesa soudain.

Énora contourna le gisant, rejoignit la tombe suivante. « Troisième Roi-Passeur. » « Quatrième Roi-Passeur. » Et ainsi de suite jusqu'au dix-septième. Toute une dynastie était exposée là, des souverains éternels paisiblement étendus sur leur corps mortel tombé en poussière, parfois accompagnés de leur femme ou d'enfants décédés en bas âge. Chacun était représenté avec le pendentif. Émue, Énora détailla longuement leurs traits, traquant la moindre ressemblance avec des membres de sa famille. Mais en arrivant au bout de la file de gisants, une évidence la frappa : le premier d'entre eux restait introuvable. Où était Kanna, le guerrier devenu monarque dont l'aura éclaboussait chaque livre d'histoire du royaume ? Énora tourna sur elle-même, fouillant du regard les alentours, puis, prise d'une intuition, elle suivit la trajectoire de l'alignement des tombes à travers les arbres. Là-bas, contre le mur du fond, elle trouva le tombeau du premier Roi-Passeur.

C'était le seul qui n'était pas surmonté d'un gisant. Kanna, au contraire, était représenté assis sur un trône, face au couloir dessiné par les autres tombes. Ses yeux grands ouverts les embrassaient toutes, comme si mort après mort, sa descendance avançait vers lui pour boucler une boucle invisible.

Apercevant le même symbole que celui du pendentif sur le socle de la statue, Énora s'accroupit. Ceux qu'elle avait trouvés sur les poitrines des rois étaient en relief. Celui-ci, au contraire, était taillé en creux à l'exacte échelle du bijou réel, comme pour le sertir… Le sertir, ou bien…

— Ce sont les armoiries des Rois-Passeurs, lança une voix dans son dos.

Énora fit volte-face. Luernios l'observait, drapé dans son éternelle robe grise informe. Énora avait pourtant refermé la porte de la chapelle.

— Comment avez-vous... ?

— J'ai un décalque de la clé, sourit-il en brandissant un trousseau.

Elle se força à reprendre contenance.

— Leurs armoiries ?

Luernios la rejoignit devant la statue.

— Oui, c'est le symbole de leur ère et de leur famille. Les interprétations sont légion, mais voici la plus coutumière : le cercle est formé d'un côté par un croissant de lune, de l'autre par un soleil aux rayons déployés en éventail. Il figure les deux mondes, Rive et Ombre, où le jour et la nuit sont inversés. Ainsi alliés, ils suggèrent une entente, une association dans la paix – l'illustre ère de l'Échange initiée par Kanna à l'aube de son règne, lorsque les deux mondes devaient s'épauler pour un bénéfice mutuel. Le trou au centre, lui, évoque le pouvoir du Passeur, celui d'enfanter des failles pour traverser de l'un à l'autre.

Énora fronça les sourcils, reprenant le fil de sa réflexion interrompue par l'arrivée de Luernios. Que ce symbole, sculpté en relief sur chacune des tombes, soit ici représenté en creux l'interpellait. Ses doigts coururent sur la pierre, trouvèrent un interstice horizontal. Énora se redressa. Une partie de ce socle pouvait pivoter.

Et le pendentif était la clé du mécanisme.

Énora ajusta sa capuche.

Les yeux rivés sur les pavés, elle tâchait de garder un pas mesuré malgré les prêtres et les capes d'or qui parsemaient les rues d'Astria. Son instinct lui hurlait de courir pour échapper à leurs regards suspicieux. Énora le fit taire. La Porte des Pèlerins n'était plus qu'à une vingtaine de mètres. *Ne pas se faire remarquer, surtout ne pas se faire remarquer.*

Lorsqu'elle avait annoncé à Luernios qu'elle devait retourner à l'auberge, il n'avait bizarrement pas cherché à l'en dissuader, mais lui avait conseillé – ordonné, à vrai dire – de porter cette robe de tissu gris à la profonde capuche anthracite.

— On risque de te reluquer, avait-il ajouté, mais personne ne te braillera.

Elle avait passé le vêtement sans discuter ni poser de questions.

Atteignant les remparts, Énora s'employa à ne pas lever les yeux vers les gardes. Elle aperçut du coin de l'œil un enfant qui la pointait du doigt. Sa mère attrapa vivement sa main et tourna les talons. *Attitude curieuse*, songea Énora. Elle passa la porte sans encombre, s'engagea sur le pont, puis contourna la ville vers le sud pour gagner le quartier de l'auberge.

La rue du Chat-qui-Danse était gardée. Énora hésita à faire un détour pour arriver par l'autre bout de la rue, mais il en serait probablement de même, aussi ralentit-elle à proximité du barrage. Un quart d'heure de marche dans cet accoutrement lui avait suffi pour comprendre qu'il inspirait la crainte. Elle avança d'un pas décidé vers les gardes et passa près d'eux sans ralentir. Elle sentit leur hésitation. Finalement, l'un d'eux l'interpella :

— Hé, la Grise !

Elle s'arrêta, se retourna lentement, attendit qu'ils parlent. Gêné, le garde fouillait du regard les ombres de sa capuche.

— Cette rue est ceinturée pour le moment.

— Je dois m'y rendre.

— Que venez-vous entreprendre ici ?

— Rien qui soit de votre ressort, dit-elle d'une voix douce.

L'homme s'était déplacé pour lui barrer la route, une main posée sur la garde de son épée. Il fouillait du regard l'ombre de sa capuche. Le cœur d'Énora accéléra.

— Vous êtes jeune, pour une Grise.

Que devait-elle répondre ? Elle ignorait ce qu'était une « Grise ». Elle croisa les bras pour les empêcher de trembler.

— J'ai une entreprise à commettre en ce lieu, lança-t-elle en citant Luernios mot pour mot. L'âge n'importe pas. Seule la robe compte.

Elle releva le menton pour soutenir le regard du garde. Il recula par réflexe. Répondre par la colère semblait fonctionner.

— Je… je suis navré, je ne peux vous laisser circuler.

Énora se rappela la mère et son enfant aperçus à la Porte des Pèlerins. Les habitants d'Astria ne voulaient rien avoir à faire avec elle. Elle fit un pas vers le garde, menaçante :

— Je pourrais changer d'avis, vous savez. Sur ce que je viens faire ici. Peut-être, après tout, pourriez-vous être concerné.

L'homme déglutit. Ils se jaugèrent un instant, puis le deuxième garde posa une main sur l'avant-bras de son collègue. Sans attendre qu'ils s'écartent, elle les contourna et reprit son chemin vers l'auberge, retenant son souffle de peur d'être rappelée. Il n'en fut rien.

Soulagée, elle parcourut la rue déserte, puis jeta un coup d'œil à travers le verre coloré des fenêtres de *La Plume et l'Enclume*. Personne. Elle entra. Aussitôt, la porte de la cuisine s'ouvrit à la volée, laissant apparaître Talan. L'aubergiste semblait furieux. Il se figea en découvrant la silhouette d'Énora. Celle-ci laissa glisser la capuche contre son dos.

— Toi ? souffla Talan. Que fais-tu ainsi attifée ?

— Cette robe n'est pas à moi.

— Oui, je me doute que tu ne sers pas le Gris, Énora !

Il jeta un regard circulaire avant de l'entraîner dans la cuisine.

— Le Gris ? demanda-t-elle en se frayant un chemin entre les piles d'assiettes et de faitouts en terre cuite.

— Le Guérisseur. Le Fou.

— Jamais entendu parler de lui.

— C'est un dieu révolu. Il n'est plus en ce monde depuis des éons. Ses fidèles ne sont pas fourmillants, mais ils possèdent de rares dons de soigneurs.

— Pourquoi les craint-on, alors ? Tout le monde m'a fuie dans la rue...

Talan s'arrêta, tourna vers elle son regard perçant.

— Le Gris est le dieu de la Mort, ma piote. Ses serviteurs peuvent autant choisir de guérir un cas désespéré que de collecter sa vie pour leur maître.

— Quand tu dis que ce dieu n'est plus en ce monde... ?

Talan dévisagea Énora, puis déclara :

— Il aurait aidé le traître à décamper.

— Le dernier Roi-Passeur ?

— Oui. Et il serait resté de l'autre côté avec lui. C'est ce que braillent les prêtres d'Izil et d'Aa.

Énora digéra l'information. Luernios était un serviteur du Gris, et la chapelle du Fou, où elle venait de passer deux jours, était dédiée au dieu de la Mort, considéré comme un traître au même titre que les Passeurs. Décidément, elle avait un don pour se retrouver liée à ceux que le peuple d'Ombre haïssait. Pas étonnant que le temple soit si peu fréquenté.

— Énora, des gens puissants te cherchent...

Elle considéra Talan. Son visage en lame de couteau était infiniment sérieux, ses bras croisés comme une barrière.

— Je suis désolée de vous causer des ennuis.

Il balaya sa remarque d'un mouvement de main contrarié.

— Où sont les piots ? s'inquiéta-t-il.

— Ils ont été arrêtés. Julian par les magiciens, Charly par les prêtres. Je n'ai pas de nouvelles depuis et j'ignore comment en obtenir.

— Un magicien a débarqué ici.

Une nouvelle décharge d'adrénaline fusa dans les veines d'Énora.

— La trentaine ? Longs cheveux blancs ?

— C'est ça. Il convoitait des informations sur toi. Je lui ai braillé ce que je connaissais, c'est-à-dire peu de choses. On ne blague pas à ces gens-là, s'excusa-t-il.

— Tu as bien fait. Sais-tu pourquoi la rue est bouclée ?

— Non. Ils l'ont ceinturée sans motif il y a une heure.

Des voix retentirent au-dehors. Ils regagnèrent en hâte la salle commune, aperçurent les silhouettes d'une quinzaine de prêtres.

— Détale par-derrière ! la pressa Talan.

— Je dois récupérer mes affaires !

Il la poussa vers un couloir obscur.

— Pas le temps ! Fuse !

— Où sont-elles ? Mes affaires ?

— Toujours dans la chambre. Énora, je t'en prie...

Les prêtres envahirent la salle commune. Énora bondit vers la courette qui séparait les deux bâtiments de l'auberge, la traversa, gravit les marches jusqu'au deuxième étage, souleva le matelas de son lit. Le pendentif était là. Elle le fourra dans sa poche, heureuse de le retrouver. Délaissant les vêtements des garçons qui traînaient, elle attrapa un couteau, l'accrocha à son avant-bras et sortit de la chambre.

Bruits de pas dans l'escalier. Les prêtres fouillaient l'auberge.

Elle recula, s'isola dans la chambre, paniquée. Ses yeux accrochèrent l'ovale lumineux de la fenêtre. La petite pièce était située sous le toit. Sans réfléchir, elle écarta les battants et se glissa dehors, refermant les vitres du mieux qu'elle put. Plaquée contre les ardoises disjointes, elle n'osait plus bouger. On pouvait sûrement la voir depuis la courette. Elle pria pour qu'aucun prêtre ne lève les yeux.

Des hommes parlaient à l'intérieur. Elle entendit son nom. Comment le connaissaient-ils ? Les garçons avaient dû parler... Au lieu de se sentir trahie, l'inquiétude enserra sa poitrine. Quels que soient ses défauts, Julian ne l'aurait pas dénoncée s'il pouvait l'éviter, et Charly était le garçon le plus loyal qu'elle ait jamais rencontré. On les avait forcés à parler. Elle n'aurait pas dû obéir à Luernios, peut-être aurait-elle pu les aider si elle s'était portée à leur secours... Elle repoussa les larmes qui lui montaient aux yeux, ses doigts s'agrippant de plus belle pour ne pas glisser.

Après ce qui lui sembla une éternité, les prêtres quittèrent la chambre et traversèrent la cour en sens inverse. Les muscles courbatus par l'effort,

Énora poussa la fenêtre, se laissa tomber sur le matelas. Elle s'accorda un instant de répit pour calmer son pouls chaotique. Puis elle dévala l'escalier et se glissa par la porte de derrière dans une rue parallèle. Sa main tremblante plongea dans la poche de sa robe, trouva le pendentif. Ce contact ranima son courage.

Elle avait peut-être manqué de se faire arrêter, mais elle avait récupéré le bijou.

Fragment

Lettre à l'intention du prêtre itinérant Nozaa

Nozaa,

Comme convenu, je vous tiens au courant de mes recherches. Je surveille depuis deux jours l'auberge où logeait la jeune fille aperçue sur la place lors de la cérémonie de l'arbre-feu. Ce midi, un groupe de prêtres d'Izil a fouillé les lieux, sans succès. J'imagine que je ne vous apprends rien. Mais quelques minutes avant leur arrivée, une Grise est entrée dans cet établissement. Les serviteurs du Gris rechercheraient-ils eux aussi la Passeuse ? Nous devons parler. Vous savez où me contacter.

Respectueusement,

Til'Enoc'h.

Chapitre 13

Enoc'h s'interrompit et dévisagea Julian.

Des liens l'attachaient toujours à sa chaise, et après plusieurs heures à parler de magie, l'étranger était blême et tremblant.

— Tu es souffrant ? s'inquiéta Enoc'h.

Julian déglutit sans répondre. Ses pupilles dilatées sautaient d'un point à un autre du cachot sans parvenir à se fixer. Alors Enoc'h comprit.

— Tu es en manque. De quoi ?

— Alcool, lâcha-t-il. Donne-moi quelque chose à boire, n'importe quoi, même votre bière dégueulasse, là...

— Non.

Julian darda sur lui un regard assassin. Enoc'h le soutint sans ciller. Leurs vies étaient liées, il était hors de question que son Noir Portrait continue à ruiner sa santé de la sorte.

— Mobilise ton esprit pour le détourner du manque.

Julian eut un rire méprisant.

— Rien ne peut m'en détourner ! Tu ne sais pas de quoi tu parles.

— Ah, parce que tu me connais, peut-être ?

— Tu es trop propre pour avoir expérimenté ce genre d'état ! cracha Julian. Le parfait petit magicien avec sa parfaite cape d'or, son parfait visage d'ange et ses cheveux d'un blanc parfait. Tu n'as aucune idée de ce que je traverse ! Tu n'as aucune idée de la merde enfouie sous ce crâne !

Enoc'h ne s'offusqua pas des paroles de Julian. La faiblesse et l'impuissance alimentaient sa colère. Il se leva, se dirigea vers la porte.

— Je reviendrai plus tard, annonça-t-il.

— C'est ça, dégage ! explosa Julian en ruant pour faire bouger sa chaise.

Les pieds étant scellés au sol, il ne réussit qu'à se faire mal en tirant sur ses liens. Il pesta. Enoc'h posa la main sur la poignée.

— Ne me laisse pas, gémit Julian. Pas comme ça…

— Pourquoi resterais-je ?

— Je… Tu as raison. J'ai besoin de me concentrer sur autre chose.

Enoc'h revint sur ses pas, s'assit, plongea dans le regard fiévreux de Julian.

— Parlons de la Passeuse. (Julian cracha.) Où est-elle ?

— Va te faire foutre.

— Quel est son rapport avec le Gris ?

— Le quoi ?

— Je ne vais pas lui faire de mal.

— Bien sûr.

— Je veux la protéger, Julian.

Celui-ci laissa échapper un éclat de rire sarcastique.

— Tu ne devrais pas. C'est parce que j'ai voulu la protéger que je suis attaché sur cette putain de chaise !

Enoc'h étouffa un soupir. Même dans cet état de faiblesse, son Noir Portrait ne lui offrait aucune information.

— De quel sujet souhaites-tu parler ? demanda-t-il finalement.

— Magie. Transformation de textures. Apprends-moi à transformer cette putain d'eau en alcool.

Enoc'h soupira. De toute manière, Julian ne serait pas capable d'une telle prouesse avant un moment, autant lui donner satisfaction.

— Très bien. Transformation. Prenons ce que tu sais déjà pour en déduire les précautions d'usage.

— On… on peut transformer la forme d'un objet ou sa texture. C'est plus ou moins simple selon le type de lumière… Raah ! Je ne peux pas ! Je n'arrive pas à réfléchir.

La voix d'Enoc'h gronda :

— Julian ! Regarde-moi !

Il s'exécuta. Mais, rapidement, ses yeux reprirent leur papillonnage incessant. Enoc'h claqua des doigts pour récupérer son attention, aimanta le regard de Julian, ne le lâcha plus.

— Concentre-toi sur moi, dit-il. Nous nous occuperons des qualités de lumière un autre jour, tu n'es pas en état pour ce genre d'informations.

Non, ce n'était pas l'heure pour un cours magistral. Julian avait besoin qu'on lui raconte une histoire, qu'on lui offre un mystère pour occuper son esprit malade.

— Les magiciens peuvent modifier les objets, commença Enoc'h, mais ils sont aussi capables de modifier des êtres vivants. Lorsqu'on aborde ce type de Transformation, les risques de faire une erreur sont innombrables. Parmi eux, un danger surpasse tous les autres, celui que nous devons éviter à tout prix. (Il avait réussi à piquer l'intérêt de son élève.) Comment agis-tu sur un objet ?

— Je modifie son ombre, articula Julian, je la déplace ou la transforme.

— Que crois-tu qu'il se passerait si tu dissipais cette ombre ?

— Je... rendrais l'objet transparent ?

— C'est une possibilité, admit Enoc'h. Tu as vu les temples sur la place. Les magiciens qui les ont édifiés ont modifié les pierres jusqu'à les rendre tantôt lisses, tantôt éclatantes comme du diamant, ils leur ont donné une solidité à toute épreuve et, par endroits, comme tu l'as imaginé à l'instant, ils sont parvenus à les rendre aussi transparentes que du verre. Mais ils ont seulement agi sur la coloration de la matière. Il est possible de ramener l'objet à son apparence d'origine, car il possède toujours une ombre. Alors qu'en dissipant celle-ci correctement, c'est-à-dire avec les bonnes conditions de lumière, tu peux altérer l'existence même de l'objet. Le rendre non seulement transparent, mais invisible. Le faire disparaître. Devines-tu quel danger j'évoquais plus tôt ?

Julian secoua vivement la tête, comme s'il tentait de remettre en place ses pensées embrouillées. Enoc'h n'attendit pas sa réponse :

— Lorsque tu altères la réalité de l'objet au point de le rendre tout à fait invisible, il n'a plus d'ombre. Tu ne possèdes plus d'outils pour le transformer, donc tu ne peux pas le faire revenir. Il a disparu pour de bon.

— Et pour un être vivant ?

— Pareil.

Julian pesa un instant les conséquences de cette révélation.

— L'être qui disparaît est-il... mort ? demanda-t-il, troublé.

— Nous l'ignorons. Comme pour les objets, on dit qu'il « rejoint les limbes ».

— Les limbes ?

— Un autre pan de réalité, invisible à nos yeux. Il semblerait que ceux qui sont passés dans les limbes poursuivent leur vie et qu'ils nous voient sans pouvoir nous imposer leur présence. Mais c'est une légende. Personne n'en est jamais revenu pour partager son expérience.

Julian fronça les sourcils. Son teint avait repris des couleurs, et sa respiration semblait moins saccadée.

— Quelles sont les conditions nécessaires pour dissiper complètement l'ombre d'un objet ? demanda-t-il.

— Deux sources de lumière franches, par exemple deux torches. C'est pratiquement impossible à accomplir de jour ou avec une clarté diffuse.

Julian contempla le sol, songeur, puis redressa brusquement la tête, un sourire joueur collé aux lèvres.

— On essaie ? proposa-t-il.

— Non, tu es interdit d'exercices pratiques tant que nous n'avons pas mis la main sur la Passeuse.

Julian se rembrunit. Les tremblements nerveux reprirent dans ses jambes.

— Très bien, lâcha-t-il. Poursuivons le cours, alors.

Enoc'h se lança dans un monologue sur la Transformation. Soudain, il s'interrompit. Le regard de Julian était fixé sur un seau posé près de la porte.

— Ne fais pas ça, menaça Enoc'h.

Une moitié du seau perdit toute consistance, l'autre tourna au noir profond. Julian s'acharna, son front plissé par l'effort.

— Julian, arrête !

Le seau disparut tout à fait, et l'anse métallique cogna le sol. Mais Julian n'en avait pas fini. Il avait baissé la tête, embrassant du regard les deux ombres qui s'étalaient de part et d'autre de sa chaise.

— Tu es fou, murmura Enoc'h.

Il ignorait ce que Julian cherchait à accomplir. Dissiper ses liens ? Sa chaise ? Lui-même ? Quel que soit son choix, il risquait de se blesser, de passer dans les limbes ou, pire, de les tuer tous les deux. Enoc'h avisa les torches qui brillaient de chaque côté du cachot, se précipita vers l'une d'elles, saisit la cloche de métal pour moucher la flamme. Cria. Julian venait de le forcer à reculer par magie, lui tordant brutalement la main en arrière. Furieux, Til'Enoc'h se retourna. *Déplacement*, pensa-t-il en pointant le bandeau de tissu posé au sol. Celui-ci s'éleva dans les airs et s'enroula autour de la tête de Julian qui rua pour s'en débarrasser. En vain.

Enoc'h s'adossa au mur pour reprendre son souffle.

— N'oublie jamais, lança-t-il quand Julian s'immobilisa. Si nos pouvoirs se valent, j'ai vingt ans de pratique d'avance sur toi.

— Et moi vingt ans de rage à libérer.

— La rage peut t'aider. Mais elle ne vaut pas la technique.

Aveugle et entravé, Julian haussa pourtant les épaules avec désinvolture. Enoc'h vérifia que le bandeau couvrait parfaitement les yeux de son Noir Portrait. Celui-ci était aussi doué qu'indiscipliné, et il possédait à présent assez de connaissances en magie pour provoquer des dégâts importants. Les magiciens ne pourraient plus le confiner dans cette cellule bien longtemps.

Où donc se cachait cette maudite Passeuse ?

— J'aimerais y aller seule, déclara Énora.

L'inquiétude assombrit un instant le visage ridé de Luernios. Pourtant, il lui confia la clé sans négocier sa présence et regarda la jeune fille disparaître vers le tombeau des Rois-Passeurs. Il devait ne rien forcer, ne pas interférer avec le cours des événements. Juste les accompagner.

Luernios s'assit dans son fauteuil.

Attendit.

Toute une vie passée à attendre, à veiller, attentif à chaque homme croisé, à chaque parole prononcée, à chaque oiseau, à chaque feuille morte. Lorsqu'on est le serviteur d'un dieu disparu depuis plusieurs siècles, le plus petit incident devient un signe à interpréter. Et tous ceux que Luernios observait depuis une dizaine d'années convergeaient vers la même cible : le retour du Gris.

Le premier avait été l'exil de la princesse Élouane. Luernios les avait aidées à fuir le royaume, elle et sa compagne ; il leur avait trouvé deux places sur un bateau pour rejoindre les terres de l'autre côté de l'océan. Une force extérieure le poussait à agir sans qu'il comprenne pourquoi. Ce qui s'était joué ce jour-là le dépassait. Des mots étaient sortis de sa bouche, comme prononcés par un autre. En échange de son aide, la princesse lui avait promis de revenir prendre son trône à la mort de sa mère. Il l'avait mise en garde : « Ce n'est pas à moi que tu fais cette promesse, jeune fille, c'est au dieu Gris. Et d'une telle promesse tu ne peux te défaire. » La princesse ne s'était pas démontée. « C'est mon trône. C'est ma terre. Je reviendrai », lui avait-elle assuré. Luernios, qui tenait l'épaule d'Élouane, avait senti une intense chaleur dans la paume de sa main, comme si la peau de la princesse brûlait. Il s'était écarté vivement. Mais sur l'épaule de la jeune fille, son empreinte était restée. Pas réellement la sienne, à vrai dire. Celle du dieu. Une main grise imprimée sur sa chair pour sceller leur promesse. Élouane lui avait jeté un regard étonné, puis elle avait sauté sur le pont du bateau qui s'était rapidement éloigné du rivage.

Année après année, selon les termes de leur accord, la princesse avait tenu Luernios informé de ses errances. Aussi, lorsqu'il y avait quelques mois, les rumeurs de la maladie de la reine s'étaient changées en information officielle, Luernios avait écrit une missive à la jeune femme. La lettre était passée de main en main, de serviteur du Gris en serviteur du Gris, jusqu'à atteindre la terre des dragons, à l'autre bout du monde. Jusqu'à atteindre la princesse. Et celle-ci, fidèle à sa promesse, était rentrée au royaume.

Luernios ignorait pourquoi le Gris souhaitait qu'Élouane monte sur le trône, tout comme il ignorait pourquoi Il se cachait des hommes depuis si longtemps. À vrai dire, comprendre lui importait peu. Les plans des dieux sont trop vastes pour les mortels. Mais malgré la fatigue de l'âge, Luernios continuait à interpréter les signes que lui envoyait le Gris. Cette jeune étrangère, par exemple, qui avait poussé la porte de la chapelle quelques jours plus tôt. Nul doute que le dieu l'avait guidée ici, d'une manière ou d'une autre – la bourrasque qui avait refermé la porte lorsqu'elle avait voulu se porter au secours de ses compagnons en était la confirmation. Luernios l'avait accueillie en refrénant sa curiosité naturelle pour ne pas la faire fuir. En vérité, satisfaire sa curiosité lui semblait infiniment secondaire face à l'idée de rencontrer enfin celui à qui il avait consacré sa vie.

Énora avait une place dans le plan du Gris.

Il devait la protéger.

Hank marcha vers le bâtiment. Sur les portes vitrées, une affichette indiquait : « Groupe de soutien : vous avez perdu un proche ? Ne restez pas seul avec votre douleur. » Étaient ensuite mentionnés le jour et l'heure du rassemblement – aujourd'hui, dans dix minutes. Sans se retourner, Hank nota la présence d'un jeune homme à quelques pas, appuyé à un poteau dans une flaque de soleil. Il observa son reflet dans la vitre. Axel était semblable à la semaine passée. Hagard, d'apparence négligée, le regard hanté. Une femme entra dans le bâtiment, adressant à Hank un sourire engageant avant de laisser le battant de la porte se refermer. Elle disparut dans un couloir.

— Je crois qu'elle anime le groupe, souffla Axel en s'approchant.

— Oh, bonjour ! Vous y allez ? s'enquit Hank d'un ton détaché.

— Je ne sais pas. Je vous ai vu la semaine dernière. Vous n'êtes pas entré.

— Vous non plus, sourit Hank.

— Une amie m'a conseillé de venir. Mais j'ai un peu de mal avec ces groupes de parole à l'américaine. Je ne suis pas sûr d'avoir envie de parler.

Hank laissa le silence planer quelques secondes. Il réprima un sourire tandis que la méfiance d'Énora pour les « coachs new age » lui revenait à l'esprit. Puis il se tourna vers Axel.

— Ça vous dirait de marcher ?

Le jeune homme acquiesça.

— Axel, dit-il simplement.

— Hank.

Et ils marchèrent.

Pas un mot ne fut prononcé alors qu'ils traversaient un parc ensoleillé grouillant de familles et d'adolescents en bandes bruyantes. Pas un seul mot jusqu'à ce qu'une heure plus tard une terrasse les accueille et qu'ils commandent d'une voix rauque deux cafés au serveur.

— Moi, je crois que j'ai envie de parler, annonça doucement Hank après la première gorgée.

Se confier pour provoquer des confidences en retour, oui, mais pas seulement. Au cours de sa longue existence, rares avaient été les occasions de se raconter en toute honnêteté. Même à Charly et à Julian, Hank n'avait livré qu'un récit partiel des trente dernières années. La mort récente de Lucie lestait son cœur d'un poids brûlant de remords.

— Vous avez perdu quelqu'un ? demanda Axel.

— Oui, une femme.

— Votre femme ?

— Non. La femme d'un autre. La mère de la fille d'un autre. Et pourtant une femme que je n'ai jamais cessé d'aimer. (Axel pencha la tête, attentif.) Je l'ai rencontrée alors qu'elle n'était encore qu'une adolescente. Elle était rayonnante, solaire, mais elle avait cet éclat dans le regard, cette fêlure dans le sourire…, comme si on avait écorché son enfance. Un curieux mélange d'insouciance et de cynisme qui m'a touché au plus intime. Elle s'appelait Lucie.

— Comment l'avez-vous connue ?

— Elle était liée à quelqu'un qui m'importait.

— Vous voulez dire qu'elle était de la famille de cette personne ?

C'était son Noir Portrait, songea-t-il.

— En quelque sorte. Et c'est mon intérêt pour cette connaissance commune qui m'a amené à croiser Lucie peu après ses seize ans. Elle était guitariste, écrivait des chansons et voulait en faire sa vie. Elle s'est prise d'affection pour moi sans que je puisse en expliquer les raisons, peut-être juste parce que je l'encourageais dans cette voie et que j'étais un adulte pas trop vieux et extérieur à sa famille. Neutre, donc.

— Vous aviez quel âge ?

Hank sourit, puis mentit comme il l'avait fait à l'époque :

— Quinze ans de plus qu'elle.

— C'est beaucoup.

— C'est trop, surtout à cet âge – même si ce type de couple était plus courant à l'époque qu'aujourd'hui. À ce moment, ni elle ni moi ne pensions à plus, c'était hors de propos. Dans la grande valse de ses petits amis, j'étais un point fixe : le confident.

— Et pour vous qu'était-elle ?

— Un rayon de lumière qui se posait de temps à autre dans mon regard avant de s'en aller poursuivre son chemin de sons. J'acceptais cette clarté avec plaisir. Mais vers vingt ans elle a commencé à être de plus en plus femme avec moi. Il a fallu encore quelques années avant que ses avances se fassent explicites, et que j'y succombe.

Plongé dans ses souvenirs, Hank s'interrompit.

— Que s'est-il passé ? le relança Axel.

— Nous avons eu une relation. Puis un jour... je crois que les envies qu'elle refoulait en étant avec moi ont pris le dessus. Je ne voulais pas d'enfants et je n'étais pas compatible avec la vie domestique. Cela a cessé de lui convenir. Elle est partie. Deux ans plus tard, elle se mariait. Nous ne nous sommes pas vus pendant un temps, à la fois parce que son départ soudain a été douloureux pour moi et parce que, je crois, elle avait besoin d'air pour vivre l'existence qu'elle s'était choisie.

— Mais vous l'avez revue plus tard, affirma Axel.

— Oui. Il ne s'est plus jamais rien passé physiquement – elle a toujours été comme ça, Lucie, à prendre ses décisions et à s'y tenir, sans laisser aucune chance à un retour en arrière. Mais, en effet, nous nous sommes revus régulièrement ces trente dernières années.

— C'était il y a trente ans ? s'étonna Axel. Vous avez plus de soixante ans... Vous ne faites pas votre âge.

— Je sais, sourit Hank.

— Comment est-elle...

— ... morte ?

— Oui.

Je l'ai tuée par calcul, pensa-t-il avant de dire :

— Cancer. J'étais à son chevet lorsqu'elle s'est éteinte il y a trois jours.

— Je suis désolé, souffla Axel. (Il fronça les sourcils.) Trois jours ? Alors pourquoi alliez-vous au groupe de soutien la semaine dernière ?

Hank plongea ses yeux dans ceux du jeune homme. Il entrevit les visions d'horreur qui hantaient Axel depuis le massacre de la famille d'Énora. Le moment était venu de les adoucir.

— Pour te voir, répondit-il. Pour t'expliquer ce que tu as vu ce jour-là. Pour t'apprendre ce que devient Énora. Et parce que j'ai un marché à te proposer.

Énora parcourut la longue enfilade de gisants, protégée des rayons obliques du soir par la luxuriante canopée. Elle les dépassa sans un coup d'œil aux visages centenaires de ses ancêtres, plongea entre les troncs sans infléchir sa trajectoire, déboucha devant la statue de Kanna. Le premier des Rois-Passeurs la contemplait de son regard de pierre, bienveillant et terrible. Impatiente, elle s'agenouilla devant le socle et dégagea le pendentif de sous sa robe anthracite. Elle retira délicatement la longue chaîne d'or, puis plaça le bijou à l'endroit où étaient sculptées en creux les armoiries des Rois-Passeurs. Comme elle s'y attendait, il coïncidait parfaitement. Énora appuya plus fort sur le pendentif. Un déclic se fit entendre, puis un bloc de pierre avança vers elle comme un tiroir. Un livre se trouvait à l'intérieur. Retenant sa respiration, Énora sortit l'ouvrage de sa cachette et le déposa sur les dalles. La vieille reliure de cuir craqua lorsqu'elle l'ouvrit. La première page était entièrement blanche, dépourvue de titre. Sur la suivante, s'étalait une écriture soignée mais si serrée qu'Énora dut approcher son visage pour la déchiffrer.

> « Ici parle Iterël, intendant du royaume d'Ombre sous le règne de Gwendal, dix-huitième des Rois-Passeurs. Sur ordre du roi, je relaterai dans ces pages les circonstances qui le conduiront demain à rejoindre Rive pour ne jamais revenir sur les terres chéries qui l'ont vu naître. Je dispose d'une nuit pour accomplir cette tâche. Une nuit pour formuler ma vérité, pour décrire la félonie de ceux que nous considérions depuis des siècles comme des alliés. Une nuit dont je redoute de voir la fin, car si l'aube marquera le retour de l'espoir pour les habitants du royaume, elle signera très certainement ma propre mort. Je ne suis pas naïf au point de penser survivre à ces lignes. Trop nombreux sont ceux qui les redoutent et qui veulent réécrire le passé pour disposer

de l'avenir. Mais comme les corps perdus en mer s'échouent sur les rivages, les mensonges finissent immanquablement par remonter au jour. Alors, vous qui parcourez ces lignes, vous qui n'êtes peut-être pas encore né à l'heure sombre où ma plume écorche le papier, ne me laissez pas mourir en vain, je vous en conjure. Faites remonter les corps. Dénoncez les mensonges. »

Sa curiosité piquée au vif, Énora s'empressa de tourner la page pour poursuivre sa lecture, se demandant à quels mensonges l'intendant se référait.

Elle parcourut en diagonale les lignes où il décrivait les dernières années de règne du roi Gwendal. Si les livres d'histoire qu'elle avait feuilletés dans la bibliothèque de la chapelle racontaient que Gwendal avait trahi son peuple en amassant une armée en Rive pour déferler sur Ombre et réduire son peuple en esclavage, l'intendant Iterël lui dessinait un portrait bien différent : celui d'un homme trompé par ses anciens alliés de l'autre monde, qui avaient recruté dans son dos une armée de magiciens afin d'envahir Ombre.

Soit. Mais que Gwendal soit responsable ou non de l'invasion de son royaume par les forces étrangères ne constituait pas l'information primordiale de ce document. Dans un cas comme dans l'autre, les magiciens du Clos avaient repoussé les envahisseurs et scellé tous les passages existant entre les deux mondes. C'était le départ précipité du roi qui intriguait Énora, ce départ d'Ombre « pour ne jamais revenir », comme l'avait précisé l'intendant. Elle sauta rapidement aux dernières pages.

« Le roi Gwendal est coupable de s'être fait duper par ses contacts en Rive, c'est là sa faute, et nombre d'Ombrois meurent aujourd'hui parce qu'il l'a commise. En ce moment même, la guerre fait rage au pied des remparts d'Astria, j'entends d'ici les cris d'agonie, et des fumerolles rougeoyantes s'élèvent dans l'aube blafarde. Je déplore ces morts, mais je sais aussi que les mages étrangers échoueront dans leur entreprise. Ils sont mal entraînés, désorganisés, et face aux magiciens du Clos, leurs connaissances sont minimes. Cette bataille s'achèvera bientôt. Est-ce pour autant la fin de la guerre ? Qu'est-ce qui empêchera les envahisseurs de revenir plus tard, mieux préparés ? C'est à cette question que le roi

> souhaite apporter une réponse irrévocable. Afin de mettre définitivement son peuple à l'abri, il a décidé de renoncer au trône, à sa couronne, à cette terre. Ce sacrifice compte non seulement pour lui, mais pour tous ceux de son sang qui naîtront à l'avenir. Ce matin, Gwendal, dix-huitième Roi-Passeur, rendra les magiciens de Rive inopérants. À jamais. »

— Blablabla…, murmura Énora, à genoux sur les dalles froides du tombeau.

L'intendant n'en finissait plus de s'épancher en tournant autour du pot, comme si, sentant que sa mort surviendrait peu après avoir achevé sa tâche, il en repoussait indéfiniment le point final. La phrase suivante retint cependant l'attention d'Énora :

> « Tous ceux qui se sont intéressés au pouvoir des Passeurs savent que, lorsque quelque chose ou quelqu'un traverse d'un monde à l'autre, quelque chose passe en sens inverse. »

Elle fronça les sourcils. *Comment ça : « quelque chose passe en sens inverse » ?*

> « On nomme ce phénomène "la balance", car comme sur les plateaux d'une balance à l'équilibre, les objets ou entités qui traversent dans chaque sens seront porteurs d'une quantité similaire d'énergie magique. Si le Passeur traverse lui-même, il sera capable de choisir ce qu'il laissera traverser en sens inverse, simplement en y pensant. »

— Et on ne pouvait pas me prévenir plus tôt, non ?

Sa voix résonna sous la haute verrière, dérangeant une volée d'oiseaux qui s'égaillèrent en piaillant. Énora se mordit nerveusement les lèvres. À quoi avait-elle pensé lorsqu'elle avait traversé en compagnie de Julian et de Charly ? Aurait-elle propulsé malgré elle un élément d'Ombre sur sa terre natale ?

> « Afin d'empêcher toute invasion future par les mages étrangers, le roi Gwendal a décidé de bannir la magie de Rive en la faisant passer en Ombre. Pour poser sur le deuxième plateau de la balance, il devait trouver une force assez colossale pour se mesurer à la magie de tout un monde. Le pouvoir des Rois-Passeurs, matérialisé par lui-même et sa descendance, sera le

premier de ces éléments. Insuffisant, pourtant. Gwendal fit appel à la seule entité capable de faire le poids. Le dieu Gris. »

— Rien que ça…, souffla Énora.

« Répondant à sa prière, le dieu apparut au palais, hier au soir. Le roi et le Gris n'ont échangé que quelques phrases avant que ce dernier accepte de traverser avec Gwendal. Personne n'a osé questionner le dieu sur les raisons qui le poussent à nous aider. Mais il sera là, au matin ; il l'a promis.
Voici que mon récit s'achève. Le ciel s'éclaircit au-dehors. Le roi et sa famille patientent dans leurs appartements. Lorsque le cercle du jour apparaîtra à l'horizon, nous nous rendrons jusqu'au tombeau, sur la place des Dieux, où le Gris nous a donné rendez-vous. Le roi m'a chargé de dissimuler cet ouvrage dans une cachette connue de lui seul afin qu'il ne soit pas détruit et puisse, un jour, être retrouvé. Gwendal ouvrira alors un passage, pour la dernière fois, et ils traverseront. Quant à moi, je resterai seul au milieu des gisants.
Je ne suis pas prophète, j'ignore ce qu'il adviendra du royaume. Pourtant, je connais l'identité de ceux qui, aux aguets, profiteront du départ de Gwendal et de tous ses descendants. Depuis des centaines d'années, prêtres d'Aa, d'Izil et magiciens ont entrepris de se mêler de la politique intérieure du royaume. J'imagine aisément que dès ce soir, face au trône vacant, ils tenteront de s'emparer du pouvoir, ou du moins de le contrôler. Grâce aux magies d'Ombre et de Rive combinées, ils seront plus puissants que jamais. Ils effaceront les traces de la véritable histoire, ainsi que ses témoins, moi le premier.
Mais le peuple d'Ombre sera sauf, et c'est la seule chose qui importe.
Adieu, donc, vous qui me lisez. Une dernière fois, je vous en prie : faites que je ne sois pas mort en vain. »

L'ultime point avait été posé avec tant de force qu'il avait presque troué le papier. Une boule dans la gorge, Énora se redressa. Après avoir quitté Ombre, son ancêtre avait créé l'Ordre afin qu'aucun de ses descendants ne puisse revenir dans ce monde. Il ne l'avait pas fait par crainte qu'ils soient mal accueillis, comme elle l'avait initialement pensé, mais pour protéger le peuple du royaume. Si plus aucun passage n'était ouvert, alors la magie de Rive ne serait jamais restaurée, et il n'y avait plus de risques d'invasion.

L'intendant de Gwendal avait parfaitement pressenti de quelle manière prêtres et magiciens utiliseraient le départ du dernier Roi-Passeur. Ils l'avaient réduit à un traître. Deux adages jaillirent dans l'esprit d'Énora, comme un constat amer : *L'Histoire est écrite par les vainqueurs* et *Les absents ont toujours tort.*

Mais elle, qu'allait-elle faire de ces informations ?

« Faites que je ne sois pas mort en vain. »

Énora retint un soupir. Elle se retrouvait avec le fardeau d'une vérité à faire éclater à propos d'ancêtres dont elle n'avait jamais entendu parler jusque-là, alors que la seule chose qui lui importait était de venger le massacre de sa famille. Que l'Ordre ait été créé dans un but louable – ou, du moins, compréhensible – n'apaisait pas la colère froide d'Énora. Elle voulait les faire souffrir comme elle souffrait de l'absence des siens. Elle voulait leur désespoir, puis elle voulait leur mort. À chacun d'entre eux.

Et rien ne la détournerait de cet objectif.

Le dieu de la Nuit se matérialisa devant la chapelle du Fou et y entra.

Même après avoir obtenu des informations sur la Passeuse, les prêtres s'étaient montrés incapables de la retrouver. Heureusement, Aa disposait d'une source plus efficace que son propre clergé. Til'Enoc'h, l'ambitieux magicien. La lettre que celui-ci lui avait adressée confirmait les craintes du dieu, car la présence d'une Grise au domicile de la Passeuse signifiait qu'Il était bien impliqué dans les événements survenus ces derniers jours. Tout était lié. Tout était toujours lié, il aurait dû avoir assimilé cette vérité, depuis le temps…

Nozaa laissa la porte se refermer derrière lui. Il jeta un coup d'œil méprisant aux offrandes recouvrant le pied de l'autel. *Crétins,* songea-t-il. *Il se contrefiche de vos prières.* Son aîné avait toujours été si arrogant…

Un prêtre gris se porta à sa rencontre. D'une voix plus polie qu'amicale il demanda :

— Comment puis-je t'aider, serviteur d'Aa ?

— Je cherche une jeune fille. Énora. Vingt ans. Elle a été aperçue ici.

Le visage du prêtre gris pâlit. Nozaa sourit, satisfait – la franchise était une arme trop souvent déconsidérée. Il ne perdit pas de temps à demander où se trouvait la Passeuse, conscient que son interlocuteur refuserait de répondre, et avança directement vers la deuxième pièce, aux murs recouverts de livres. Vide.

— Elle n'est plus ici, déclara le prêtre gris.

— En effet.

Nozaa se retourna vers lui, le jaugea en silence. Après quelques secondes, les yeux de l'homme décrivirent un infime mouvement en direction d'une porte en bois. Il n'en avait pas conscience, pourtant, il venait de se trahir.

— Évidemment, murmura Nozaa en détaillant la porte en question.

Et il disparut.

Luernios resta un instant interdit.

Puis il comprit que le petit homme chauve à la robe noire n'était pas ce qu'il paraissait et se précipita vers le tombeau des Rois-Passeurs.

— Énora ! cria-t-il.

Seul un oiseau lui répondit. Luernios courut à travers la végétation sans se soucier de ses os fatigués ni des branches qui fouettaient sa peau, longea l'alignement des gisants, atteignit la statue de Kanna. Sur le socle, un éclat doré attira son attention. Il s'approcha. Une longue chaîne d'or reposait sur la pierre, et, près d'elle, un pendentif que Luernios reconnut immédiatement. Il tomba à genoux, ramassa les bijoux, leva les yeux vers la haute verrière baignée de lumière dorée. Il avait veillé sur Énora aussi longtemps que possible, il ne devait pas laisser la culpabilité l'aveugler.

— Qu'attendez-vous de moi ? souffla-t-il.

Soudain, un oiseau aux plumes écarlates se posa sur la couronne de pierre de Kanna. Luernios sourit.

— Vous avez raison. Il est grand temps de revoir Élouane.

Fragment

Sav-Loar

Astria, 350e année de l'Alliance

Si les magiciens du Clos cherchent à nous faire croire que seuls les hommes peuvent pratiquer leur art, les historiens que nous sommes, eux, se rappellent – le roi étant une cape d'or, ces mots ne passeront pas la censure et demeureront dans mes notes personnelles.

Durant les premières années de l'académie d'Astria, chaque étudiant était reçu avec équité, quels que soient son âge, son sexe ou ses moyens. Cette situation n'a pas duré. Après moins d'un siècle d'existence, les magiciennes furent bannies de ses rangs. Au lieu de laisser les jeunes élèves venir à elles, les capes d'or commencèrent à parcourir le continent afin de détecter les potentiels magiques. Les femmes qui exerçaient furent contraintes à l'isolement et, pour celles qui résistaient, à la mort. Les adolescentes au fort potentiel furent éliminées d'emblée.

Cependant, une légende raconte comment trois jeunes magiciennes s'enfuirent à l'approche des capes d'or et se réfugièrent dans la forêt des Songes. Là, elles construisirent une cabane en haut d'un arbre et érigèrent autour de leur territoire des barrières mentales pour que personne ne les retrouve. Personne, sauf celles qui invoqueraient leur protection. Et, au cours des siècles, nombre de magiciennes persécutées se joignirent à elles. La communauté grandit jusqu'à former une véritable ville au cœur des branchages. Sav-Loar, la ville des magiciennes.

Bien sûr, les capes d'or ratissèrent la forêt des Songes afin de les retrouver. En vain. Jusqu'au jour d'aujourd'hui, nul n'a trouvé Sav-Loar.
Ou, du moins, nul n'en est revenu…

Par Rhett, Encré du royaume,
extrait de ses *Notes personnelles*.

Chapitre 14

Ravenn s'assit sur sa couche et frotta la zone douloureuse au sommet de son crâne. Le soleil était haut, de l'autre côté de la fenêtre. Elle avisa les quatre soldats qui, disséminés dans la pièce, avaient veillé son bref sommeil.

— Pelekaï est déjà debout ? demanda-t-elle.

— Il est devant la porte, répondit l'un des hommes.

Elle acquiesça, puis lâcha :

— Allez vous reposer.

Les soldats quittèrent le bureau sans un mot. Envoyés par le général Rhun pour l'aider à repousser les attaques nocturnes, ils étaient apparus la nuit précédente, au moment où Ravenn avait perdu connaissance. La journée de la veille demeurait floue dans son esprit, mais, au soir, elle s'était sentie mieux. Pas assez pour se battre – elle avait laissé les quatre gardes et Pelekaï repousser les nouveaux assassins envoyés par son père – mais suffisamment pour réfléchir.

On frappa à la porte qui s'ouvrit sans attendre. Ravenn accueillit le nouveau venu d'un sourire engageant.

— Til'Fyleas, entrez !

Son prétendant traversa la longue pièce, s'arrêta au pied de l'estrade, esquissa une révérence respectueuse mais familière – *presque tendre*, pensa Ravenn. Les yeux du magicien parcoururent les stigmates des combats qui striaient sa peau, et, s'abstenant de tout commentaire, il lança :

— Vous souhaitiez me voir ?

— Oui.

Ravenn s'accorda un temps de réflexion pour affûter ses mots. Le magicien Til'Fyleas désirait l'épouser et devenir roi ; elle disposait sur lui d'un ascendant dont elle voulait profiter. Mais c'était aussi un homme fin, qui remarquerait toute tentative grossière de manipulation. Feignant une totale franchise, Ravenn planta son regard sombre dans celui de la cape d'or qui attendait patiemment qu'elle daigne s'exprimer.

— Avez-vous approché le mage étranger ?

Les yeux de Til'Fyleas s'étrécirent, accentuant le caractère aquilin de son visage.

— En effet. Il vous intéresse ?

La question était bien trop pertinente au goût de la princesse. Oui, le jeune magicien originaire de Rive l'intéressait. Beaucoup. Seulement, pour réaliser le plan qui s'était dessiné cette nuit dans son esprit, il était important que Fyleas ignore ses véritables motivations.

— Ce royaume est le mien, Fyleas. Si le Passeur est venu en Ombre pour reprendre le trône de ses ancêtres, je ne vais pas le laisser agir sans me défendre. Et pour me défendre, j'ai besoin d'informations. Il est dans votre intérêt de m'en fournir, si vous souhaitez qu'une couronne soit un jour posée sur votre front.

Les doigts du magicien jouèrent un instant dans sa barbe châtain mêlée de gris.

— Je l'ai approché, dit-il lentement.

— Comment est-il ?

— Doué. Terriblement. Je préférerais l'éliminer, mais Til'Orfaël n'est pas de cet avis.

Ravenn haussa un sourcil.

— Pourquoi ? demanda-t-elle.

— Tant que nous n'avons pas mis la main sur la… le Passeur, exécuter ce jeune homme est absolument exclu ; nous perdrions le seul avantage que nous possédons pour le retrouver. Sans compter que nous ignorons qui est son Noir Portrait. En tuant l'étranger, nous risquons de tuer l'un des nôtres.

— Il n'y a aucun moyen de résoudre cette question ?

— Nous pourrions conduire des tests, rassembler tous les magiciens de son âge et les obliger à le toucher…, mais cela équivaudrait à une condamnation à mort… qui, comme vous l'avez compris, n'est malheureusement pas à l'ordre du jour.

— Je vois. Dans ce cas, j'aimerais l'interroger.

Le magicien fronça les sourcils.

— Til'Orfaël l'a questionné lui-même, princesse. Sans vouloir vous manquer de respect, je ne crois pas que vous puissiez obtenir de meilleurs résultats.

Ravenn ne put retenir un sourire. Le Mage Supérieur du Clos, ami d'enfance et âme damnée du roi, n'avait sûrement pas posé à l'étranger la question qu'elle envisageait.

— Mon cher Fyleas, je dispose d'arguments que même Til'Orfaël ne peut égaler.

Le magicien rougit devant le sous-entendu. Son regard dériva un instant vers le corps musclé de Ravenn. La voix de la princesse claqua :

— Fyleas !

Il releva la tête et dévisagea la princesse sans la moindre gêne.

— Pardonnez-moi. Même si je respecte vos préférences, votre beauté troublerait n'importe qui.

— Arrangez une entrevue avec le mage étranger. Elle aura lieu dans cette pièce.

— Je vais voir ce que je peux faire.

Ravenn suivit le magicien des yeux jusqu'à la porte. Elle jouait un jeu dangereux. Mais elle ne se sentait jamais aussi vivante qu'en plein combat, et son esprit était aussi affûté que ses lames.

— Je n'ai vu que des hommes porter la cape d'or, observa Julian.

Son Noir Portrait l'avait enfin autorisé à s'exercer à la magie. Si Julian parvenait rarement à obtenir le résultat voulu, les exercices pratiques le calmaient, et se focaliser sur le maniement de cet art l'aidait à repousser le manque. Assis sur une chaise près d'un mur de la cellule, Til'Enoc'h acquiesça.

— Les femmes ne sont pas approuvées dans le Clos.

— Pourquoi ? N'ont-elles pas de pouvoirs ?

Enoc'h eut une mimique gênée.

— Si, admit-il. Certaines en ont.

— Que deviennent-elles ?

— Celles qui ne prennent pas conscience de leur pouvoir mènent une vie indifférente. D'autres deviennent prêtresses d'Aa ou d'Izil.

S'il ignorait les détails du fonctionnement du royaume, Julian en avait compris les fondements et, conscient qu'Enoc'h ne lui offrait que des demi-vérités, il lâcha :

— C'est absurde. Tu essaies de me faire croire que les dirigeants du Clos et le roi laisseraient des magiciennes puissantes se promener dans la nature sans leur apprendre à contrôler leur don ?

—Il s'agit de magiciennes mineures, marmonna Enoc'h. Et nous bridons leurs capacités.

Le regard de Julian se fit dur. Sa perpétuelle colère, habituellement étourdie par l'alcool, s'éveillait.

—Et les autres ? s'indigna-t-il. Les magiciennes puissantes ?

—Elles passent leur vie en cavale. Car elles savent que si un membre du Clos les déniche, elles mourront. Certains magiciens sont spécialisés dans leur traque.

—Salauds, siffla Julian en s'affalant contre le dossier de son siège.

Enoc'h ne fit aucun commentaire. Un long silence s'installa. À présent que son esprit s'extirpait des brumes oppressantes du manque, l'inquiétude de Julian remontait en flèche. Il n'avait aucune nouvelle de Charly ni d'Énora. Concernant cette dernière, l'absence d'informations était plutôt positive : la jeune fille était jusqu'ici parvenue à échapper à ses poursuivants. Pour son frère, en revanche…

—Sais-tu comment va Charly ? souffla Julian.

Son Noir Portrait secoua la tête d'un air désolé.

—Le Clos n'a aucune poigne sur les prêtres. J'ai un contact qui pourrait peut-être me braire ce qu'il devient, je vais m'en instruire…

Julian balaya du regard les murs épais du cachot. Il devait sortir d'ici. S'il avait été capable de faire disparaître un seau, il pouvait sûrement faire de même avec des pierres. Peut-être en se servant des ombres minuscules que les torches projetaient sur les irrégularités des jointures…

Soudain, un homme entra en coup de vent dans la cellule. Entre deux âges, cape d'or et nez d'aigle, il avait assisté à l'arrestation de Julian et aux premiers tests de ses pouvoirs.

—Til'Fyleas, s'étonna Enoc'h, y a-t-il un problème ?

—Non. Je dois simplement mener cet individu au château. La princesse Élouane quête à le rencontrer. Til'Orfaël m'a abandonné son accord, ajouta-t-il en agitant un parchemin portant le sceau du dirigeant du Clos.

—Vraiment ?

Julian se redressa sur sa chaise. Sortir d'ici. Entrer dans le château. Rencontrer la princesse. C'était un développement aussi inattendu qu'intéressant.

Enoc'h parcourut le document.

—Il n'est pas mentionné ici que vous pouvez le faire sortir.

—Non. Il est mentionné que je dois accomplir tout ce qui est en mon pouvoir pour épouser la princesse Élouane au cas où elle monterait sur le trône. Elle veut interroger cet homme. Je le lui amène. Et je n'ai pas à m'en justifier auprès de vous, ajouta-t-il sèchement.

Til'Fyleas dénoua les liens de Julian. Il se leva pour la première fois depuis des jours, fit quelques pas rouillés.

— Si cela ne vous perturbe pas, dit Enoc'h, j'aimerais me joindre à vous.

— Allons-y, approuva Til'Fyleas d'un air indifférent.

Ils empruntèrent un long corridor obscur, gravirent un escalier en colimaçon, émergèrent au-dehors. Julian plissa les yeux. Sous le soleil pâle de l'après-midi, il découvrit un vaste espace verdoyant parsemé de bosquets. De petits chemins pavés reliaient des bâtiments d'architectures diverses. Certains, très classiques, ressemblaient à de vieux manoirs, tandis que d'autres rivalisaient de virtuosité magique, à l'image des temples d'Aa et d'Izil, dont on apercevait les sommets de l'autre côté du mur des Ombres. Quelques rares capes d'or traversaient les pelouses. Chacun paraissait se rendre quelque part, comme si la flânerie n'avait pas sa place ici. L'ensemble du Clos évoquait à Julian un étrange campus universitaire vidé de ses étudiants.

— Comment se rend-on au château ? demanda-t-il.

Til'Fyleas lui jeta un regard courroucé, comme si Julian n'avait pas droit à la parole.

— Par une passerelle, expliqua Enoc'h, celle qui accoste à l'aiguë de la tour que tu zyeutes au-dessus des arbres.

En effet, une construction à la ligne élancée dépassait d'une sorte de bois, au centre du Clos, et une fine passerelle transparente s'appuyait à son sommet.

— Lorsque je suis arrivé en ville, se rappela-t-il, j'ai entendu parler d'une porte dans les remparts, la Porte des Ombres… On m'a dit qu'elle menait dans le Clos, mais qu'elle était scellée. Vous ne l'utilisez plus du tout ?

— Non, en réalité…

— Elle *est* scellée, l'interrompit Til'Fyleas d'un ton définitif.

Enoc'h se tut, baissa les yeux et ignora les regards interrogateurs de Julian. Intrigué, celui-ci suivit les capes d'or à travers les arbres. Marcher lui faisait du bien après l'immobilité prolongée. Ils émergèrent bientôt au pied de la tour, saluèrent les magiciens qui surveillaient l'entrée, puis pénétrèrent dans le bâtiment. Un interminable escalier les mena jusqu'à la passerelle. Le vertige saisit immédiatement Julian. Si de solides garde-corps prévenaient toute chute, la transparence mordorée et la finesse du verre censé soutenir ses pas étaient perturbantes.

— Zyeute devant toi, lui conseilla Enoc'h avant de s'engager sur la passerelle.

Til'Fyleas fut moins attentionné. Une violente bourrade dans le dos de Julian le propulsa à la suite de son Noir Portrait. Julian retint un cri de surprise puis, constatant que la passerelle était tout à fait stable, il avança sans protester.

Malgré sa curiosité, Julian évita de baisser les yeux vers le Clos qui s'étalait au-dessous, mais la blancheur laiteuse du mur séparant le domaine des magiciens du reste de la ville attira irrésistiblement son regard. Le mur des Ombres, l'avait appelé Talan, aussi infranchissable que les remparts d'Astria. Les questions se pressaient dans l'esprit de Julian – tout ce qui se rapportait au Clos était chargé d'un mystère séduisant. Alors qu'ils atteignaient l'aplomb du mur, Julian remarqua un reflet irisé devant eux, comme un mur éthéré au travers de la passerelle. Il ne put contenir sa curiosité :

— Qu'est-ce que c'est ?

— La véritable porte du Clos, répondit Til'Fyleas.

Il leva une main. La paroi transparente s'anima de rides, telle la surface d'un lac agité par le vent, puis elle perdit son apparence aqueuse pour prendre la forme d'une brume sombre. Enoc'h passa au travers, faisant signe à Julian de le suivre. Til'Fyleas les rejoignit de l'autre côté de la « porte » avant de réitérer l'opération dans l'autre sens. Quand la surface reprit sa texture d'origine, Julian l'effleura. Ses doigts se heurtèrent à une paroi rigide.

— Tu ne pourras pas la déclore toi-même, s'amusa Til'Fyleas.

— Pourquoi ? Je n'en ai pas le pouvoir ?

— Ce n'est pas une affaire de pouvoir, ou pas seulement. Seuls ceux qui sont liés à la porte par le sang peuvent la chambouler.

— Par le sang ?

— Les magiciens du Clos sont liés à la porte pendant la cérémonie d'asile dans la communauté, expliqua Enoc'h, au cours de leur troisième année de façonnement. Ils le resteront toute leur vie à moins d'être bannis du Clos.

Julian haussa les épaules. Il avait enfin quitté sa cellule et, à moins d'y être ramené pieds et poings liés, il n'avait pas l'intention de revenir dans le domaine des mages.

Devant eux, la passerelle se divisait en étoile. Til'Fyleas choisit la voie qui filait droit vers une tourelle du château, loin au-dessus de la ville. Ils laissèrent derrière eux l'animation de la place des Dieux, enjambèrent les toits d'ardoise des riches quartiers résidentiels. Domptant sa peur du vide, Julian accéléra l'allure.

Un rendez-vous avec une princesse, cela ne se manque pas.

Saluant les gardes d'un hochement de tête, Jana entra dans le château.

Elle n'était pas revenue travailler à la fresque depuis deux jours. Si cela n'avait tenu qu'à elle, elle ne serait pas revenue du tout, mais Til'Orfaël lui demandait des comptes, et il n'était pas le genre d'homme qu'on peut décevoir. Les images du meurtre commis par la princesse revenaient la hanter sans répit, entremêlées aux ébats qui l'avaient précédé. Un frisson ondula dans son dos. Deux jours. Après tout, peut-être la princesse était-elle morte à présent ? Et Jana n'aurait plus à lui mentir ni à affronter son regard incisif. Son ventre se serra à cette pensée. Troublée, elle s'engagea dans le grand escalier de l'aile ouest.

Le géant étranger gardait la porte du bureau. Il lui adressa un sourire discret qu'elle lui rendit machinalement.

— Content vous voir, lâcha-t-il dans son ombrois haché. Elle être moins dragon quand vous ici.

Moins dragon. Jana sourit.

— Ce n'est pas très respectueux de parler ainsi de notre future souveraine.

Il secoua la tête avec tendresse, faisant danser ses fines tresses brunes autour de son visage.

— Ravenn pas ma reine. Ravenn amie. Petite sœur. Moi l'aimer assez pour voir et dire vérité. Parfois, elle caractère de dragon !

— Parfois ? Tout le temps, oui…

— Non, dit-il doucement. Pas tout le temps.

Jana dévisagea Pelekaï, se demandant ce qui pouvait le lier si profondément à la princesse qu'il avait suivie à l'autre bout du monde. Il eut une mimique ironique.

— Toi entrer ou toi rester là ?

Elle entra.

Élouane était seule, assise à son bureau. Vivante. Jana refoula l'étonnant soulagement qui illuminait son esprit, marcha droit vers la princesse, s'appuya des deux mains en face d'elle.

— Qu'attends-tu de moi ?

Élouane la dévisagea, pensive.

— Que veux-tu dire ? s'étonna-t-elle.

— Je te vois faire depuis ton retour à Astria, tu manipules tout le monde, tu n'envisages les gens qui t'entourent qu'en fonction de ce qu'ils peuvent t'apporter.

— C'est une critique, observa la princesse.

Jana crut déceler une pointe de tristesse dans sa voix.

— Oui et non, concéda-t-elle. Cette capacité que tu as à discerner et à utiliser le potentiel des autres fera probablement de toi une reine exceptionnelle. Mais aussi une femme insupportable.

Élouane esquissa un sourire, détaillant longuement le visage de Jana. Celle-ci soutint son regard et reprit :

— Si tu as un plan pour chacun, à quoi vais-je te servir ?

— Je ne suis pas sûre que tu désires servir à quoi que ce soit.

— Tu ne sais rien de mes désirs.

La princesse haussa un sourcil, provocante.

— Je t'en prie, éclaire-moi.

Pourquoi fallait-il que cette princesse soit aussi déroutante ? Jana déglutit, releva légèrement le menton.

— Tu as raison, je ne veux pas que tu m'utilises. Je ne veux pas te servir.

— D'accord.

— D'accord ? répéta Jana, étonnée.

— Jana, tu es peintre, c'est ta liberté qui te permet de créer, et je la respecte.

C'est ta liberté qui te permet de créer. Les mots se fichèrent dans son ventre comme autant de poignards. Il y avait déjà plusieurs années qu'elle avait abandonné cette liberté.

— D'ailleurs, ajouta la princesse d'un ton moqueur, je dois dire que je préfère largement ton… interprétation de cette fresque.

Jana jeta un coup d'œil au mur qu'elle avait été chargée de rénover. Envahi par les pigments rouges, il ne restait plus grand-chose du dessin d'origine.

— Je ne te demanderai rien, poursuivit-elle. Cependant, sens-toi libre d'avoir des initiatives. Si l'envie te prend de donner ton avis, ou quoi que ce soit d'autre, n'hésite pas.

Quoi que ce soit d'autre. Les sous-entendus d'Élouane étaient clairs. Jana baissa brièvement les paupières. Un rire incontrôlable jaillit du fond de son ventre. Lorsqu'il se tarit, elle s'aperçut que la princesse la contemplait d'un air amusé. En moins d'une semaine, cette femme avait réussi à faire imploser ses certitudes et son fragile équilibre affectif. Jana portait à Rhett, son compagnon Encré, une tendresse immense, et elle savait qu'il lui avait apporté une stabilité précieuse. Mais il lui manquait quelque chose. Du mouvement. De la folie. Se jeter au-dehors d'elle-même jusqu'à se perdre. Nourrir passionnément le feu furieux de son art.

Jana secoua la tête, écartelée entre ses envies et sa tâche. Elle ne devait pas s'attacher à cette femme. Elle n'était qu'une morte en sursis.

Elle planta son regard dans celui d'Élouane et sourit.

— Soyons claires, princesse, tu m'énerves prodigieusement.

— C'est noté, répliqua celle-ci en croisant les bras.

Un rapide coup frappé à la porte du bureau mit fin à leur affrontement frondeur. Jana s'esquiva aussitôt pour rejoindre le chevalet qui lui servait de palette.

— Entrez !

Julian pénétra dans la pièce à la suite des deux magiciens. Il remarqua d'abord une femme qui lui tournait le dos, face à un mur rougeoyant. Puis son attention se focalisa sur le fond de la pièce. La princesse Élouane était telle qu'il l'avait aperçue lors de son arrivée nocturne à la Porte du Roi. Petite, androgyne, d'un roux flamboyant, redoutablement belle, brandissant malgré elle sa fierté dans le plus infime de ses mouvements.

Les capes d'or s'inclinèrent.

— Princesse, annonça Til'Fyleas, voici l'étranger que vous mandiez.

Julian fut surpris par la douceur du ton employé par le magicien – il ne l'avait connu que glacial et méprisant.

— A-t-il acquis des savoirs de l'académie ? s'enquit calmement la princesse.

— J'ai commencé à lui façonner les fondations de notre art, avoua Enoc'h.

Til'Fyleas lui jeta un regard assassin, mais Enoc'h l'ignora superbement. Julian essayait en vain de décrypter les attitudes des magiciens lorsque la princesse lança :

— Vous pouvez vous retirer.

Elle n'avait pas accordé plus d'un coup d'œil à Julian.

— Ne souhaitiez-vous pas vous entretenir avec lui ? s'étonna Fyleas.

—Si. Et j'en ai toujours le projet. Mais je veux le converser seul à seul.

—Ce n'est pas ce dont nous avions parlé...

—Ah ? De quoi avions-nous parlé ?

—Vous deviez... l'interroger.

—En effet. Et votre compagnie provoquerait trop d'interférences. Je vous ferai mander lorsque j'en aurai achevé avec lui.

Julian réprima un sourire en voyant une impuissance rageuse se peindre sur le visage de Fyleas lorsqu'il eut tourné les talons. Enoc'h, lui, salua la princesse d'un hochement de tête neutre et marcha sans hésiter vers la sortie. Son confrère ne put faire autrement que de le suivre.

À peine eurent-ils quitté la pièce que les yeux calculateurs d'Élouane se posèrent sur Julian.

—Que possédez-vous de la politique du royaume ? demanda-t-elle.

—Puis-je avoir un verre ?

La princesse le dévisagea un instant.

—Servez-vous, lâcha-t-elle en désignant une petite table couverte de nourriture et de boissons.

Il écarta l'eau, huma une carafe au liquide brun. Alcool. Il ne prit pas la peine d'utiliser un verre, buvant deux longues lampées à même la carafe qu'il garda à portée de main.

—La politique du royaume ? répéta Julian, curieux de voir où la princesse voulait en venir. Hum... Trois pouvoirs plus ou moins indépendants dirigent Ombre. La Couronne, les magiciens du Clos et les clergés. Le roi est forcément magicien, et des membres des clergés l'assistent dans ses fonctions, donc ces trois pôles collaborent, même si chacun veille à ce que les autres n'empiètent pas sur son territoire. Ce doit être un équilibre délicat à maintenir.

Élouane le considéra d'un air amusé.

—J'entends que vous aimez la politique.

—Honnêtement ? Je la déteste. Je préfère simplement savoir où je pose les pieds.

—Bien. Vous n'êtes donc pas séduit par le pouvoir.

—Je le fuis.

—Vraiment ?

—Vraiment. Je prends soin des miens, c'est la seule responsabilité que j'accepte.

La princesse ne le lâchait pas du regard, comme si elle tissait autour de lui une toile invisible. Ce n'était pas une sensation désagréable. Mais si

Julian avait du mal à distinguer le but de cette conversation, il sentait venir la douche froide, aussi resta-t-il sur ses gardes. Il avala une nouvelle gorgée.

— Puisque c'est votre clan qui vous importe, dit-elle lentement, alors peut-être pouvons-nous nous accorder.

— Que voulez-vous dire ?

— Vous n'avez pas accosté seul en Ombre. J'ai le pouvoir de mettre vos compagnons en sécurité.

— En échange de… ?

— Votre main.

Interloqué, Julian chercha une trace de plaisanterie sur le visage de la princesse. N'en trouva aucune. L'alcool se mêlait à son sang, il se sentait bien pour la première fois depuis des jours.

— Ma… ma main ? sourit-il. Vous voulez dire…

— Pour m'enchâsser dans le trône, je dois épouser un magicien du Clos. Til'Orfaël, le Mage Supérieur, m'a dépêché différents prétendants, mais quelles que soient les figures d'indépendance qu'ils me montrent, ils sont tous à sa botte, inclus ce cher Til'Fyleas qui vous a promené jusqu'à moi. Vous en revanche…, vous êtes l'unique magicien du royaume en qui je puisse avoir franchise et confiance.

— Je ne parierais pas là-dessus, affirma-t-il, amer. J'ai généralement tendance à décevoir les gens qui comptent sur moi.

La princesse balaya cette remarque d'un haussement d'épaules.

— Il y a juste un problème dans votre raisonnement, princesse. Je ne suis pas un magicien du Clos.

— Est magicien du Clos celui qui reçoit les façonnements de l'académie. Le mage aux cheveux blancs a confessé tout à l'heure vous avoir appris les bases de l'art magique. Vous êtes un magicien du Clos.

— Ah.

Cela expliquait le regard assassin de Fyleas à Enoc'h lorsque ce dernier avait déclaré être son professeur. Julian dévisagea la princesse, incrédule. Elle était en train de lui demander de devenir… roi d'Ombre ?

— Je suis suffisamment intéressée par le pouvoir pour deux, dit-elle. Sitôt couronnée, je m'empresserai de convertir les lois pour que vous retrouviez votre liberté, mais dans l'intervalle, je serai reine, et vos amis seront saufs.

— Savez-vous où ils se trouvent ?

— Le garçon est consigné dans le sous-sol du temple d'Izil. Je peux agencer une expédition pour le récupérer. Quant au Passeur…

— C'est une fille.

— J'ai ouï cet écho. Je ne l'ai pas encore localisée. Mais si la nouvelle de notre mariage est rendue publique, elle tentera probablement d'entrer en liaison avec vous.

Mariage. Julian serra les dents. Contrairement au romantique Charly, il avait toujours exécré cette idée. Cependant, la princesse avait raison : lorsqu'elle aurait vent de cette information, Énora viendrait à lui. Pour lui administrer une baffe mémorable. Il soupira, puis lâcha :

— C'est entendu.

La princesse Élouane hocha la tête, satisfaite.

— L'événement aura lieu la veille de notre couronnement, annonça-t-elle, dans dix-sept jours.

— Et en attendant ? Si je retourne dans le Clos, je ne pourrai en sortir qu'accompagné d'un magicien. Les capes d'or ne risquent-elles pas de vous mettre des bâtons dans les roues en me gardant prisonnier ?

— Vous devez disparaître pendant deux jours, délai à l'issue duquel je claironnerai notre mariage au peuple.

— Disparaître ? Comment ?

— Vous verrez. D'ici là, nous aurons mis vos compagnons à l'abri. Puis nous dépenserons les quinze jours restants dans les chambres prénuptiales, comme le veut la tradition.

Julian sourit, leva un doigt.

— À propos, il reste un sujet que nous n'avons pas abordé...

— Vraiment ?

— Oui, concernant la nuit de noces...

Un éclair métallique fusa dans l'air, frôla la joue de Julian, se ficha derrière lui dans le bois de la porte. Il se retourna, contempla un instant le couteau qui l'avait manqué de peu.

— N'y cogitez même pas, conclut la princesse.

Julian se frotta la joue, la dévisagea sans la moindre expression.

— Je souhaitais juste vous demander de prévoir un matelas, déclara-t-il d'un ton neutre, que j'évite l'épreuve du tapis. C'est très inconfortable.

Un rire clair s'éleva sur la droite de Julian. La peintre n'avait pas perdu une miette de la conversation.

— Vous semblez jaser d'expérience, lança-t-elle par-dessus son épaule. Je n'ose fantasmer le nombre de jeunes filles que vous avez échauffées.

— Je préfère moi-même éviter d'y penser, avoua-t-il d'un air grave.

Elle rit encore, puis, après un regard indéchiffrable à la princesse, retourna à son travail.

—Je ne puis que vous conseiller de cultiver l'art magique aussi souvent que possible dans les jours arrivant, ajouta la princesse. Pour être tout à fait franche, dès le claironnement de notre mariage, certains de vos collègues risquent d'en vouloir à votre vie, et vous devrez être capable de vous sauvegarder.

—Merveilleux, ironisa Julian. Vous avez d'autres bonnes nouvelles de ce genre?

Til'Fyleas fulminait.

—Comment cela? grinça-t-il.

Le magicien s'efforçait de conserver une apparence mesurée malgré la colère qui agitait son esprit. Devant lui, la princesse Élouane croisa les bras.

—Julian ne retournera pas dans le Clos ce soir, répéta-t-elle. Je poursuivrai son interrogatoire demain, et aussi longtemps qu'il me sera nécessaire.

—Vous ne pouvez pas, cet homme est un magicien, il est sous l'autorité du Mage Supérieur et non sous la vôtre. Je dois le ramener derrière le mur des Ombres.

—Non.

Il fit un pas en avant, rageur.

—Qu'allez-vous faire? demanda-t-elle avec un petit sourire. Me tuer? D'autres ont essayé. Et je suis votre seule chance de monter sur le trône.

Affrontant la princesse du regard, Fyleas admit qu'il l'avait sous-estimée. Avec les prêtres, le roi et la plupart des magiciens contre elle, il était peu probable qu'Élouane survive assez longtemps pour monter sur le trône. Pourtant, une semaine après son soudain retour, elle était toujours là, et semblait naviguer avec adresse dans les eaux troubles du palais. Cette femme était née pour être reine, et son long exil n'avait en rien modifié sa nature.

Soudain, toutes les manœuvres politiciennes et les complots initiés à Astria ces derniers jours lui parurent futiles. Sa colère retomba. Til'Orfaël avait envoyé Fyleas courtiser Élouane. Il représentait le plan de secours, en cas d'échec de toutes les tentatives d'évincer la jeune femme. Mais elle avait depuis longtemps décrypté ces enjeux. Élouane n'entretenait les espoirs qu'il avait de devenir roi que pour mieux arriver à ses fins. Elle n'avait aucune intention de l'épouser.

—Nous savons, vous et moi, que je ne monterai pas sur le trône, lâcha-t-il. Pourquoi jouer encore la comédie ?

—Parce que je vous apprécie, Fyleas. C'est une donnée que vous devriez mieux considérer. Je vais être reine et je vous apprécie. Vous savez comme moi que l'indépendance du Clos est toute relative, et que le pouvoir royal a son mot à dire sur ce qui se passe derrière le mur des Ombres. Ne gâchez pas tout.

Il jeta un coup d'œil assassin à Julian, debout près de la fenêtre.

—Juste un conseil, princesse. Prenez garde à ne pas piétiner l'ego de tous les hommes qui gravitent autour de votre personne. Les capes d'or forment une communauté soudée. Le retour de bâton pourrait être plus violent que vous ne vous y attendez.

Il tourna les talons et quitta la pièce.

Comment allait-il expliquer la disparition de l'étranger à Til'Orfaël ?

—Ils ont fait *quoi* ? s'étrangla Til'Orfaël.

Debout à l'entrée des appartements du roi, Jana ne prit pas la peine de répéter.

—Où est l'étranger, à présent ?

—Dans son bureau.

—Va-t-il y rester ?

—Je l'ignore.

Le Mage Supérieur la fusilla de son regard unique et cristallin, puis son expression se fit calculatrice.

—Bien, dit-il d'une voix traînante. Élouane s'est trouvé un mari. Mais elle ne vivra pas assez longtemps pour l'épouser. Le gamin est avec eux ?

—Lïam ?

—Le petit sauvage avec qui elle est arrivée à Astria.

—Il devrait la rejoindre sous peu.

—Parfait.

Jana ne demanda pas ce qu'il entendait par là. Elle avait depuis longtemps appris à ne pas poser de questions à cet homme.

—Retiens-la dans son bureau, ce soir, ordonna-t-il.

Elle se crispa. Hocha la tête. Il marcha vers elle et saisit sa main, qu'il porta à ses lèvres.

—Cette mission sera ma dernière, annonça-t-elle en récupérant sa main.

— Vraiment ? murmura-t-il. Je t'ai déjà entendue prononcer ces mots.

Il sourit en silence, puis désigna la porte. Jana quitta les appartements du roi. D'aussi loin qu'elle se souvienne, elle avait servi le magicien.

Mais jamais aucune cible n'avait été aussi difficile à trahir qu'Élouane.

Le Ralliement

Fragment

Chroniques d'Ombre : LE FLÉAU DES VOUIVRES

Astria, 353e année de l'Alliance

Si les majestueux dragons occupent des contrées peu peuplées par les hommes, leurs petites cousines, les vouivres, préfèrent la proximité des villes. Elles chassent en groupe à la nuit tombée, s'attaquant régulièrement aux élevages de bétail. Astria est protégée par les magiciens. La campagne environnante et le reste du territoire d'Ombre sont en revanche les cibles fréquentes de ces redoutables créatures. Leur prolifération irraisonnée ces dix dernières années est devenue un véritable fléau. L'an dernier, pas moins de trois cents attaques ont été recensées dans le royaume. Les soldats royaux ont pour charge de les repousser, mais ils sont débordés, si bien que les paysans s'occupent souvent eux-mêmes des intruses, risquant leurs vies pour protéger leurs habitations et leurs troupeaux.

Extrait des *Chroniques d'Ombre*,
par Rhett, Encré du royaume.

Chapitre 15

Lïam leva les yeux vers Ravenn.

Il passait ses journées à suivre l'intendant Ojaedd et commençait à comprendre la logistique nécessaire au fonctionnement d'un château et, au-delà, d'un royaume. Mais lorsque survenait la fin de l'après-midi, il s'esquivait dans les passages secrets, glanait toutes les informations qu'il pouvait et rentrait faire son rapport à Ravenn. Ce bref moment où la princesse était tout à lui illuminait son cœur d'enfant. Étrangement, bien qu'elle n'ait rien de maternel, elle était à présent pour lui ce qui se rapprochait le plus d'une mère.

— Qu'as-tu appris aujourd'hui ? demanda-t-elle.

Il glissa un regard intrigué vers l'homme brun debout près de la fenêtre avant de répondre.

— Votre père a demandé de l'aide aux magiciens pour vous éliminer. J'ignore quand ils attaqueront. Ils doivent se voir tout à l'heure pour en discuter, je les écouterai.

Lïam n'éprouvait pas une once d'inquiétude en formulant cette menace. Ravenn ne pouvait pas mourir. Elle était la meilleure guerrière du clan, elle était le Croc de la plus féroce des Meutes, elle était… Ravenn. Ravenn qu'il adorait si fort qu'il l'en rendait immortelle.

Elle hocha la tête.

— Logique. Il ne peut plus repousser l'annonce de la mort de la reine. Il doit régler la question de sa succession. Autre chose ?

— Votre frère et votre sœur se sont disputés. Elle lui en veut de vous courtiser.

— Qu'ils se disputent. Au moins, ils me laissent tranquille.

— Sinon, j'ai vu un magicien et un prêtre d'Aa discuter du Passeur il y a quelques jours. Je n'y avais pas vraiment prêté attention, mais je les ai revus ensemble il y a moins d'une heure.

— Le magicien, tu connais son nom ?

— Non. Il porte les cheveux blancs mi-longs.

Elle fit un pas vers lui, visiblement intéressée. Ravi, il développa :

— Ils ont évoqué une Grise.

— Une Grise, dis-tu ?

— Oui. « J'ai retrouvé la Grise grâce à vos renseignements », c'est ce que disait le prêtre.

Un pli soucieux apparut entre les fins sourcils de Ravenn.

— Merci, Lïam, dit-elle après un moment.

Et ce mot, ce simple mot, explosa comme un feu d'artifice dans l'esprit du garçon.

La porte du bureau s'ouvrit. Le général Rhun apparut sur le seuil. Il avança vers Lïam, le souleva du sol et déposa sur son front un baiser piquant de barbe. Le gamin rit, se tortilla pour échapper aux solides mains qui le tenaient. Quand il se retourna vers Ravenn, l'inconnu brun se tenait près d'elle.

— Lïam, j'aimerais que tu caches cet homme. Personne ne doit savoir qu'il est encore au château. D'accord ?

Il acquiesça gravement puis, sans un mot, saisit le poignet de l'étranger qui se laissa entraîner hors du bureau.

Le général de l'armée du royaume laissait rarement filtrer ses émotions, aussi l'inquiétude qui marquait son visage alerta-t-elle immédiatement Ravenn. Elle se leva et marcha à sa rencontre.

— Ton père me renvoie sur le front terrilisien, annonça-t-il.

Ravenn ne fut pas étonnée. L'affection que le vieux général avait pour elle n'était pas un secret, et, s'il avait été discret en multipliant les rondes dans l'aile ouest ces derniers jours pour que les gardes prêtent main-forte à Ravenn lors des attaques nocturnes qu'elle essuyait, il était probable que le roi l'avait à présent remarqué.

— Il t'éloigne, constata-t-elle.

— Les quatre hommes que je t'ai affectés ont abandonné l'uniforme pour te protéger.

— Ils ont… déserté ? Ils risquent la corde…

— Ils ont pris cette décision de leur plein gré. J'ai aussi demandé à des hommes de confiance de poursuivre les patrouilles que nous avons mises en place dans ton couloir, mais si le roi leur donne l'ordre direct de cesser leurs rondes, ils ne pourront s'y dérober.

— Je comprends.

— Des bruits courent, Élouane.

— À quel propos ?

— La reine. Ton père n'a pas encore fait de communiqué officiel, mais la nouvelle de sa mort se répand, et la population s'inquiète. Ton retour rend la succession incertaine. Malgré l'affection que les habitants du royaume te portent, ils ne te connaissent pas. La guerre à l'Est pèse trop lourd sur leur existence, trop de leurs fils sont morts, et ils sont asphyxiés par les taxes. Ils n'aspirent qu'à la paix.

— Je suis la seule à pouvoir leur apporter la paix, rétorqua Ravenn.

Rhun soupira.

— Je le sais. Eux l'ignorent. Si le roi te refuse le trône ou si tu disparais sans explication, il n'y aura ni émeutes ni heurts. Ils accepteront, comme ils acceptent depuis des dizaines d'années, parce qu'ils ne pensent pas avoir le choix.

— Il n'a rien à me refuser. Je suis l'héritière légitime.

— Et tout le monde t'oubliera dans l'instant si Aenor obtient la couronne ! assena le général d'une voix dure. Comprends-tu ? Si tu veux survivre, tu n'as pas le choix, tu dois te rendre inoubliable. Donner aux hommes l'envie de se battre pour toi, aux femmes le désir de te ressembler. Devenir un exemple, te faire aimer d'eux. Elle est là, ta véritable armure, celle qui te protégera plus sûrement que je ne pourrai jamais le faire.

Ravenn médita un instant les paroles de l'homme qui lui avait appris à tenir une épée alors qu'elle n'était qu'une enfant. Depuis son retour, elle se retranchait dans cette pièce, recevait toutes sortes de personnalités d'Astria, amassait les informations et volait quelques heures de sommeil troublé entre deux assauts. Elle s'était tellement préoccupée de sa survie immédiate qu'elle avait négligé le rôle du peuple du royaume dans l'équation de son avenir. C'était une erreur. Rhun avait raison, elle n'était pas simplement revenue pour tenir une promesse, elle était revenue parce qu'elle pensait être une bonne souveraine pour les habitants de cette terre, déchirée par la politique de conquête menée par son père. Mais, si elle en était intimement persuadée, eux l'ignoraient. Elle devait aller à leur rencontre.

— L'idéal, commença-t-elle, ce serait de leur montrer que je veux prendre soin d'eux. Il faudrait…

— … des vouivres ? termina Rhun avec un sourire en coin.

Elle releva vivement la tête.

— Où ?

— À une heure et demie au nord d'Astria, sur la côte. Elles ont été repérées près de fermes isolées la nuit dernière. Nous menons une expédition ce soir pour les déloger. Je suis venu te proposer de te joindre à nous.

Un frisson parcourut l'échine de Ravenn. Contrairement à leurs massifs cousins dragons, les vouivres faisaient de régulières incursions sur le territoire du royaume. Elles chassaient en bande à la nuit tombée et, si elles n'excédaient pas trois mètres de longueur, elles constituaient de redoutables adversaires, capables de dévaster les habitations et de décimer des élevages en quelques minutes. Les vouivres étaient la hantise des fermiers. Après des jours à jongler entre les attaques nocturnes et les complots, affronter un danger qu'elle maîtrisait lui ferait le plus grand bien. Et c'était l'occasion parfaite de montrer aux Ombrois sa détermination à les protéger.

— Une bataille commune avant ton départ pour le front, approuva Ravenn.

Le général lissa sa barbe, amusé.

— Oui, gamine. Je suis curieux de voir ce que tu as appris ces dernières années. Nous quitterons la caserne dans une demi-heure, avant le crépuscule. Une escorte nous attend dans le couloir.

Ravenn posa une main sur la poignée de la rapière qui reposait contre sa hanche, fit quelques pas vers l'estrade et saisit la longue pique de voltigeuse qui l'avait accompagnée durant ses années de chasse au dragon. Alors que tous se dirigeaient vers la sortie, Jana se redressa devant la fresque.

— Je peux te parler un instant ?

Ravenn fit signe aux autres de l'attendre dans le couloir. Les grands yeux d'automne de Jana l'observaient, incertains.

— Me parler ? la relança Ravenn après quelques secondes.

La peintre posa son pinceau, essuya ses mains sur sa robe de travail, marcha vers la princesse. Elle s'immobilisa à moins d'un pas, si proche que Ravenn sentait la chaleur de son corps irradier.

— Je voulais…

— Oui ?

— Reste avec moi.

— Pourquoi ? souffla Ravenn.

Jana glissa une main sur la nuque de la princesse, s'approcha. Leurs lèvres s'effleurèrent, à peine une caresse qui embrasa le ventre de Ravenn. Elle ferma les yeux. Les rouvrit. Elle n'eut pas le temps de croiser le regard de Jana que leurs langues s'enlaçaient en un baiser sauvage. Mais cette soudaine passion sonnait faux.

— Arrête, murmura Ravenn.

Jana recula. L'éclat de son regard avait changé. Elle semblait troublée. Contrariée aussi.

— Tu ne veux pas ? s'étonna-t-elle.

— *Tu* ne veux pas. Pas vraiment.

Rassemblant toute sa volonté, Ravenn s'éloigna de la peintre et quitta le bureau. Rhun et ses soldats l'attendaient.

— La Meute est loin d'ici, lança-t-elle à Pelekaï, mais ce soir elle sera avec nous en pensée !

L'intendant Ojaedd se précipita dans le couloir.

Apercevant la princesse Élouane en compagnie de Rhun et d'une troupe de guerriers, il sentit un profond soulagement l'envahir. Pourtant, il l'arrêta :

— Princesse !

Elle se retourna.

— Qu'y a-t-il, Ojaedd ?

— Vous sortez ?

— En effet. Une attaque de vouivres.

— Parfait, affirma-t-il. Quoi que vous fassiez cette nuit, ne retournez pas dans votre bureau avant l'aube.

— Puis-je te demander pourquoi ?

— Je ne préférerais pas, ma reine.

Ils se dévisagèrent un instant. En prononçant ces mots, Ojaedd avait déjà laissé filtrer plus qu'il ne l'aurait voulu sur sa véritable fonction au sein du royaume.

— Peux-tu donner le même conseil à la peintre qui œuvre dans mon bureau ?

— Ce sera fait, ma souveraine.

Il inclina la tête avant de tourner les talons. Alors qu'il filait de son pas affairé, Ojaedd sentit le regard acéré d'Élouane planté dans son dos.

En reconnaissant la voix de sa sœur, la princesse Aenor se dissimula dans un recoin de l'escalier. Que faisait cette traînée hors de son bureau ?

— Laissez-moi, souffla-t-elle à ses dames de compagnie.

Elles obtempérèrent à regret. Seul le garde du corps demeura à ses côtés. Aenor le repoussa dans l'ombre au moment où Élouane apparaissait sur le palier inférieur. Pourquoi le vieux général l'accompagnait-il ? Où se rendaient-ils, eux et les huit gardes qui les entouraient ? Nul doute que leur père apprécierait cette information...

Pourtant, Aenor ne courut pas à lui comme elle aurait dû le faire.

La jeune princesse prit sa sœur en filature, la suivit hors du château jusqu'aux baraquements des soldats. Elle se dissimula à l'angle d'un bâtiment. Voyant Élouane enfourcher son grand cheval pommelé au milieu d'une troupe de soldats, elle se tourna vers son garde du corps :

— Trouvez-moi une monture. Immédiatement !

— Princesse, êtes-vous certaine...

— Le roi voudra savoir ce que ma sœur manigance. Allez !

Alors que l'autre courait vers les écuries, la douce Aenor arracha ses rubans, retira ses encombrants jupons et noua ses longues boucles en une tresse grossière. Le garde revint avec deux chevaux noirs comme la nuit. Sitôt en selle, Aenor lança le sien au galop et franchit en trombe la Porte du Roi dans le sillage des soldats. Les yeux accrochés à la chevelure de feu d'Élouane qu'elle devinait au loin, elle slaloma sur les pavés de la ville extérieure, restant à bonne distance de la troupe pour ne pas être repérée. Bientôt, rues et maisons s'évanouirent. Tandis que le crépuscule tombait sur la campagne d'Astria, la jeune princesse d'Ombre filait comme le vent qui fouettait son visage. En étant honnête avec elle-même, elle aurait admis que rapporter les actions de sa sœur à son père n'était qu'un prétexte et qu'elle s'engageait dans cette folle chevauchée parce que la fascination mêlée de haine qu'elle ressentait pour Élouane depuis son retour était aussi irrésistible qu'irrationnelle. Aenor *devait* savoir où son aînée se rendait. Mais à cet instant, une seule pensée l'animait, obsédante et furieuse.

Je la déteste.

Je la déteste.

Cinq capes d'or surgirent dans le bureau de la princesse Élouane et se figèrent en constatant que seule Jana s'y trouvait.

— Je n'ai pas su la retenir, lâcha celle-ci sans cesser de peindre.

L'un des magiciens pesta.

— Où est-elle ? s'enquit-il d'une voix impérieuse.

Jana abaissa son pinceau. L'empreinte des lèvres d'Élouane s'était inscrite sur les siennes comme une marque au fer rouge qui ne cessait de brûler. Non, elle n'avait pas eu envie de l'embrasser, cela n'avait été qu'un stratagème pour la retenir. Mais il avait échoué, et les regrets qu'elle ressentait à présent n'avaient rien à voir avec la mission que Til'Orfaël lui avait confiée. Si la princesse était restée... Une évidence s'était fait jour en elle lorsque leurs bouches s'étaient effleurées. Des images dérangeantes figeaient ses pensées, des désirs qu'elle ne savait pas avoir auparavant et qu'elle ne pouvait plus ignorer se déroulaient dans son esprit telles des mélodies envoûtantes. *Si la princesse était restée,* songea-t-elle, *elle serait morte.* Mais Jana aurait goûté sa peau, ce dont elle n'aurait sûrement plus l'occasion.

— Elle a quitté le château, répondit-elle. Le mage étranger est avec le petit sauvage dans les passages secrets. Il aime trop l'alcool pour s'en passer jusqu'à demain.

Les magiciens ressortirent aussi vite qu'ils étaient venus.

Lïam fit pivoter le pan de mur qui menait aux cuisines. Comme à son habitude, il se glissa à pas furtifs entre les marmitons affairés et se faufila dans le garde-manger. Il fourra dans ses poches deux pommes et deux petits pains, saisit une bouteille sur l'étagère du fond, rebroussa chemin. Puis s'immobilisa.

Cinq magiciens avançaient vers lui d'une démarche tranquille, lui barrant toute possibilité de retraite.

— Ne tente rien, gamin, le prévint l'une des capes d'or.

Sans tenir compte de l'avertissement, Lïam s'élança. Dans son esprit, il voyait le chemin exact à parcourir pour atteindre la porte. Un pas à droite, esquiver le premier homme, deux pas à gauche, plonger derrière l'étagère à légumes, courir jusqu'au bout de la travée... Mais avant d'avoir pu esquisser une foulée, Lïam tomba sur la terre battue qui recouvrait le sol, incapable de faire le moindre mouvement. Son corps ne lui répondait plus. Terrifié, il tenta de crier. Sa gorge ne produisit qu'un gémissement aigu tandis que les capes d'or le soulevaient.

Ravenn, pensa-t-il. *Ravenn, aide-moi...*

Ravenn bondit en arrière.

Une langue de feu mordit la terre près de ses pieds, illuminant un bref instant le champ de bataille. Une rapière au creux de la main gauche, sa fidèle pique de voltigeuse dans la droite, Ravenn leva les yeux. Des dizaines de vouivres tournoyaient au-dessus de la falaise, plongeaient vers les soldats, remontaient brusquement. Leur agilité aérienne les rendait inaccessibles aux épées, aussi les archers harcelaient-ils le cuir fin de leurs ailes pour entraver leur vol.

Une bête tomba sur le sol, se rétablit avec un grognement rageur. Elle brassa l'air, en vain. Comprenant qu'elle ne pourrait reprendre son envol, elle fit face aux hommes, dressée sur les pattes arrière.

Les flèches rebondirent, échouant à percer sa peau d'écailles. Alors Pelekaï s'élança, épée à la main. La vouivre blessée le suivit de ses petits yeux brillants. Il attaqua son flanc, l'obligeant à pivoter sur elle-même, encore et encore. Légère comme un songe, Ravenn fila vers la bête, se plaça dans son dos, sautant pour éviter les battements incessants de sa queue. Pelekaï continua à faire tourner la vouivre, si bien que, sans changer de position, Ravenn se retrouva bientôt juste sous son cou. D'un geste puissant, elle brandit la pique qui se ficha dans la gorge offerte, puis recula vivement.

Furieuse, la bête rua, une fumerolle sombre s'échappant de ses naseaux.

Enfin, elle s'écroula pour ne plus se relever. Ravenn n'attendit pas qu'elle pousse son dernier soupir : elle récupéra la pique et fit volte-face.

— Ravenn ! hurla le général Rhun.

Elle leva les yeux. Une vouivre piquait droit sur elle, griffes en avant, gueule ouverte, gorge gonflée de feu prêt à se répandre. En un instant, Ravenn sentit sa peau se hérisser d'effroi. Elle était voltigeuse, elle triomphait par ruse et habileté, non par attaque frontale. Devant cette vision de férocité pure qui se précipitait sur elle, elle restait figée, le cœur battant, incapable de réfléchir.

Dans le bureau du roi, Til'Orfaël dévisageait l'enfant à la livrée brune de domestique du château. Le petit sauvage s'était calmé lorsqu'on lui avait rendu sa liberté de mouvement. Il y avait quelque chose de dérangeant en lui. Peut-être cet éclat d'intelligence dans le regard ou cette confiance qu'il affichait alors qu'il se trouvait face à sept magiciens, dont un roi. En effet, ayant grandi à l'autre bout du monde, le gamin ne craignait pas autant les capes d'or que les natifs du royaume, et Orfaël avait l'habitude d'inspirer la peur. Mais peu importait. Il gardait à présent prisonnier le seul être auquel la princesse Élouane semblait tenir.

— Puisqu'on ne peut pas lui mettre la main dessus, laissons-la venir à nous, murmura-t-il au roi Degan.

Celui-ci approuva d'un air absent.

Les flammes qui jaillirent des naseaux dilatés de la bête sortirent Ravenn de sa torpeur. D'un même mouvement, elle écarta ses lames pour ne pas se blesser, se jeta sur le côté, puis roula sur la terre meuble. Allongée, elle sentit un souffle brûlant frôler son visage dans une odeur soufrée. Une aile de la vouivre claqua à quelques centimètres au-dessus de son corps, et la bête remonta brusquement vers le ciel.

— Tes cheveux ! cria Pelekaï.

Ravenn se releva souplement et planta ses lames dans le sol. Il avait raison, sa chevelure de feu attirait les dragons, elle ne partait jamais chasser au sein de la Meute sans la dissimuler. Une boue grasse maculait ses mains. Sans hésiter, elle en enduisit grossièrement ses mèches rousses.

Furieuse d'avoir manqué sa cible, la bête qui l'avait attaquée revenait déjà, ses yeux brillants fixés sur Ravenn. Elle rasa la terre à toute allure, renversant deux soldats qui se trouvaient sur sa trajectoire. Cette fois, Ravenn était prête. Elle la laissa venir sans esquisser un geste, affrontant du regard la gueule acérée. Au dernier instant, alors que les serres allaient s'abattre sur sa poitrine, elle bondit sur la droite et brandit sa rapière. Emportée par l'élan, la bête ne put empêcher la lame d'entamer le cuir fin de son aile. Elle tenta de reprendre de l'altitude, cherchant l'aide de la brise nocturne. La pression de l'air, au contraire, élargit la déchirure, et déséquilibrée, la vouivre tomba devant Pelekaï.

Ravenn le rejoignit. Ensemble, ils mirent à mort la bête, un pas de deux fluide, impitoyable de précision, dont la chorégraphie semblait écrite depuis la nuit des temps tant chacun connaissait sa partition. La pique de Ravenn se ficha dans le poitrail de la bête qui s'écroula, soufflant un panache de fumée irritante telle une ultime insulte.

La scène se répéta à de nombreuses reprises. Conscients de l'alchimie silencieuse qui liait Ravenn et Pelekaï, les soldats les laissèrent opérer, se contentant de harceler les bêtes à terre sous le commandement du général Rhun, jusqu'à ce que le duo arrive.

Bientôt, le ciel fut vide. L'épais sang noir maculait les mains de Ravenn. Raffermissant sa prise sur les poignées de ses armes, elle rejoignit des soldats qui luttaient contre la dernière bête encore en vie et, d'un cri, les lança à l'assaut de la vouivre. Le général Rhun joua des coudes pour la rejoindre dans la mêlée. Lui et Pelekaï posèrent un genou à terre de part et d'autre de la princesse et s'attrapèrent les poignets.

— Prête pour le grand saut, voltigeuse ? lança le vieux général avec un sourire féroce.

Ravenn ne lui avait jamais connu un tel sourire en dehors d'une bataille. Saisissant l'intention de ses compagnons, elle rengaina sa rapière et posa un pied sur leurs mains entremêlées. D'une poussée énergique, les deux géants la propulsèrent dans les airs. Elle atterrit souplement sur le dos de la vouivre, se laissa tomber assise à l'avant de ses épaules. Les deux mains serrées sur la poignée de sa pique, elle la brandit devant elle, pointe vers le sol, puis l'abaissa brusquement vers le cou de la bête. La pique le traversa de part en part.

De nouvelles torches s'allumèrent autour du champ. Au lieu de sauter à terre, Ravenn se maintint et, malgré les ruades furieuses de la vouivre, elle la chevaucha jusqu'à ce qu'elle s'écroule. Puis elle récupéra son arme et la brandit avec un hurlement sauvage. De lointains cris lui répondirent en écho.

Un instant plus tard, des dizaines de paysans envahissaient le champ de bataille. Ils contemplèrent en silence les cadavres des bêtes. Descendue de la vouivre, Ravenn les regarda venir lentement à elle, prenant soin de croiser le regard de chaque homme et de chaque femme. Ils firent cercle autour des soldats, les yeux fixés sur leur princesse maculée de boue, comme s'ils attendaient qu'elle parle. Alors Ravenn siffla. Azor, son hongre gris pommelé, la rejoignit au grand galop, rompant le cercle des badauds. Elle l'enfourcha, rassembla ses rênes, sourit aux soldats éreintés.

— Allons-y, dit-elle doucement.

Pivotant en direction d'Astria, Ravenn aperçut deux cavaliers qui surplombaient le champ, tout au bord de la falaise. La plus petite silhouette lui était familière. Elle impulsa un petit trot à Azor.

— Chevauche avec moi, ma sœur, dit-elle en s'arrêtant devant Aenor et son garde.

— Plutôt mourir, cracha celle-ci avec force pour couvrir le grondement des vagues qui se jetaient contre la roche, vingt mètres plus bas.

Ravenn détailla sa sœur, ses jupes arrachées, sa tresse grossière, les petites mèches emmêlées par le vent. Dans la nuit, son visage luisait de colère, mais ses yeux recélaient un éclat déterminé qu'elle ne lui avait pas vu depuis l'enfance.

— Si la haine que tu me voues te fait devenir une femme, alors peut-être ton cas n'est-il pas définitivement perdu.

— Femme ? Tu peux parler ! Tu n'as rien d'une femme. Tu es une sauvage ! Regarde-toi, crottée comme un mendiant !

Le mépris contenu dans sa voix blessa Ravenn.

— La féminité n'est pas la soumission passive, Aenor, s'agaça-t-elle. Elle ne se mesure ni au nombre de tes rubans, ni à la propreté de tes robes, ni à la longueur de tes boucles blondes, ni à la virilité de tes amants.

Aenor rougit. Aucun homme n'avait encore posé les mains sur sa peau diaphane.

— Mais peu importe, reprit Ravenn. Par femme, j'entendais adulte. Capable de décider de ton propre chemin.

— Nos chemins sont tracés, tu vas mourir, je vais régner !

D'un coup de talon, Ravenn amena Azor près du cheval de sa sœur et, avant que son garde du corps ait pu réagir, elle la saisit par la nuque. Au sortir d'un combat, elle n'était pas d'humeur diplomate.

— Si je peux égorger des vouivres, gronda-t-elle furieuse, je peux en finir avec toi, petite sœur. Il me suffit d'un geste, et tu meurs. Ici, maintenant. Un geste, et ton destin changera à jamais.

Le regard d'Aenor brillait de haine et de peur. Ravenn accrut encore la pression sur sa nuque.

— Ou bien tu peux chevaucher avec moi, siffla-t-elle à son oreille. Et, là encore, tu changeras ton destin. Tu vois, c'est simple ! Un geste pour ne plus avoir à te poser de questions. Un pas pour rejeter le rôle de marionnette auquel notre père t'a destinée. C'est cela, tracer son propre chemin.

Elle jeta un coup d'œil derrière elle. Les soldats avaient rejoint leurs montures. Entourés par les torches des paysans, ils attendaient en retrait qu'elle donne le signal du départ, l'air inquiet face à l'attitude des princesses.

— Ils veulent nous voir unies, Aenor.

— Nous ne sommes pas unies.

— Nous pouvons l'être. Tu deviendras un jour une souveraine aimée de tous. Mais pas tout de suite. C'est mon heure, cela ne signifie pas que la tienne ne viendra jamais. J'aime trop le danger pour connaître la vieillesse.

Aenor la contemplait en silence. Dans son regard voilé par la colère, Ravenn entrevit l'enfant rieuse qu'elle avait quittée neuf ans plus tôt. Elle relâcha lentement son étreinte.

— Te souviens-tu, petite sœur, de ce que tu m'as dit lorsque nous nous sommes vues pour la dernière fois, juste avant que je quitte le royaume ? (La bouche de l'adolescente frémit.) Tu m'as dit : « Si tu dois être loin de moi, au moins, sois heureuse. » Du haut de tes huit ans, tu m'as fait jurer d'être heureuse. Et tes yeux brillaient comme ils brillent ce soir, graves et profonds, l'eau au bord des cils.

Aenor se mordit les lèvres.

— Tu m'avais promis que… que tu…, balbutia-t-elle.

— … que je reviendrais.

Elles se turent. En se jetant l'une sur l'autre telles deux vagues contraires, leurs colères respectives s'étaient violemment consumées avant de retomber. N'en restait qu'une écume désordonnée dans laquelle elles continuaient de se débattre.

— J'ai attendu, murmura Aenor, chaque jour de chaque année, à chaque anniversaire qui approchait, j'espérais te voir apparaître. Mais tu n'étais pas là. J'avais besoin de toi, et tu n'étais pas là ! Tu m'as abandonnée ! Tu m'as laissée avec eux, tous, qui voulaient faire de moi une autre… Je te hais, je te hais…

Des ruisseaux brûlants strièrent ses joues.

— Je suis désolée, souffla Ravenn.

— Je te hais, répéta Aenor.

— Tu en as le droit. Tu sais, tu es la seule à qui j'ai dit au revoir. J'ai pensé à toi souvent, mon Or.

Ravenn ôta la protection de cuir qui ceignait son avant-bras droit, dévoilant un vieux ruban usé qui avait perdu toute couleur, noué à son poignet.

— Tu peux me haïr, petite sœur ; cela ne m'empêchera pas de t'aimer.

Très droite sur sa selle, la jeune princesse tressaillit à la vue du ruban. Elle essuya son visage d'un revers de la manche, renifla. Ses yeux rougis lancèrent une dernière flèche de rancœur. Puis s'adoucirent.

— Tu l'as été ? murmura-t-elle. Heureuse ?

Ravenn sourit, posa une main hésitante sur celle de sa sœur.

— Par moments, mon Or. Par moments.

— Cette fille avec qui tu es partie, que lui est-il arrivé ?

— Nous nous sommes séparées peu après notre fuite.

Aenor hocha lentement la tête, puis, talonnant sa monture, elle lui fit faire demi-tour et la plaça dans le même sens que celle de Ravenn, face à Astria.

— Rentrons à la maison, décida-t-elle.

Et côte à côte, les princesses d'Ombre s'avancèrent dans la nuit.

— Ta fille viendra chercher le petit sauvage, Degan, assura le Mage Supérieur Orfaël.

Par la haute fenêtre de son bureau, le roi Degan aperçut la longue file de torches qui approchait de la ville. Les premiers cavaliers étaient trop loin pour qu'il les reconnaisse, pourtant il sut qu'Élouane se trouvait parmi eux. Il s'était abaissé à requérir l'aide de ses confrères magiciens, et, malgré cela, cette nuit encore la princesse avait échappé à l'attaque.

De fureur, le poing du roi s'écrasa contre le mur.

Puis un calme glacial le gagna.

Qu'Élouane en ait *encore* réchappé était suspect. Chaque nuit, elle avait repoussé ses meilleurs hommes d'armes. Et lorsque l'élite des mages d'attaque venait la trouver, elle était en campagne, hors du château pour la première fois depuis son retour ? Quelqu'un l'avait forcément renseignée. Or, bien peu d'hommes étaient au courant de ses plans.

Il jeta un coup d'œil fiévreux vers le Mage Supérieur du Clos. Orfaël l'avait épaulé durant plus de vingt ans, il avait été de toutes les décisions importantes et de tous les combats. En véritable ami, il avait maintes fois prouvé sa loyauté. Pourtant, Degan se fit soupçonneux. Un roi ne pouvait faire confiance à personne. Orfaël voulait-il l'évincer du pouvoir ? Avait-il averti Élouane ?

Un frisson de dégoût remonta le long de son échine.

Traîtres ! songea-t-il. *Ce château est un nid de traîtres.*

Luernios rajusta son manteau, les yeux fixés sur la colonne lumineuse qui serpentait en s'approchant de la ville.

La rumeur s'était répandue de maison en maison, de rue en rue, de quartier en quartier. En moins d'une heure, une fièvre vibrante s'était emparée d'Astria et, dès que les torches avaient été aperçues, loin au nord, des hommes avaient couru vers elles pour se joindre au cortège.

Que disait la rumeur ?

Il existait plusieurs versions.

Mais si les détails différaient, toutes racontaient comment une princesse guerrière avait terrassé une vingtaine de dragons pour sauver les troupeaux des falaises. Toutes louaient sa force, son courage, son habileté, sa beauté incandescente.

Comme les autres, le prêtre gris était venu. Et comme les autres, il attendait.

Il avait cherché tout le jour le moyen d'entrer en contact avec Élouane. Voici qu'elle venait à lui, dans un halo d'espoir et de triomphe.

Alors que les premiers soldats de la procession entraient en ville, il découvrit la jeune Aenor au côté de son aînée et sourit de l'évidente complicité que les princesses affichaient. Juste avant qu'elles passent à sa hauteur, Luernios baissa les yeux vers la terre dans une prière silencieuse.

Puis il redressa la tête.

Ravenn sourcilla.

Son épaule droite la brûlait. Lié à la sensation, un visage surgit immédiatement du lac trouble de sa mémoire. Elle fouilla du regard la foule amassée dans la rue. L'identifia.

Debout près de la façade d'une maison, le prêtre gris l'observait, un imperceptible sourire au coin des lèvres.

Sans le quitter des yeux, Ravenn désigna discrètement la Porte du Roi qui s'ouvrait au bout de la large artère. Elle poursuivit son chemin au pas mesuré d'Azor qui, au cœur du tumulte et des cris, conservait un sang-froid remarquable.

Enfin, elle atteignit la porte. Les soldats qui l'avaient accompagnée au combat mirent pied à terre et, tel un seul homme, posèrent un genou sur les pavés. La marque de respect n'était pas conforme au salut traditionnel, car, au lieu de baisser la tête, la plupart des soldats lui offrirent un regard fier, comme s'ils reconnaissaient en elle à la fois leur souveraine et leur égale. Touchée, Ravenn leur fit signe de se relever. Ils demeurèrent immobiles, et, un à un, les centaines d'habitants d'Astria qui assistaient à la scène s'agenouillèrent à leur tour en une vague implacable.

—Nous devrions rebaptiser cette porte la Porte de la Reine, murmura Aenor.

—Oh non, laissons-leur au moins ça, sourit Ravenn en se souvenant de l'avertissement de Til'Fyleas concernant l'ego des hommes.

Le rire clair de la jeune princesse s'éleva dans la nuit. Comme s'ils n'attendaient que ce signal, tous se relevèrent. Ravenn fit faire quelques pas à Azor en direction de la foule.

— C'est pour vous que je suis revenue, lança-t-elle d'une voix forte. Pour chacun d'entre vous. Pour que notre royaume goûte enfin à la paix trop longtemps repoussée. Je suis l'héritière légitime du trône d'Ombre, et dans trois jours, sur la place des Dieux, vous aurez les réponses que vous attendez.

Puis elle fit faire volte-face à sa monture et passa au galop la Porte du Roi.

Sitôt à l'intérieur des remparts, elle sauta à terre. Un serviteur lui tendit un linge humide qu'elle passa sur son visage pour en retirer les dernières traînées de boue, puis elle ordonna qu'on lui prépare un bain au château. Rhun et Pelekaï la rejoignirent.

— Puis-je emprunter tes quartiers ? demanda-t-elle au général.

— Aussi longtemps que tu en auras besoin. Je pars au front dans quelques heures et ne pense pas avoir l'occasion de dormir d'ici là.

Ravenn se tourna vers Pelekaï.

— Veux-tu bien rester à la porte ? Un prêtre gris s'y présentera dans un instant. Mène-le chez Rhun.

Le géant fit immédiatement demi-tour. Après avoir laissé Azor aux écuries, Ravenn se rendit chez Rhun et attendit. Tout ce qui se trouvait dans la pièce était fonctionnel. Aucune ornementation superflue, excepté la collection d'armes anciennes accrochées au mur. Alors qu'elle testait le fil d'un sabre, la porte d'entrée s'ouvrit, laissant passer le prêtre gris.

— Luernios, le salua-t-elle. Il y a longtemps que nous ne nous sommes vus, mais vous n'avez pas changé.

— Mes os ne sont pas de cet avis.

— Faites-les donc taire, sourit-elle en lui désignant un fauteuil.

Il s'assit.

— C'est un plaisir de vous revoir, princesse.

— Vous mieux que tout autre saviez que ce jour viendrait.

— Rien n'est jamais certain. Vous auriez pu mourir mille fois.

— Sous Sa protection ? Voyons...

— Vous savez bien qu'Il ne choisit pas qui doit vivre et qui doit mourir. Il se contente de collecter le dernier soupir des mourants.

— Luernios, après une vie entière à Le servir, vous doutez encore de Son pouvoir ?

— Je ne doute pas de son pouvoir. J'ai foi en son discernement à l'utiliser.

Ravenn haussa une épaule.

—Je ne me risquerais pas à un débat théologique avec vous. C'est un dieu. Il fait ce qui Lui sied. Et Il me voulait ici. Pourquoi cherchiez-vous à me voir ?

—Les prêtres ne sont pas ravis de votre retour, je ne vous apprends rien, mais, à travers eux, ce sont Izil et Aa eux-mêmes que votre présence irrite.

—Vraiment ?

—Vraiment. Plus leurs clergés sont puissants, plus leur influence s'étend, et l'indépendance que les prêtres ont acquise ces derniers siècles leur est précieuse. D'autant que le Gris n'est plus là pour arbitrer leurs actes. Savez-vous pourquoi mon maître n'est plus apparu à personne depuis le début de l'ère de l'Alliance ?

—Son aide dans la trahison du dernier Roi-Passeur est de notoriété publique... Il a traversé avec lui et rejoint l'autre monde.

—Certes, mais pourquoi n'est-Il pas revenu ? Comme vous l'avez justement souligné, c'est un dieu, Il n'a pas besoin d'un Passeur pour circuler entre les mondes.

—J'imagine qu'Il a ses raisons. Où voulez-vous en venir ?

—Je pense que tout est lié. La marque qu'Il a inscrite sur votre peau, la mort de la reine, votre retour, l'irruption d'une Passeuse... Je pense qu'Il a besoin de vous sur le trône, car Il veut rentrer en Ombre, mais quelque chose l'en empêche.

—Quelque chose ? De quoi s'agit-il ?

—Je l'ignore, je l'ignore ! s'agita Luernios. Il y a tant de choses que j'ignore ! Je me contente de lire les signes... Vous êtes une clé pour son retour. Et Énora, la jeune Passeuse, en est une autre. Mais Aa et Izil œuvrent contre vous.

Ravenn s'adossa au mur, dévisageant le prêtre.

—Énora. Vous parlez d'elle comme si... vous la connaissiez.

Il soupira.

—C'est le cas. Et, à vrai dire, c'est là le but de ma visite. J'abritais Énora à la chapelle du Fou. Hier, un homme est venu, qui la cherchait – du moins j'ai cru qu'il s'agissait d'un homme avant de me rendre compte de mon erreur. C'était Aa, il portait la robe d'un prêtre noir, mais c'était lui, j'en suis certain. Je n'ai rien pu faire. Le dieu de la Nuit tient la Passeuse, Élouane.

Après quelques minutes de réflexion, Ravenn s'assit en face de Luernios. Elle plongea son regard dans le sien.

—Avez-vous une idée de l'endroit où Énora est retenue ?

Il sourit.

— Peut-être bien.

La porte de l'appartement s'ouvrit à la volée, laissant apparaître Pelekaï et l'intendant Ojaedd. Ce dernier avait le visage rougi et le souffle court. Il s'arrêta net en découvrant la robe grise de Luernios.

— Pardonnez cette intrusion, ma reine, lâcha-t-il finalement, c'est une urgence.

— Que se passe-t-il, Ojaedd ?

Celui-ci baissa les yeux, partagé entre la honte et la colère. Il avait failli. Les magiciens l'avaient trompé.

— Til'Orfaël et le roi ont enlevé le petit Lïam.

La princesse se leva brusquement.

— Où ? s'enquit-elle d'une voix sourde.

— Il a été pris dans les cuisines. Ce n'est pas un magicien, ils n'ont pas pu l'amener dans le Clos. Il doit encore être au château, et les magiciens avec lui. Vous ne devriez pas y retourner cette nuit, ma reine.

Il osa un regard dans sa direction. Le visage de la princesse était de marbre, mais ses yeux bouillonnaient de fureur.

— Julian ? demanda-t-elle encore.

— Caché quelque part dans les passages secrets, je pense. Ils n'étaient pas ensemble quand Lïam s'est fait prendre.

— Peux-tu le retrouver et t'assurer qu'il demeure à l'abri ? Si possible, ramène-le ici.

— Je vais faire de mon mieux. Mais je vous en conjure, n'allez pas chercher le garçon. Vous vous précipiteriez dans un piège.

Elle ferma un bref instant ses paupières.

— Il a raison, appuya doucement le prêtre gris. Vous devez libérer les compagnons de Julian si vous voulez l'épouser. J'en suis désolé, mais le petit attendra.

— J'ai promis à son père de prendre soin de lui…, murmura-t-elle.

Le colosse aux tresses brunes prononça quelques mots dans une langue que l'intendant ne comprit pas. Élouane hocha gravement la tête.

— Trouve Julian, Ojaedd.

Il acquiesça, marcha vers la porte, s'immobilisa.

— Oh, et, ma reine…

— Oui ?

— Il serait prudent de renvoyer la peintre.

Au silence pesant dans son dos, l'intendant devina que les traits de la princesse s'étaient durcis. Il sortit sans ajouter un mot.

Fragment

Le carnet de Morgane

29 juin

Ce midi, lorsque le téléphone a sonné, Servanne s'est jetée dessus comme si sa vie en dépendait. J'avais moi-même un mauvais pressentiment depuis qu'Erwan et Énora étaient partis fêter leur bac en Corse avec des amis, je ne saurais expliquer pourquoi, il en est toujours ainsi dans cette famille : nous sommes connectés aux émotions des autres. J'ai saisi le petit écouteur supplémentaire du vieux téléphone à cadran, celui que les enfants ont toujours adoré et qui permet d'entendre les conversations sans y participer.

— Madame Metayer ? s'est enquise une voix masculine.

Le visage de ma fille s'est décomposé.

— C'est moi, a-t-elle soufflé.

L'homme au bout du fil était un médecin de l'hôpital d'Ajaccio. Il appelait pour nous prévenir qu'Énora avait eu un accident au cours d'une séance d'escalade. Son état était jugé préoccupant, elle était actuellement sur le billard d'un bloc opératoire à cause d'une plaie au niveau du ventre, et il se trouvait dans l'incapacité de nous en dire plus avant qu'elle sorte.

J'ai lu sur le visage de ma fille les mêmes réactions que celles qui me traversaient : un infime soulagement qu'il ne s'agisse pas d'Erwan, aussitôt suivi d'une vague de culpabilité pour avoir eu cette pensée. Pourquoi du soulagement ? Parce qu'Énora tient de sa mère, c'est une battante, celle pour qui on ne s'inquiète pas, celle dont on dit : « Elle s'en sortira toujours,

elle saura rebondir, quoi qu'il arrive. » Et parce que les craintes familiales ont la vie dure. Depuis dix-huit ans, c'est pour la survie d'Erwan que nous nous inquiétons en silence. La vieille malédiction pèse de tout son poids sur nos existences, déployant son voile sombre dans chacun de nos non-dits.
Quelques couleurs sont revenues aux joues de Servanne. Elle a demandé des nouvelles de son fils. Le médecin lui a soutenu qu'il se portait parfaitement bien, puis il a raccroché en promettant de la rappeler pour la tenir au courant de l'évolution de l'état de santé d'Énora.
Quatre heures ont passé sans nouvelles. Attablées dans la cuisine, Servanne et moi n'avons pas prononcé un seul mot, c'est à peine si nous avons échangé quelques regards. À un moment, sa main s'est tendue vers la mienne par-dessus la table. Je l'ai saisie, serrée, nos doigts se sont entremêlés. Cet instant m'a émue plus que je ne saurais le dire, il résumait si bien notre relation. Complices et distantes à la fois, comme nous l'étions depuis toujours. Ma trop grande fille, ma si sérieuse rebelle.
La sonnerie du téléphone a retenti dans l'entrée. Le médecin nous a annoncé qu'Énora était sortie du bloc opératoire, son état était stable, mais elle était très affaiblie. Ils la garderaient deux jours en observation à l'hôpital d'Ajaccio avant de la faire rapatrier sur le continent. Servanne a remercié l'homme, puis s'est retirée dans sa chambre.
La nuit tombe lentement de l'autre côté de la fenêtre tandis que j'écris.
Elle va bien. Énora va bien. Erwan va bien. Je me répète ces mots depuis des heures, comme un mantra pour repousser l'adversité. *Elle va bien. Ils vont bien.*
Mais pourquoi alors mon mauvais pressentiment refuse-t-il de s'estomper ?

Chapitre 16

Énora ouvrit les yeux.

Percevant une présence non loin, elle ne fit pas un geste, se bornant à observer son environnement avec discrétion. Le matelas sous son dos était dur, inconfortable, et les poutres vermoulues du plafond ne lui donnaient pas la moindre indication quant au lieu où elle se trouvait. Elle essaya de rassembler ses esprits embrumés. Elle se souvenait d'être retournée dans le tombeau des Rois-Passeurs, d'y avoir trouvé le livre de l'intendant, de l'avoir lu… Puis, alors qu'elle venait de reposer le lourd volume dans sa cachette, un coup à l'arrière de la tête l'avait projetée en avant, jetant un rideau noir sur sa conscience. C'était son dernier souvenir. Un bref coup d'œil lui apprit qu'elle portait toujours la robe grise imposée par Luernios. Sa main glissa doucement vers une poche, fouilla ses profondeurs. Le pendentif n'était plus là.

— Tu es réveillée, constata une voix masculine.

Énora tourna vivement la tête, constatant au passage qu'elle n'avait mal nulle part. Un petit homme, robe noire et crâne rasé, la fixait d'un regard si pâle qu'il en était dérangeant. Une femme en guenilles se tenait près de lui, bras croisés, l'air peu commode. Une impression de déjà-vu envahit l'esprit d'Énora. Elle fronça les sourcils, hésitante.

— Je vous connais, lança-t-elle à la femme en se redressant sur le matelas. Vous mendiez près du tombeau des Rois-Passeurs le jour de la cérémonie de l'arbre-feu. Vous m'avez demandé des sous.

— Et évidemment tu ne m'en as pas donné, grogna l'autre.

— Qui êtes-vous ? demanda Énora. Où m'avez-vous emmenée ?

La femme se redressa, visage dur, regard impitoyable. Elle semblait grandir à vue d'œil.

— Ce n'est pas à toi de poser des questions ! tonna-t-elle en levant un bras.

Énora se sentit soulevée, comme si une main invisible avait empoigné sa robe sous son menton.

— Iz ! s'exclama l'homme. Cesse.

La femme laissa retomber son bras le long du corps, et la pression sur la robe d'Énora disparut. Celle-ci se leva, recula dans l'angle d'un mur, les yeux rivés sur l'étrange couple.

— Je sais qui vous êtes, murmura-t-elle.

Des dieux. Aa et Izil.

— Qu'est-ce que vous m'avez fait ? cracha Énora.

— Petite sauvageonne, s'amusa la fausse mendiante. Ne t'inquiète pas, nous ne t'avons rien *fait*. Pas encore, du moins.

— Alors comment suis-je arrivée ici ?

— Oh, ça ! J'avoue que tu y es allé un peu fort, mon frère.

Le petit homme haussa les épaules.

— Tu ne m'aurais pas suivi de ton plein gré. Mais peu importe, tu es réveillée et tu n'as aucune séquelle.

Énora s'adossa au mur, méfiante, et garda le silence. Après tout, les dieux l'avaient enlevée, ce n'était pas à elle de faire la conversation. Au bout d'une dizaine de secondes, Aa s'éclaircit la voix et lança :

— J'imagine que le prêtre gris chez qui je t'ai trouvée t'a parlé de notre frère aîné.

Pour toute réponse, Énora lui rendit un regard parfaitement neutre.

— Il vit dans ton monde depuis plusieurs siècles. Que peux-tu nous dire sur lui ?

— Pourquoi vous parlerais-je ?

— Pourquoi pas ?

Énora fronça les sourcils, tendue. Le dieu de la Nuit tentait-il de faire de l'humour ?

— Je vois tellement de raisons que je ne sais par où commencer, répliqua-t-elle.

— Énora, son retour en Ombre pourrait avoir des conséquences désastreuses, nous devons à tout prix l'empêcher de mener son plan à bien.

— Quel plan ?

— Tu es là. Une Passeuse. Il a forcément un plan.

Énora hésita un instant. Après tout, elle se fichait de leurs histoires de dieux.

— Je ne sais rien du Gris, déclara-t-elle, je ne crois pas l'avoir déjà rencontré. Et si c'était le cas, jamais il ne se serait présenté à moi sous cette identité.

— Pourquoi ? s'étonnèrent les dieux en chœur.

Énora les dévisagea, interloquée. Leurs visages reflétaient une incompréhension sincère.

— Depuis combien de temps ne vous êtes-vous pas rendus en Rive ?

— Depuis le départ du Gris. Vers 1650, pour employer une référence qui te parle. Pourquoi ?

Énora haussa un sourcil.

— Ici, il semble peut-être naturel que des dieux en chair et en os aillent et viennent parmi les hommes, mais dans mon monde, se présenter sous l'identité d'un dieu, c'est la promesse d'un aller simple pour l'asile !

— Le Gris possède le pouvoir de prouver ses dires…

— J'en aurais entendu parler. Croyez-moi, si votre frère est en Rive, il a choisi l'anonymat. Combien de temps suis-je restée inconsciente ?

— Trente-six heures et vingt-trois minutes, répondit Izil.

— C'est… précis. Vous auriez pu me réveiller plus tôt.

— La guérison est le domaine du Gris, pas le nôtre.

Énora ne fit pas de commentaire. Trente-six heures. Après un rapide calcul, elle estima que ce devait être la fin de la nuit au-dehors, mais en l'absence de fenêtre, elle ne put confirmer son hypothèse. De l'autre côté de la petite pièce, les immortels discutaient à mi-voix.

Énora tendit l'oreille.

— S'Il n'a pas suivi la gamine ici, réfléchissait Izil, c'est que la barrière l'empêche autant de rentrer seul que de retraverser grâce à un Passeur.

Aa jeta un coup d'œil à la jeune femme qui faisait mine de ne pas s'intéresser à eux. Jugeant plus prudent qu'elle n'entende pas leur conversation, il prit la main de sa sœur.

— *Je ne pense pas qu'elle puisse nous apprendre quoi que ce soit à propos de Lui*, affirma-t-il mentalement.

— *Rien que nous ne sachions déjà, non. Si notre cher frère veut revenir, il doit briser la barrière, c'est forcément l'objectif de son plan.*

— *Seulement, cette barrière que nous avons mise en place, nous ignorons de quelle manière elle peut être détruite.*

Izil sourit.

— *En attendant de résoudre cette énigme, utilisons Ses propres armes pour solutionner notre deuxième problème.*

— *La princesse ?*

— *La princesse. Elle est là à cause de Lui, je sens Son influence dès qu'elle paraît.*

Aa acquiesça.

— *Confions la Passeuse à nos prêtres et laissons-les se charger d'éliminer Élouane.*

Il se tourna vers Énora.

— Approche.

— Je ne suis pas à vos ordres, rétorqua-t-elle.

Aa sourit.

— C'est là que tu te trompes, jeune mortelle.

Les dieux rétablirent leurs auras naturelles. L'énergie qui remplit soudain la pièce était si palpable que la peau d'Énora se hérissa. Aa tendit la main vers elle. Lentement, la jeune femme détailla le long manteau de brume du dieu de la Nuit, puis elle tourna la tête vers Izil, mais la lumière vive qui s'écoulait des yeux de la déesse était insoutenable. Comme hypnotisée, Énora marcha vers eux, saisit la main tendue du dieu, la serra de toutes ses forces.

Un instant plus tard, la pièce était vide.

Julian porta le goulot à ses lèvres. Ce satané gamin n'était pas revenu. Heureusement, au bout d'une bonne heure passée à fureter dans les passages secrets du château, il avait déniché une réserve d'alcool dans une armoire. C'était de la piquette imbuvable qui tournait au vinaigre. Après deux bouteilles, il l'avait trouvée honnête. Après trois, parfaite. Même le mur dans son dos lui semblait moelleux.

Soudain, un spasme contracta ses entrailles. Il vomit.

— Vous êtes là, lança une voix.

Julian releva la tête et s'essuya la bouche du revers de la manche. Un petit homme aux lunettes en demi-lune le contemplait d'un air réprobateur.

— Je suis là, répondit-il en écartant théâtralement les bras. Et vous êtes ?

— Je dois vous ramener à la princesse Élouane.

— Ah ! Ma femme et patronne !

Une deuxième fois, il sentit monter une puissante nausée.

— Un instant, s'excusa-t-il.

Il se pencha sur le côté pour se vider. Puis il appuya sa tête contre le mur, et ses yeux se fermèrent irrésistiblement.

— Debout, ordonna le petit homme en lui tendant un mouchoir.

— Demain, grogna Julian.

L'homme s'approcha. Sa main gifla la joue de Julian dans un claquement sonore.

— Lïam a été enlevé, dit-il, probablement à cause de vous. Maintenant, si vous tenez à vos amis, jeune homme, vous devriez me suivre.

Julian le dévisagea un instant, sa culpabilité familière se propageant jusqu'aux recoins obscurs de sa conscience.

— Je ne pense pas être en état de marcher.

— Ôtez votre chemise souillée.

Il obtempéra. L'homme lui tendit la main, l'aida à se relever, passa un bras sous son aisselle.

— Une chance qu'un Gris se trouve avec Élouane, grommela-t-il en se mettant en route.

Concentré sur ses pieds, Julian ne demanda pas ce qu'il entendait par là.

Énora secoua la tête pour faire passer la sensation cotonneuse. Cette manie qu'avaient les dieux de la mettre KO sans lui demander son avis commençait à l'agacer. Elle remarqua au-dessus d'elle des branches flamboyantes et, tout autour, des prêtres d'Aa et d'Izil. Puis elle prit conscience qu'elle était incapable de bouger.

— Vous l'avez cueillie dans cet état ? demanda la grande prêtresse d'Izil.

— Oui, attachée au tronc de l'arbre-feu, souffla une jeune robe blanche visiblement impressionnée.

— Avez-vous zyeuté celui qui l'a placée là ?

— Non, elle est apparue tout à coup.

La grande prêtresse fit un pas vers Énora qui lui renvoya un regard noir. Quel tour les dieux lui avaient-ils joué ? L'aube se levait à peine sur l'immense place déserte envahie d'épaisses nappes de brume. Aa et Izil savaient sûrement que les prêtres la trouveraient avant que les pèlerins convergent vers les temples. Ils l'avaient attachée là dans ce but précis. Énora balaya les environs du regard. Elle sursauta en devinant une silhouette familière au loin. Luernios. Le prêtre gris se tenait à l'entrée de la ruelle qui menait à la chapelle du Fou.

— Nous te quêtons depuis des jours, jeune fille, lança la grande prêtresse d'Izil. Où te camouflais-tu ?

Énora lui opposa un silence buté.

— Dirigez-la au temple, décida la robe blanche avant de tourner les talons.

Libérée de ses entraves, Énora fut entraînée vers l'imposant bâtiment. Un frisson désagréable remonta le long de son dos. Lors de sa dernière visite en ces lieux, elle avait été séparée de Julian et de Charly. La lumière laiteuse du temple d'Izil ne lui inspirait aucune confiance.

Avant de passer sous la grande porte, elle jeta un coup d'œil en direction de la ruelle. Plus personne. Avait-elle imaginé la présence de Luernios ? Soudain, on lui jeta un sac en tissu opaque sur la tête.

— Nous allons débouler un escalier, la prévint l'homme qui tenait son bras.

Il la guida pendant plusieurs minutes. Lorsqu'il retira le sac, Énora se trouvait dans une pièce aveugle aux basses arcades de pierre. La grande prêtresse d'Izil était là, en compagnie d'un barbu en robe noire. Ils parlaient sans se soucier de sa présence.

— Te ressouviens-tu de ce qu'a claironné Aa lorsqu'il nous est apparu dans l'auditorium ? disait l'homme. « Ses pouvoirs vous seront utiles pour garder les rênes du royaume. » L'un de mes prêtres m'a aidé à percer ce qu'il entendait par là.

— Laissez-moi deviner, railla Énora. Petit, chauve, d'étranges yeux pâles ?

Le grand prêtre d'Aa se tourna vers elle, étonné.

— Tu le connais ?

Dévoiler que le dieu lui-même se cachait sous l'identité du prêtre itinérant donnerait plus de poids encore à ses conseils. Énora haussa prudemment les épaules.

— Tangor, qu'as-tu interprété ? le pressa la robe blanche.

— Nous ne conserverons les rênes du pouvoir qu'en évinçant la princesse aînée. Son père a échoué à l'assassiner, les magiciens ne semblent pas plus percutants. Mais nous possédons l'arme parfaite, indétectable. Une Passeuse. Capable de nous transférer dans l'autre monde pour tuer le Noir Portrait d'Élouane.

Énora se fichait du sort de la princesse, mais ce que suggérait le grand prêtre, au contraire, explosa dans son esprit comme une véritable révélation. Elle était une arme. Elle n'avait encore jamais vu son pouvoir sous ce jour. Et si elle était une arme, elle pouvait s'en servir pour accomplir sa vengeance, traquer les membres de l'Ordre un par un, ici même, en éliminant leurs Noirs Portraits. Il suffisait de les identifier. Le fait d'être dans les petits papiers des grands prêtres pouvait peut-être servir, aussi décida-t-elle de les aider en ouvrant ce passage pour eux.

— Comment saurez-vous qui est le Noir Portrait de la princesse, lorsque vous serez de l'autre côté ? s'inquiéta-t-elle.

— Ne te morfonds pas pour ça.

Énora se remémora ce qu'elle avait lu. Les Noirs Portraits étaient nés le même jour et étaient attirés par la même zone géographique. Les « funérailles » de la princesse Élouane s'étaient tenues neuf ans plus tôt, alors qu'elle était âgée de dix-sept ans, ce qui lui en faisait à présent vingt-six. Durant cette période, elle était restée en exil, à l'autre bout du monde, selon ce qu'Énora avait entendu sur la place des Dieux pendant la cérémonie de l'arbre-feu.

Vingt-six ans, neuf ans d'absence, retour récent.

Énora se figea. Elle savait qui était le Noir Portrait de la princesse.

Axel.

Son voisin.

Le garçon dont elle était amoureuse gamine, qui avait tout plaqué à dix-sept ans, sitôt son bac en poche, pour voyager en Amérique du Sud. Et qui était revenu, neuf ans plus tard, au pire des moments.

Les souvenirs du massacre de sa famille affluèrent en une vague irrépressible. L'air se fit aussi lourd et dense que du ciment au fond de ses poumons. Elle enfouit les mains dans ses poches pour dissimuler leur tremblement, ferma un instant les yeux, releva la tête.

Non, elle n'ouvrirait pas ce passage pour les prêtres.

Elle ne permettrait pas que cette princesse meure.

Ils peuvent aller se faire foutre.

Un coup résonna à la porte.

— Entrez.

— Il y aura une proclamation officielle ce midi sur la place, leur annonça un prêtre blanc. Un crieur vient de le braire.

— Merci, Kanog, le congédia la grande prêtresse, avant de se tourner vers son collègue en robe noire. Nous devons agir sans différer. Allons.

— Non, lâcha Énora à mi-voix.

— Pardon ?

— Non. Je n'ouvrirai pas de passage.

— Nous n'avons pas de marge pour ce genre de rébellion, jeune fille, s'agaça le grand prêtre d'Aa.

— C'est vrai, sourit la grande prêtresse. Pourtant, j'espérais presque sa résistance. Il est plus attrayant de faire batailler les gens contre leur gré, surtout lorsque nous recélons un tel avantage…

Énora fronça les sourcils.

—Quel avantage ?

—Ton ami est tout près d'ici, tu sais…

Le cœur d'Énora bondit dans sa poitrine.

—Charly ? Où est-il ? Je veux le voir !

—Oh, mais tu vas le zyeuter, ma chère ! Et si tu rebutes à m'obéir, tu le verras même mourir.

Elle ouvrit la porte. Un garde entra, replaça le sac sur le visage d'Énora, lui saisit le bras pour l'entraîner hors de la pièce. Elle se laissa faire, pressée d'obtenir des nouvelles de Charly.

Elle revit la lumière quelques minutes plus tard. La salle aux arcades voûtées était semblable à celle qu'elle venait de quitter, à l'exception d'une table imposante chargée d'outils métalliques, et d'un trépied. Elle s'interrogeait sur son usage lorsqu'un gémissement attira son attention. Deux silhouettes se tenaient dans un recoin obscur. S'approchant, Énora reconnut la jeune prêtresse Iouna recroquevillée sur elle-même, ses longs cheveux blonds en désordre, les yeux mobiles d'un animal apeuré. Et à côté d'elle…

—Charly !

Elle le rejoignit en quelques pas, s'accroupit. Le jeune homme était salement amoché. Une galaxie d'hématomes colorait sa peau, et son torse zébré de plaies purulentes se soulevait avec un sifflement inquiétant. Quant à son visage…

—Merde… Qu'est-ce qu'ils t'ont fait… ?

Il cligna péniblement ses paupières tuméfiées.

—Je n'ai jamais été très porté sur la religion, articula-t-il d'une voix rauque.

Elle se força à sourire. Même dans cet état, Charly faisait encore de l'humour.

—Ils voulaient savoir qui tu étais et où te trouver, intervint Iouna. Je ne savais pas que Charly était retenu ici, mais ils m'ont hélée, ils m'ont demandé de le toucher et…

La voix de la jeune fille s'étrangla. Bien qu'il soit défiguré, Énora remarqua le nuage qui envahit le visage de Charly.

—Je… j'ai parlé, articula-t-il, honteux. Je ne pouvais pas la tuer, pas Iouna…

Les yeux d'Énora se voilèrent d'émotion. Elle refoula les larmes qui menaçaient de déborder.

—Tu aurais dû parler beaucoup plus tôt.

— Julian ? demanda-t-il après quelques secondes de silence.

— Aucune nouvelle.

Le cœur d'Énora se serra. Ces derniers mois, au cours de sa vie d'étudiante parisienne qui avait déjà pris dans son esprit la consistance vaporeuse des souvenirs lointains, elle avait éconduit tous les garçons qui lui montraient de l'intérêt. Elle ne savait pas exactement pourquoi, juste une envie persistante de solitude, le besoin d'expérimenter un état qu'elle n'avait pas connu depuis l'âge de quinze ans : ne pas être en couple. Se retrouver. Se recentrer. Chercher son chemin pour elle-même et non en fonction d'une relation potentiellement éphémère.

Et puis, à l'approche de ses vingt ans, elle s'était sentie de nouveau prête à accueillir quelqu'un dans sa vie. Le retour d'Axel le jour de son anniversaire lui avait semblé guidé par le destin, le timing était si parfait… Mais cette vie qu'elle s'était construite pour elle-même, ces projets qu'elle avait rêvé de mener à bien, tout cela était mort, explosé en milliers de gouttelettes écarlates.

Là, au milieu de ce carnage auquel elle ne pouvait donner de sens, Julian était apparu.

Dans son regard tourmenté, elle avait trouvé le miroir dont elle avait besoin pour se relever. Elle avait trouvé la douleur. Elle avait trouvé la colère. Et elle l'avait embrassé avec le même abandon qu'au moment où elle s'était donnée à lui. Si aujourd'hui Énora n'était pas prête à s'engager dans une véritable relation, Julian était le premier amant dont elle se soit sentie proche depuis longtemps. Ne plus l'avoir à ses côtés lui pesait. Ne pas savoir ce qu'il devenait la rongeait.

Énora se releva, fit face aux grands prêtres, un orage au fond des yeux. Ils avaient torturé l'être le plus inoffensif, le plus solaire qu'elle connaisse et, à présent, ils menaçaient de recommencer. Charly ne tiendrait pas longtemps, amoché comme il l'était. Écartelée entre cette idée et celle de permettre la mort d'Axel en ouvrant le passage pour les prêtres, Énora se tint immobile, tremblante d'une rage glaciale. Elle évalua silencieusement chaque facette des options qui s'offraient à elle. Puis elle prit sa décision.

— Dieu Gris, murmura-t-elle, dents serrées, tu as intérêt à être au taquet, mon vieux. Et toi aussi, Luernios.

— Que jases-tu ? s'enquit la grande prêtresse.

— Je disais que pour un serviteur d'Aa, dont l'une des attributions principales est la paix, lança-t-elle d'un ton acerbe, le grand prêtre semble étrangement enclin à la violence.

— La paix est affaire de compromis, répondit celui-ci avec un sourire très doux. Elle édicte des sacrifices.

— Mais bien sûr.

Ils s'affrontèrent un instant du regard, vert tempête sur noir abysses. Puis Énora tourna la tête vers la grande prêtresse d'Izil et déclara :

— Je vais vous ouvrir un passage. Mais je veux qu'Iouna et Charly soient présents.

Dissimulé dans les limbes, Hank soupira. Il avait dû utiliser un peu de ses pouvoirs pour dissiper la méfiance et le scepticisme d'Axel, si bien que son énergie se raréfiait dangereusement. S'il ne retournait pas très vite dans son monde d'origine, il allait disparaître pour de bon.

Que se passerait-il alors ?

Aa et Izil hériteraient de sa charge en plus des leurs.

Ils obtiendraient le pouvoir de vie et de mort, et, les connaissant, ils en feraient usage plus que de raison. Hank se contentait depuis des milliers d'années de collecter les âmes et de les disperser. Eux joueraient, comme les enfants tout-puissants et cruels qu'ils n'avaient jamais cessé d'être. Les mondes des mortels sombreraient dans le chaos.

Il suivit Énora, Charly et les prêtres jusqu'au rez-de-chaussée, dans une petite loge qui bordait la nef du temple d'Izil. Les prêtresses se servaient de cette pièce encombrée d'objets de rituels pour préparer les cultes et célébrations. Une porte donnait sur un jardin protégé des regards. Constatant qu'Énora se mettait immédiatement à l'ouvrage pour ouvrir un passage, Hank quitta les limbes, réintégra la réalité de Rive – un parc au cœur de la ville – et sortit son téléphone portable. Puisqu'il n'avait plus d'énergie, autant utiliser celle des autres.

— La Passeuse va réapparaître d'ici quelques minutes. Je vous envoie les coordonnées de la faille.

À l'autre bout du fil, l'homme raccrocha sans avoir prononcé un mot. Cela n'inquiéta pas Hank. Lui et les siens viendraient, comme ils avaient accouru une dizaine de jours plus tôt, lorsqu'il leur avait appris qu'Énora se trouvait chez lui avec Julian et Charly, provoquant leur passage en Ombre.

Quelques minutes plus tard, les Jeep noires apparurent à l'entrée du parc.

Hank s'éclipsa.

Fragment

Grand prêtre d'Aa, grande prêtresse d'Izil, Mage Supérieur du Clos,

Le roi Degan vous informe que la princesse Élouane, héritière du royaume d'Ombre, épousera le magicien Julian à l'issue de la quinzaine prénuptiale rituelle. Leur mariage sera annoncé ce jour à midi sur la place des Dieux, après la déclaration du décès de la reine. Votre présence est requise immédiatement.

Ojaedd, intendant du royaume, sur ordre du roi Degan.

Chapitre 17

Énora creusait.

Ses mains s'enfonçaient dans la terre meuble du jardin qu'elle rejetait de côté, poignée après poignée. Elle sentit sous ses doigts la résistance à présent familière de la membrane d'énergie qu'elle devait percer pour atteindre l'autre monde. Son monde. Pourtant, elle continuait à remuer la terre sans pouvoir se résoudre à traverser. Elle jeta un coup d'œil aux gardes royaux en livrée rouge, dont la mission était de trouver le Noir Portrait de la princesse et de le tuer. Une mission dont ils n'étaient pas censés revenir. L'adrénaline fusait dans les veines d'Énora. Et si personne n'attendait de l'autre côté ? Et si, une fois le passage ouvert, rien ne se dressait entre les soldats et Axel ? Son choix d'ouvrir cette faille était un pari risqué…

Alors qu'elle se décidait à rompre la mince frontière séparant Ombre et Rive, des éclats de voix parvinrent de la petite loge qu'ils avaient empruntée pour sortir dans le jardin. La grande prêtresse d'Izil se précipita à l'intérieur. Énora tenta de saisir la nature de l'altercation, en vain.

— Creuse, lui intima le grand prêtre d'Aa.

Elle ravala la remarque acerbe qui montait à ses lèvres et se remit à l'ouvrage, en apparence du moins, se gardant bien d'ouvrir le passage tant qu'elle ignorait ce qui se passait.

À quelques mètres de là, Charly gémit. Son état paraissait plus lamentable encore sous la lumière crue du jour. Une pellicule de sueur malsaine recouvrait sa peau, et ses yeux luisaient de fièvre. Énora ne savait pas exactement pourquoi elle avait exigé la présence de Charly et d'Iouna. Peut-être l'espoir un peu fou de traverser avec eux et de pouvoir soigner le garçon, ou simplement la crainte de ne jamais les retrouver si elle les abandonnait derrière elle – les prêtres ayant obtenu ce qu'ils désiraient de Charly, il ne leur était plus d'aucune utilité.

— Sauf votre respect, madame, explosa une voix d'homme, je suis sous serment, il m'est impérativé de remettre la missive en main propre. Grand prêtre Tangor !

Un inconnu apparut dans l'encadrement de la porte, croisa le regard d'Énora, fut brutalement repoussé hors de sa vue. Lui aussi portait la livrée rouge du château, mais un éclat dans son regard alerta la jeune femme. *Ami*, décida-t-elle immédiatement, écoutant son instinct. Elle suivit des yeux le grand prêtre d'Aa qui marchait à son tour vers la loge.

— Je suis là, annonça-t-il en disparaissant à l'intérieur.

Un instant plus tard, les deux dirigeants des clergés revenaient dans le jardin, chacun tenant une lettre au sceau identique. Énora se leva, épousseta ses mains sur la tunique qu'elle avait demandée pour remplacer la robe grise prêtée par Luernios.

— Que se passe-t-il ? demanda-t-elle.

— Rien qui te vise, riposta le grand prêtre d'Aa.

— Au contraire, sourit sa collègue en robe blanche.

Elle leva les yeux de sa lecture. Une lueur moqueuse y dansait.

— Julian, continua-t-elle, c'est bien votre ami ? La princesse Élouane claironnera ce midi leur mariage.

Énora se figea.

— Elle épouse Julian ? s'écria-t-elle, incrédule.

— Il semblerait bien. Maligne petite peste ! Elle a déniché le seul magicien qui ne complotera pas à infléchir sa politique…

Les poings terreux d'Énora se contractèrent malgré elle. Cette princesse commençait sérieusement à la chauffer. Neuf ans plus tôt, en fuyant le royaume, Élouane avait attiré son Noir Portrait à l'autre bout du monde, éloignant ainsi Axel d'Énora. Et voilà qu'aujourd'hui elle lui prenait Julian ?

D'un seul mouvement fluide et rageur, Énora s'accroupit, plongea la main dans la terre, déchira la membrane entre les mondes. Le sol s'effondra devant elle en un large trou.

Aussitôt, elle bondit en arrière. Des silhouettes masquées apparurent de l'autre côté – des membres de l'Ordre, reconnut-elle.

— Allez ! ordonna la grande prêtresse d'Izil aux gardes royaux.

Les dix hommes sautèrent dans l'ouverture, épée au clair. Une bataille s'engagea, qu'Énora, en retrait, ne pouvait que partiellement appréhender. Elle respira. Le dieu Gris avait entendu son appel, il protégeait Axel.

Bientôt, un garde fut renvoyé dans le jardin du temple, la gorge tranchée. Deux autres, bien vivants, suivirent. L'un haleta :

— Ils sont trop nombreux !

La grande prêtresse se tourna vers Énora, saisit son bras, l'entraîna d'une poigne de fer sur une dizaine de mètres.

— Déclos un deuxième passage, ordonna-t-elle.

Énora haussa les épaules. Une deuxième faille ne changerait rien, les gardes élimineraient peut-être un ou deux adversaires en les prenant à revers, mais l'issue de la bataille serait identique. Elle creusa.

Soudain, alors qu'un nouveau cadavre en livrée rouge atterrissait dans le jardin, un remue-ménage se fit entendre dans la petite loge du temple. La grande prêtresse d'Izil y avait placé des gardes afin de ne pas être dérangée ; pourtant, la première personne qui surgit par la porte n'endossait aucun uniforme. Énora se redressa d'un bond.

— Julian…

Luernios, la princesse Élouane et une poignée de guerriers sans couleur apparurent à sa suite. Énora esquiva la grande prêtresse, courut vers la faille béante, la referma d'un jet de terre. Puis elle attrapa la main d'Iouna et tira la jeune robe blanche médusée vers la sortie.

— Princesse ! cria la grande prêtresse d'Izil. Vous n'avez aucun droit en ces lieux !

Élouane marcha vers la prêtresse. Si elle mesurait une tête de moins, son assurance royale et sa démarche de louve lui conféraient un ascendant évident.

— J'ai le droit de défendre ma vie, dit-elle simplement.

Puis elle tourna les talons.

Déjà, malgré les cris de protestation, Julian passait un bras sous l'épaule de son frère. Un géant à la peau cuivrée se plaça de l'autre côté de Charly pour le soutenir et, ensemble, ils fuirent le jardin.

Charly flottait.

Il marchait sans que ses pieds touchent le sol, se laissant ballotter comme un tronc au milieu d'un torrent. La douleur vive qui aiguillonnait chaque parcelle de son corps était toujours présente, mais son esprit dérivait, incapable de s'accrocher à la réalité. Bruyant, ce monde était trop bruyant. Des voix partout, des hurlements, des impacts métalliques… Le moindre son explosait dans sa tête, étoilant les vitres de sa raison. Incapable de rester droite, sa nuque roula sur le côté. Le visage de son frère apparut dans son champ de vision. Il parlait. Ses lèvres bougeaient, mais sa voix n'était que bouillie de mots dénuée de sens. Épuisé, Charly cessa d'essayer de comprendre. Il cessa de se battre contre l'ennemi invisible incrusté dans sa chair et plongea au fond de lui-même, là où la douleur ne pouvait plus l'atteindre.

Comme un pied de nez au destin, Charly sourit.

Puis sombra.

—Charly ! Reste avec moi !

Sans cesser de monter les marches vers la galerie, Julian secoua son frère.

—Il s'est évanoui, intervint Luernios. Je m'occuperai de lui, mais, pour l'heure, c'est préférable ainsi.

Cette intervention rassura légèrement Julian. Cette nuit, le prêtre gris avait réussi à le dégriser en moins d'une heure, rien qu'en posant ses mains à différents points de son corps. Il savait de quoi il parlait.

Avec une délicatesse étonnante, Pelekaï libéra Julian en assumant complètement la charge de Charly.

—Te débrouiller pour mettre vite lui et nous en abri, baragouina le géant en agitant ses tresses brunes.

Julian acquiesça gravement, craignant que l'état de Charly n'empire. Il n'avait que lui, plus que lui, son grand petit frère au sourire de lumière. L'écho de la mort de leur père résonna en Julian, accompagné d'un épais bagage de culpabilité. Il n'était pas là lorsque les membres de l'Ordre étaient venus tuer leur ancien compagnon, alors qu'il l'aurait dû, il avait promis de ne pas sortir. Et lorsque Julian était rentré à l'hôtel où ils logeaient, il était déjà trop tard. Il ne pouvait pas revivre cela, pas encore, pas d'une manière aussi comparable... S'il n'avait pas été assez rapide à secourir Charly à cause de sa nuit alcoolisée, il ne se le pardonnerait jamais. Comment le pourrait-il ?

De nombreux pèlerins se pressaient dans la nef, mais la galerie à l'étage était déserte. Le petit groupe s'y glissa, la princesse en tête, filant vers un escalier en colimaçon qui s'élevait dans la haute tour du temple.

La veille, Julian s'était aperçu en suivant les magiciens jusqu'au château qu'Astria présentait un véritable réseau de passerelles aériennes, accessibles seulement à quelques rares privilégiés, et qui leur permettaient de se rendre d'un point à un autre de la ville en évitant le système complexe des portes et des murs séparant les différents quartiers. La voie des airs. Celle par laquelle ils avaient rejoint le temple d'Izil et qu'ils comptaient emprunter pour rentrer au château.

Julian jeta un coup d'œil en arrière en s'engageant sur les premières marches et croisa le regard d'Énora. Des flèches de rancœur le traversèrent de part en part. Il ne se demanda pas ce qui motivait la colère de la jeune femme – de toute manière, il l'avait probablement méritée. Comme toujours. Il ne savait pas être clair avec les filles, la simplicité relationnelle lui était aussi étrangère que la paix intérieure, et il se retrouvait chaque fois dans des situations tordues. *Question de contexte*, se justifiait-il. Julian menait une vie de fuite et de mouvement perpétuel, où l'engagement n'était pas envisageable, alors il acceptait les corps qui s'offraient à lui et s'arrangeait avec les conséquences, prenant le large au premier coup de vent. Mais au fond, il savait que le contexte n'avait rien à voir là-dedans. C'était lui qui, dans son incapacité pathologique à communiquer, créait les circonstances de ce chaos affectif.

Au sommet de l'escalier en colimaçon, une arche de pierres blanches sculptées s'ouvrait sur le ciel. Le promontoire vers la passerelle, désert à l'aller, grouillait d'une vingtaine de gardes. Julian s'apprêtait à se lancer à l'assaut, ravi de se trouver une occasion pour cesser de réfléchir, mais la princesse Élouane l'arrêta d'un geste. Elle s'avança vers les gardes royaux. Ceux-ci, hésitants, s'entre-regardèrent.

— Ce midi, lança-t-elle, le roi et moi-même claironnerons mon mariage et mon couronnement prochain. Bien sûr, il se peut que je périsse avant de m'enchâsser sur le trône. Mais je suis une combattante, je l'ai prouvé. Je ferai *tout* pour survivre. Et croyez-moi, lorsque je serai reine, je retrouverai et j'évincerai chacun de ceux qui m'auront mis des bâtons dans les roues. Êtes-vous prêts à embrasser ce risque ? À sacrifier votre vie pour un roi sur le déclin et des prêtres à la disgrâce imminente ?

La princesse leur accorda quelques secondes de réflexion puis, comme ils ne bougeaient pas, elle marcha vers la fine passerelle. Tous s'écartèrent sur son passage. Julian et les autres s'engouffrèrent dans son sillage.

Ravenn poussa la porte de son bureau, s'écartant pour laisser entrer les autres. Se retournant à demi devant sa fresque, Jana lui jeta un regard impénétrable.

— Ils ont enlevé Lïam, lui annonça Ravenn.

La peintre fronça les sourcils.

— J'en suis désolée.

— Vraiment ?

Jana haussa une épaule, un demi-sourire étirant ses lèvres.

— Tu es vivante. De cela je suis heureuse.

La princesse referma la porte avec humeur.

— Déployez-le ici, ordonna le prêtre gris.

Pelekaï déposa avec précaution le corps inconscient de Charly sur la couche de la princesse. Le discours menaçant de celle-ci avait été efficace, chaque garde rencontré durant leur retour au château avait préféré s'écarter plutôt que de risquer son courroux, et la petite troupe avait rapidement rejoint le bureau d'Élouane.

— Vous allez pouvoir le soigner ? demanda Énora.

— Je l'ignore.

Elle déglutit.

— Faites de votre mieux. D'accord ?

Sans répondre, Luernios balaya la pièce du regard. Elle était bondée. Julian et Énora veillaient Charly, chacun d'un côté de la couche, prenant bien soin de ne pas se croiser du regard. La jeune prêtresse, Iouna, n'osait pas approcher, tant la tension était palpable entre ces deux-là. Le grand sauvage montait la garde devant la porte tandis qu'une peintre aux longs cheveux châtains travaillait sur un mur écarlate. Les huit hommes – probablement des soldats du royaume loyaux à la princesse Élouane – qui avaient accompagné l'expédition semblaient tous perdus dans leurs pensées. Luernios rencontra le regard de la princesse, adossée près de la fenêtre.

— Vous allez me seconder, lui dit-il. Vous aussi, jeune fille, ajouta-t-il en se tournant vers la prêtresse d'Izil.

— Moi ? Mais je ne peux pas le toucher…

— Je sais. Viens. Et vous deux, siffla-t-il à Julian et à Énora, de l'air ! Si vous tenez à ce garçon, laissez-nous œuvrer.

Ils s'éloignèrent sans protester. Luernios saisit un coussin, s'agenouilla dessus.

— Princesse, une lame.

Elle lui tendit une courte dague au fil arrondi. La poignée, recouverte de cuir de dragon assoupli par les années, tenait bien en main.

— Parfait. Iouna, trouve-moi de l'eau chaude et du linge propre.

Sans attendre, Luernios découpa le pantalon de Charly. Il décolla avec précaution le tissu des plaies purulentes, puis observa attentivement chaque blessure. Certaines devraient être rouvertes et vidées. Le prêtre soupira. Assainir la peau de Charly lui prendrait plusieurs heures. Ensuite, viendrait un autre type de soin. Celui propre aux serviteurs du Gris, dieu de la Vie et de la Mort, aussi connu comme le Guérisseur.

Iouna revint avec un seau au bout de chaque bras, l'un d'eau chaude, l'autre d'eau froide. Luernios posa un tissu humide sur le front brûlant de Charly, puis se mit à l'ouvrage.

Une demi-heure plus tard, Ojaedd pénétra dans le bureau et se glissa à côté de la princesse pour lui murmurer quelques mots à l'oreille.

— Je dois m'absenter un moment, annonça celle-ci. Ça ira ?

Luernios marmonna un assentiment.

— Je peux la remplacer si vous m'y autorisez.

Le prêtre interrompit sa tâche, leva les yeux, découvrit un regard d'automne émaillé d'or qui semblait l'englober tout entier. La peintre. Celle devant qui, à la demande de la princesse, ils ne devaient pas dévoiler leurs plans. Luernios n'avait pas fait attention à elle jusqu'ici, accaparé par Charly, mais il perçut à cet instant la vibration familière qui émanait d'elle, et il sut que cette femme recélait bien plus que ce qu'elle laissait voir. Elle n'avait d'ailleurs sûrement pas conscience de ses capacités. Une telle aide serait la bienvenue.

— Avec plaisir, accepta-t-il en ignorant le regard noir que lui jetait Élouane. Il suffit de me donner la dague lorsque j'en ai besoin et de…

— J'ai vu, l'interrompit-elle en essorant une bande de tissu avant de la lui tendre. Je m'appelle Jana.

Luernios approuva d'un bref hochement de tête tandis que la princesse s'éclipsait.

Ravenn suivit Ojaedd dans un étroit couloir de l'aile nord.

Elle ne se rendait presque jamais dans cette section du château, où résidaient les domestiques.

— Tu es sûr qu'ils sont là ? s'étonna-t-elle.

— Certain.

Le petit homme écarta une tenture, dévoilant une porte dérobée. La princesse s'y glissa. Ils progressèrent en silence dans l'épaisseur du mur.

— C'est ici, annonça Ojaedd dans un souffle en désignant la bouche d'un tube métallique, à hauteur de taille.

— Impossible de voir à l'intérieur ?

— Non, une tenture recouvre la fissure du mur.

Elle s'accroupit, posa son oreille à l'extrémité du tuyau. Aussitôt, des voix familières lui parvinrent.

— Laissez-moi récapituler, lança le roi Degan. Non seulement Élouane n'est pas venue chercher le mioche comme tu me l'avais promis, Orfaël, mais elle vient en plus de récupérer la Passeuse ? Vous avez tous voulu agir dans votre coin, voilà le résultat. La situation devient hors de contrôle !

— Vous pouvez parler, Degan, rétorqua le grand prêtre d'Aa. Vous auriez dû éliminer Élouane depuis longtemps. Au lieu de quoi elle a gagné l'affection du peuple et mis sa sœur dans sa poche, si l'on en croit les rumeurs.

— Aenor ne représentera jamais un problème. Quant à Élouane... elle est de mon sang. La survie est l'un de ses talents. Mais elle possède au château des appuis qui m'échappent. Puis-je vous faire confiance ?

— Degan ! s'indigna le Mage Supérieur du Clos.

Un silence pesant lui répondit.

— Que chacun d'entre vous me jure sa loyauté.

— Tu l'as depuis plus de vingt ans.

— Jure !

— Degan, consentit Orfaël sans hésiter, je jure de t'être fidèle dans les actes comme dans les pensées.

— Tous, jurez !

Le prêtre et la prêtresse s'exécutèrent à contrecœur.

Le roi se radoucit. Il soupira.

— Nous avons commis des erreurs. À présent, nous devons coordonner nos efforts pour éviter d'en faire de nouvelles.

— Laissons-les annoncer le mariage ce midi, proposa la grande prêtresse d'Izil. Dès que ce sera officiel, ils seront liés par la couronne. Si l'un meurt, l'autre doit renoncer au pouvoir. Dans les chambres prénuptiales, ils seront vulnérables, c'est là que nous frapperons, et en force cette fois.

— Notre responsabilité sera évidente aux yeux du peuple, remarqua Til'Orfaël.

— Elle l'aurait été de toute manière.

— Que faisons-nous du garçon ?

— Si elle ne vient pas le secourir avant d'entrer dans la suite prénuptiale, nous le tuerons.

Au bout du tuyau, Ravenn les écouta encore quelques minutes discuter des modalités de sa mort avant de se redresser. Pas étonnant que son père ait choisi un coin du château désert dans la journée pour tenir cette réunion, il préférait être aussi discret que possible.

— S'il se dit autre chose d'important, tu sais où me trouver, chuchota-t-elle.

Ojaedd acquiesça. Ravenn tourna les talons pour rejoindre son bureau. Il lui restait une petite heure pour préparer son discours. Cela suffirait, elle n'avait pas l'intention de monopoliser la parole très longtemps. L'annonce de son mariage serait brève.

Et mémorable.

Énora se laissa glisser dos au mur.

Luernios, Iouna et Jana soignaient Charly sans relâche autour de la couche sur laquelle reposait son corps inconscient. Énora avait d'abord été surprise de reconnaître la peintre croisée sur la place des Dieux le jour de la cérémonie de l'arbre-feu, mais ses pensées s'étaient rapidement détachées de cette coïncidence pour dériver sur des eaux plus troublées. Même sa colère contre Julian s'était envolée. Il se mariait ? Très bien, qu'il se marie. Énora était en miettes, elle en avait conscience et ne pouvait attendre ou exiger quoi que ce soit de Julian tant qu'elle n'aurait pas rassemblé les morceaux éparpillés de son être.

Comme s'il avait senti le vent tourner, Julian s'assit à ses côtés.

— C'est interminable, murmura-t-il. Tu crois qu'ils auront bientôt fini ?

Énora jeta un coup d'œil en direction de l'estrade.

— Je ne pense pas, non.

Le silence retomba.

— J'étais soûl, cette nuit, avoua-t-il. Pathétique. Si ça n'avait tenu qu'à moi, Charly serait mort, et tu serais toujours aux mains des prêtres. Luernios m'a soigné, mais ce n'est ni la première ni la dernière fois que je me réfugie dans l'alcool.

— Pourquoi me dis-tu cela ?

— Je ne sais pas. Je crois que j'essaie d'être honnête. Avec toi. Avec moi. Je suis très fort pour me voiler la face. Dire la vérité à quelqu'un aide à l'affronter.

Elle ne commenta pas.

— Énora, ce mariage…

— Tu es libre de faire ce que tu veux. Tu ne me dois rien.

— Non, ce n'est pas ça, il ne s'est rien passé ! Elle se sert de moi. En échange, elle m'a aidé à vous libérer. C'est tout ce que…

— Julian, l'interrompit-elle avec une douceur implacable. Vraiment. Fais ce que tu veux.

Il fronça imperceptiblement les sourcils, entrouvrit les lèvres pour parler. Se tut. Elle se détourna et détailla le mur d'en face. Rouge, si rouge, presque dérangeant à force, comme les replis d'une terre gorgée de sang, une mer de corps frissonnants de désir. C'était… terriblement vivant. Sans qu'elle puisse l'expliquer, contempler l'œuvre inachevée de Jana confortait Énora dans sa détermination. Elle voulait vivre encore. Accepter de laisser derrière elle les morts qui la hantaient à chaque instant. Mais pour cela, elle devait leur rendre justice.

Et elle commençait à entrevoir de quelle manière passer à l'action.

Fragment

Chroniques d'Ombre : les Heures Sombres

Astria, 361e année de l'Alliance

Il est des heures de l'Histoire dont tous se souviennent et dont les hommes parlent encore avec la même émotion bien des lunes plus tard, de ces heures que l'on évoque autour des feux de bois, à demi-mot, et qui restent partiellement incompréhensibles à ceux qui ne les ont pas vécues.

Parmi elles, les Heures Sombres tiennent une place particulière. Leur création remonte aux tout premiers jours du royaume d'Ombre. Alors que la construction des remparts d'Astria s'achevait, un conflit explosa au sein de la jeune armée royale – plus personne aujourd'hui ne serait capable d'en donner les raisons, les Chroniques de l'époque étant très parcellaires –, divisant les soldats en deux camps. Pourparlers et médiations furent organisés, en vain. La situation se détériorait sans qu'aucune porte de sortie se fasse jour. Le roi, ne pouvant conserver une armée divisée en ces temps troublés, décida de régler la question une fois pour toutes. Il décréta que, l'espace d'une journée, toutes les lois du royaume seraient abolies. Les soldats pourraient s'affronter sans crainte de représailles judiciaires. Au soir de ces Heures Sombres, lorsque la cloche retentirait, les lois seraient restaurées.

Tous s'attendaient à ce que les soldats s'entre-tuent. Pourtant, la bataille annoncée n'eut pas lieu – du moins, pas vraiment, car le roi avait pris les devants. Dès l'annonce des Heures Sombres, des soldats sans couleur pénétrèrent dans les baraquements et assassinèrent tous les meneurs, d'un camp comme de l'autre. Les soldats du roi réagirent rapidement, éliminant le plus d'intrus possible. Lorsque, au crépuscule, les cloches retentirent, l'ordre était restauré. Se battre contre un ennemi commun avait de nouveau fédéré l'armée du royaume, à présent privée des agitateurs de consciences à l'origine du schisme.

Peu de souverains firent usage des Heures Sombres, mais Kanna, le premier des Rois-Passeurs, les invoqua à trois reprises, comme une mesure de sécurité lorsque des troubles insolubles agitaient le royaume. Pendant un ou deux jours, tous étaient affranchis des lois et pouvaient régler leurs différends à leur manière. Puis, au son des cloches, chacun retrouvait sa vie et enterrait ses morts. Il y eut bien évidemment des victimes au sein même de la famille royale, le souverain utilisant cette possibilité pour solder des problèmes internes de succession ou de jalousies, ainsi que parmi le peuple – les Heures Sombres étant décrétées pour tous, des occupants du château jusqu'aux mendiants d'Astria.

Étrangement, si le peuple a toujours craint les Heures Sombres, elles sont perçues de manière favorable, justement parce qu'elles s'appliquent à tous et se font sans dissimulation : le souverain a l'honnêteté d'annoncer qu'il va enfreindre les lois au lieu de le faire en secret.

Il est à noter que les Heures Sombres n'ont pas été utilisées depuis près de cent cinquante ans. Et, sur cette même période, le nombre d'assassinats restés irrésolus et impunis a considérablement augmenté, particulièrement au sein des castes dirigeantes du royaume.

Extrait des *Chroniques d'Ombre*,
par Rhett, Encré du royaume.

Chapitre 18

Ravenn s'avança sur la grande terrasse anthracite. Une vague d'acclamations monta depuis la place des Dieux grouillant de monde. La princesse salua la foule, puis se tourna vers son père. Il lui sourit. Un sourire si tendre qu'il semblait impossible que le même homme ait pu une heure plus tôt conspirer pour l'assassiner. La princesse hocha la tête, encourageant son père à prendre la parole. C'était à lui qu'échoyait la tâche d'annoncer au peuple la mort de la reine.

— Peuple d'Ombre, commença-t-il, les rumeurs sont fondées.

Un lourd silence se répandit sur la place des Dieux.

— J'ai la tristesse infinie de vous apprendre le décès de notre bien-aimée reine Sandra. Comme l'usage l'exige, je quitterai le pouvoir sitôt que la princesse héritière sera couronnée.

Ravenn réprima un sourire. Le roi avait intentionnellement évité de la nommer, car il espérait qu'au jour du couronnement la princesse héritière serait Aenor. Elle fit quelques pas, posa ses mains sur le fin parapet transparent, balaya la foule du regard.

— Je vous ai annoncé il y a deux nuits que je vous parlerai aujourd'hui, lança-t-elle. Je voulais d'abord vous présenter votre futur roi, le magicien Til'Julian.

Elle se retourna. Julian patientait en retrait, encadré par Pelekaï et Ojaedd, intendant du château. Ce dernier poussa le jeune homme vers Ravenn. Il s'avança, incapable de cacher sa gêne.

— Relève le menton, lui souffla-t-elle lorsqu'il parvint à sa hauteur.

Une onde de chuchotements agita la place. Ravenn leva un bras pour demander le silence.

— Notre mariage et notre couronnement se tiendront demain.

Le roi Degan bondit.

— Demain ? C'est impossible, Élouane ! Vous devez passer les quinze prochains jours dans les chambres prénuptiales !

— Vous savez comme moi que ce n'est qu'un usage, père, non un protocole immuable.

— C'est la coutume ! Tu ne peux la modifier à ton avantage ! Ta mère mérite que son peuple porte le deuil plus d'une journée !

— Mon avantage ? Père, les tentatives d'assassinat dont je fais massivement l'objet depuis mon retour font-elles aussi partie de votre chère coutume ? Quant à ma mère, oui, elle mérite peut-être qu'on honore sa mémoire mais, si vous n'aviez pas tant tardé à annoncer sa mort, le deuil aurait été mené en conséquence. Vous êtes le seul à blâmer dans cette affaire. Je me marie demain, et vous n'avez pas votre mot à dire sur la question, tout est déjà organisé avec Ojaedd.

Le roi jeta un regard assassin au petit intendant qui se contenta de hocher la tête, peu affecté par sa colère. Sur la place, le silence s'était fait de mort tandis que tous assistaient, hébétés, aux échanges houleux de la famille royale. Ravenn s'adressa à la foule :

— Demain, donc, ce royaume aura de nouveaux souverains. Comme vous pouvez le constater, je n'ai pas que des partisans, et des différends risquent de persister si je n'y mets pas fin. C'est pourquoi moi, Élouane, princesse d'Ombre et future reine, je déclarerai le retour des Heures Sombres sitôt la couronne posée sur ma tête. Je ne prends pas cette décision à la légère, et croyez bien qu'elle ne vise qu'à restaurer la paix et la stabilité de notre royaume. Au soir de mon couronnement, peuple d'Astria, barricadez-vous dans vos foyers, fuyez la ville et guettez le tintement des cloches. Elles annonceront le début d'une ère d'apaisement à laquelle nous aspirons tous.

Ravenn parcourut l'assistance médusée, cachant tant bien que mal l'émotion qui montait dans sa gorge.

— Je sais que vous ne me connaissez pas bien, reprit-elle lentement, et que je vous demande le don le plus précieux : votre confiance. Aussi, je vous jure…

Sa voix s'étrangla alors qu'elle prenait à la fois conscience du poids qu'elle accordait à chacun des mots qu'elle allait prononcer, et de leur vacuité. Certains des hommes et des femmes qui se tenaient devant elle souffriraient forcément pour que d'autres soient libres, ainsi en allait-il de toutes les sociétés humaines qu'elle avait fréquentées dans son périple. Le royaume ne ferait pas exception.

— … je vous jure de faire tout mon possible pour ne jamais trahir cette confiance, conclut Ravenn. (Elle inspira profondément, ferma brièvement les yeux, les rouvrit, son calme recouvré.) Merci de vous être déplacés aujourd'hui, lança-t-elle.

Et elle tourna les talons.

Julian suivit la princesse sur la passerelle, Pelekaï et Ojaedd sur ses talons. Elle marchait si vite qu'il peina à la rattraper.

— Tu le pensais, constata-t-il en passant naturellement au tutoiement – après tout, il l'épousait dans deux jours.

— Tu doutais de mes intentions ?

— Je me méfie de ceux qui désirent le pouvoir.

— Moi aussi, rétorqua Élouane en souriant. Et crois-moi, je me défie de moi-même autant que de mon père.

Il secoua la tête, interrompant son geste en sentant la migraine pulser dans son crâne.

— Je sais que notre mariage n'est que façade, dit-il, et cela me va parfaitement, mais malgré tout… j'aime bien qui tu es, Élouane.

— Tant mieux. On va encore devoir s'accommoder un moment.

— Quelle est la suite des événements ?

— Ojaedd ?

L'intendant fit deux petits pas précipités pour se porter à leur hauteur.

— Vous pénétrerez dans les chambres prénuptiales en fin d'après-midi. Il s'agit de deux appartements adjacents qui, en temps normal, ne communiquent pas entre eux. Mais la princesse a demandé quelques innovations.

— As-tu préparé tout ce dont nous avons conversé ? s'enquit celle-ci.

— Absolument, ma souveraine. Les défenses seront opportunes contre des assassins ou des soldats. En revanche, si les magiciens s'incorporent, je ne peux rien vous garantir.

Élouane se tourna vers Julian.

— En attendant la fin de journée, j'aimerais que toi et des amis vous vous mussiez dans les passages secrets du château.

— Tu crains déjà une attaque ? demanda-t-il en entrant dans la tour de pierres claires, où aboutissait l'extrémité de la passerelle.

— Je ne conjecture pas qu'ils viennent avant cette nuit. Mais en imposant un délai de mariage aussi court, j'ai talonné leurs plans, et je préfère vous savoir à l'abri. Au cas où.

— Et toi ?

— Encore quelques détails à ajuster.

Julian approuva sans commenter. Il avait hâte de rejoindre le bureau d'Élouane pour connaître l'état de Charly. Se cacher dans les passages secrets avec un blessé lui semblait difficile. Mais abandonner son petit frère pour se cacher sans lui, encore plus.

Tiens bon, frangin…

Agenouillés autour de Charly, Luernios, Iouna et Jana se redressèrent. La peintre s'étira, les bras tendus vers le plafond. Énora, restée à l'écart depuis près de deux heures, osa quelques pas vers l'estrade.

— Ça va ? s'inquiéta-t-elle.

Le prêtre gris lui sourit.

— Ses plaies sont saines, à présent. Seulement, il reste inconscient et sa fièvre me bile. Je vais l'aider à batailler son mal.

— Qu'allez-vous faire ?

Luernios haussa faiblement les épaules.

— Lui dégager le chemin du retour. Mais lui seul peut élire de l'emprunter.

Plongeant la main dans une poche de sa grossière robe grise, le prêtre sortit de petits sachets de tissu qu'il disposa autour du corps de Charly, puis il se tourna vers Iouna.

— Tu es prêtresse, tu connais la puissance d'une véritable prière.

— Oui, murmura-t-elle.

— Il est ton Noir Portrait, vos existences sont intimement attachées. Cogite à ce fil qui vous relie. Lorsque tu parviendras à le visualiser, essaie de le renforcer, de le rendre plus consistant, d'y insuffler de la vie. Exactement comme si tu priais. D'accord ?

— Qui dois-je prier ? s'enquit-elle timidement.

Luernios sourit sans répondre.

— Avez-vous encore nécessité de mon assistance ? demanda Jana.

Luernios hésita, jaugea la peintre.

— Peins, dit-il finalement. Peins en cogitant à lui, à le ramener vers nous.

— Vraiment ? Vous pensez que ça peut secourir ?

— Vraiment, Jana.

Elle fronça les sourcils, puis jeta un coup d'œil indéchiffrable vers le mur rouge sur lequel elle travaillait depuis une dizaine de jours.

— Où ? Pas sur ce mur. Je ne peux pas.

— Où tu veux. Là où cela te semble juste.

Ses yeux parcoururent la salle, sautèrent vers les moulures du plafond, retombèrent vers Charly. De nombreux bandages recouvraient sa peau malmenée.

— Ici, dit-elle.

— Sur lui ?

Elle acquiesça, résolue.

— C'est une belle idée, approuva Luernios.

— Vous ne craignez pas que la peinture réinfecte les blessures que vous venez de nettoyer ? s'étonna Énora.

Luernios posa une main rassurante sur son bras.

— Ne t'en fais pas. L'art de Jana ne peut lui faire que du bon.

Énora secoua lentement la tête, incrédule. Quelle étrange médecine Luernios essayait-il de mettre en œuvre ? Elle suivit Jana d'un regard méfiant tandis qu'elle apportait pinceaux et pigments pour les disposer près de la couche. Les grands yeux de la peintre croisèrent les siens, ambre automne sur vert orage.

— Tu veux m'assister ? proposa Jana.

— Comment ?

— Accommode-moi des couleurs dans ces pots. Des couleurs qui te font refléter ce qu'il est.

Énora s'assit en tailleur, saisit un récipient, un pilon de céramique, choisit un pigment d'un jaune éclatant – celui des soleils sur les dessins d'enfant – et entreprit de le broyer dans l'huile. Dès que ce fut fait, elle le tendit à Jana. Celle-ci plongea son pinceau dans le mélange et traça un cercle parfait sur le front de Charly. Alors Luernios se mit à danser.

Dans le bureau du roi, Lïam jaugeait les deux magiciens qui le gardaient. L'un était un grand mage de combat brun au regard dur, qu'il n'avait jamais rencontré. L'autre, en revanche, lui était connu.

— Vous êtes celui qui a enseigné la magie au futur roi, souffla-t-il. (Le magicien aux cheveux blancs ne lui accorda aucune attention.) Je vous ai vu l'autre jour avec le prêtre d'Aa.

Cette fois, Lïam obtint une réaction : la cape d'or jeta un coup d'œil furtif vers son homologue pour vérifier qu'il n'avait rien entendu, puis fit face au garçon.

— Tu n'es pas autorisé à parler, siffla le magicien.

—Le roi et votre chef Orfaël, chuchota Lïam sans tenir compte de l'avertissement, ont dit que vous n'étiez pas autorisé à apprendre la magie à Julian, mais vous l'avez fait malgré tout. Pourquoi Orfaël vous a-t-il demandé de me garder alors qu'il sait que vous lui désobéissez ? Vous n'êtes même pas un mage de combat...

Les yeux du magicien s'étrécirent. À son expression, Lïam devina qu'il s'était lui-même posé la question sans trouver de réponse satisfaisante.

—Vous êtes devenu encombrant, lâcha le garçon. Votre chef espère que, quand Ravenn viendra me libérer, elle vous tuera puis qu'elle sera éliminée par votre compagnon – ce qui n'arrivera pas. Elle vous transpercera avant. C'est une tueuse de dragons.

Pour la première fois, le magicien esquissa un sourire.

—Elle ne survivrait pas plus d'une minute. Til'Zaar, là-bas, est entraîné à assassiner par magie de toutes les manières possibles, et je sais me défendre.

—Orfaël veut se débarrasser de vous, insista Lïam, comme il veut se débarrasser de Ravenn. Et de Julian.

Til'Zaar s'était approché pour entendre leur conversation qui mourut aussitôt. Lïam détourna le regard, s'efforçant de paraître inoffensif. Mais il ne l'était pas. Toutes les informations engrangées depuis son départ de sa terre natale se déployaient à travers ses pensées en un réseau de logique pure. Son esprit était différent, il l'avait toujours su. Là où d'autres voyaient des coïncidences, il discernait des liens. Là où d'autres voyaient des impasses, il distinguait des possibilités. Ce magicien aux cheveux blancs en était une.

La meilleure qu'il possède dans l'immédiat.

Fascinée, Énora continuait de broyer des pigments sans pouvoir quitter le prêtre gris des yeux. Ses mouvements étaient minimes, mais tout son corps semblait osciller, ondoyer, tanguer. Soudain, l'extrémité de ses doigts se regroupa en pointe, et il frappa la poitrine du malade, une impulsion brève et précise qui fit sursauter Charly. Jana s'empara d'une deuxième couleur, puis d'une troisième. Elle dessinait sans interruption des volutes labyrinthiques et pourtant infiniment simples, comme si elle redécouvrait une calligraphie ancestrale tombée depuis longtemps dans l'oubli. Entraînée par la danse du prêtre et les gestes fluides de la peintre, Énora ajusta ses propres actions à ce rythme commun qui circulait entre eux. Seule Iouna était immobile. Elle se tenait debout au pied de la couche, telle une sculpture ivoirine dont la finesse frôlait la perfection, les yeux obstinément rivés sur son Noir Portrait. Elle était leur point fixe à tous, un phare au cœur de la tempête.

Bientôt, une mélopée lancinante jaillit des lèvres du prêtre. Elle se déploya dans l'air en un serpent de son dirigé vers Charly, lointaine corne de brume perçant le brouillard de sa conscience. Énora perdit la notion du temps. À un moment, elle remarqua que la peinture ne se comportait pas comme de la peinture ordinaire. Les couleurs se déplaçaient, se fondaient les unes dans les autres, comme mues par une volonté propre qui ne devait rien aux coups de pinceau de Jana ni aux brefs contacts de Luernios. Puis elle cessa de s'interroger, laissant les pensées la traverser sans chercher à les retenir ni à les étudier. Une seule lui importait, qui tournoyait dans son esprit comme un nuage d'étourneaux dans le soir : *Reviens, Charly. J'ai besoin de toi. De ta lumière. Reviens.*

Une fois encore, Luernios frappa le corps de Charly du bout des doigts. Il relâchait et contractait son bras comme le long cou d'un oiseau plongeant brusquement dans l'eau pour pêcher – oui, à cet instant, Luernios était oiseau, un grand albatros bataillant dans les vents. Et une fois encore, Charly sursauta à son contact, expirant d'un coup l'air emprisonné dans ses poumons. La danse se poursuivit. La peau bandée de Charly n'était plus que couleur. Seul son visage avait été épargné par Jana, elle ne l'avait plus touché depuis le cercle initial apposé sur son front.

Soudain, le chant de Luernios s'accéléra, se fit insistant, irrésistible. Énora s'entendit l'accompagner sans avoir vraiment conscience de chanter. Jana redoubla d'ardeur. Ses gestes s'amplifièrent, des gouttes de peinture jaillirent, que personne ne chercha à éviter. Leur respiration commune s'emballa, jusqu'à un moment de suspension étrange où tous s'immobilisèrent.

Le silence retomba, chargé d'une énergie lumineuse et colorée.

Lentement, Luernios posa la paume de sa main au centre du cercle tracé par Jana sur le front de Charly. Celui-ci inspira avidement, comme s'il émergeait d'une longue apnée. Puis ses paupières s'entrouvrirent. Il chercha maladroitement à se relever. Luernios l'en empêcha.

— Un moment, mon grand. Reste déployé, tu reviens de loin.

Il se laissa retomber sur la couche sans protester, mais ses yeux s'ouvrirent en grand, détaillant son environnement.

— Welcome back, murmura Énora, les larmes aux yeux.

Il lui offrit un sourire fatigué.

— Où… Julian ? articula-t-il d'une voix rauque.

— Je suis là, annonça l'intéressé.

Énora releva la tête. Julian et la princesse se tenaient au centre du bureau. Elle ne les avait pas entendus revenir.

— On n'a pas voulu vous déranger, s'excusa Julian en approchant.

Il s'accroupit au chevet de son frère.

— Eh ben, ils ne t'ont pas loupé, mon vieux ! Tu ressembles à un feu d'artifice. Le bain va être de rigueur.

— Pas avant demain, prescrivit Luernios.

Les deux frères se dévisagèrent en silence. Julian déglutit.

— C'est bon de te voir de retour, murmura-t-il.

Charly sourit.

Le grand sourire de Charly.

Et immédiatement, Énora se sentit mieux.

Jana recula, les yeux fixés sur le corps de Charly maculé de peinture. Elle était incapable de comprendre ce qui venait de se passer. Même dans ses transes créatives les plus intenses, elle n'avait jamais éprouvé un tel sentiment de puissance et d'accomplissement. Elle croisa le regard du prêtre gris. Il hocha la tête en un remerciement muet. Remerciement pour quoi ? Troublée, Jana tourna les talons et quitta la pièce.

Elle parcourut les couloirs dans un état second, presque surprise d'atteindre si vite sa destination. La porte s'ouvrit sans qu'elle ait à frapper.

— Par le sceptre d'Aa, ma chère, quelle allure ! s'exclama Til'Orfaël.

Elle haussa une épaule, indifférente.

— J'aimerais beaucoup voir la toile que vous venez de peindre, ajouta le Mage Supérieur.

— Je ne crois pas.

Le magicien la dévisagea de son œil valide, remarquant enfin son étrange humeur.

— Un problème, Jana ?

— Aucun, assura-t-elle. Je crois que ma mission est terminée.

— Non.

Jana se figea.

— C'est à moi d'en décider, Til'Orfaël. Payez-moi.

— Si tu arrêtes maintenant, je ne te paierai pas. Si tu continues, en revanche, tu obtiendras de quoi vivre plusieurs années sans t'inquiéter. Tu pourras peindre sans avoir besoin de vendre tes œuvres.

Elle baissa les yeux. Était-ce ce qu'elle désirait ? Bien sûr, ce serait confortable. Elle avait toujours eu du mal à peindre dans les périodes où la question de sa survie était critique, et lorsqu'on a grandi dans la pauvreté, l'or possède un attrait irrésistible. Mais même si c'était difficile, Jana était fière de vendre ses œuvres. Fière de pouvoir bientôt refuser les missions de Til'Orfaël.

— Qu'attendez-vous de moi ? demanda-t-elle.

— Continue de feindre la loyauté envers la princesse. Il est peu probable qu'elle survive à cette nuit ; cependant, je dois envisager toutes les possibilités. Dans l'éventualité où, donc, elle voyait l'aube se lever demain, je veux que tu la mènes à moi durant les Heures Sombres.

Jana réfléchit quelques secondes. Enfin, elle planta son regard dans celui du magicien et lança :

— C'est entendu.

Ojaedd s'arrêta devant le bureau du roi. Le petit Lïam se trouvait à l'intérieur avec deux magiciens, comme l'intendant l'avait observé depuis la lorgnette du passage secret. Ravenn allant pénétrer d'un moment à l'autre dans la chambre prénuptiale, le reste du château était désert ; c'était le moment ou jamais de tenter une action. Il se retourna vers la femme qui l'accompagnait. Une vingtaine d'années, de longs cheveux bleu nuit sous une capeline sombre, une peau laiteuse et des yeux irradiant de pouvoir.

— Êtes-vous sûre, Bleue ? s'enquit-il.

— Je suis venue à votre demande, lui rappela-t-elle. Si vous pensez que cet enfant est important, alors sauvons-le.

Son visage n'exprimait qu'un profond détachement. Ojaedd acquiesça, doutant d'avoir bien fait de solliciter une telle alliée, puis il frappa à la porte et s'écarta.

Il sursauta en voyant Lïam apparaître dans l'embrasure de la porte. Une cape d'or se tenait derrière lui – *Til'Enoc'h*, identifia l'intendant –, et un deuxième magicien était assis plus loin, yeux bandés et mains entravées.

— Vous êtes en retard, lança l'enfant d'une voix malicieuse.

L'intendant observa un instant la scène, puis gratifia Lïam d'un sourire. Cet enfant avait réussi à retourner la situation sans aide extérieure, c'était… impressionnant. Soudain, la cape d'or aveuglée émit un râle avant de tomber sur le côté, et Til'Enoc'h fut précipité contre un mur comme si une main invisible étreignait sa gorge.

— Vous m'aviez promis que je pourrais les tuer, dit Bleue.

— Pas celui-ci, exigea Lïam en pointant le magicien aux cheveux blancs.

— Pourquoi pas ?

— Ravenn a besoin de lui.

Bleue émit un bref soupir de dépit, puis elle abaissa son bras, et Til'Enoc'h tomba au sol en toussant. Enfin il releva la tête et, craintif, murmura :

— Magicienne…

— Il est l'heure, le coupa Ojaedd. Suivez-moi.

Les portes de la chambre prénuptiale se refermèrent dans le dos de Ravenn.

Toutes les personnalités importantes d'Astria avaient assisté à l'événement, massées dans le couloir. La fureur de Degan était palpable, si bien que chacun avait pris soin de garder une distance de sécurité. Ravenn avait croisé quelques regards curieux, mais la plupart étaient résignés : ils savaient qu'elle n'était pas censée ressortir vivante de cet appartement. Seule sa sœur, Aenor, lui avait adressé un sourire inquiet. Ravenn lui avait répondu d'un clin d'œil rassurant, puis s'était tournée pour regarder Julian entrer dans la pièce adjacente, avant de gagner la sienne.

La serrure de la porte claqua.

Aussitôt, elle se dirigea vers le mur qui séparait les deux chambres prénuptiales – de véritables suites, en réalité, dotées chacune d'un vestibule, d'un grand salon, d'une chambre à coucher et d'une salle d'eau. Elle appuya d'une brève impulsion sur le côté d'un grand miroir en pied incrusté dans la paroi du vestibule. Il s'ouvrit comme une porte, dévoilant la pièce jumelle où attendait Julian.

— Ton intendant a bien travaillé, observa celui-ci.

— Nous allons faire entrer les autres avant d'activer les défenses.

— Les autres ?

Elle franchit l'espace vide laissé par le miroir.

— Ojaedd a raccordé ta chambre au réseau de passages secrets. La trappe se trouve de ce côté, dans le coin du salon.

— Pratique, ironisa Julian. On pourra se tirer par là quand les méchants débarqueront.

— Non. Le protocole n'exige pas que nous restions ici quinze jours, mais nous devons y passer au moins une nuit pour pouvoir être couronnés.

— J'imagine que ton protocole précise que nous ne devons pas faire appartement commun…

— Si c'était *mon* protocole, sourit Ravenn, il ne préciserait rien de tel. Mais en effet.

Elle se dirigea vers l'angle de la pièce, repoussa le tapis, tira sur un discret lien de cuir pour soulever la trappe. Le visage familier de Pelekaï apparut. Il se hissa à l'intérieur, suivi par les huit soldats confiés par le général Rhun, ceux qui l'avaient défendue lors des attaques nocturnes, et quatre autres qui les avaient accompagnés au temple d'Izil pour récupérer les amis de Julian. Ces hommes avaient renoncé à porter la couleur royale, choisissant d'être loyaux à la princesse plutôt qu'à son père. Considérés comme des déserteurs, ils ne pourraient plus jamais réintégrer les rangs de l'armée, mais Ravenn avait l'intention de les nommer à la tête de sa garde personnelle dès qu'elle monterait sur le trône d'Ombre. Luernios apparut à son tour dans le salon, puis Énora, Charly tout maculé de peinture et…

— Jana ? s'étonna Ravenn. (Son ton devint presque agressif.) Que fais-tu là ? Tu devrais être chez toi.

Pour toute réponse, la peintre éclata d'un rire bref.

— Chez moi…, murmura-t-elle.

Le désarroi qui affleurait sous ses mots était si évident que Ravenn n'insista pas. Cette femme l'avait probablement trahie, et pourtant elle l'accompagnait ici. Que cherchait-elle ? À se faire tuer ? À la trahir une fois encore ? Décontenancée, Ravenn retourna vers le vestibule pour activer les défenses mises en place par Ojaedd. L'intendant avait fait construire un ensemble de mécanismes et de caches dans les murs, le faux plafond et le plancher. Une fois ces pièges armés, nul ne pourrait traverser la petite pièce sans être touché par le carreau d'une arbalète ou le tranchant d'une lame. Bien sûr, ces défenses ne dureraient pas éternellement, mais elles retarderaient la première vague d'attaque. Le gros de la bataille se tiendrait dans le salon de cette suite puis, en dernier recours, dans la chambre. À l'intérieur de chaque coussin, de chaque meuble et de chaque ornement, Ojaedd avait caché des armes, des pièges que déclencheraient les assaillants en chargeant, ou de quoi confectionner de solides barricades. Mais si les magiciens s'en mêlaient, Julian serait le seul à posséder les pouvoirs nécessaires pour répliquer – en avait-il d'ailleurs vraiment les capacités ? Il n'avait reçu qu'un enseignement très basique lors de son bref séjour dans le Clos…

Ravenn balaya ses doutes d'un haussement d'épaules. Les magiciens représentaient une donnée qu'elle ne contrôlait pas. Malgré tous ses préparatifs et la confiance qu'elle affichait afin de fédérer l'hétéroclite tribu qui l'entourait, la princesse était incapable d'affirmer qu'elle passerait la nuit. Elle savait simplement qu'elle se battrait pour sa survie jusqu'au dernier instant.

Elle arma les défenses du vestibule, traversa le salon sans un mot, se glissa dans la chambre, espérant voler un moment de solitude avant le début des attaques.

La pièce était plongée dans l'obscurité. Ravenn devina la silhouette de Jana, assise sur le lit, les bras autour des genoux, ses longs cheveux déployés comme un rideau soyeux. Un nœud se resserra dans le ventre de la princesse, entre colère et désir.

— J'ignorais que tu étais là, murmura-t-elle.

Silence. La peintre ne fit pas même un geste pour montrer qu'elle l'avait entendue. Elle l'ignorait comme elles s'ignoraient depuis des jours. Ravenn contourna le vaste lit, s'allongea, ferma les yeux, tenta de se détendre. Elle était épuisée. Même la présence muette de Jana ne l'empêcha pas de s'enfoncer dans un demi-sommeil réparateur.

— Je ne pouvais pas rentrer à la Maison des Arts.

Ravenn s'éveilla instantanément. Elle roula sur le côté, ses yeux perçant l'obscurité pour lire les traits de Jana.

— Non ?

— Non. Je ne veux pas le croiser.

— Qui ?

— Rhett. Mon compagnon.

— Ah. Il habite là-bas, lui aussi ?

— Oui. C'est un Encré.

— Et tu ne veux pas le voir.

— C'est ça.

— Pourquoi es-tu venue, Jana ?

— Je viens de te le dire.

— Tu essaies de me faire croire que ta présence ici est motivée par ta vie privée. Je ne te crois pas.

— Et pourtant...

— Fais ce que tu veux. Viens mourir avec nous ou aide nos adversaires à nous éliminer, ça m'est égal. Mais cesse de me mentir.

Elles se turent.

— Et qu'a fait ce pauvre Rhett pour que tu le fuies comme ça ? s'enquit Ravenn après un moment.

— Rien.

— Alors qu'as-tu fait, toi ?

Jana bougea enfin, ses mains retombèrent lentement sur son ventre, et le haut de son dos s'appuya contre la tapisserie du mur. Elle tourna la tête vers Ravenn. Celle-ci demeura immobile, soutenant le regard tourmenté de la peintre. Elle ne prendrait aucune initiative. Jana lui avait demandé de la laisser entièrement libre, et Ravenn comprenait si intimement ce besoin qu'elle ne pouvait que le respecter. L'hésitation tremblait dans l'air. Soudain, un cri se fit entendre dans le salon. Ravenn se releva brusquement et courut vers la porte.

Le magicien aux cheveux blancs qui avait accompagné Julian jusqu'au château la veille se tenait près de la trappe. Pelekaï, arme au clair, le défiait de faire le moindre pas en avant.

Le jeune Lïam marcha droit vers Ravenn.

— Je l'ai amené, l'informa-t-il.

Elle voulut le prendre dans ses bras. Se retint.

— Heureuse de te voir, Lïam.

— Laissez-moi entrer, les magiciens arrivent ! s'agaça la cape d'or.

Ravenn fronça les sourcils. Elle ne comprenait pas la scène qui se déroulait sous ses yeux. Pourquoi un magicien venait-il annoncer l'arrivée de ses pairs, au risque de ruiner leur attaque ? Pour la narguer ? Parce qu'ils étaient suffisamment sûrs d'eux pour se le permettre ? Et pourquoi Lïam, dont le sens de l'analyse était si développé, avait-il accepté de mener le magicien jusqu'ici ?

— Pelekaï, dit-elle doucement, range ton épée.

Le géant abaissa sa lame sans pouvoir se résoudre à la remettre au fourreau.

— Pourquoi êtes-vous là, magicien ?

— À cause de moi, intervint Julian, nonchalamment assis sur l'accoudoir d'un fauteuil. Ravi de te revoir en vie, Enoc'h, ajouta-t-il en direction de la cape d'or.

— À cause de toi ? s'étonna Ravenn. C'est cet homme qui t'a enseigné les bases de la magie, n'est-ce pas ?

— Oui, princesse. Et pourquoi croyez-vous qu'il ait offert à un étranger de telles connaissances ? De telles armes ?

La pièce manquante du puzzle se dessina dans l'esprit de Ravenn.

— Parce que vous êtes liés, devina-t-elle.

— S'il meurt, je meurs, confirma Til'Enoc'h. Julian est mon Noir Portrait.

Une autre silhouette apparut par la trappe. La femme rejeta en arrière la capuche de sa capeline, dévoilant sa longue chevelure bleu nuit.

— Qui êtes-vous ? s'étonna Ravenn.

— Bleue de Sav-Loar. J'ai entendu parler de toi, princesse.

— Vraiment ?

— Nous avons été liées à la même femme par le passé. Me concernant, ce lien était… littéral – nous avons passé plusieurs jours attachées l'une à l'autre. Elle se faisait appeler Fèl.

Ravenn se figea en entendant ce nom, le repoussant aussitôt au plus intime de sa mémoire.

— Que faites-vous là, magicienne ? s'enquit-elle d'une voix sourde.

— Les miennes sont disposées à vous aider par mon entremise si vous nous promettez de cesser la guerre engagée par votre père à l'Est.

— C'était mon intention.

Ravenn était tendue. Pourquoi une magicienne s'intéressait-elle à cette guerre ?

— Vous n'avez aucune idée de l'enjeu réel de ces interminables batailles, sourit la magicienne, n'est-ce pas ?

— Le moment est mal choisi, mais nous devrions parler.

— C'est hors de question.

Elles se dévisagèrent un instant.

— Croyez-vous que Til'Orfaël va paraître devant nous cette nuit ? reprit Bleue.

— Peu probable, observa Enoc'h.

— Dommage… Notre précédente entrevue m'a laissé un goût d'inachevé.

Un mélange dérangeant de gourmandise et de férocité passa sur ses traits.

— Bien, conclut Ravenn. Nous avons donc trois magiciens dans nos rangs. Nos chances de survie viennent de tripler.

— Quatre, lâcha Bleue.

— Pardon ?

— Deux magiciens. Et deux magiciennes.

Interloquée, Ravenn suivit le regard de Bleue jusqu'à Jana, debout dans l'encadrement de la porte.

— Tu possèdes des pouvoirs, Jana, confirma Luernios. Je l'ai senti moi aussi.

— Mais je ne sais pas m'en servir, répondit celle-ci en acceptant la vérité comme si elle l'avait toujours connue.

— Il paraît que la magie féminine est plus intuitive que chez les hommes, lança Til'Enoc'h. Je n'en sais pas plus, il s'agit d'un sujet tabou au Clos.

Bleue éclata de rire.

— N'écoute pas ces sornettes, lança-t-elle à Jana.

Le prêtre gris marcha vers la peintre, saisit ses mains.

— Cet état dans lequel tu entres lorsque tu peins et que tu appelles « transe » n'est qu'une connexion directe à ton pouvoir. Tu modifies instinctivement la texture des toiles et des pigments. Tu es sûrement capable de faire la même chose avec n'importe quelle matière, mais nous n'avons pas le temps de parfaire ton entraînement.

— En revanche, poursuivit Bleue, je peux te libérer, ma sœur. Un magicien a bridé tes pouvoirs avant que les nôtres t'aient localisée. J'en suis désolée.

Elle marcha vers Jana, posa une main à la base de sa nuque. Jana hurla.

— Qu'as-tu... Comment as-tu... ?

Bleue tenait une petite aiguille entre ses doigts.

— La pique, cracha-t-elle. Enfoncée en haut de la colonne vertébrale, elle bloque les flux magiques. Tu vas ressentir des vertiges pendant quelques minutes, tu devrais t'asseoir.

L'air bouleversé, Jana se laissa tomber au sol. Enoc'h s'approcha d'elle, curieux.

— Je sens ton pouvoir, à présent, murmura-t-il. Tu es... au moins une « Jar' », le magicien qui t'a limitée aurait dû te tuer. Te souviens-tu de qui il s'agit ?

Elle ne répondit pas.

Ravenn se tourna vers Til'Enoc'h.

— Lorsque vous dites que les capes d'or arrivent... ?

— La nuit doit être tombée. Les premiers guerriers seront là dans quelques minutes. Ils attaqueront en nombre. S'ils échouent, dix magiciens du Clos suivront.

Ravenn hocha la tête.

— Bleue ?

— Je reste en arrière pour le moment. Je suis là pour tuer des magiciens, non des soldats.

— Bien. En place, ordonna-t-elle. Lïam, passe par la trappe avant que je la referme, trouve l'intendant Ojaedd et reste avec lui.

Le garçon s'exécuta sur-le-champ.

— Énora, Iouna et Charly, dans la chambre. Jana et Luernios, dans le salon. Si vous constatez que vous ne pouvez rien faire, n'insistez pas, rejoignez-les à l'arrière. Les autres, avec moi.

Personne ne discuta son autorité. Ravenn marcha vers le vestibule, s'arrêta juste avant d'y entrer, dégaina sa fidèle rapière. Contre des magiciens entraînés, elle serait inutile. Mais face à de simples guerriers, c'était une autre histoire.

— Qu'ils viennent en nombre, murmura-t-elle. Qu'ils viennent.

Fragment

Chroniques d'Ombre : le mythe des limbes

Astria, 47ᵉ année de l'Échange

En dépit des réfutations nombreuses et péremptoires des clergés d'Izil et d'Aa à travers les âges, il existe un mythe persistant qu'aucune critique ne semble pouvoir éteindre, tant il est puissamment ancré dans l'imaginaire des foules : celui des limbes.

Quels enfants du royaume n'ont jamais rêvé de cet espace immatériel, dont la légende raconte qu'il coexiste avec notre monde sans qu'aucun homme en ait conscience ? Mais en connaissent-ils seulement l'origine ? Savent-ils que les limbes ne sont qu'une construction de l'esprit, une hypothèse posée par les premiers magiciens de l'académie d'Astria pour répondre au paradoxe de la disparition ? J'en doute. Et pourtant, ce sont bien eux qui inventèrent ce terme et la signification qu'il porte encore aujourd'hui. Maîtres de la Transformation, ils savaient que rien ne disparaît jamais vraiment. Pourtant, ils se trouvèrent capables de priver des objets de toute matérialité. Se posa alors la question suivante : « Où est parti cet objet ? », car, même si les sens humains étaient incapables de détecter sa présence, il était indiscutablement « quelque part », dans une autre réalité. Ainsi naquirent les limbes ou, plus précisément, l'idée des limbes. Car de leur existence nul ne fut jamais témoin. Les dieux eux-mêmes la réfutèrent.

Outre les nombreux volumes dédiés aux limbes dans les bibliothèques du Clos, il semblerait qu'ils soient aussi mentionnés dans certains ouvrages ~~rédigés par des serviteurs du Gris~~, mais accessibles uniquement à leurs pairs. Nul Encré n'a jamais été en mesure de vérifier cette rumeur.

Pourquoi nous semble-t-il important de revenir sur ce mythe aujourd'hui ? Parce que, avec l'avènement de Kanna, notre souverain bien-aimé au singulier pouvoir de Passeur, un nouveau monde a été découvert, celui que nous connaissons sous le nom de Rive. Les magiciens du Clos se sont immédiatement demandé si les objets qui disparaissaient ici réapparaissaient de l'autre côté. L'hypothèse était certes séduisante, mais de nombreuses expériences l'ont depuis invalidée. Une deuxième l'a remplacée, aussi fascinante qu'impossible à vérifier – et donc à réfuter. Les limbes seraient la frontière entre Ombre et Rive, un espace neutre, invisible, où les deux mondes apparaîtraient comme par transparence.

Est-ce vrai ?

Nul ne peut l'affirmer.

Néanmoins, l'absence de preuves n'a jamais empêché quiconque de rêver ou de croire…

Extrait des *Chroniques d'Ombre*,
par Merwan, Encré du royaume.
(Texte revu et expurgé sur ordre de la reine
par Amaël, Encré du royaume, en la 3e année de l'Alliance.)

Chapitre 19

Énora marchait de long en large dans la chambre.

Ravenn leur avait demandé de garder la porte close, aussi ne pouvait-elle que deviner la violence des combats qui faisaient rage dans la pièce voisine. Les premiers assaillants étaient arrivés depuis plus d'une heure et semblaient se renouveler régulièrement. Peu de cris lui parvenaient, juste des grognements sourds et des sons métalliques qui ranimaient dans sa mémoire l'horreur de son anniversaire.

Énora jeta un coup d'œil vers le lit où se reposait Charly. Iouna était assise près de lui, assez loin pour ne pas risquer de le toucher par inadvertance et suffisamment proche pour que la force de leur lien soit palpable. Ils se souriaient en silence, comme si rien d'autre n'existait que leur présence respective. Dans d'autres circonstances, Énora aurait trouvé cette scène écœurante, dégoulinante de guimauve pastel. Mais à cet instant, parce que c'était Charly, parce qu'il avait failli ne plus jamais poser son regard clair sur le monde, parce que des hommes mouraient de l'autre côté de la porte, parce qu'elle sentait son esprit se précipiter dans un gouffre enténébré et qu'elle avait désespérément besoin d'espérer, elle choisit de les trouver beaux, dans leur solitude passionnée. Et puis les amours impossibles l'avaient toujours touchée.

La porte de la chambre s'ouvrit à la volée. Luernios et Jana apparurent, des giclées de sang striant leurs vêtements. Ils soutenaient deux soldats sans couleur visiblement mal en point. Se précipitant pour les aider, Énora entrevit le champ de bataille, boucherie virevoltante aux corps amoncelés. La porte se referma avec un claquement sec.

Charly libéra le lit pour laisser la place aux blessés. Luernios entreprit de les déshabiller pour jauger de la sévérité de leurs blessures. Énora l'aida, nettoya les plaies, posa un garrot en haut de la jambe du deuxième soldat. Puis elle laissa Luernios le recoudre.

Un bonheur coupable l'envahit lorsque Jana ramena un troisième homme à la cuisse profondément entaillée.

La concentration nécessaire pour soigner un blessé gardait son esprit occupé, l'empêchant de galoper sur les terres obscures de ses souvenirs.

Exilé dans l'entre-deux des limbes, Hank regardait tomber les combattants. Les uns après les autres, ils rejoignaient sa réalité. Lui les guidait vers le royaume de Lei'lith.

Une fois de plus, Hank admira l'implacable mécanique des mondes imbriqués : ces hommes, pour la plupart, étaient condamnés depuis des jours. Ils étaient les Noirs Portraits des amis et de la famille d'Énora, assassinés lors de son anniversaire. À un carnage, répondait en miroir un deuxième carnage, qui se poursuivrait jusqu'à ce que tous les Noirs Portraits en sursis périssent.

Lorsque la balance de l'univers rééquilibrait ses plateaux, les hommes n'avaient pas la moindre chance d'en réchapper.

Percevant un éclat métallique à la frontière de son champ de vision, Julian pivota et para.

Julian avait grandi une épée à la main, s'entraînant avec son père et Charly, puis avec Hank ces dernières années, dans la plus pure tradition de l'Ordre. Sans lame, il se sentait vulnérable, aussi s'en était-il approprié une et, pendant les premières minutes du premier assaut, il avait combattu comme un soldat. Il ne s'imaginait pas, à l'exemple d'Enoc'h, faire voler des objets d'un bout à l'autre de la pièce pour les précipiter contre leurs adversaires. Ce n'était pas sa manière de combattre, et il ne maîtrisait pas assez ses jeunes pouvoirs pour cela.

Pourtant, plus le combat durait, mieux il apprivoisait ses capacités et mieux il sentait de quelle manière combiner les deux armes en sa possession : la magie et le fer. Dans la fièvre et la fureur de la bataille, il lui semblait que son cerveau découvrait de nouvelles possibilités, une efficacité et une acuité qu'il n'avait jamais atteintes auparavant. Julian avait d'abord subtilement modifié la poignée de son épée pour raffermir sa prise puis, sans cesser de combattre, il s'était occupé de la lame elle-même, à présent aussi dure et tranchante qu'un éclat de diamant. Au premier choc, elle brisa sans effort l'arme de son adversaire, puis, dans un mouvement aussi fluide qu'une écharpe de soie ondulant dans le vent, s'enfonça dans son flanc jusqu'à la garde. L'homme s'écroula sans un cri, rejoignant les dizaines de corps qui s'amoncelaient sur le sol gluant.

Julian dégagea son épée, se retourna, croisa les yeux d'Enoc'h. Au fond du salon, le plus loin possible des assaillants, le magicien se tenait très droit, ses mains fines virevoltant devant son visage avec une grâce mortelle. Alors que des coulures écarlates zébraient les murs, pas une goutte de sang n'avait souillé sa cape d'or ni sa chevelure d'ivoire, et rien ne semblait pouvoir détourner son regard du corps de Julian, qu'il protégeait comme s'il était le sien. Julian ne se sentait ni offensé ni flatté par cette attention. Dans un tel chaos, toute aide était bonne à prendre.

Il s'élança vers la princesse que trois hommes harcelaient, en élimina un, éloigna le deuxième tandis qu'Élouane achevait le dernier d'un coup d'estoc. La princesse tuait les hommes comme on pourfend les dragons, d'un seul coup, avec une redoutable précision, sans leur laisser la moindre chance de riposte. Elle bondit par-dessus le soldat agonisant, se retrouva en face d'un autre. Chaque mort était aussitôt remplacé, comme si une réserve inépuisable attendait dans le couloir, pleine de fraîcheur alors que l'engourdissement montait peu à peu dans leurs rangs. Julian esquiva le fil d'une épée, se redressa, leva sa main libre – la droite. Le pouvoir afflua, rivière furieuse se déversant par ses bras, et l'épée adverse se tordit en deux, inutilisable. Julian sourit. Il avait toujours aimé tricher.

À mesure que la nuit déroulait son chemin sanglant, les regards se firent lointains et écarquillés comme ceux de chevaux de race en pleine course. Dans un état second, les occupants de la suite nuptiale forcèrent l'épuisement. Les gestes se firent réflexes : parer, se fendre, reculer, se déplacer à chaque instant, rester imprévisible. Puis même les mots et les idées disparurent dans la brume des esprits. Ils ne furent plus que des corps, un rempart de corps contre lequel les déferlantes d'assaillants venaient s'échouer en une tempête furieuse.

Soudain, leur nombre diminua. Ce brusque répit ne rassura personne. Bientôt, Julian, Enoc'h, la princesse Élouane et ses soldats furent seuls, survivants hébétés parmi la marée de morts. La porte de la chambre à coucher s'entrouvrit derrière eux, laissant apparaître le visage plein de questions du prêtre gris. Il n'y eut pas besoin de mots pour lui répondre. Julian lâcha son épée, conscient qu'elle ne servirait plus. La princesse recula pour la première fois depuis des heures.

Et les magiciens parurent.

Hank peinait à se contenir. Des dizaines et des dizaines de silhouettes hébétées l'avaient déjà rejoint dans les limbes pour être guidées vers le royaume des morts. À présent que le flot se calmait, il pouvait se contenter d'observer, mais assister aux événements sans pouvoir y prendre part l'agaçait prodigieusement. Le danger était trop grand, à présent. Son plan entier, celui qu'il avait mis tant d'années à construire et qui pouvait aussi bien le sauver que le condamner, reposait sur ces instants. Refusant de se laisser aller à l'inquiétude, il glissa ses poings serrés au fond de ses poches, les yeux rivés sur Julian.

— Tiens bon, mon grand…

La princesse et les soldats déserteurs s'étaient retranchés dans la chambre à coucher tandis que Julian, Til'Enoc'h et Bleue faisaient face aux dix capes d'or pénétrant les unes après les autres dans le salon. Jana les rejoignit, se glissant entre les deux Noirs Portraits.

— Un choix judicieux, magicienne, murmura Hank.

Si Jana ignorait encore l'importance de son rôle, Hank la pressentait avec une acuité forgée par des milliers d'années d'observation. Lorsque deux magiciens liés se retrouvaient dans le même monde, leur puissance s'en trouvait décuplée, comme deux sources jumelles s'alimentant l'une l'autre. Mais il leur manquait un élément pour entrer en connexion, et Jana, de manière intuitive, s'était idéalement placée sur l'échiquier.

Les deux camps s'observaient dans un silence pesant. Parmi les capes d'or, aucune figure majeure, aucun personnage public – le Mage Supérieur Orfaël s'était bien gardé de s'impliquer dans un tel assassinat –, mais toutes étaient des « Til » parfaitement entraînées dans leur art.

L'un des magiciens leva un bras. Le col du tee-shirt de Julian se resserra autour de son cou. Jana fut la première à réagir : elle arracha violemment le tissu, libérant un Julian à demi étranglé, puis sans la moindre pudeur, jeta tous ses vêtements à terre. Julian et Enoc'h l'imitèrent dans l'instant, ce dernier ne gardant que sa cape d'or, inaltérable par magie – Bleue seule conserva ses vêtements qu'elle savait protéger comme son propre corps. Cette défense inhabituelle perturba les magiciens du Clos, créant un moment de flottement dans lequel leurs quatre adversaires s'engouffrèrent. Épées et dagues volèrent à travers le salon. Mais soudain, des corps se redressèrent, pantins ensanglantés et grotesques, morts-vivants aux plaies béantes reliés à Julian et à Enoc'h par des fils invisibles.

Les capes d'or ripostèrent, utilisant aussi la masse inerte des cadavres pour repousser l'assaut.

Hank avisa un angle du salon. Deux silhouettes s'y tenaient sans que personne les remarque. Aa et Izil. Contrairement à Hank, les dieux du Jour et de la Nuit ne marchaient pas dans les limbes – ils étaient incapables de rejoindre cet espace intermédiaire qui de tout temps fut le royaume du Gris. Pourtant, maîtres de la dissimulation, ils savaient être présents sans être vus. Tout dans leur attitude marquait leur impatience. Ils voulaient la mort de Ravenn ou de Julian. Et s'ils pouvaient par la même occasion se débarrasser de la Passeuse, ils seraient pleinement satisfaits. Mais ces agaçants mortels semblaient leur glisser entre les doigts à chaque tentative.

— Et pour cause, chers éternels, murmura Hank. Je ne les ai pas choisis et menés jusqu'ici par hasard…

Dans les minutes qui suivirent, l'affrontement s'équilibra. Si les magiciens du Clos avaient pour eux le nombre et l'expérience, les esprits de Bleue, de Julian et de Jana recélaient des trésors d'imagination non formatée par les enseignements de l'académie, qui, associés aux solides connaissances d'Enoc'h, rendaient la cohésion du quatuor totale. Les ombres dansaient d'un bout à l'autre de la pièce, transformant tout ce qui se trouvait à portée de vue lorsque, brusquement, la dernière lampe du salon fut soufflée par la déferlante de pouvoir. Noir absolu. Plus de lumière, plus d'ombres, plus de magie. Seule une mince ligne claire filtrait sous la porte de la chambre, trop faible pour être exploitée. Une voix retentit dans l'obscurité, impérieuse :

— Il suffit !

Un soleil vif embrasa la pièce.

— Petite sœur, railla Hank pour tromper son anxiété, il faut toujours que tu en fasses trop…

Trop, peut-être. Mais peu importait au juste qu'Izil opte pour une entrée théâtrale, seul comptait l'acte d'intervenir dans le jeu. Devant l'issue incertaine du combat, les dieux avaient décidé de s'impliquer une nouvelle fois. Les capes d'or tombèrent à genoux. Bleue baissa la tête avec révérence. Julian, Enoc'h et Jana demeurèrent debout, frappés de stupeur, entièrement nus.

Malgré le long manteau noir, la chevelure de jais aux reflets bleutés et la haute taille d'Aa, son regard transparent restait inchangé, quelle que soit sa forme.

— Vous…, s'étonna Til'Enoc'h en reconnaissant Nozaa derrière les yeux du dieu de la Nuit, le petit prêtre chauve rencontré lors de la cérémonie de l'arbre-feu.

Ce fut tout ce qu'il put dire, car la porte de la chambre s'ouvrit à la volée, et Luernios, avec une force étonnante, les tira tous les quatre à l'intérieur. Les dieux traversèrent le salon d'un pas majestueux. À présent qu'ils étaient en scène, aucune précipitation ne leur semblait nécessaire. Après tout, ils étaient des dieux, ils arriveraient à leurs fins.

Hank se déplaça dans les limbes pour voir l'intérieur de la chambre.

— Nous n'avons aucune arme contre les dieux, s'effrayait la douce Iouna, nous ne sommes rien face à eux.

— S'ils se déplacent en personne, rectifia Julian, c'est que nous avons une valeur à leurs yeux.

Ravenn leva une main pour faire taire murmures et exclamations étouffées. D'un geste, elle ordonna aux soldats de se placer devant la porte. Un éclat effrayant dansait dans leur regard, une résolution glaciale : ils étaient prêts à mourir pour elle. Hank secoua la tête. Cette femme avait un don pour s'attirer des loyautés indéfectibles.

— Si quelqu'un a une idée pour nous mettre hors de portée, lança-t-elle, c'est le moment.

Julian croisa le regard de Luernios. Leurs yeux flamboyèrent d'une compréhension mutuelle.

— Il y a peut-être une solution…, hésita le prêtre.

— Il y en a une ! s'exclama Julian. Disparaître !

Til'Enoc'h manqua de s'étouffer sur place.

— Tu n'imagines quand même pas…

— C'est la seule solution ! Je vais le faire et tu vas m'aider, je n'y arriverai pas tout seul, pas autant de personnes à la fois !

— C'est de la folie…

— Vite, murmura Hank pour lui-même.

— Maintenant, Julian ! trancha Ravenn comme si elle l'avait entendu.

Trois lampes illuminaient la pièce.

— Regroupez-vous, ordonna-t-il en mouchant précipitamment une flamme, serrez-vous, tous !

Énora aida Charly à se relever. Ils se pressèrent contre Luernios, Iouna, Pelekaï et la princesse. Enoc'h, Julian et Jana se glissèrent à leurs côtés sans s'embarrasser de leur nudité et contemplèrent le sol.

— Je ne viens pas, annonça Bleue. Rappelez-vous, je n'ai jamais été ici cette nuit. Jana, ma sœur, rejoins-nous dès que possible, les capes d'or vont te pourchasser. Et, princesse, respectez votre promesse.

Sur le parquet ciré de la chambre, deux ombres se profilaient de part et d'autre du groupe, chacune créée par l'une des lampes accrochées aux murs. Sans avoir besoin de parler, Julian, Enoc'h et Bleue se mirent à l'ouvrage.

Les ombres étaient immenses, et les disperser entièrement représentait un travail colossal. Lorsque derrière la ligne des guerriers, la poignée de la porte tourna, Jana saisit dans sa main droite la main d'Enoc'h, dans sa main gauche celle de Julian. Par ce contact indirect, le pouvoir des Noirs Portraits afflua en une rafale impérieuse qu'eux-mêmes furent incapables de contrôler.

Les ombres s'éclipsèrent.

Tous furent précipités à terre.

Lorsqu'à cet instant Aa et Izil poussèrent la porte de la chambre, ils ne trouvèrent que trois hommes blessés étendus sur le lit et cinq guerriers qui, dieux ou non, étaient prêts à en découdre. Bleue, elle, se tenait dans un coin sans faire mine d'intervenir. La déesse poussa un cri de rage qui résonna bizarrement aux oreilles de Julian.

Celui-ci se redressa, croisa le sourire amusé de Hank, fronça les sourcils sans comprendre.

— Bienvenue dans les limbes, mon grand.

Le Retour du Gris

Fragment

Chroniques d'Ombre : le trône d'Ombre

53e année de l'Échange

Le château d'Astria est l'un des rares bâtiments officiels de la ville qui n'ait pas été façonné par magie. Il en est de même pour le trône d'Ombre qui s'élève sur la vaste estrade de la salle des Doléances. Pourquoi le premier souverain du royaume fit-il le choix de s'en tenir à des matériaux et à des procédés de construction traditionnels, alors que l'art des capes d'or offrait des splendeurs sans pareille ? Il ne s'en est jamais justifié. Certains évoquent une méfiance du roi envers les magiciens. D'autres expliquent qu'il souhaita que chacun prenne place dans un lieu qui lui ressemble : le Clos des magiciens dans son écrin de mystère, les clergés des dieux dans des temples majestueux tutoyant les nuages, le gouvernement des hommes dans un solide château édifié par leurs mains.
Le trône lui-même vit passer nombre d'artistes avant d'être considéré comme achevé. Un sculpteur tailla sa forme primitive et son socle dans un bloc de granit colossal. Un forgeron y fixa des volutes de fer et d'or. Un joaillier y enchâssa des gemmes somptueuses. Un tapissier veilla au confort des velours et des coussins.
D'un bout à l'autre de son élaboration, le roi fut consulté, et l'on raconte qu'il fut particulièrement attentif au choix des gemmes qui ornent le trône, surtout à celles sur lesquelles, à l'extrémité des accoudoirs, reposeraient ses mains.
Pour la main droite, il sélectionna un cristal offrant un dégradé étonnant, du noir le plus profond jusqu'à la transparence

limpide d'une source. Il représentait les dieux, les nuances infinies de leur intrication, Aa l'enténébré d'un côté, Izil l'incandescente de l'autre~~, le Sans-Nom au centre~~.
Pour la main gauche, le souverain préféra une très ancienne pierre sanguine, représentant la passion des gouvernants pour la terre d'Ombre. Il est à noter que c'est précisément à cause de cette pierre que le rouge fut choisi comme teinte royale.

Extrait des *Chroniques d'Ombre*,
par Merwan, Encré du royaume.
(Texte revu et expurgé sur ordre de la reine par Amaël,
Encré du royaume, en la 1re année de l'Alliance.)

Chapitre 20

— Hank ! s'écria Charly.

Une joie brûlante envahit son corps et, en dépit de sa faiblesse, Charly se précipita vers cet homme qui lui était aussi cher que son propre père, le serrant dans ses bras pour l'embrasser sur les deux joues. Hank le repoussa avec douceur, puis d'un geste, revêtit les magiciens de la troupe. Il était en tout point semblable à l'homme que Charly et Julian avaient quitté quelques semaines plus tôt – un air bourru, le visage mangé par une épaisse barbe, un corps solide sans être épais, habillé de vêtements informes –, pourtant, Charly perçut quelque chose de nouveau dans son regard. Perçant et perspicace, il l'avait toujours été, mais aujourd'hui, sous la frange dense de ses cils, les yeux de Hank étaient bien plus. Magnétiques. Insondables. Millénaires. Paradoxalement, Hank semblait aussi très affaibli. Charly s'en détacha difficilement, happé comme tous les autres par l'étonnant paysage dans lequel ils avaient atterri, et pendant un moment, personne ne parla.

La suite nuptiale qu'ils avaient quittée un instant plus tôt était toujours visible, ses murs, ses meubles, sa lumière…, mais tout cela était aussi impalpable qu'un mirage.

— Bleue, s'étonna Ravenn, où est-elle ?

— Toujours dans cette pièce. Les magiciennes sont des maîtresses de l'illusion. Et ne t'inquiète pas pour elle, Aa et Izil ne la toucheront pas.

Charly leva une main devant lui. Elle s'enfonça dans la tapisserie sans trouver de résistance. Il fit un pas, traversa sans le moindre effort la paroi du mur, se retrouva dans le salon obscur déjà déserté par les magiciens. Aussitôt, il baissa les yeux, attiré par une étrange lumière diffuse. Vertige. Le sol – peut-on appeler sol une surface si transparente qu'elle paraît inexistante ? – semblait avoir disparu, et cependant, les pieds de Charly foulaient bel et bien une surface dure. De l'autre côté de cette surface se dressait le mur d'une grande bâtisse entourée de ce qui, vu d'ici, ressemblait à un vaste jardin à la française, baignée d'un puissant soleil estival. Charly comprit immédiatement. C'était Rive, là-dessous. Son monde, à la gravité inversée.

Comme pour conforter cette analyse, une adolescente à l'uniforme moderne jean-sweat-baskets sortit de la maison et marcha vers le jardin. L'espace d'un instant, la semelle de sa chaussure se posa juste sous celle de Charly. Bien sûr, elle n'en eut pas conscience et poursuivit sa trajectoire sans tressaillir. Charly, lui, fut profondément troublé par ce contact étrange, cet autre corps accroché au sien l'espace d'un instant, comme une ombre. *Ombre...* le mot prenait tout son sens. Les deux mondes étaient l'ombre l'un de l'autre, et ceux qui le peuplaient possédaient eux aussi leur ombre sous la forme d'un Noir Portrait. Charly réfléchit un instant à leur position dans le château d'Astria. La suite prénuptiale se trouvait au rez-de-chaussée. En ce moment même, il se tenait debout à...

— ... la frontière des mondes, murmura Énora, le visage baissé pour suivre la progression de l'adolescente qui disparut bientôt dans le jardin.

Elle tourna vers Hank un regard dur.

— Qui es-tu ?

— Tu sais qui je suis.

— Le Gris.

— C'est l'un de mes nombreux noms.

Ils se jaugèrent en silence.

— Alors les limbes existent vraiment, observa Til'Enoc'h.

— Les limbes sont mon royaume, expliqua Hank, celui où les fils des existences s'entrecroisent.

Un inconnu entra dans la pièce, bien réel celui-là. Tous se retournèrent vers lui. Vêtu d'un simple pantalon de toile, il était rasé de près, et ses longs cheveux bruns brillaient de propreté, mais quelque chose dans son attitude désavouait la fraîcheur de son apparence. Il lança au groupe un regard brillant, hanté par d'indicibles cauchemars, puis reprit son errance en marmonnant pour lui-même.

— C'est donc l'un de vos sujets ? s'amusa la princesse Élouane.

— Oui et non, sourit Hank. Chaque humain est mon sujet, d'une certaine manière, car il viendra vers moi à la fin. C'est pour cette raison précise que les limbes existent. Quand quelqu'un meurt, il transite un moment dans cet espace intermédiaire.

— Alors cet homme est mort ?

— Non. Comme vous, il est arrivé ici par magie.

— Il y a longtemps, devina Enoc'h.

— En effet. Lorsqu'on force ainsi l'entrée des limbes, on ne vieillit pas plus qu'on ne meurt. De chaque côté, dans chaque monde, le temps s'écoule normalement. Ici, il n'a pas prise sur les choses et les gens. Ils sont piégés pour l'éternité. Quittons cette pièce, voulez-vous ?

Il s'élança vers le mur d'un pas ferme et se fondit au travers. Charly lui emboîta le pas avec les autres.

Ils quittèrent le château, parcoururent en silence les ruelles tortueuses des quartiers résidentiels d'Astria. Une nuit profonde enveloppait la ville, la clarté de la lune était minime, voilée d'épais nuages, et aucune torche ne brillait, mais le jour qui battait son plein en Rive éclairait leurs pas d'une lueur surnaturelle.

De même que les bâtiments et les objets, les Astriens qui profitaient de la nuit apparaissaient à Charly tels des fantômes impalpables. Parfois, des hommes et des femmes des limbes au regard fuyant glissaient à l'angle d'un mur, s'évanouissant aussitôt – depuis combien de temps étaient-ils prisonniers de ces lieux ? Des années, des siècles peut-être.

Sous les pieds de Charly, des intérieurs apparaissaient, bulles paisibles et intimes entre les portions de rues où s'écoulait le flot affairé des habitants de Rive. Dans l'entre-monde des limbes, il observait fasciné la rencontre improbable de deux univers si différents.

Les membres les plus impressionnés parmi leur petit groupe étaient natifs d'Ombre, car ils ignoraient jusqu'ici à quoi ressemblait Rive. Iouna sembla effrayée par les voitures. Charly lui sourit. Qu'aurait-il donné pour pouvoir ne serait-ce que lui prendre la main…

Hank entra dans une maison abandonnée. L'intérieur ressemblait à un vieux pub londonien, plein de livres et de bouteilles. Charly fut surpris de constater que le mobilier était réel – ou, du moins, tangible.

— Mon QG à Astria, expliqua Hank devant les visages perplexes de ses interlocuteurs. Les objets qui passent dans les limbes par magie y demeurent pour l'éternité, j'ai donc pu constituer un joli mobilier.

Il s'attabla, incitant d'un geste ses invités à le rejoindre – ce qu'ils firent, à l'exception de Pelekaï et d'Énora, qui préférèrent demeurer debout.

— Pouvez-vous nous faire sortir d'ici ? l'interrogea la princesse.

— J'ai ce pouvoir.

— Mais vous êtes incapable de vous extraire vous-même, n'est-ce pas ? dit calmement Luernios. Pas pour vous rendre en Ombre, du moins.

Hank dévisagea longuement le prêtre gris.

— Mon cher Luernios, fidèle parmi les fidèles, tu as raison, bien sûr. Je vous dois à tous des explications.

Luernios ne put réprimer un frisson en entendant le dieu prononcer son nom.

Sa vie durant, il avait espéré que vienne le jour où il se tiendrait enfin en face de Lui et, à présent qu'il y était, le prêtre se sentait plus troublé qu'il ne l'avait imaginé. La foi qu'il avait en Son enseignement était plus forte que jamais et il désirait ardemment Son retour en Ombre, mais à cet instant, l'entité au service de laquelle Luernios avait voué son existence lui semblait si… humaine.

— Je suis resté absent d'Ombre depuis que j'ai aidé Gwendal, dernier des Rois-Passeurs, à fermer à jamais les failles entre les deux mondes. Comme tu l'as deviné, Luernios, ce n'est pas de ma propre volonté que je suis resté à l'écart. Aa et Izil ont profité de mon passage pour, si vous me permettez cette image, verrouiller la porte dans mon dos. Ils ont établi une barrière de force dans l'espoir de me bannir à jamais en Rive, afin d'accroître leur influence sur la terre d'Ombre, et je dois dire qu'ils ont parfaitement réussi leur ouvrage. Mais ils ont négligé deux points essentiels, le premier étant les limbes eux-mêmes. N'y ayant pas accès, Aa et Izil n'ont jamais cru à leur existence. Or, ils sont bien là et, si la porte du retour est en effet fermée pour moi, j'ai pu durant toutes ces années observer ma terre par l'œilleton des limbes. Les observer eux, ma chère fratrie, mais aussi tous ceux qui foulent le sol de ce monde. Toi, Ravenn. Toi, Luernios, et tous tes semblables acquis à ma cause. Et, étant capable de voir, j'ai pu prévoir. Trier patiemment les lignes de l'avenir jusqu'à trouver celles qui serviraient mes intérêts. L'autre élément qu'ils ont négligé – et pour cause, je l'ignorais autant qu'eux –, c'est qu'étant des dieux nés en Ombre nous sommes intimement liés à ce monde, qui est la source de notre pouvoir. Loin de lui, nous dépérissons. Oh, pas du jour au lendemain, mais deux cent cinquante ans sans poser le pied chez moi ont drainé mon énergie vitale aussi sûrement qu'un désespoir amoureux. Tel que vous me voyez, je ne suis plus qu'une bougie prête à s'éteindre. Et c'est cela, précisément, qu'ils n'avaient pas prévu : la force avec laquelle je veux poursuivre mon existence, jusqu'où je peux aller pour ne pas disparaître.

— Oui, jusqu'où ? lâcha Énora, glaciale.

Le dieu soutint son regard. Elle se détourna, marcha vers la fenêtre, les bras croisés sur sa poitrine. Luernios n'était pas certain de comprendre cet échange. Il l'ignora.

—Vous avez œuvré pour Votre retour, conclut-il.

—J'ai œuvré, oui, patiemment. Des années et des années d'observation jusqu'à trouver ce moment parfait où vous existiez tous, chacun d'entre vous dont les lignes de vie convergeaient si fort que je n'avais qu'une pichenette à impulser pour vous réunir.

—Nous ne sommes pas arrivés ici par hasard, affirma la princesse, perspicace et réticente. Qu'attendez-vous de nous ?

Le dieu Gris observa un bref silence.

—Le hasard est un concept discutable, dit-il enfin. Mais quoi qu'il en soit, ce sont bien vos propres pas qui vous ont menés jusqu'ici. Je me suis juste positionné là où je pourrais vous réceptionner pour vous renvoyer en Ombre.

—Un acte que vous n'accomplirez pas par pure bonté. Que demandez-vous en échange ?

—Ravenn, lorsque Luernios t'a aidée à fuir le royaume il y a dix ans, tu m'avais promis de rentrer et de prendre le trône d'Ombre. Il te reste un trône à prendre.

La princesse acquiesça. La flamme de sa méfiance brûlait haut, mais elle n'avait qu'une parole.

—Pourquoi moi ?

—Si le trône d'Ombre est ancien, la pierre sanguine enchâssée dans son accoudoir droit est bien plus ancienne encore. Elle est née de la terre du royaume alors qu'aucun homme ne la foulait encore et que vouivres et dragons régnaient sans partage sur ce monde. J'étais là lorsque le premier roi d'Ombre choisit d'y faire reposer sa main droite, et je l'ai transformée. Ou plutôt : amplifiée. Cette pierre possédait une énergie latente que j'ai décuplée pour qu'elle se lie à l'occupant du trône. Comprenez, j'aime ce monde tout entier, mais ce royaume plus que tout autre, et, en ces premiers jours d'Astria la savante, je voulais m'assurer que le rêve qui l'avait engendrée perdurerait à travers les générations.

—De quelle manière la pierre est-elle liée à l'occupant du trône ? demanda la princesse.

—Par l'amour. (Élouane haussa un sourcil.) Je sais que tu aimes déjà cette terre, Ravenn, mais quand tu auras posé la main sur la pierre sanguine, rien ne pourra faire vaciller cet amour.

—Soit. Mais vous n'avez pas répondu. Pourquoi moi ? Et pourquoi nous parlez-vous de cette pierre ?

— Celui qui modifie l'énergie d'une pierre y dépose son empreinte pour toujours. Elle est le cœur brûlant d'Ombre et porte ma marque. Elle seule peut briser la barrière établie par Aa et Izil. Quant à ta question, pourquoi ai-je facilité ta fuite il y a dix ans tout en te faisant promettre de revenir prendre la couronne à la mort de ta mère… J'avais besoin que la femme liée à ce trône – et à cette pierre – soit indépendante vis-à-vis des magiciens, mais surtout vis-à-vis des clergés de mon frère et de ma sœur. Qu'elle soit suffisamment forte pour qu'ils échouent à la manipuler. Car comme tu l'as compris, lorsque tu seras reine, j'aurai besoin de ton aide, une dernière fois, et nous serons quittes.

— Personne n'est jamais quitte avec vous. À la fin, vous gagnez.

— Crois-moi, ce genre de victoire est amer. Chaque vie m'est précieuse et aucune mort ne me réjouit.

— Pas même celle de la reine ma mère ? Sa mort servait pourtant vos plans.

L'espace d'un bref instant, une tristesse insondable envahit le regard du dieu, puis il se reprit.

— Cette mort-là m'a été cruelle à un point que tu ne peux concevoir, Ravenn. Le Noir Portrait de la reine m'était précieux.

Luernios pencha la tête, surpris. Oui, ce dieu semblait particulièrement humain. Mais maintenant qu'il s'était fait à cette idée, le prêtre gris ne l'en aimait que plus.

— M'aideras-tu, une dernière fois, pour permettre mon retour ? demanda-t-il à Ravenn. Accepteras-tu d'utiliser la pierre sanguine pour briser la barrière ?

La jeune femme eut un sourire ironique, mais ce fut la tendresse qui perça dans sa voix :

— Je ne voudrais pas m'attirer les foudres du Gris. Et puis vous manquez à cette terre autant qu'elle vous manque, Guérisseur.

— Une sage décision, princesse d'Ombre, répondit-il sur le même ton. Merci.

Il se tourna vers Énora. Celle-ci, le front appuyé contre la vitre d'une fenêtre, ne leur offrait qu'un dos hostile.

— Énora, dit doucement le dieu, tu es la clé de voûte de mon retour.

Un silence oppressant s'installa ; tous retinrent leur souffle sans savoir pourquoi. Énora fit volte-face. Un masque de rage déformait ses traits. Elle marcha vers le dieu, appuya ses mains sur la table, plongea ses yeux clairs dans le regard millénaire du Gris.

— Vous saviez, assena-t-elle. Depuis le début vous saviez ce qui allait arriver à ma famille et vous n'avez rien fait, pas un seul putain de geste pour empêcher leur mort !

Fragment

Le carnet de Morgane

2 juillet

Énora a été transférée dans un hôpital de la région, et Erwan est rentré à la maison ce matin. À présent, je sais pour quelle raison mon mauvais pressentiment a persisté après que l'état d'Énora s'est stabilisé.

À la suite de son accident, le temps que les secours la rapatrient jusqu'à Ajaccio, Énora a perdu beaucoup de sang. Suffisamment pour nécessiter une transfusion. J'essaie de rester calme à cette pensée, mais c'est peine perdue. Notre pire crainte est devenue réalité, dans cette famille au groupe sanguin unique en son genre.

Puisque Erwan était là, il a donné du sang pour sa sœur et, comme ils étaient majeurs depuis quelques semaines, les médecins, dans l'urgence, n'ont pas jugé nécessaire de demander l'avis de leur mère. De toute manière, qu'aurions-nous fait ? Même en prenant un avion, Servanne ou moi n'aurions pas été aux côtés d'Énora à temps ; son frère était le seul donneur envisageable. Aujourd'hui donc, le sang d'Erwan circule dans les veines d'Énora. J'ignore les conséquences de cette réalité, mais je sais qu'il y en aura. Si j'ai raison, si une maladie infecte le sang des garçons de notre famille et les condamne prématurément, alors…

Je ne veux pas aller au bout de cette pensée.

Je refuse d'imaginer que je pourrais les perdre tous les deux. Mes petits, mes amours.

Les mots d'Énora dansent dans mon esprit, ceux qu'elle a prononcés ce jour où je les ai retrouvés il y a des années de ça, là-bas, près des empilements de granit rose de la côte nord. « Erwan. C'est mon f'ière ! » Ton fier, ma douce. J'ai eu tort, ce jour-là. J'ai vu ton amour pour lui, j'ai senti l'affection qui naissait en moi pour vous deux, vous deux ensemble, inséparables. Et je n'ai pas pu faire ce qui devait être fait. Ma lâcheté aura un prix, et nous le paierons tous.

Chapitre 21

Immobile, Énora faisait face à Hank dans toute sa douleur. Rien qu'à la regarder, le dieu sentit le tourbillon glacé de la fureur planter ses piquants dans chaque fibre de son être. Énora… si fragile et si forte, si prompte à laisser entrevoir les vents déchaînés qui hurlent dans son ventre.

— J'ignorais que l'Ordre s'en prendrait à ta famille entière, lui assura Hank sans chercher à cacher sa peine. Je te le jure. Mais je connaissais d'avance le sort de ton jumeau, cela est vrai. Pour lui comme pour les hommes de ta lignée qui l'ont précédé, je n'ai rien fait, car ce n'est pas mon rôle d'intervenir dans les histoires des hommes. Je ne m'implique que lorsqu'une nécessité absolue m'y pousse et, même là, je ne le fais qu'avec parcimonie.

— Une nécessité absolue ? répéta le prêtre, intrigué.

— Ma propre existence. Il ne me reste que quelques heures à vivre si je ne retourne pas en Ombre.

Énora jeta à Luernios un regard noir qui lui fit instantanément ravaler ses questions.

— Vous n'avez rien fait pour sauver les miens, reprit-elle, et vous me demandez de vous sauver ? Allez vous faire foutre, vous et tous vos prêtres !

Elle lui tourna de nouveau le dos. Hank resta impassible.

— Si tu m'aides, annonça-t-il, tu auras ta vengeance. Je te le promets.

Énora se figea avant de faire lentement volte-face.

— Vraiment ? cracha-t-elle. Vous m'aiderez ?

Hank posa son menton dans le creux de sa main. Se venger n'aiderait pas Énora. Mais elle en avait besoin, cette pensée était si vaste dans son esprit qu'elle obstruait toutes les autres, la rendant incapable de discerner les conséquences possibles du massacre qu'elle envisageait. Lui, en revanche, savait. *Savoir*, c'était son job.

— Oui, répondit-il avec un sourire sans joie. Je t'aiderai.

Énora fronça légèrement les sourcils, puis marqua son accord d'un hochement de tête buté.

— Excusez-moi, intervint Ravenn, de quel type de vengeance parle-t-on ?

— La mort des membres de l'Ordre, lâcha sombrement Énora.

— L'Ordre ?

Hank leur expliqua brièvement la nature de l'Ordre, sa mission et le rôle de ses membres dans le massacre de la famille d'Énora.

La princesse se tourna vers celle-ci.

— Tu veux donc les éliminer.

— Chacun d'eux, approuva Énora d'une voix sourde.

— En décimant leurs Noirs Portraits parmi mes sujets, car c'est bien là l'aide que vous seul pouvez lui procurer, le Gris ? Désigner ses cibles de ce côté des limbes ?

— En effet. Et cela ne te posera pas problème, Ravenn, car, sur bien des points, vos projets convergent. Tu as bien fait d'annoncer le retour des Heures Sombres. Celles qui suivront ton couronnement seront d'une obscure violence.

Assise face à Hank, la princesse pencha la tête et appuya ses coudes sur la table. Ses yeux se plissèrent tandis qu'elle tentait de suivre la logique du dieu. Finalement, elle admit son incompréhension.

— Qu'est-ce à dire ?

Hank prit une longue inspiration, puis se lança.

— Lorsque Kanna, le premier des Rois-Passeurs, ouvrit la toute première faille et traversa, il nomma « Rive » le monde qu'il découvrait. Puisqu'il disait venir du royaume d'Ombre, les habitants de Rive nommèrent notre monde par ce nom. Cela donna lieu à de nombreuses confusions, non seulement parce que le royaume d'Ombre n'est qu'une toute petite parcelle de notre monde, mais aussi parce que ce mot porte en lui-même un imaginaire puissant : pour les natifs de Rive, notre monde n'était que l'ombre du leur. Un monde inférieur, en quelque sorte. C'est faux, bien sûr, aucun des deux mondes n'est l'ombre de l'autre, aucun n'est supérieur ou inférieur. Cette confusion explique en partie pourquoi les habitants de Rive se sont sentis autorisés à nous envahir : après tout, ils ne faisaient que reprendre ce qui leur appartenait – qu'y a-t-il de plus intime, de plus personnel, que son ombre ? Ce que j'essaie de dire, c'est que cette idée d'ombre est imparfaite. Le miroir serait une image plus proche de la vérité, et vous marchez dessus. Cette « frontière entre les mondes », comme l'a appelée Énora, est une sorte de miroir déformant. Ombre et Rive sont ses deux reflets. Les magiciens du Clos ont établi que les seuls éléments communs à deux Noirs Portraits sont leur date et leur lieu de naissance. Ce n'est pas tout à fait exact. Moi qui observe le phénomène des Noirs Portraits depuis que les hommes existent, je suis capable de saisir la logique et l'ironie de ces appariements. Ils ne doivent rien au hasard. Rien ne doit jamais rien au hasard. Ces mondes sont des reflets déformés. Leurs géographies sont des reflets déformés. Les langues qui s'y parlent sont des reflets déformés – c'est pourquoi vous vous comprenez même si vos usages des mots vous semblent comme décalés. Les êtres qui y vivent sont des reflets déformés, et leur ressemblance peut porter sur un large éventail de caractéristiques. Charly et Iouna partagent une soif d'absolu et de pureté qui les a portés l'une vers le service d'Izil, l'autre vers la joie de vivre et l'insouciance. Julian et Enoc'h possèdent la même réserve naturelle, le même besoin de servir à quelque chose, la même méfiance en la nature humaine…, la même propension à la culpabilité.

Les intéressés s'entre-regardèrent.

— Et c'est aussi le cas de ces hommes qu'Énora veut tuer, en déduisit Ravenn.

— Exactement. Les hommes qui sont membres d'une organisation aussi secrète et implacable que l'Ordre développent un fort sentiment d'appartenance à ce groupe, assez fort pour rejaillir sur leurs Noirs Portraits, qui vont eux aussi ressentir le besoin de rejoindre un groupe à l'identité très marquée.

— Lequel ?

Hank entrecroisa les doigts de ses mains, huit regards avides suspendus à ses lèvres.

— Les Noirs Portraits des membres de l'Ordre sont tous prêtres ou magiciens.

Ravenn se laissa retomber dans le fond de son siège, songeuse. Sur son visage, Hank pouvait presque distinguer les rouages de son cerveau tournant à toute allure.

— Tu as décrété le retour des Heures Sombres pour purger le royaume de ceux qui refuseraient ton autorité et se dresseraient contre toi, ajouta-t-il. Parmi eux, se trouvent les cibles d'Énora. Tu auras ton royaume, elle aura sa vengeance.

— Oui. Mais en moissonnant trop de magiciens, j'affaiblirai mon royaume.

Le sourire de Hank s'élargit.

— Il y a une manne de magiciens inexploitée, en Ombre. L'une d'elles se tient à tes côtés.

Le regard de la princesse glissa vers une Jana au visage impassible.

— Sav-Loar, la ville des magiciennes dissimulée dans la forêt des Songes ?

Il hocha la tête. À présent, chaque parole lui coûtait. Il fallait se hâter. Pourtant, il savait aussi que de nombreuses questions devraient trouver des réponses avant que tous soient prêts à l'aider.

— Bleue, murmura la princesse. La magicienne. Elle m'a dit que je ne connaissais pas la raison de la guerre que mène mon père à l'Est... Savez-vous ce qu'elle entendait par là ?

— Vos voisins terrilisiens ont leurs secrets. Ce n'est pas à moi de te les dévoiler. Quoi qu'il en soit, rassemble les magiciennes, donne-leur un réel statut, confie-leur un lieu où étudier, offre-leur la liberté de s'entretenir ou non avec leurs homologues masculins. Quelques magiciens et prêtres seront morts. Mais le royaume sera bien plus fort qu'avant.

Jana, Ravenn et Til'Enoc'h échangèrent de longs regards silencieux tandis que chacun envisageait l'arborescence floue des avenirs. Hank tourna la tête vers Énora. Appuyée contre le bar, la jeune fille le fixait de ses yeux d'orage.

Dans un fabuleux effort qu'il tenta de rendre anodin, le dieu se leva pour la rejoindre.

— Pose tes questions, dit-il en s'accoudant près d'elle. Tu as amplement mérité des réponses.

Énora leva les yeux au ciel.

— Gourou de développement personnel new age, le retour..., lâcha-t-elle avec un mépris qu'elle ne chercha pas à camoufler.

Il sourit. Elle le détesta un peu plus. Mais les interrogations sur sa famille qu'elle portait en elle depuis toujours se bousculaient dans son esprit au point de déborder.

— Si vous aviez besoin d'un Passeur pour briser cette barrière qui vous empêche de rentrer en Ombre, pourquoi n'avez-vous pas éliminé l'Ordre ? Vous auriez pu les supprimer depuis longtemps pour laisser vivre les hommes de ma famille.

— Je ne prends pas les vies, Énora ; je ne fais que collecter les morts, et mes adeptes soignent les mortels pour retarder le moment où ils viennent à moi.

Elle balaya sa réponse d'un haussement d'épaule agacé. *Dieu ou non, lorsqu'on veut vraiment quelque chose, on se débrouille pour l'obtenir.* Elle garda pour elle cette pensée, consciente que pour chacun de ses arguments le dieu aurait une autre de ses « vérités absolues » à lui assener. Énora tenta une nouvelle approche.

— Les Passeurs n'ont pas de Noirs Portraits. Comment cela est-il possible ?

Le regard du dieu partit si loin, dans un recoin de sa mémoire qui semblait si pénible, qu'Énora en fut effrayée. Il est des souvenirs qui ne doivent pas être réveillés. Même elle, du haut de ses vingt ans, ne pouvait l'ignorer. Elle voulut retirer sa question, lorsqu'il déclara :

— Il y a des centaines d'années, lorsque l'académie du Clos a banni les femmes de ses rangs, nombre de magiciennes ont été traquées et, comme vous, certaines n'ont pas eu d'autre choix que de rejoindre les limbes pour échapper aux capes d'or. J'ai aimé l'une d'elles. Elle se nommait Mordenn. Nous avons eu un enfant ensemble, une fille, née dans cette réalité.

— On ne vieillit pas dans les limbes, mais on peut y naître ? l'interrompit Énora.

— Lei'lith est un être unique, né dans les limbes et de sang divin. Elle a pu s'y développer mais possède à jamais l'apparence d'une enfant.

— Où est-elle aujourd'hui ?

— Notre fille était âgée d'une cinquantaine d'années lorsqu'elle a trouvé le chemin du royaume des morts, une dimension à laquelle aucun dieu d'Ombre n'a accès, pas même moi. Elle y règne depuis.

— Vous guidez les morts vers une réalité dont vous ne connaissez rien ? s'étonna Énora. Cela ne vous dérange pas ?

À son tour, le dieu haussa les épaules.

— C'est ma tâche. Ce pourquoi j'existe. Lorsque Lei'lith a quitté les limbes, sa mère est devenue inconsolable. Cet endroit n'est pas fait pour les humains, y vivre est âpre et violent. L'idée de demeurer ici pour l'éternité sans sa fille est devenue pour elle insupportable, et mon amour, quelle que soit sa force, s'est révélé incapable d'adoucir son calvaire. Mordenn m'a supplié de la renvoyer en Ombre. J'ai accepté.

— Je croyais que vous n'interveniez pas dans les affaires des hommes ?

Hank eut un sourire las.

— L'amour fait agir d'étrange manière, Énora. Il ne s'encombre pas des conséquences.

Curieux, les autres s'étaient approchés pour écouter l'histoire du dieu.

—Laissez-moi conjecturer, osa Ravenn. Vous n'avez plus jamais aimé depuis ?

Le dieu posa sur elle un regard acéré par le souvenir de la douleur.

—Oh, si, dit-il. Quelles que soient les entailles que laisse l'amour lorsqu'on le perd, je ne sais vivre sans lui. Ne confonds pas mon histoire avec la tienne, veux-tu ?

Énora les observa s'affronter du regard sans comprendre à quoi Hank faisait référence.

—Quel est le rapport avec les Passeurs ?

—Lorsque je l'ai renvoyée en Ombre, Mordenn avait passé plusieurs centaines d'années dans les limbes. Je vous l'ai dit, ici, on ne vieillit ni ne meurt. Mais son Noir Portrait en Rive, lui, était décédé depuis longtemps. Elle n'était plus liée à personne.

—La première Passeuse, devina Énora.

—Leur point d'origine, du moins. Les limbes modifient les choses et les gens. Mordenn avait perdu ses pouvoirs de magicienne, et – ce dont je n'avais aucune idée à l'époque – son sang avait été profondément altéré, au point de ne ressembler à celui d'aucun autre mortel. Elle n'a pas développé le pouvoir des Passeurs. Mais le fils qu'elle eut avec un magicien, oui.

Énora recomposa lentement le puzzle de sa lignée.

—Kanna, souffla-t-elle comme une évidence.

—Oui. Et tous les hommes de sa descendance héritèrent du pouvoir singulier de son sang. Si j'avais connu les conséquences de mon geste, jamais je n'aurais…, mais si. Je ne suis pas honnête. J'aurais transgressé les règles et, si c'était à refaire, je recommencerais, même en ayant connaissance de ce que j'ai alors déclenché.

—Pourquoi ? intervint Jana de sa voix grave.

Il sourit, un vrai sourire cette fois.

—Mordenn a eu une vie, dit-il simplement.

Un bref silence s'établit.

—Les hommes de sa descendance, répéta enfin Énora, incapable de lâcher le fil qui se déroulait dans son esprit. C'est ce que vous avez dit. Pourtant, je suis là. Comment une femme a-t-elle pu hériter de ce pouvoir ?

—Chez les hommes, le don de Passeur arrive à maturation et se déclenche à l'âge de vingt ans, mais il commence à s'activer dans le sang dès le début de l'adolescence.

Énora fronça les sourcils. Brusquement, les engrenages s'enclenchèrent dans sa tête, jetant une lumière crue sur les dernières zones enténébrées de l'immense tableau familial. Elle revit le visage préoccupé de sa mère et celui, grave et tendre, de sa grand-mère Morgane le jour où elles étaient venues lui rendre visite à l'hôpital, après son rapatriement de Corse, deux ans plus tôt. *Je vais bien*, leur avait-elle assuré en riant de leur inquiétude. *Ils m'ont dit que je ne garderai aucune séquelle.* Elle avait cru que c'était le cas, elles avaient toutes voulu le croire. Mais au fond, elles savaient, Morgane et Servanne, elles savaient que la présence du sang d'Erwan coulant dans les veines d'Énora ne serait pas sans conséquence. Et elles avaient eu raison. Le pouvoir y était déjà en germe, et les jumeaux, en mêlant leur sang, avaient scellé leur destin.

Dans son esprit, les déductions n'en finissaient plus de tomber.

— C'est pour cela que vous avez aidé Gwendal, affirma-t-elle, lorsqu'il a voulu clore toutes les failles entre les deux mondes. Il est le descendant de Mordenn, comme je le suis. Il est le fruit de votre faiblesse. Comme je le suis. Et, en séparant Ombre et Rive, il réparait votre erreur.

Hank ne répondit pas – il n'en avait pas besoin, ce n'était pas une question. Énora lui adressa soudain un coup d'œil anxieux et, englobant d'un geste de la main tous ceux qui se trouvaient dans le bar, elle demanda :

— Vous disiez que les limbes modifient ceux qui y résident. Est-ce qu'ils risquent quelque chose ?

Un voile de tristesse traversa les traits du dieu.

— Quoi ? s'inquiéta-t-elle. Quel est le risque ?

— Aucun, pas pour un séjour aussi court. C'est juste ce que tu as dit…

— Qu'est-ce que j'ai dit ?

— Tu as dit « ils » quand tu aurais dû dire « nous ».

Énora prit la mesure de ses paroles.

— Je suis une Passeuse, rétorqua-t-elle, mon sang est déjà altéré.

Intérieurement, elle savait que le dieu avait lu une vérité bien plus profonde dans ses mots, mais elle la refusa d'emblée, incapable de l'admettre.

— Et puis ne me dictez pas ce que je dois penser, s'énerva-t-elle. Vous n'en avez pas la moindre foutue idée.

— Et si je le savais, tu te débrouillerais toujours pour me renvoyer l'exact opposé par pur esprit de contradiction.

Leurs regards se croisèrent. La commissure des lèvres d'Énora se redressa légèrement, puis elle se détourna.

— Si vous nous en disiez un peu plus sur ce que nous devons faire pour vous ramener en Ombre ?

— Commence par regarder sous tes pieds.

Énora baissa la tête. En Rive, un homme qu'elle n'avait pas remarqué auparavant était assis sur le banc d'un petit jardin public. Sa silhouette lui était familière, mais dans cette position, elle ne pouvait distinguer son visage.

—Axel, murmura-t-elle enfin en reconnaissant son amour d'enfance.

Elle s'accroupit pour mieux voir.

—Que fait-il là ?

—C'est le Noir Portrait de la princesse, répondit Hank.

L'intéressée se pencha, intriguée.

—Pas un scoop, lança Énora. Mais pourquoi est-il dans ce parc ?

—J'ai promis de lui prouver que tu es encore vivante.

Sans explication, le dieu posa une main sur le sol transparent. Axel sursauta de l'autre côté, bondit du banc et s'agenouilla dans l'herbe. Énora détailla son visage. Il était pareil qu'au jour de son anniversaire, le teint halé, une courte barbe adorablement négligée, les yeux brillants d'ailleurs et d'espoir. Seuls ses cernes profonds étaient nouveaux. Soudain, son visage se plissa sous l'effet de la surprise, et Énora comprit qu'il la voyait. Il l'appela. Sa voix jaillit dans les limbes, non pas étouffée comme tous les autres sons, mais limpide, déchirante de réalisme.

—Je suis là, répondit Énora, au bord des larmes.

—Tu vas bien ? lui demanda-t-il.

Elle hocha la tête, incapable de répondre. Elle était heureuse de le revoir ; pourtant, sa présence réveillait en elle des souvenirs insoutenables. Ceux de l'attaque de l'Ordre, bien sûr. Mais aussi ceux, pires encore, d'une insouciance à jamais perdue.

—Ne t'inquiète pas pour moi, souffla-t-elle finalement.

—Axel, tu as eu la preuve que je t'ai promise, fit Hank avant de retirer sa main.

Énora vit Axel fouiller des yeux le sol redevenu opaque, passer ses mains dans les brins d'herbe dans l'espoir de leur rendre leur transparence. Puis, résigné, il se redressa et, avec un dernier regard en direction du sol, s'éloigna.

Bouleversée, Énora s'assit sur une chaise.

—Pourquoi avez-vous fait cela ? demanda-t-elle d'une voix rauque.

—Parce qu'Axel fait partie du plan dont je dois vous parler.

Julian changea de position sur sa chaise, déliant ses muscles éprouvés par la nuit de combat.

Hank leur parlait depuis une heure lorsqu'il approcha du terme de ses explications. D'un bout à l'autre, Énora avait écouté d'un air attentif, mais Julian lisait sur son visage une résolution si absolue qu'elle en était inquiétante. Quand il fut clair que le dieu – il était encore étrange pour Julian de considérer Hank de cette manière – leur avait livré tout ce qu'il jugeait nécessaire, Julian lui glissa à l'oreille :

— Je peux te parler un instant seul à seul ?

Ils passèrent dans l'arrière-salle.

— Lorsque nous aurons accompli ce que tu nous demandes, dit-il sans ambages, que va-t-il se passer pour Énora ?

Hank hésita, posa brièvement une main sur l'épaule de Julian, la retira.

— Elle n'est plus chez elle nulle part, Julian. Ni en Ombre, où ses ancêtres sont haïs, ni en Rive, où tous les siens sont morts.

— Elle a des amis là-bas. Ce garçon, Axel…

Dans son angoisse, Julian préférait encore envisager pour Énora un avenir auprès d'un rival plutôt que le néant qu'il sentait venir.

— Sa seule « maison », la seule chose qui abrite sa raison aujourd'hui, est la vengeance. Elle veut tuer les membres de l'Ordre et ne s'arrêtera pas avant de les avoir exterminés.

— Soit. Mais après ? Énora ne sera toujours pas chez elle.

Hank plongea ses yeux dans ceux de son protégé.

— Je ne lis pas l'avenir, Julian.

— Hank ! Pas avec moi ! Tu ne vois peut-être pas littéralement l'avenir, mais si tu es ce que tu dis être, alors tu as observé les hommes depuis trop longtemps pour ne pas reconnaître les schémas qui se dessinent sous tes yeux. Que sera-t-elle après ?

Le dieu soupira, l'air épuisé.

— Après ? Il n'y aura pas d'après, Julian. Pas pour elle.

Julian sentit un poids terrible tomber dans sa poitrine.

— C'est la seule fin possible ? murmura-t-il avec un regard suppliant.

— Non. Selon mon expérience, il en existe deux. Deux fins possibles à cette histoire. Soit Énora meurt et la lignée des Passeurs s'arrête avec elle…, soit elle monte sur le trône d'Ombre et engendre une nouvelle dynastie de Rois-Passeurs. Mais le pouvoir l'indiffère, ses blessures sont trop béantes pour qu'elle y pense.

Le cœur dans la gorge, Julian baissa la tête. Il savait que Hank avait raison. À vrai dire, celui-ci avait seulement confirmé ses craintes.

— Lorsqu'on ne souhaite pas connaître la réponse, mon grand, il ne faut pas poser la question – surtout pas à un dieu.

— Je ne l'ai pas posée à un dieu. Je l'ai posée à un ami. Merci d'y avoir répondu franchement.

Sans un regard, Julian tourna les talons et rejoignit les autres. Hank le suivit. Une aube éblouissante se levait au-dehors tandis que la nuit de Rive approchait sous leurs pieds.

— Il est temps que je vous renvoie en Ombre, déclara le dieu d'une voix forte.

Tous se rassemblèrent. Le dieu leva une main. D'un geste, il ramena le groupe dans la chambre prénuptiale d'où les cadavres de la nuit avaient été retirés.

— À très bientôt, dit-il.

Tous acquiescèrent. Au dernier moment, Énora se retourna vers lui.

— Hank, j'ai lu que lorsqu'un être ou un objet traverse entre Rive et Ombre, autre chose d'équivalent passe en sens inverse. Est-ce que c'est arrivé lorsque Julian, Charly et moi sommes entrés en Ombre ?

Hank sourit, franchement amusé.

— Oui. Et crois-moi, les habitants de Rive ne sont pas près de l'oublier...

— Oublier quoi ?

Il laissa échapper un son de gorge qui pouvait passer pour un gloussement retenu.

— Ma belle, tu as fait apparaître un couple de dragons sur le parvis de Notre-Dame de Paris !

Énora se figea, surprise. Puis elle éclata de rire, un rire clair, explosif, comme elle en avait émis des centaines avant le massacre de sa famille. Comme il n'en avait pas rejailli depuis. Julian eut l'impression qu'une nuée d'aiguilles le traversait de part en part. L'espace d'un instant, il entrevit tout ce qu'Énora aurait pu devenir. Tout ce qu'elle ne serait pas. Il serra les poings. La douleur dans sa poitrine était intolérable. Il croisa le regard de Hank qui, comme lui, goûtait le rire d'Énora avec une douloureuse amertume au fond des yeux. Une compréhension mutuelle circula entre eux et, si elle n'adoucit pas la peine de Julian, elle l'aida à rester debout.

Soudain, la main du dieu décrivit un cercle dans l'air, et son corps s'estompa jusqu'à ce que seul son regard acéré persiste, puis il disparut complètement. Julian effleura le mur de la chambre prénuptiale du bout des doigts. Rencontrant une surface solide, il s'y appuya de tout son poids avant de se laisser glisser au sol.

Ils étaient de retour en Ombre.

Fragment

Chroniques d'Ombre : le mariage royal

Astria, 365ᵉ année de l'Alliance

Il y aurait tant à dire sur le mariage royal célébré ce jour de l'an 365 de l'Alliance. Raconter par exemple comme nombre d'éminents esprits se montrèrent aussi agités et ombrageux que les nuages amoncelés dans le ciel. Rapporter, aussi, le silence inquiet qui enveloppa la place des Dieux du début à la fin de la cérémonie, la présence étonnante d'un prêtre gris au premier rang des invités ou le visage fermé du roi Degan. Relater, encore, comme tous se retournèrent à l'apparition du couple pour dévisager la fille indocile du royaume et son fiancé, dont aucun ne connaissait l'existence avant son introduction officielle. Oui, il y aurait beaucoup à dire. Mais les circonstances particulières de cette célébration suffisent à envisager l'étrangeté latente qui régnait ce jour dans notre capitale.

Comme il est d'usage, les courtisans de moindre importance arrivèrent en premier et les puissants du royaume, en dernier. Entre eux, s'installa tout ce qu'Ombre compte de nobles secondaires, d'artistes de renom, ainsi que quelques ambassadeurs étrangers, les souverains voisins n'ayant pas pu se rendre à Astria dans le bref délai imposé par la future reine.

Sur la cérémonie en elle-même, je ne m'attarderai pas ici. Elle fut brève pour un mariage royal – moins de deux heures –, expédiée autant par la grande prêtresse que par les époux eux-mêmes, me sembla-t-il. Pour autant, tous les mots qui devaient être prononcés le furent. Puis Élouane et Til'Julian parurent devant la foule sur le parvis, embrassèrent le tronc de l'arbre-feu afin d'y puiser courage et chance, puis visitèrent le temple d'Aa avant de se rendre au château pour procéder à leur sacre.

Extrait des *Chroniques d'Ombre*,
par Rhett, Encré du royaume.

Chapitre 22

Quatre des huit gardes spéciaux de la princesse Élouane avaient survécu – les deux blessés les plus graves étaient morts et deux autres avaient essuyé la frustration des dieux. Curieusement, alors qu'à ce moment nombre de ceux qui avaient accompagné la princesse dans la bataille auraient pu fuir par la trappe, aucun ne le fit. Un lien solide s'était noué entre eux cette nuit, comme un pacte murmuré dans le fracas des combats. Désireux d'éviter la proximité des cadavres, tous les survivants avaient migré vers la suite prénuptiale de la princesse, encore intacte.

Les deux appartements étant parfaitement identiques, Julian avait l'impression étrange d'avoir rêvé cette nuit, comme si le sang et les morts s'étaient évanouis au réveil. Le plus perturbant était peut-être l'absence totale de fenêtres. Elle amplifiait la sensation d'irréalité, laissant Julian incapable de déterminer l'heure.

Il parcourut le salon du regard. La plupart de ses occupants somnolaient, à même le sol ou sur des couches improvisées à grand renfort de coussins et de couvertures. Charly, en sa qualité de malade en pleine convalescence, avait hérité du grand lit de la chambre. Julian croisa le regard brillant de la princesse, assise dans un fauteuil à l'autre bout de la pièce, les jambes repliées contre sa poitrine. Elle n'esquissa pas un sourire, se contenta de cligner les paupières en signe de reconnaissance. Puis elle posa son menton sur ses genoux, et ses yeux dérivèrent, se perdirent au-dedans, vers des lieux et des souvenirs qui n'appartenaient qu'à elle. Respectant son intimité, Julian détourna le regard.

Énora dormait près de lui d'un sommeil agité. Elle n'avait accepté ni couverture ni matelas de fortune, à peine un petit oreiller qu'elle tenait serré contre son ventre comme un enfant serrerait une peluche. Bouleversé par ce qu'avait prédit Hank quelques heures plus tôt, Julian se sépara de son drap et le rabattit doucement sur le corps d'Énora. Il savait qu'elle aurait détesté ce geste paternaliste si elle avait été éveillée. Un instant, il tenta d'imaginer son regard courroucé, ce regard qui disait : « Je n'ai besoin de personne. » Ce regard qui mentait si fort que Julian avait bien failli le croire. Sans chercher à questionner son impulsion, le jeune homme s'allongea près d'elle et passa un bras autour de sa taille. Le souffle chaotique de la jeune fille s'interrompit, puis reprit, plus calme. Julian ferma les yeux. *Hank a tort,* se persuada-t-il, *il doit avoir tort.* Et, s'assoupissant, il se fit la plus intenable des promesses.

Sauver Énora.

Jana pleurait. Accroupie dans le salon où s'était tenue la bataille au début de la nuit, elle détaillait les positions étranges des morts, leurs visages aux traits figés. Ils dégageaient une puissante impression de mouvement interrompu, et c'était comme si ce mouvement était encore là, quelque part. Alors, malgré les larmes qui lui venaient, ou peut-être grâce au filtre flou qu'elles lui offraient, Jana continuait à regarder, à traquer les traces de ce mouvement suspendu, à le prolonger dans sa tête. Ce n'était pas une fascination morbide qui l'avait ramenée dans cette pièce – ou peut-être que si ? Jana ne raisonnait pas en ces termes. Pour elle, tout était art, le beau comme le laid. À travers la contemplation de la mort, c'était la vie qu'elle cherchait à atteindre.

Le miroir s'ouvrit à côté d'elle. Jana ne tourna pas la tête, ne s'essuya pas le visage. Elle n'avait pas besoin de ses yeux pour savoir que la princesse Élouane était entrée tant sa présence résonnait dans chaque fibre de son corps ; rapidement, la vibration se fit chaleur, brûlure lancinante et incontrôlable.

— Tu cherches l'inspiration pour la fresque de mon bureau ? murmura Élouane.

Jana lui lança un coup d'œil provocant.

— J'en avais déjà bien plus que je n'en désirais, et ce, longtemps avant cette nuit.

Élouane soutint son regard. Jana faisait référence à la nuit où une servante avait cherché à assassiner la princesse après avoir partagé sa couche. Dans les yeux sombres d'Élouane, elle ne lut ni repentir ni excuse pour cet acte. Elle était ce qu'elle était, superbement, et l'assumait.

La princesse se pencha en avant et essuya du pouce la joue de Jana qui tressaillit à ce contact.

—Tu es sublime, dit la princesse en secouant doucement la tête, comme si ç'en était douloureux.

Les mots coulèrent sur la peau de Jana comme une caresse, la hérissant de milliers de petites crêtes.

—Tu ne devrais pas rester ici plus longtemps, ajouta Élouane.

—C'est un beau spectacle, dans son horreur, murmura Jana.

—Je sais. Mais c'est une forme de beauté qui abîme.

Jana hocha la tête. Elle comprenait intuitivement que les paroles de la princesse étaient justes.

—Si je te dis que c'est la vie que je contemple, tu me prends pour une folle ?

Élouane eut un demi-sourire.

—Espèce d'artiste, va, dit-elle tendrement. Tu aurais dû servir le Gris.

—Je le fais, à ma manière.

—Sans la contrainte de la chasteté, j'imagine.

Jana eut une moue ironique.

—Qu'ils soient hommes ou femmes, les adeptes du Gris n'y sont pas soumis, répondit-elle en effaçant les dernières larmes sur son visage.

—C'est vrai. Je croyais que tu ne voulais servir personne ?

—Je sers ce que je veux, là où je veux, quand je le décide. Je ne te sers pas, toi, c'est tout.

—J'avais compris, sourit encore la princesse. (Toute joie déserta aussitôt son visage.) Je ne sais pas ce que tu essayais de prouver cette nuit. Ta loyauté envers moi ? Ne te donne pas cette peine, Jana. Tu n'obtiendras jamais ma confiance, car tu ne sais être loyale qu'envers toi-même.

Jana détourna le regard. Loyale envers elle-même…, l'était-elle ?

Soudain, la trappe se souleva dans l'angle opposé de la pièce. Le visage du petit Lïam apparut et s'illumina en apercevant Élouane. Il se hissa dans le salon, puis traversa la marée de corps comme si rien d'autre n'existait que la princesse.

—Quelle heure est-il ? demanda aussitôt celle-ci.

—Six heures viennent de sonner, vos portes s'ouvriront dans moins d'une demi-heure.

—Réveille tout le monde, Lïam ; on ne doit pas les trouver ici.

Sans un mot, le garçon acquiesça et se glissa dans l'embrasure du miroir. Jana se remit debout. Elle sentait le regard attentif de la princesse posé sur son profil, mais ne le lui rendit pas. Cette nuit, Jana avait compris beaucoup de choses sur elle-même – ou admis, plutôt, car au fond elle savait déjà tout ce qu'elle avait appris. L'existence de son pouvoir et la nature de ses transes, d'une part. Son incapacité à désobéir à l'homme qui lui avait ouvert les portes de la Maison des Arts, d'autre part. Et son attirance pour Élouane, le besoin insaisissable de se noyer dans son odeur et l'évidence qu'elle finirait par y succomber. Mais pas maintenant. Ce n'était pas l'heure des amours. C'était l'heure de l'Histoire – même si, comme le disait Rhett, les deux étaient souvent intimement liés.

Rhett.

En tant qu'Encré du royaume, il serait présent au mariage de la reine et à son couronnement. Il était grand temps pour Jana de clarifier la situation avec son ancien compagnon, elle lui devait au moins cela.

Résolue, elle traversa la pièce sans se retourner et s'engouffra par la trappe ouverte.

Les portes des suites prénuptiales s'entrouvrirent quelques minutes avant la demi-heure annoncée. La clé pivota dans la serrure, le bouton de la poignée tourna ; un jeune page apparut dans le vestibule. Il sursauta en apercevant Ravenn, s'empourpra et battit aussitôt en retraite vers le couloir. La princesse sourit. Son père avait dû l'envoyer en éclaireur pour vérifier que les suites étaient purgées de toute vie. Raté.

Un remue-ménage se fit entendre de l'autre côté de la double porte de bois aux moulures d'or. Amusée, Ravenn écouta les exclamations étouffées de ceux qui se rassemblaient pour assister à la sortie des promis. Enfin, un gong résonna, et les battants s'ouvrirent en grand.

Ravenn et Julian avaient sciemment conservé les traces des activités nocturnes, si bien qu'un hoquet collectif de surprise les accueillit. Courtisans de haut rang et officiels du royaume détaillèrent dans un silence horrifié les traînées brunes qui maculaient les vêtements et la peau des fiancés. La princesse sourit à son frère en cape d'or et à sa petite sœur dont les yeux brillaient de fierté, elle avisa l'air hautain du Mage Supérieur Orfaël, puis le teint livide du roi et, passant une main dans ses courtes mèches aussi flamboyantes que poisseuses, elle lança :

— Il semblerait que les dieux ne soient pas tous de votre côté, père.

L'intendant Ojaedd s'avança, inclina le buste d'une manière un peu plus appuyée que ne le voulait l'étiquette, avant de se redresser, un sourire dissimulé au fond des yeux.

— Si les fiancés voulaient se donner la peine de me suivre afin de se préparer pour la cérémonie…

— Bien sûr, Ojaedd. Nous te suivons.

Tous s'écartèrent, libérant le passage pour l'intendant et le couple royal. Lorsqu'ils furent suffisamment éloignés des oreilles indiscrètes, Ravenn se pencha vers Ojaedd.

— Il faut faire disparaître la trappe et l'ouverture du miroir. Les futurs époux ne doivent pas entrer en contact ; si mon père prouve que nous avons pu communiquer entre nous et avec l'extérieur, il fera invalider la nuit prénuptiale.

— Mes hommes sont déjà en train de s'en occuper.

Elle hocha la tête. Mieux elle connaissait l'intendant, plus elle appréciait son efficacité discrète. Il affichait une neutralité respectueuse et un tel souci du protocole que personne, pas même le roi, n'oserait l'accuser de prendre parti pour Ravenn.

— Où est Pelekaï ?

— Avec Lïam et les autres, dans les bains du rez-de-chaussée de l'aile ouest, où nous nous rendons en ce moment même. Nous les avons réquisitionnés pour l'occasion.

— Jana ?

— Elle a décliné nos services, ma reine.

— Quelle surprise…

Les bains de l'aile ouest étaient les plus petits du château, ils ne possédaient qu'une dizaine de salles. Ojaedd avait réorganisé les différents espaces pour permettre à ceux qui le souhaitaient d'avoir leur intimité. La plupart de ses compagnons s'étaient déjà débarrassés de la crasse des combats et se délassaient dans les bassins d'eau chaude aux vapeurs parfumées. Luernios et deux servantes changeaient les bandages de Charly, libéré de sa gangue de peinture. Après avoir salué Pelekaï et vérifié que tous se portaient bien, Ravenn s'isola dans une salle où fumait une modeste baignoire sur pieds. Elle ôta ses armes, se débarrassa de ses bottes, de ses chausses, de sa tunique en cuir de dragon et, posant une dague à portée de main sur le rebord de la baignoire, elle se laissa glisser dans l'eau avec bonheur.

Elle était fatiguée. Ses paupières s'abaissèrent un instant, jetant un reposant voile carmin sur son esprit. Elles se rouvrirent au premier bruit tandis que la main de Ravenn saisissait le manche de la dague.

Deux femmes venaient d'entrer, probablement sur ordre d'Ojaedd. L'une d'elles ramassa ses vêtements souillés et se retira sans un mot. La seconde, une brune aux étonnants yeux lilas sertis dans un visage triangulaire, s'approcha d'un placard, en sortit flacons et peignes, qu'elle apporta près de la baignoire.

— Puis-je ? demanda-t-elle doucement.

— Tout ce que vous voudrez, lança Ravenn en reposant son arme.

Une femme plus jeune aurait rougi. Mais la brune, âgée d'une trentaine d'années, eut le bon goût de rire, si bien que Ravenn s'abandonna avec confiance aux mains habiles qui dénouaient les muscles courbatus de ses épaules et nettoyaient ses plaies. Elle ne protesta que lorsque la femme voulut démêler les fines tresses ornées de perles métalliques qui parsemaient ses cheveux courts – les seules mèches qu'elle refusait de couper, car elles symbolisaient son statut de Croc dans l'une des plus prestigieuses Meutes du clan de la terre des dragons. Il n'était pas question de s'en défaire. La femme n'insista pas.

Lorsque Ravenn se redressa pour quitter la baignoire, la servante frappa deux fois dans ses mains. Une nuée d'habilleuses accourut, draps de bain dans les bras, et elles s'empressèrent de la sécher. Ce genre d'attention gênait déjà Ravenn lorsqu'elle n'était qu'une enfant. Elle prit son mal en patience, étudiant d'un œil circonspect la robe qu'apportait l'une des servantes.

— Ojaedd ! appela-t-elle lorsqu'elle ne supporta plus l'agitation autour d'elle.

L'intendant entra tandis qu'une femme enroulait précipitamment un drap autour du corps de Ravenn. Celle-ci la congédia d'un geste agacé de la main, maintenant malgré tout le morceau de tissu en place – plus par délicatesse pour l'intendant que pour satisfaire sa propre pudeur.

— Élouane ?

— Tu espères que je porte ça ?

— Et comment, ma reine.

L'amusement perçait dans sa voix. Ravenn s'approcha de la femme qui lui présentait la robe bustier. Du rouge profond de la royauté, le tissu constellé de minuscules cristaux possédait la fluidité et l'éclat de la soie. L'intendant insista pour qu'elle la passe. Lorsque ce fut fait, Ravenn eut l'impression d'être plus nue encore qu'au sortir de la baignoire. La matière de la robe glissait sur sa peau comme un courant d'air. Elle jeta un regard dubitatif à la modeste traîne qui s'étalait sur le sol comme un ruisseau de sang. Lorsqu'on lui tendit un miroir, Ravenn dut admettre que l'ensemble avait une certaine allure. Pas la sienne, cependant.

— Rapportez-moi mes vêtements et mes armes.

— Ils sont en cours de nettoyage, répondit Ojaedd. Mais j'imagine que vous faites plus particulièrement référence aux pièces de cuir qui, elles, doivent déjà être prêtes ?

Une servante s'en fut en courant et revint quelques minutes plus tard chargée d'un grand sac. Ravenn le vida sur le sol carrelé des bains. Écartant du pied ce qui ne l'intéressait pas, elle choisit et enfila ses bottes en cuir de dragon, ses canons d'avant-bras et la ceinture assortie, puis glissa sa fidèle rapière dans son fourreau. Elle se sentait déjà mieux. Ojaedd approuva d'un hochement de tête.

— Terminez, commanda l'intendant en quittant les lieux.

Les femmes approchèrent une chaise, invitèrent Ravenn à y prendre place et, tandis qu'une jeune servante s'occupait de ses cheveux, la brune aux yeux lilas qui l'avait lavée et massée un peu plus tôt reparut avec une boîte pleine de petits pots contenant poudres, pigments et crèmes.

— Du maquillage, sérieusement ? soupira Ravenn.

— C'est votre mariage et votre couronnement, princesse. Je vous promets de faire quelque chose qui vous ressemble.

— C'est bien ce qui m'inquiète. La discrétion ne fait pas partie de mes vertus…

La femme sourit sans répondre et se mit à l'ouvrage. Le corps de Ravenn picotait de frustration. Incapable de tenir en place, elle laissa ses doigts danser sur ses genoux, réprimant l'envie de partir en courant affronter toutes les vouivres du royaume.

— J'ai terminé, princesse.

La femme lui tendit un miroir à main délicatement ciselé. Deux yeux sombres rehaussés de traits d'un noir profond l'observaient dans ce cadre. Une étrange émotion bloqua les mots dans la gorge de Ravenn tandis qu'elle détaillait ses traits. La ressemblance avec chacun de ses parents était frappante, et pourtant c'était bien elle-même qu'elle contemplait. Elle, dans toutes ses contradictions. Élouane et Ravenn, reine et sauvage, infiniment libre et enchaînée à sa terre, amoureuse perpétuelle ayant juré de ne plus jamais aimer.

— C'est bien, dit-elle simplement en repoussant le miroir.

Jana n'avait pas trouvé Rhett à la Maison des Arts. L'Encré n'était ni dans sa chambre, ni aux ateliers, ni à la bibliothèque, ni dans la salle commune, et personne ne l'avait aperçu depuis l'aube. Parcourant les ruelles tortueuses du riche quartier résidentiel d'Astria, Jana leva les yeux. Le ciel alourdi de nuages menaçants ne lui offrait aucune indication sur l'heure, mais au vu du nombre de personnes qui convergeaient vers le quartier des temples, midi approchait. Rhett devait déjà être sur place pour assister à la cérémonie.

Présentant son sceau de résidente intra-muros, Jana franchit la petite porte qui évitait aux habitants de la ville intérieure de devoir contourner les remparts d'Astria pour se rendre d'un quartier à l'autre. La place des Dieux grouillait d'une foule colorée, chacun ayant revêtu ses plus beaux habits – elle-même avait pris le temps d'une rapide toilette avant d'enfiler une longue robe à la coupe sobre mais élégante, échancrée dans le dos, où tombait son épaisse tresse. Pour une célébration de mariage, les visages étaient étrangement sérieux et, si certains s'autorisaient à rire des facéties des acrobates ou à applaudir joyeusement les musiciens de rue, la plupart des Astriens attendaient dans un silence inquiet ou échangeaient leurs observations d'une voix mesurée. Tous savaient que les Heures Sombres approchaient.

L'essentiel de la cérémonie se tiendrait dans le temple d'Izil, dont la célébration des mariages était l'une des attributions. Peu seraient autorisés à y pénétrer aujourd'hui. *Ma dame*, lui avait lancé d'un ton neutre l'intendant Ojaedd en voyant Jana quitter le château au petit matin, *vous pourriez avoir besoin de ceci.* « Ceci » était un petit parchemin doré frappé du sceau royal, un laissez-passer officiel comme il ne devait pas en exister plus de vingt dans tout le royaume. Consciente de la valeur du présent mais doutant d'accepter ce qu'il représentait, Jana l'avait pourtant pris sans un mot, se contentant d'incliner légèrement la tête en guise de remerciement avant de tourner les talons. Elle le présenta aux sentinelles en livrée carmin qui gardaient l'entrée du grand temple du jour. Ils s'effacèrent aussitôt, et Jana franchit l'arche opalescente. Lïam surgit devant elle, visage blanchi au maquillage, cheveux dissimulés sous une perruque. Il lui fallut quelques secondes pour le reconnaître – *décidément, ce gamin est partout !*

—Je peux vous mener jusqu'à votre place, ma dame.

—Je ne suis pas ta dame. Appelle-moi Jana, je te l'ai déjà dit.

—Comme vous voudrez, ma dame Jana, éluda-t-il malicieusement.

Elle leva les yeux au ciel et resta un instant immobile, happée par la grâce de la voûte du hall d'entrée, où perçaient des puits d'une lumière si blanche qu'elle en semblait bleutée.

—Il n'est pas prudent de te promener ici à découvert. Les magiciens vont bientôt paraître.

—Ils ne verraient en moi qu'un page insignifiant.

C'était vrai. Ainsi maquillé, Lïam ressemblait à n'importe quel adolescent du royaume.

— J'ai donc une place, observa-t-elle en suivant le garçon dans la nef.

— Vous en avez plusieurs. À vous de choisir laquelle vous convient.

Jana sourit. Le garçon venait d'énoncer un résumé très pertinent de sa vie actuelle.

— Et laquelle penses-tu que je vais choisir ?

— Je pense que vous refuserez de vous tenir au premier rang avec les membres de la famille royale et que vous accepterez encore moins de prendre place près de l'autel comme témoin de la princesse. Vous préférerez vous asseoir un peu plus en retrait avec les artistes invités. Ou bien vous dissimuler dans une alcôve pour ne pas être vue, ajouta-t-il en penchant la tête comme s'il considérait cette option pour la première fois.

Les bancs du fond de la nef étaient déjà tous occupés, et ceux du centre commençaient à se remplir. Les personnalités majeures du royaume, qui s'installeraient dans les premiers rangs, ne tarderaient plus à se montrer.

— Pourquoi voudrais-je demeurer cachée ? s'étonna-t-elle.

À cet instant, elle aperçut Rhett, assis avec deux de ses pairs sur un banc latéral d'où il pouvait voir aussi bien l'autel que les invités. Un gros registre reposait sur un chevalet incliné à l'horizontale devant lui, et sa plume courait déjà sur le papier tandis que ses yeux attentifs se relevaient régulièrement pour observer l'arrivée des invités. Il semblait calme et pondéré, comme toujours ; un roc au milieu de l'agitation. C'était pour cette solidité qu'elle l'avait d'abord aimé. Rhett était fiable, on pouvait compter sur lui quoi qu'il arrive. Mais elle seule, probablement, était capable de distinguer les cernes inhabituels qui marquaient ses yeux et la pâleur fiévreuse de ses joues sous son épaisse barbe. Tandis qu'il relevait la tête dans sa direction, Jana se glissa instinctivement derrière une colonne et, croisant le regard ironique de Lïam, elle soupira :

— Petit monstre...

Le garçon exécuta une révérence parfaite.

— Pour vous servir ! L'alcôve, donc ?

Jana poussa un deuxième soupir, plus profond encore. Elle ne pouvait décemment pas aller parler à l'Encré devant tout le monde, le perturber alors qu'il tenait sa fonction et que le début de la cérémonie était imminent. En cet instant, elle aurait voulu disparaître, ne jamais devoir affronter la douce dignité de Rhett, fuir ce temple pour éviter qu'il ne croise son regard, où il risquait de lire tout ce qu'elle lui taisait. Elle redressa la tête, releva les pans de sa robe, inspira profondément.

— Où sont les artistes invités ? s'enquit-elle auprès de Lïam.

— Travée de gauche, cinquième et sixième rangs. Souhaitez-vous que je vous y mène, ma dame ?

— Ça ira. Merci, Lïam. Et sois gentil, reste à distance de ma vie privée, veux-tu ?

Le garçon haussa les épaules avec un sourire.

— Comme dirait Luernios, je ne fais que lire les signes… Pas ceux des dieux, cependant. Ceux des hommes.

Sur cette pirouette, il s'éclipsa. Jana secoua la tête. Vu la loyauté qu'il avait pour Élouane, ce Lïam serait un jour un adversaire redoutable pour tous ceux qui se mettraient en travers de son chemin et, par conséquent, un formidable atout pour la future reine. Mais il devrait apprendre à être plus discret avec son entourage immédiat ou bien, malgré son charme, il deviendrait franchement agaçant.

Avisant les bancs qu'avait désignés Lïam, Jana sortit de sa cachette et marcha droit vers ses condisciples de la Maison des Arts. Elle se faufila entre une danseuse qu'elle ne connaissait que de vue et un sculpteur réputé qui avait été l'un de ses maîtres, lors de sa première année à la Maison des Arts – les jeunes adolescents qui arrivaient en ce lieu s'initiaient à plusieurs disciplines, suivant leurs prédispositions, et si Jana avait depuis toujours une affinité exclusive avec la peinture, la sculpture était un domaine qu'elle avait apprécié de découvrir.

— Je ne pensais pas te voir ici, l'accueillit le sculpteur en ramassant les pans de son manteau de soie pour lui faire une place sur le banc. Mais je suis ravi de ta présence !

L'homme était sincère, ils s'étaient toujours bien entendus.

— Je ne pensais pas m'y voir non plus, murmura-t-elle en s'asseyant.

Relevant la tête, elle croisa les yeux de Rhett posés sur elle. Son cœur bondit dans sa poitrine, puis se serra. Il n'y avait aucun reproche dans le regard de l'Encré. Juste une insondable tristesse. Soudain, le son fort d'un gong résonna dans le temple d'Izil. Toutes les conversations s'interrompirent, et les yeux de Rhett quittèrent Jana pour bondir vers une porte en bordure de la nef, où parurent les membres de la famille royale et le Mage Supérieur du Clos.

— Respire, murmura amicalement le vieux sculpteur à l'oreille de Jana.

S'apercevant qu'elle avait retenu son souffle, elle inspira une longue goulée d'air et adressa un sourire absent à son voisin. Ce mot-là, elle l'avait entendu de nombreuses fois de la bouche du sculpteur alors qu'elle s'échinait dans son atelier à révéler les formes préexistantes dans les blocs de pierre. C'était peut-être le conseil le plus précieux qu'on lui ait dispensé au cours de son apprentissage. *Respire, laisse circuler le souffle...* Elle pensait l'avoir intégré – ce qui était le cas lorsqu'elle peignait –, mais les vieux réflexes ont la vie dure, et le sien avait toujours été l'apnée lorsque la tension était trop forte, comme si cesser de respirer avait le pouvoir d'interrompre un instant le cours du temps pour lui éviter d'avoir à faire un choix ou d'en supporter les conséquences.

— Tu as vieilli, Jana, observa le vieux sculpteur à voix basse tandis que le roi saluait avec emphase ceux qui étaient encore pour une heure ses sujets. Mais rien ne change jamais vraiment.

Non, rien ne changeait. Pourtant, si certains réflexes étaient indélogeables, les années lui avaient offert la sérénité d'assumer ses décisions, même les plus controversées. Elle seule savait où courait son chemin, elle n'avait pas d'autre justification à fournir que l'assurance d'être fidèle à ce que lui soufflaient ses tripes. Même lorsque cela impliquait de faire du mal à un être cher.

Un deuxième coup de gong résonna sous le haut plafond de la nef. Les invités se retournèrent sur le banc pour apercevoir la future reine au bout de la travée principale. Jana suivit le mouvement, mais s'interrompit avant d'apercevoir Élouane. Rhett la contemplait. Il eut une mimique fataliste avant de lui sourire. Une émotion puissante circula entre eux, l'acceptation totale de ce qu'ils étaient, de ce qu'ils avaient été l'un pour l'autre et de tout ce qui ne serait plus. La désagréable pression qui pesait sur la poitrine de Jana s'envola dans l'instant. Il détourna le regard pour assister à l'avancée d'Élouane. Jana l'observa encore quelques secondes. *Ceux qui savent perdre avec élégance sont des êtres admirables*, songea-t-elle. Puis elle vit Élouane.

La robe rouge d'Élouane.

Les épaules nues d'Élouane.

Les yeux abyssaux d'Élouane dans lesquels Jana plongea sans la moindre retenue.

Immédiatement, elle oublia le reste.

Le roi Degan ne regardait pas Élouane.

Il regardait tous les autres.

Sur ces visages qui avaient accompagné son règne et sa vie, il ne lisait que duplicité. Chaque hochement de tête prouvait un complot.

Chaque sourire, une trahison. Tous étaient contre lui, il le voyait. Quels que soient leurs serments de loyauté, ses plus fidèles alliés œuvraient sournoisement dans son dos. Il dévisagea la plus jeune de ses filles. Constatant que les yeux d'Aenor brillaient de bonheur tandis que sa sœur atteignait l'autel, Degan ne put dissimuler entièrement son mépris. Même le prince Cadeyrn semblait complaisant, sous son vernis de jalousie naturelle. Et qui pouvait dire quelles pensées nourrissait Til'Orfaël, son fidèle ami, si prompt à lui offrir des serments… Et si prompt à s'en dédire ? Tremblant de rage, le roi se contint pourtant, opposant au reste du monde un masque impénétrable.

Tous des traîtres.

Traîtres, mes conseillers.

Traîtres, mes sujets.

Traîtresses, mes filles.

Traître, mon fils.

Ils verront, oh ! ils verront que je ne me laisserai pas écarter tel un vieillard sénile.

Ils verront ce qu'il en coûte de repousser mon amour.

Ils verront que mon bras recèle encore puissance et colère.

Ruminant ces imprécations, Degan poursuivit l'examen de ses proches, leur réservant à chacun un procès intérieur. Le fait d'assister au mariage d'Élouane lui offrait l'occasion de récolter nombre d'informations sur les ennemis qu'il nourrissait au sein même du château, mais il n'assisterait pas à son sacre. Oh non ! Il ne contemplerait pas le triomphe de celle qui lui volait son trône et sa terre chérie. Il avait mieux à faire.

Car les Heures Sombres approchaient.

Fragment

Chroniques d'Ombre : le dieu Gris

Astria, 50ᵉ année de l'Échange

On raconte ~~que le Gris fut le premier des dieux et~~ qu'il sera le dernier à rester debout au crépuscule des mondes. On raconte qu'il exècre les cultes et les dogmes, et que ceux qui souhaitent s'adresser à lui doivent le faire comme ils l'entendent.

On raconte ~~qu'il désigne lui-même ses adeptes avant leur naissance en leur offrant le don de guérir et,~~ qu'en leur offrant ce don, il leur soumet un choix sans cesse réitéré. Celui, pour chaque mourant, de soigner le corps ~~ou de collecter l'âme~~.

On raconte qu'il marche parmi nous, anonyme et bienveillant. Pourtant, toute fascinante que soit sa légende, le commun des mortels continuera de le craindre et de le fuir pour retarder l'instant inéluctable ~~de rejoindre son royaume.~~

Extrait des *Chroniques d'Ombre*,
par Merwan, Encré du royaume.
(Texte revu et expurgé sur ordre de la reine par Amaël,
Encré du royaume, en la 1ʳᵉ année de l'Alliance.)

Chapitre 23

La salle des Doléances était entièrement occupée par l'élite d'Astria. Depuis une loge adjacente, Ravenn embrassa du regard le parterre de prêtres, de magiciens, de seigneurs et de courtisans qui se pressaient les uns contre les autres, espérant obtenir une meilleure vision de l'estrade de pierre dans laquelle se fondait le trône d'Ombre.

— Qu'on en finisse, souffla-t-elle à Ojaedd.

Ravenn avait enduré avec une relative patience sa cérémonie de mariage et le défilé assommant des personnalités du royaume venues lui présenter leurs vœux. Le seul moment qui l'avait vivement intéressée avait été les quelques mots échangés avec les émissaires étrangers. Elle avait pu prendre la température des relations qu'entretenait le royaume avec chacun d'eux : les alliés, bien entendu, ainsi que les régions assez lointaines pour arborer un front neutre, mais surtout leur adversaire de l'Est dans la guerre qui faisait rage de manière discontinue depuis près de quarante ans. « Nous aurons matière à nous revoir, souveraine », avait conclu l'émissaire terrilisien avec un sourire trop chaleureux pour être strictement diplomatique. *Oui,* avait-elle pensé en se souvenant des énigmatiques insinuations de Bleue la veille, *les discussions seront longues et nécessaires.* La porte de la paix était devant eux. Elle serait difficile à ouvrir tant elle était cimentée par les rancœurs et les tombes qui s'élevaient de part et d'autre de la frontière mouvante, mais la nouvelle reine avait l'intention d'y consacrer toute son énergie. Clore pour de bon la période de conquêtes dans laquelle l'ambition démesurée de son père avait précipité le royaume.

Ravenn jeta un coup d'œil à Julian qui attendait, nonchalamment appuyé contre un mur, sa cape d'or rejetée sur l'épaule, les yeux perdus sur la trame brillante du parquet.

— Tu as bu ? demanda-t-elle.

Pour toute réponse, il lui rendit un regard ironique. Elle aurait pensé que le jeune homme poserait plus de problèmes, mais en réalité, depuis que la princesse avait mis à l'abri les amis du magicien étranger, il avait suivi son plan sans esquisser le moindre écart.

— Ce mariage est l'affaire d'une lune ou deux, lui rappela-t-elle. Je le briserai dès que possible.

Il hocha la tête, impénétrable.

— Je sais.

Entendant Ojaedd annoncer leur entrée dans la salle des Doléances, Ravenn saisit le bras de Julian. Quitte à jouer un rôle, autant le jouer jusqu'au bout. Il lui adressa un regard étonné – même au cours de la cérémonie dans le temple d'Izil, elle ne s'était pas permis une telle familiarité – auquel elle répondit par un sourire énigmatique.

— Cher mari, viens que je te fasse roi ! souffla-t-elle en l'entraînant vers la porte.

— Pour cela, il faut déjà que tu deviennes reine, fit-il sur le même ton.

Pelekaï sur leurs talons en parfait garde du corps, ils marchèrent d'un pas mesuré vers la grande prêtresse d'Izil et le grand prêtre d'Aa, s'inclinèrent devant eux, trop légèrement pour que l'offense ne soit pas relevée, mais avec assez de respect pour ne pas provoquer de scandale immédiat, puis saluèrent le chœur des magiciens d'un hochement de tête. Au cours de ces formalités, Ravenn conserva le sourire. Elle savait ce qui suivrait. Elle savait que, d'ici à quelques minutes, tous seraient forcés de s'agenouiller devant elle jusqu'à poser le front au sol. D'un rapide coup d'œil, elle décrypta les visages, repérant ceux qui la détestaient trop pour dissimuler leurs sentiments. Elle nota sans émotion l'absence de son père et du Mage Supérieur. Puis elle avança vers le trône d'Ombre.

Les quatre soldats déserteurs qui l'avaient suivie ces derniers jours étaient déployés sur l'estrade, leurs uniformes écarlates retrouvés. Elle leur adressa un sourire chaleureux. Traditionnellement, c'était à cet instant que la future souveraine choisissait ses proches conseillers, dont trois d'entre eux devaient être désignés parmi les clergés et les magiciens. Concernant ces derniers, son choix était fait.

— Til'Fyleas et Til'Enoc'h, appela-t-elle d'une voix forte.

Ils sortirent des rangs et se placèrent au pied de l'estrade de pierre, sur la gauche du trône. Les deux magiciens semblaient surpris – agréablement. Ravenn ne savait pas si elle pouvait leur faire confiance, mais Enoc'h s'était battu comme un démon cette nuit ; quant au fiancé que son père lui avait choisi lorsqu'elle était adolescente, il était un homme droit. L'un et l'autre avaient soif de reconnaissance et, en la leur offrant, Ravenn s'attachait leur loyauté.

Elle devait à présent choisir un prêtre, quelle que soit sa couleur. Un instant, elle hésita, consciente des nouvelles controverses qu'elle allait déclencher. Finalement, elle lança :

— Luernios le Gris.

Des exclamations étouffées s'élevèrent. Ravenn y coupa court d'un geste de la main.

— Afin de m'assister dans ma tâche, j'appelle encore à mes côtés Aenor, princesse d'Ombre ; Cadeyrn, prince d'Ombre ; et Rhun, général du royaume, qui pour des raisons évidentes ne peut se joindre à nous aujourd'hui.

Ravenn sourit à sa sœur et lança un regard amusé à son frère, qui semblait étonné d'être ainsi désigné.

— Acceptez-vous d'accomplir votre devoir envers la Couronne ?

— Nous l'acceptons, répondirent-ils tous d'une seule voix.

— En ce cas, procédons, conclut Ojaedd.

Julian observait le déroulement des événements d'un œil neutre. Il représentait une pièce essentielle de cette journée, et pourtant il se sentait extérieur à l'agitation ambiante. Ce n'était ni son royaume ni son monde. Devenir roi n'avait jamais figuré sur son plan de carrière, de même qu'il n'avait jamais envisagé de se marier, et d'autant moins avec une femme dont il ne partageait pas le lit. Les circonstances l'avaient poussé dans une direction étrange, même s'il savait que cette mascarade était éphémère.

Demeurant au pied de l'estrade avec les conseillers, il regarda avec indifférence la princesse Élouane monter les trois marches de granit poli qui menaient au trône. Les paroles de Hank jaillirent de sa mémoire, et ses yeux glissèrent vers l'accoudoir gauche. La pierre sanguine s'y trouvait. Elle était d'apparence banale, une sorte de galet dépourvu de brillance. Seule sa couleur vive sortait de l'ordinaire. Atteignant le trône, Élouane se retourna et fit face à ses sujets. C'était Luernios, avait-on expliqué à Julian, qui, en tant que conseiller religieux, couronnerait la princesse. Ojaedd appela deux serviteurs qui apportèrent chacun un coussin rouge sur lequel reposaient les couronnes. Elles étaient de forme simple, en or ciselé décoré de rubis. Luernios saisit la plus petite et monta rejoindre la princesse. Ils formaient un couple étrange, lui, à l'allure tranquille, un corps sec et usé dans sa grossière robe de toile et ses sandales poussiéreuses, et elle, petite mais rayonnante de puissance, drapée dans une soie fluide scintillante de cristaux.

— Élouane, princesse d'Ombre, vous êtes appelée à régner. Que les dieux se tiennent toujours à vos côtés et que le royaume prospère sous votre protection !

Julian sourit. *Que les dieux se tiennent toujours à vos côtés.* À la lumière de ces derniers jours, les paroles rituelles prenaient un sens presque moqueur, et les yeux brillants du prêtre révélaient l'amusement qu'il éprouvait à les prononcer. Les murmures indignés reprirent dans l'assistance tandis que Luernios posait le cercle d'or sur les cheveux flamboyants d'Élouane. Puis il s'écarta.

La reine releva la tête. Son regard irradiait de volonté. Julian se figea. Comme toutes les autres personnes présentes, il tomba à genoux. Après quelques secondes, l'étrangeté de la situation le saisit pourtant – il ne s'était jamais agenouillé devant qui que ce soit –, et il se redressa. Il fut le seul. Élouane sourit, tendit une main vers lui pour l'inviter à la rejoindre, puis elle saisit la couronne qui avait ceint des décennies durant la tête de son père et l'éleva au-dessus des cheveux de Julian.

— Til'Julian, lança-t-elle à pleine voix, magicien du Clos, protecteur du royaume, je vous fais roi d'Ombre !

Un poids inhabituel lesta son front. La couronne était glacée. Mais surtout, elle était sur sa tête, et cette réalité le perturba plus qu'il ne l'avait imaginé. Personne encore n'avait osé lever les yeux vers eux. Élouane prit la main de Julian. Désignant le trône du roi – de taille plus modeste que celui de la reine, bien qu'entièrement recouvert d'or –, elle l'invita à y prendre place. Ils s'assirent d'un même mouvement.

Julian n'attendait rien de particulier de ce moment, aussi ne fut-il pas étonné de la dureté du métal dans son dos ou du silence profond qui régnait dans la salle des Doléances. Il avait hâte que cette journée se termine, hâte de ne plus être la cible de l'attention générale. Il tourna un regard interrogateur vers Élouane pour s'enquérir de la suite des événements, mais elle avait fermé les yeux. Soudain, les doigts de la jeune reine se crispèrent, agrippant avec force la main de Julian. Une impression étrange monta en lui, bourrasque irrésistible et enivrante qui se propagea depuis la main de la reine jusque dans chaque recoin de son corps. L'espace d'un instant, il entrevit des milliers de brins d'herbe ployer sous la brise, il sentit des vagues puissantes se jeter à l'assaut des falaises, il perçut les minuscules craquements de la sève dans les chênes centenaires, il entendit le pas léger des hommes sur les chemins de terre, il reconnut le goût moussu de l'aube brumeuse. L'espace d'un instant, les sources limpides jaillirent dans son esprit, les rivières joueuses dévalèrent ses veines, les roches érodées par les tempêtes remplacèrent ses os, et la clarté furieuse des rayons d'argent qui nimbent les nuages tomba dans son cœur.

Piège… C'est un piège…

Tremblant, haletant, Julian se débattit pour séparer sa main de celle de la reine.

Trop tard. La pierre sanguine avait accompli son œuvre. Lui qui avait vécu l'entièreté de son existence dans un nomadisme assumé était à présent intimement lié à la terre du royaume, dans une ivresse plus entêtante que toutes celles qu'il avait connues. Il se pencha en avant pour reprendre son souffle, jetant un regard furieux à Élouane. Troublée, celle-ci détailla sa main gauche posée sur la pierre rouge au bout de l'accoudoir, puis sa main droite qu'avait tenue Julian.

— Toi aussi tu as… ? Je ne savais pas, murmura-t-elle, désolée. Je ne présumais pas de…

Elle était sincère. Visiblement, jamais elle n'aurait imaginé qu'un contact physique transmettrait à Julian l'influence de la pierre sanguine, et Hank ne les en avait pas avertis. Mais l'ignorance d'Élouane n'adoucit pas la colère de Julian. Il portait à présent des chaînes mentales qu'elle lui avait imposées contre sa volonté et qui l'engageaient comme jamais il n'avait été engagé, en quoi que ce fût.

— Tu aurais *dû* savoir, assena-t-il.

Elle recomposa une expression neutre sur son visage.

— Le Gris pourra te débarrasser de ce charme, dit-elle simplement.

Julian secoua la tête. En effet, Hank saurait. Malgré cette certitude, Julian comprit que le problème était ailleurs. Même alors qu'il ne tenait plus la main d'Élouane, une mélopée fascinante continuait à se déployer dans son esprit, kaléidoscope hypnotique de sons, d'images, d'impressions, d'odeurs, d'une précision et d'une richesse inouïes. Le chant de la terre d'Ombre, dans toute sa sublime rugosité, s'épandait comme un baume sur ses vieilles blessures.

Non, le problème ne serait pas de *pouvoir* rompre ce chant. Le problème était qu'à présent Julian y avait goûté. Et pour rien au monde il n'accepterait de le réduire au silence.

Il avait toujours été faible face à l'addiction.

— Relevez-vous ! ordonna Élouane.

Leurs sujets agenouillés obéirent dans un froissement de robes, de capes et de manteaux. Et, tandis que la noblesse du royaume contemplait pour la première fois ses nouveaux souverains, Julian sut au plus profond de lui que cette journée, loin d'être anodine, avait bouleversé durablement son destin.

Qu'il le veuille ou non, il était le roi d'Ombre.

Dissimulée à l'intérieur d'un mur en compagnie de Lïam, de Charly et d'Iouna, Énora scrutait le visage de Julian. Il semblait avoir pris dix ans d'un coup.

Élouane se leva de son trône.

— Nous paraîtrons devant les Astriens sur la terrasse de la place des Dieux dans une heure. Mes chers sujets, je vous suggère chaudement d'exploiter ce bref répit dans les festivités pour prendre vos dispositions quant à l'imminence des Heures Sombres.

Le brouhaha reprit. Impassible, Julian leva une main, et la double porte de la salle s'ouvrit dans un grand claquement, coupant court à toutes les discussions. De nombreux regards se portèrent sur lui, hésitants et craintifs. Puis, par petits groupes, les invités quittèrent la salle des Doléances.

— Nous nous retrouverons sur la terrasse, dit Élouane à ses conseillers lorsqu'il ne resta plus qu'eux au pied de l'estrade. À l'issue de cette exhibition, je veux que chacun d'entre vous regagne ses quartiers sans tarder et s'y claquemure avec les gardes qui vous seront attribués.

Ils se retirèrent. Seuls restèrent Enoc'h, Luernios, Pelekaï et l'intendant Ojaedd.

— Fais venir les autres, ordonna Élouane à ce dernier.

— Ils ne sont guère loin.

Dans le passage secret, Charly et Iouna suivaient déjà Lïam. Énora quitta son poste d'observation et s'empressa de les suivre. Un pan de mur pivota. Ils émergèrent dans l'immense salle des Doléances, toute de dorures et de miroirs.

— Il faut agir maintenant, annonça la reine. Le répit que je viens de nous ménager ne durera pas et, dès que les Heures Sombres débuteront, tous les regards hostiles seront braqués sur nous. Énora, es-tu prête ?

Pour toute réponse, celle-ci esquissa un sourire glacial. Ses mâchoires se serrèrent tandis que les hurlements d'horreur revenaient la hanter. Oh oui, elle était prête. Plus tôt le Gris serait de retour en Ombre, plus tôt elle pourrait venger les siens.

Elle s'agenouilla sur le sol. Enoc'h et Julian se placèrent face à elle et posèrent leurs mains sur le parquet pour en modifier la texture sur une zone de un mètre carré. Lorsque le bois fut assez malléable, Ojaedd moucha toutes les lampes sauf une, et Énora se mit à creuser dans son ombre portée. Rapidement, elle atteignit la membrane d'énergie séparant les deux mondes.

Hank s'était montré elliptique sur la procédure à suivre pour briser la barrière qui le contraignait à l'exil. Aa et Izil avaient utilisé l'énergie produite par le Roi-Passeur Gwendal pour l'établir, et le Gris voulait donc utiliser l'énergie d'Énora pour la détruire. Ce qu'ils allaient à présent accomplir reposait sur des hypothèses mais, après tout, les hypothèses d'un dieu millénaire étaient sûrement plus dignes de confiance que la plus profonde certitude d'un mortel…

Restait à espérer que personne ne viendrait les interrompre, qu'Aa et Izil se tiendraient à l'écart, qu'en Rive, l'Ordre n'aurait pas le temps d'accourir, et que Hank serait parvenu à convaincre Axel de jouer son rôle.

Ce qui faisait, il est vrai, beaucoup à espérer.

En Rive, Hank attendait en compagnie d'Axel dans l'allée principale d'un jardin à la française entourant une grande maison bourgeoise. Ils scrutaient le sol sablonneux. Le dieu était si faible qu'il peinait à tenir debout. *Dépêchez-vous*, supplia-t-il intérieurement.

—Je ne sais pas encore si je vous crois, lâcha Axel.

—Ce que tu crois te regarde. J'ai tenu ma promesse, à présent c'est à ton tour.

Les doigts de Ravenn couraient sur l'accoudoir du trône. Le Gris avait parlé d'un mécanisme pour libérer la pierre sanguine, mais elle était si bien enchâssée dans le granit et le métal qu'elle en semblait indissociable.

—Puis-je ? demanda Lïam.

Ravenn fit un pas de côté. Le garçon s'accroupit devant le trône. Il l'observa quelques secondes, puis sa main agile se glissa sur le velours de l'assise, remonta lentement sur la paroi interne de l'accoudoir. S'immobilisa. Ravenn jeta un coup d'œil en arrière, cachant sa nervosité. Énora allait ouvrir le passage d'un instant à l'autre.

—Là, dit Lïam en tirant en arrière une petite tige d'or ornementale.

Un cliquetis se fit entendre, et les spirales de cuivre qui retenaient la pierre sanguine se relâchèrent.

— C'est ouvert ! cria Énora en bondissant sur ses pieds.

Saisissant la pierre, Ravenn sourit à Lïam – décidément, son jeune protégé ne cessait de l'étonner –, se précipita vers la faille qui trouait le plancher et s'agenouilla au bord de l'abîme entre Charly et Julian. En Rive, Axel la regardait, étrange écho d'elle-même.

— Maintenant ! rugit le dieu Gris en s'accroupissant à son tour près de l'ouverture.

Les couples de Noirs Portraits – Julian et Til'Enoc'h, Charly et Iouna – s'étaient placés de part et d'autre de la faille. Comme Axel se trouvait en Rive, c'était Énora qui faisait face à Ravenn. Celle-ci brandit la pierre sanguine au-dessus du vide. Énora posa sa main sur celle de la reine, l'abaissant jusqu'à ce que la pierre se trouve exactement à la limite des deux mondes et la bloquant dans cette position. Puis Julian et Charly plongèrent leur bras en Rive, saisirent l'épaisse main droite du Gris. Til'Enoc'h et Iouna les imitèrent, attrapant sa main gauche. Un étrange courant d'air balaya la salle des Doléances.

— Mon garçon, fit le dieu à Axel, c'est à toi !

Hésitant, comme s'il craignait qu'un baril de poudre ne lui explose à la figure, Axel tendit la main vers la pierre sanguine.

Sur la place des Dieux, la mendiante Izil se retourna brusquement vers son frère et lui agrippa le bras, horrifiée. Ils sentirent un frémissement dans l'étoffe des mondes, une pulsation infime retrouvant son oscillation après plusieurs siècles de silence.

— Non…, soufflèrent les dieux en chœur.

D'un même geste, ils dessinèrent un cercle dans l'air et disparurent.

Hank ferma les yeux. Ombre était là, si proche, plus proche qu'elle ne l'avait été depuis si longtemps… Ombre, sa terre, son point d'origine, son seul espoir. Les fils invisibles qui reliaient Charly et Iouna, Julian et Enoc'h, émergeaient de la faille, plongeaient en lui par une main, traversaient son corps, ressortaient par l'autre main pour repartir en Ombre, formant un fabuleux arc d'énergie. Il ne tiendrait pas. Il allait lâcher. Hank rouvrit les paupières. La main d'Axel s'approchait de la pierre sanguine. Lentement. Trop lentement.

— Allez ! gronda-t-il.

Le jeune homme sursauta.

Ses doigts touchèrent la pierre.

Dans un formidable fracas, une vague rougeoyante de pouvoir déferla sur l'esprit millénaire du dieu.

Brandissant à bout de bras l'unique lampe qui éclairait encore la salle des Doléances, l'intendant Ojaedd releva soudain les yeux en apercevant les deux hautes silhouettes qui venaient d'apparaître près du trône, l'une de pure lumière, l'autre de pures ténèbres. Il n'eut pas le temps de crier que Pelekaï se précipitait vers les dieux, épée au clair ; mais avant qu'il parvienne à leur hauteur, un troisième personnage apparut dans un tourbillon de tissu anthracite, les bras levés devant lui. Aa et Izil firent un vol plané en arrière pour finir leur course plaqués contre un mur de la pièce. Le Gris marcha vers eux, implacable. Les attrapant chacun par le col, il gronda :

— La récréation est terminée !

Et, aussi brusquement qu'ils étaient arrivés, les trois dieux d'Ombre s'évanouirent.

Ojaedd se tourna vers le petit groupe qui, médusé, était resté agenouillé près de la faille sans oser faire un geste. Il s'approcha d'eux, jeta un coup d'œil curieux dans l'ouverture. Un garçon bizarrement vêtu se tenait de l'autre côté. Avec un regard grave, celui-ci jeta une poignée de terre sur le sol. Le passage disparut.

Cet acte fit sortir les autres de leur torpeur. Ils se relevèrent, incertains.

— J'imagine que nous avons réussi à briser la barrière, murmura la reine.

— En effet, approuva Ojaedd. Le Gris est de retour.

L'intendant avisa le plancher étrangement recomposé là où s'était ouverte la faille. *Faire réparer le sol de la salle des Doléances*, ne put-il s'empêcher d'ajouter sur la liste mentale des tâches à accomplir. Puis il se tourna vers Élouane et, comme si rien d'extraordinaire ne s'était passé, il lança d'un ton neutre :

— Ma reine, il est l'heure de se rendre sur la terrasse pour saluer votre peuple.

Les Heures Sombres

Fragment

Chroniques d'Ombre : le Clos des magiciens

Astria, 20e année de l'Alliance

En dehors des magiciens, nul ne pénètre à l'intérieur du Clos.
Aux premiers jours de l'académie, lorsque le royaume n'en était qu'à ses balbutiements, il n'en allait pas ainsi. Le Clos était un lieu de passage et d'échanges, un lieu de savoir accessible à chaque homme désirant apprendre, qu'il possède ou non un potentiel magique. À cette époque lointaine, la Porte des Ombres s'ouvrait dans les remparts nord d'Astria, telle une promesse d'infini. Une porte sans serrure, illustrant l'idéal de ses créateurs. Des étudiants magiciens affluaient du monde entier, contribuant à la renommée du royaume naissant, à tel point que celui-ci hérita son nom de l'art magique : Ombre. Le royaume d'Ombre.
Ce fut quelques années après le couronnement de Kanna, premier des Rois-Passeurs, que l'usage changea. Auparavant, les magiciens s'occupaient peu de politique. À la demande du roi, ils intervenaient ponctuellement pour renforcer la sécurité des remparts ou aider à la construction de bâtiments. Le royaume les abritait et, en échange, ils participaient à son développement. La découverte du pouvoir des Passeurs bouleversa cette harmonie pour une raison aussi triviale qu'humaine : la jalousie. Les magiciens comprirent rapidement que, malgré l'étendue de leurs connaissances et de leur puissance, ils étaient incapables d'ouvrir des failles entre les mondes. Pour une raison inconnue, seul le Passeur possédait

cette aptitude. Til'Dyjal, qui dirigeait la communauté du Clos au début du règne de Kanna, consacra de nombreuses années à l'étude du phénomène, furieux qu'un homme simple et peu instruit comme l'était Kanna puisse développer une habileté magique qu'il échouait lui-même à reproduire. Le roi, toute simple qu'était son origine, était attiré par l'étude. Il passait des heures à parcourir les rayonnages de l'académie, ce qui agaçait prodigieusement le Mage Supérieur. Alors, dans un élan de colère, Til'Dyjal décréta que le domaine du Clos serait désormais réservé aux seuls magiciens, et il scella la Porte des Ombres. Magnanime et diplomate, Kanna accepta la sentence. La Porte des Ombres ne fut jamais rouverte.

Extrait des *Chroniques d'Ombre*,
par Amaël, Encré du royaume.

Chapitre 24

— Peuple d'Astria, lança Ravenn depuis la terrasse surplombant la place des Dieux, j'aimerais pouvoir vous enjoindre de fêter mon sacre jusqu'à l'aube, mais cette nuit sera celle de tous les dangers. Lorsque la première étoile s'allumera dans le ciel, les Heures Sombres commenceront. Vous serez seuls juges de vos actes jusqu'au son de la cloche.

— Chers Ombrois, renchérit Julian d'une voix forte et posée, soyez avisés dans vos choix. Ne comptez pas sur la seule chance pour éviter les lames. Puissiez-vous survivre afin que nous goûtions ensemble aux jours de paix qui s'ensuivront.

Étonnée par sa soudaine prise de parole alors qu'il s'était jusqu'ici complu dans un retrait indifférent, Ravenn ne trouva rien à ajouter. Sur la place, le silence était grave et les visages affichaient leur respect. Elle leva une main pour saluer la foule, puis tira Julian en arrière par le coude. Ils s'éloignèrent du parapet à reculons jusqu'à se trouver hors de vue.

Tandis qu'ils marchaient sur la passerelle en compagnie d'Ojaedd, de Pelekaï et de leur escorte, Ravenn épia du coin de l'œil l'homme qu'elle avait épousé. Il lui sembla qu'elle le voyait pour la première fois. Julian avait-il toujours eu ce port de tête élégant ? Cette démarche assurée, ce regard droit qui paraissait voir plus loin que le commun des mortels ? Si les ténèbres qui agitaient son esprit affleuraient toujours sur les traits du jeune homme, elles n'avaient plus la même pesanteur et renforçaient son étrange aura.

Songeuse, Ravenn comprit qu'elle avait méjugé la situation. Elle avait promis à Julian de briser ce mariage sitôt qu'elle serait sur le trône. Aujourd'hui, dans le faste des célébrations, elle avait pris conscience de la difficulté qu'elle aurait à tenir parole avant longtemps. Le royaume était trop fragile et sa propre position encore trop incertaine pour qu'elle prenne le risque de l'affaiblir par une répudiation. Mais elle sut à cet instant que, quoi qu'il advienne, elle *ne devait pas* répudier Julian. Il avait été touché par la pierre sanguine, et il possédait la noblesse indéfinissable de ceux qui ne désirent pas le pouvoir, mais l'assument lorsqu'ils y sont confrontés. Elle avait toujours imaginé gouverner seule. Le hasard des circonstances lui avait offert un époux digne du trône d'Ombre. Et, étrangement, ce changement de plan lui convenait.

Laissant la plupart des gardes en faction dans le couloir, ils entrèrent dans le bureau de Ravenn. Leurs compagnons de la nuit passée les y attendaient. Seul le petit Lïam manquait à l'appel. Iouna et Til'Enoc'h furent les seuls à esquisser une révérence. Charly eut une mimique moqueuse en apercevant la couronne sur la tête de son frère. Luernios posa une main sur son cœur en signe d'amitié. Jana et Énora, elles, demeurèrent immobiles, adossées côte à côte contre un mur. Ravenn savait qu'il était vain d'attendre un signe d'allégeance de leur part, aussi marcha-t-elle droit jusqu'à son bureau.

Elle était à peine assise que le Gris surgit au centre de la pièce, les pans de son long manteau anthracite tourbillonnant autour de lui. Sans un mot, il rejoignit Charly et posa une main sur son torse. Le jeune homme eut une expression surprise et, manquant de tomber, il s'appuya sur l'épaule du dieu.

— Merci, souffla-t-il en se redressant.

— De rien, mon grand.

Charly retira les bandages de ses bras. Ils ne portaient plus la moindre trace des tortures.

— Tu as fait ça bien !

— On ne m'appelle pas le Guérisseur pour rien.

— On t'appelle aussi le Fou, non ?

Le Gris sourit.

— La liberté est une forme de folie.

Sans prévenir, Charly prit le dieu dans ses bras et le serra de toutes ses forces recouvrées. Celui-ci répondit chaleureusement à son étreinte.

— C'est bon de te revoir, Hank, fit Charly en s'écartant.

— C'est bon d'être de retour, affirma celui-ci en réponse.

Ravenn haussa les sourcils. Elle ne se ferait probablement jamais à la familiarité avec laquelle les deux frères s'adressaient au Gris.

— Y a-t-il des éléments que je doive connaître pour assurer la protection du château ? s'enquit respectueusement Ojaedd.

Le dieu se retourna vers lui, les yeux étincelants.

— Oh, je pense que vous avez en votre possession toutes les informations nécessaires et plus encore, *intendant.*

Les paupières de Ravenn s'étrécirent une fraction de seconde. Elle sentait que les paroles du Gris recélaient une vérité inconnue à propos d'Ojaedd.

— Alors si mes souverains me permettent de me retirer, dit encore celui-ci, j'aimerais m'atteler à cette tâche.

— Ne fais pas semblant de demander une permission, Ojaedd, rétorqua Ravenn. Pas avec moi. Va.

Le petit homme s'éclipsa. Luernios apparut près de Hank.

— Puis-je solliciter un instant Votre attention ?

Le dieu posa une main sur l'épaule de son prêtre.

— Un instant est bien le moins que je te doive, cher Luernios.

Luernios fit quelques pas aux côtés du dieu.

— Cette nuit, commença-t-il, incapable de patienter plus longtemps tant sa question le perturbait, dans les limbes, vous avez dit qu'Ombre et Rive sont deux reflets déformés d'une même réalité. Je me demandais, en ce cas… quel est l'original ?

Le Gris sourit.

— Le monde original, toujours cette obsession…

Il s'accorda un moment de réflexion, puis releva la tête.

— L'original a disparu depuis longtemps, il n'en reste aujourd'hui qu'un résidu. Les limbes.

— Votre royaume, souffla Luernios.

— Mon royaume perdu.

— Que s'est-il passé ? À quoi ressemblaient les limbes auparavant ?

— Luernios, mon fidèle, tu m'as servi ta vie durant ; aussi, je veux bien te raconter ce que je n'ai jamais dit à personne, mais… tu fais partie de ceux qui chérissent les mystères plus que les vérités. Es-tu certain de vouloir une réponse ?

Le prêtre hésita. Il avait passé sa vie entière à étudier. Pourquoi vivre encore si toutes les réponses étaient à sa portée ?

— À vrai dire, je l'ignore.

— Passons un accord : le jour où je t'accueillerai dans les limbes, si tu veux encore connaître cette histoire, je te la raconterai.

— Vous venez de rendre la perspective de ma mort presque désirable, observa Luernios.

Ils échangèrent un regard étonnant de tendresse.

— J'ai une autre question, osa Luernios, plus triviale. J'ai entendu les garçons Vous appeler Hank… Ce nom m'intrigue. L'avez-Vous choisi Vous-même ?

— En Rive, la région qui correspond au royaume recèle de nombreuses légendes et croyances populaires. L'une d'elles, qui me concerne directement, parle du serviteur de la mort. Il collecte les âmes des défunts et les transporte vers l'au-delà. Là-bas, on le nomme Ankou.

— L'Ankou… Hank. Je vois.

Ravenn, Énora, Julian et Charly s'étaient rassemblés autour du bureau.

— Bien, soupira le Gris, si ta curiosité est satisfaite, excuse-moi, mais nous avons à parler tous ensemble. Encore.

Ils rejoignirent les autres.

Énora s'éloigna du bureau et marcha vers la haute fenêtre. Dans moins de deux heures, la nuit serait là. Tant mieux. Elle était fatiguée de ces interminables discussions.

— Combien l'Ordre compte-t-il de membres ? demanda Élouane dans son dos.

Hank s'accorda un instant de réflexion, puis annonça :

— Il existe environ deux cents membres actifs dans la région correspondant à Astria.

— Ce qui signifie qu'il y en a d'autres ailleurs, observa Julian.

— Oui, il y a des combattants de l'Ordre dans le monde entier.

Énora ne s'inquiéta pas de cette réponse. Le dieu et la nouvelle reine avaient juré de l'aider à exterminer chaque membre de l'Ordre. Ils trouveraient une solution.

— Qu'entendez-vous par « actifs » ? s'enquit Élouane.

— Ceux qui sont au courant de la nature de leur mission, comme l'était le père de Charly et de Julian. D'autres hommes sont formés au combat et savent que, s'ils sont contactés, ils doivent répondre à l'appel. Mais ils ne possèdent pas les équipements nécessaires à la traque des Passeurs. Ce sont les membres dormants. Ils ne présentent aucun danger. Si la cellule active est réduite à néant, l'Ordre cessera d'exister.

— Et cette cellule active…

— … est composée des deux cents et quelques hommes dont je vous parlais. Ceux qui se trouvent dans la région correspondant au royaume.

Un silence s'installa.

— Qu'en penses-tu, Énora ? demanda doucement Julian. Cela te suffit-il d'éliminer les membres actifs ? Tu veux que l'Ordre disparaisse, c'est bien cela ?

Elle se retourna vers eux. Le feu de la vengeance crépitait dans son esprit et, au cœur de ses flammes, des dizaines de paires d'yeux tourmentés la regardaient. S'y trouvaient ceux de son jumeau, de ses parents, de sa grand-mère Morgane, de ses amis d'enfance. Énora serra les dents. Elle se fichait de connaître l'organisation de l'Ordre. Elle voulait simplement retrouver et tuer les hommes qui avaient massacré les siens. Que ces dizaines d'yeux qui la hantaient puissent enfin se fermer.

— Ceux que tu appelles « membres actifs » sont responsables du massacre de ma famille, Hank ?

— Oui.

— Ceux-là mourront. Les autres ne m'intéressent pas.

Regagnant la fenêtre, elle plongea une main dans sa poche. Tandis qu'elle observait le ciel, ses doigts cherchèrent le pendentif offert par sa grand-mère, le symbole des Passeurs. Elle se souvint de l'avoir perdu lorsque Aa l'avait enlevée.

— Luernios, souffla-t-elle, aurais-tu retrouvé… ?

Il lui tendit le bijou avant la fin de sa question, et elle le serra au creux de son poing.

Ses yeux rejoignirent le ciel. Dans les ruelles sinueuses de la ville, de nombreux visages se levaient sûrement dans la même direction que le sien. Mais aucun d'eux ne désirait aussi ardemment l'apparition des premières étoiles.

Julian détacha son regard du profil d'Énora. Il s'était juré de la protéger et voulait planifier minutieusement cette nuit pour éliminer les risques imprévus.

— Hank, lorsque nous t'avons rencontré dans les limbes, tu as dit que les Noir Portraits des membres de l'Ordre étaient tous des prêtres et des magiciens.

— En effet.

—Les magiciens vivent dans le Clos. Mais où vivent les prêtres d'Aa et d'Izil ?

—Dans des cellules à l'intérieur des temples ou bien dans les ruelles qui s'ouvrent après la Porte des Pèlerins.

Julian acquiesça, se rappelant sa première incursion entre les murs d'Astria, le jour de la cérémonie de l'arbre-feu. Soudain, le curieux gamin à la peau mate qui traînait souvent dans les jambes d'Élouane entra dans la pièce et se campa devant le bureau. La reine lui accorda la parole d'un clignement de paupières.

—Les magiciens ont offert l'hospitalité aux prêtres, annonça le garçon. Tous se sont nichés à l'intérieur du Clos.

À ces mots, Til'Enoc'h écarquilla les yeux, tandis que les lèvres de la reine s'ourlaient d'un sourire surpris.

—Quelque chose d'amusant m'échappe ? l'interrogea Julian.

—D'ironique, plutôt. Depuis des centaines d'années, seuls les magiciens sont autorisés à pénétrer derrière le mur des Ombres. Même les reines n'ont pu y poser un pied. Paradoxalement, c'est en voulant se protéger que les capes d'or entrebâillent leur porte.

—Au moins, maintenant, toutes nos cibles sont regroupées, observa Charly.

—Oui, mais à l'intérieur du lieu le plus impénétrable d'Astria…

—Enoc'h, demanda Julian, peux-tu nous faire entrer dans le Clos par la passerelle que nous avons empruntée pour venir au château l'autre jour ?

Le magicien secoua la tête, faisant jouer ses longs cheveux blancs.

—Nous pouvons vérifier, cependant je crains que le Mage Supérieur Orfaël ne m'ait banni du Clos par sûreté. Mon sang ne doit plus être lié à cette porte, et je serais incapable d'en modifier la texture. C'est ce que j'aurais fait à sa place.

Julian se tourna vers Hank.

—Puisque tu es un dieu, tu peux pénétrer dans le Clos… non ?

—Oui, mais je ne peux pas vous emmener avec moi, le mur des Ombres vous refusera le passage.

—Merveilleux… Quelqu'un a une autre idée ?

Un bref silence lui répondit. Julian surprit un regard hésitant entre Élouane et Enoc'h.

—Il y a la Porte des Ombres, lâcha finalement ce dernier.

Énora fit brusquement volte-face.

—J'ai lu quelque chose à propos de cette porte… Elle a été scellée du temps de Kanna par un Mage Supérieur jaloux de ses pouvoirs de Passeur.

— Til'Dyjal, approuva Enoc'h. C'est une version de l'histoire, oui.

— Est-il possible de la rouvrir ?

— Je veux bien vous aider sur ce point, sourit Hank.

— Oh, plaisanta Charly, tu vas enfin accepter de servir à quelque chose ?

— Les connaissances ne sont pas faites pour rester enfermées, il est temps que l'académie d'Astria redevienne le lieu d'échanges et de passage qu'elle était à sa création. Enoc'h, Julian et Jana seraient capables de l'ouvrir sans moi, mais cela prendrait des jours. Je m'en chargerai.

Élouane le remercia d'un hochement de tête.

— Elle a été fermée à la barbe du premier Passeur, et c'est pour consentir à la vengeance d'une Passeuse qu'elle sera rouverte, observa Enoc'h. C'est décidément la veillée de toutes les ironies…

— Nous accostons donc par la Porte des Ombres, planifia Élouane en mimant d'une main leur trajet.

— Pour nous retrouver face à une meute de magiciens en colère, conclut Charly.

— Nous ne pouvons pas affronter seuls tous les magiciens du royaume, renchérit Julian, surtout sur leur propre terrain.

— Nous avons un dieu avec nous, tenta Élouane.

Hank l'arrêta aussitôt.

— Mon rôle se limitera à vous ouvrir la Porte des Ombres et à vous désigner les Noirs Portraits des membres de l'Ordre. Je te l'ai dit, Élouane : je ne prends pas les vies. Je les collecte lorsqu'elles viennent à moi.

Pour la première fois, la reine laissa échapper un mouvement de colère. Ses yeux n'étaient plus que deux fentes lorsqu'elle lança :

— Vous nous décochez dans une bataille que nous ne pouvons pas gagner.

Le dieu sourit.

— Tu possèdes une armée.

— J'ai décrété les Heures Sombres. Les soldats peuvent déserter sans crainte de représailles. Je ne peux pas recourir à eux, ils ne seraient pas fiables.

— Tu possèdes une *autre* armée.

Décontenancée, Élouane dévisagea Hank. Puis, peu à peu, elle sembla se détendre.

— Vous iriez ? souffla-t-elle.

— Dans l'instant.

Joignant le geste à la parole, le dieu leva une main.

—Attendez ! s'exclama Élouane en se levant. Pourriez-vous d'abord aller quérir le général Rhun qui se bat sur le front est ?

—Ce ne sera pas nécessaire, ma chère. Il arrive.

Et le dieu disparut.

Julian se tourna vers Élouane.

—À quelle armée faisait-il référence ?

Un coup frappé à la porte empêcha la reine de répondre. Elle déposa sa couronne sur le bureau et traversa la pièce d'un pas résolu. Un colosse aux cheveux gris se tenait dans l'encadrement de la porte. Ses yeux brillèrent en se posant sur Élouane.

—Rhun, souffla-t-elle.

—Ma reine. J'ai ordonné le repli des troupes hors de Terrilis dès que l'on m'a instruit de la nouvelle de ton mariage et de l'imminence des Heures Sombres.

—Je suis heureuse que tu sois là, Rhun. Ton épée ne sera pas de trop cette nuit.

La voix d'Ojaedd se fit entendre derrière le général :

—Ni la sienne ni celle des trente vétérans qu'il a acheminés avec lui. Vous ne vous accommoderez pas tous ici, ma reine, aussi les ai-je installés dans la salle des Armes et suis-je venu vous proposer de les rejoindre. Vous y serez plus à votre aise dans l'attente du crépuscule.

—Merci, Ojaedd. Nous te suivons. Peux-tu aussi collecter mes vêtements ? Cette robe commence à avoir raison de ma patience.

—Votre patience, ma reine ? Quelle patience ?

Le général éclata de rire et, sur le ton calme d'un homme habitué à se faire obéir, il enjoignit aux occupants du bureau de le suivre dans le couloir.

Dans un angle de l'austère salle des Armes, Ravenn s'entretenait avec Julian, Enoc'h, Luernios, Jana et le général Rhun. La vengeance d'Énora était une chose – et elle avait promis de l'aider à l'accomplir –, mais, pour Ravenn, les enjeux de cette nuit étaient autres. Elle avait un royaume à réunifier. En l'état, après le règne dévastateur de son père, il était écartelé en dissensions internes que son retour avait attisées. En un mot, ingouvernable. Elle devait éliminer ceux qui risquaient de s'opposer ouvertement à elle et, si certains se trouvaient déjà parmi les cibles d'Énora, elle devait établir sa propre liste. Une méthode certes brutale, mais efficace et rapide. Ensuite, elle s'occuperait de faire la paix à l'Est.

— Je ne crois pas que le grand prêtre d'Aa pose problème, observa Luernios. Il a obtenu ce poste en se rangeant toujours du côté des vainqueurs dans la politique d'Astria. Il sera prompt à retourner sa veste. Son second, en revanche, est farouchement engagé dans la guerre d'invasion. Si c'est la cohésion que vous désirez, vous devriez l'écarter.

Ravenn retint un sourire. Écarter. Le prêtre gris avait une façon bien à lui de parler d'assassinats.

— Et la grande prêtresse d'Izil ? demanda Julian.

Luernios tiqua.

— Plus complexe. Elle a dû se battre pour en arriver là, il n'était pas simple d'être une femme de pouvoir durant le règne de votre père, Élouane, et si vous ne vous étiez pas opposée directement à elle pour libérer Énora et Charly, je pense qu'elle se serait rangée à vos côtés. Mais c'est une femme fière. Je suis prêt à parier qu'elle refusera votre main tendue.

— Rhun, s'inquiéta Ravenn, certains de tes hommes loyaux à mon père peuvent-ils devenir une menace ?

— Ils me suivront. Ils te suivront. Ne te préoccupe pas des soldats cette nuit.

Elle hocha la tête, puis interrogea de la même manière Til'Enoc'h à propos des capes d'or. Lui exposant les différents courants politiques existant au sein du Clos, il lui fournit les noms des magiciens proches de son père et, parmi eux, des meneurs potentiels.

— Une chose est sûre, conclut Jana, Til'Orfaël ne doit pas survivre.

Ravenn la dévisagea.

— En effet, approuva-t-elle à mi-voix.

À la fin de la discussion, sa liste comptait vingt et une personnes.

— Qu'en est-il de ton père ? demanda finalement le général Rhun.

Elle ferma brièvement les yeux. Les rouvrit. C'était une question qu'elle ne voulait pas se poser, bien qu'elle ne puisse l'éviter.

— Ojaedd s'est assuré qu'il ne quitte pas ses appartements de toute la durée des Heures Sombres. Privé de ses alliés, il sera comme un dragon sans feu.

— Un dragon sans feu a toujours des griffes.

— Je m'assurerai qu'elles demeurent épointées.

Personne n'osa la contredire. Attendant le retour du dieu Gris, elle salua un à un les soldats, écoutant les nouvelles qu'ils rapportaient du front, puis elle s'approcha de la fenêtre où Énora guettait l'arrivée du soir. Elle avait remarqué la façon dont Julian couvait la jeune fille du regard, mais celle-ci semblait ailleurs, enfermée quelque part en elle-même où personne ne pouvait l'atteindre.

— Julian l'a fait pour vous sauver, tu sais… m'épouser, dit-elle simplement.

— Je sais. Mais quelles que soient les raisons de son choix, les conséquences qui en découlent sont sa responsabilité, non la mienne.

— De quelles conséquences parles-tu ?

— Il est ton mari.

— Ce n'est pas aussi…

— Ravenn.

C'était la première fois qu'Énora utilisait ce nom, et elle l'avait fait avec tant de fermeté et de lassitude qu'il était préférable pour la souveraine de se taire.

— Je n'ai pas envie de parler, expliqua Énora en croisant brièvement le regard de la reine.

Celle-ci fronça les sourcils.

— Tu as une dureté en toi…

— Tu l'as aussi, Ravenn. C'est celle que laissent derrière elles les blessures trop profondes pour cicatriser un jour. Une dureté d'acier, qui fait de toi une reine.

— Et de toi, que fait-elle ?

— Une lame vengeresse.

Ravenn eut un sourire triste.

— Je n'ai pas eu l'occasion de te le dire plus tôt : je suis désolée pour ta famille.

Énora tiqua.

— Merci, mais garde ta pitié. C'est de ton épée que j'ai besoin.

— Tu l'auras.

Un bruyant remue-ménage s'éleva au centre de la pièce. Ravenn se retourna. Cinq cents guerriers lui faisaient face, des écailles de cuir et de fourrure recouvrant leurs peaux mates. Leurs yeux parcouraient avec crainte les épais murs de granit décorés d'armes et de blasons. À leur tête se trouvaient le dieu Gris et Kaltaj, chef des clans de la terre des dragons, l'homme qui avait accueilli Ravenn parmi les siens durant sept années. Il lui sourit, puis, de sa voix grave, déclara dans son dialecte rugueux :

— Par le sang et la vie nous te sommes liés, Croc de mon peuple. L'homme-dieu nous a transmis ton appel. Nous venons honorer notre dette envers toi.

Ravenn lui sourit en retour et salua d'un hochement de tête les membres de son ancienne Meute. Lïam se glissa près d'elle sans oser avancer. La jeune reine posa une main protectrice sur l'épaule du garçon.

—Merci, Kaltaj. Pelekaï va expliquer aux hommes la situation. Viens embrasser ton fils.

Le chef les rejoignit, s'arrêta devant Lïam, le détailla de haut en bas et, sans un mot, le serra dans ses bras avec force. Il chuchota quelque chose à l'oreille de son dernier-né que Ravenn n'entendit pas, mais, quand ils se redressèrent, leurs yeux à tous deux brillaient d'émotion.

Julian se glissa près d'elle.

—Qu'as-tu fait pour obtenir la fidélité d'une telle armée?

—Il y a sept ans, juste avant d'arriver dans leur village, je suis passée près d'une chaîne de montagnes où vivent les dragons. Une trentaine d'entre eux prenaient leur envol et fonçaient vers le sud, droit sur le clan de Kaltaj dont j'apercevais les feux de cheminée. J'ai galopé à toute allure pour les prévenir. Tous ont pu fuir avant l'arrivée des dragons, emportant avec eux quelques têtes de bétail. Lorsque nous sommes revenus, plus une seule maison ne tenait debout et les troupeaux avaient disparu, mais les hommes étaient saufs. J'ai décidé de rester avec eux pour les aider à reconstruire leur foyer, puis j'ai suggéré d'organiser des chasses dans les montagnes aux dragons pour détruire les œufs. Depuis, les clans mènent ces expéditions deux fois par an, au début et à la fin de la saison chaude. Le nombre de dragons a été suffisamment réduit pour amoindrir la menace sur les populations locales. Ils considèrent qu'ils ont une dette envers moi et viennent aujourd'hui l'acquitter.

C'est alors que la voix claire d'Énora s'éleva depuis la fenêtre:

—Une étoile!

Ravenn échangea un regard grave avec Julian. Il était l'heure de marcher sur le Clos.

De part et d'autre des limbes, nombreux seraient ceux qui périraient cette nuit.

Fragment

Le lien des Noirs Portraits

Astria, 57e année de l'Échange

Depuis des années, nous cherchons à visualiser le fil de vie reliant entre eux deux Noirs Portraits. Il se dérobe à notre vision, demeurant ce mystère impalpable, une fascinante chimère que j'ai passé une vie entière à poursuivre. Je suis âgé à présent, je mourrai sûrement sans connaître sa forme. Mais je garde l'espoir que~~, dans cet ultime instant où le Gris me prendra,~~ j'obtiendrai ma réponse. Alors tout sera bien, et je pourrai partir.

Conclusion d'*Un monde à l'autre*,
par le Mage Supérieur Pertyn.
(Texte revu et expurgé sur ordre de la reine par
Amaël, Encré du royaume, en la 1re année de l'Alliance.)

Chapitre 25

L'armée disparate d'Élouane franchit la Porte du Roi en un long cortège silencieux et s'engagea sur la route contournant les remparts d'Astria. Avec le crépuscule, un vent chaud s'était levé qui balayait les rues poussiéreuses, faisant claquer les bannières en haut des échauguettes. Une demi-lune parfaite sous son voile brumeux nimbait la procession d'un éclat irréel. Les chasseurs de dragons, qui grâce à Hank avaient quitté en quelques secondes la rudesse de l'hiver pour la douceur de l'été, s'étaient délestés de leurs fourrures. Ils ne portaient plus que leurs protections de cuir sur des tuniques légères et leurs longues épées. Détaillant les tresses brunes ornées de métal encadrant leurs visages, Charly les trouva beaux. Mais tout lui semblait beau depuis qu'il était revenu d'entre les morts.

Dans une ruelle adjacente, quelques silhouettes furtives s'évanouirent à leur approche. Pas une lumière ne filtrait par les volets fermés. La tension qui régnait dans la ville extérieure était palpable.

Pourtant, Charly appréciait pleinement ce moment. Son frère, Énora et Hank étaient à ses côtés. La douleur des tortures n'était plus qu'un souvenir, et Iouna était restée au château en compagnie du petit Lïam – le gamin était malin, il la tiendrait éloignée des dangers. Si tous risquaient leur vie dans la bataille qui se préparait, une réconfortante camaraderie s'était installée dans leurs rangs. Son épée en travers du dos, Charly se sentait à sa place. Vivant. Il inspira profondément les odeurs de la nuit.

Son regard tomba sur la nuque d'Énora. Il accéléra le pas pour la rejoindre.

— Ça va, petite sœur ?

— Vu pire, vu mieux, répondit-elle en esquissant un sourire.

Il lui lança une bourrade amicale avant de presser brièvement sa main. Elle se crispa mais accepta le contact. Ils marchèrent un moment sans parler. Puis Charly n'y tint plus :

— J'ai vu comme Julian te regarde.

— Charly, tu veux être comme un frère pour moi ?

— Bien sûr !

— Tais-toi.

— Ah non ! Moi, je suis le frère chiant, celui qui met tout le temps les pieds dans le plat, demande à Julian.

Elle sourit franchement et, récoltant cet éclat de joie, Charly eut la sensation d'avoir remporté une bataille bien plus difficile que celle qui les attendait.

— Charly, je n'ai pas la tête à ça. Plus tard. D'accord ?

— D'accord. Compte sur moi pour ramener le sujet sur le tapis.

Énora leva les yeux au ciel et glissa le bras sous son coude. D'un même pas, ils tournèrent à l'angle nord-est des remparts, et la monumentale Porte des Ombres se dressa devant eux.

La colonne de guerriers s'attroupa en une masse compacte tandis que Hank, Élouane et Julian s'avançaient vers le mur. Le dessin de la porte d'or était encore visible, mais celle-ci semblait se fondre dans les blocs de granit qui l'encadraient et aucun interstice ne séparait les deux battants, soudés comme une seule pièce. La reine s'adressa aux combattants :

— Vous savez quels sont les ordres. Vous connaissez nos cibles. Ne terrassez personne d'autre, sauf si vous ne pouvez l'éviter. Nous nous battons contre des magiciens. Nous attaquons de nuit pour qu'ils aient le moins possible de clarté à utiliser. Til'Enoc'h, Til'Julian et Jana se placeront autour de nous pour contrer leurs attaques, mais ils ne pourront être partout. Restez vigilants, chaque objet peut devenir une arme entre leurs mains.

Elle traduisit ses paroles aux chasseurs de dragons, puis fit un signe à Hank. Ils ignoraient quelle résistance ils trouveraient dans le Clos, aussi Charly dégaina-t-il sa large épée courbe et se mit-il en position de combat. Tous l'imitèrent. Julian, Enoc'h et Jana se déployèrent à l'avant du groupe. Hank se plaça entre les deux immenses battants et posa une main sur chacun d'eux. Il y eut un craquement métallique. Les pierres des remparts semblèrent s'écarter pour libérer l'or. Et avec une plainte lugubre, la Porte des Ombres pivota sur ses gonds.

Ravenn recula vers ses hommes.

Au-delà des remparts, le Clos lui apparut pour la première fois sous la pâle clarté de la lune. Elle découvrit une vaste pelouse semée de bosquets, où s'élevaient çà et là des bâtiments aux architectures disparates qui donnaient pourtant un inexplicable sentiment d'unité. Devant le plus proche de ces édifices, trois rangées de magiciens leur faisaient face. De grands braseros lançaient vers le ciel des nuées d'étincelles. Leurs lumières crépitantes offraient aux mages une puissante source de pouvoir.

Comme prévu, le Gris avait disparu dans les limbes. Ravenn leva une main. À sa suite, les guerriers pénétrèrent dans le Clos. La voix du dieu retentit dans son esprit :

— *Premier rang, le cinquième en partant de la gauche. Brun, cheveux longs.*

Consciente qu'au même instant, chacun de ses hommes s'était vu désigner une cible de cette manière, Ravenn cessa de réfléchir et se mit à courir. Elle n'était plus qu'à une vingtaine de mètres de son adversaire lorsque les mages déclenchèrent les hostilités : l'herbe sous leurs pieds s'aplatit en une surface glissante que Ravenn ne prit pas le temps de détailler. Elle vit du coin de l'œil des guerriers tomber. Ce ne fut pas son cas – on ne déséquilibre pas aussi facilement une voltigeuse –, et profitant de l'élan de sa course, elle ficha bientôt sa rapière droit dans le cœur de la cape d'or désignée par le Gris. Les mages avaient eu tort de ne pas les attaquer dès l'ouverture de la porte, le corps-à-corps n'était pas à leur avantage. Surpris par la rapidité de l'attaque, l'homme regarda son ventre, puis dévisagea Ravenn, les traits tordus par la douleur et la colère. Celle-ci retira sa rapière et acheva le magicien en lui ouvrant la gorge.

— *Sur ta gauche, le grand blond qui se bat contre Pelekaï.*

Esquivant une lance enflammée, elle bondit pour rejoindre son ami.

— Une nuit de noces comme je les aime ! rugit-elle en portant au mage blond un coup de taille fatal.

Mais plusieurs magiciens l'avaient repérée. Une volée de flèches qu'aucun arc n'avait tirées se précipitèrent dans sa direction. Elle se jeta au sol, roula sur le côté, se releva prestement. Les flèches la suivirent comme des insectes insistants, entaillant la peau de ses bras.

— Faites-les reculer ! hurla-t-elle en désignant les magiciens.

Une flèche frôla sa jambe. Elle sauta, leva sa lame en protection, dévia une tête métallique qui fusait vers son ventre. Ébranlés par l'attaque frontale des guerriers, les magiciens se retranchaient derrière les braseros. Ravenn courut, zigzaguant pour tromper les capes d'or qui la harcelaient.

— Renversez les cuves ! ordonna Ravenn. Éteignez les flammes !

Un à un, les braseros se déversèrent sur l'herbe humide. Une épaisse fumée sépara les deux camps, et les flèches qui poursuivaient Ravenn tombèrent au sol. Elle s'arrêta pour reprendre son souffle et évaluer son état. La plupart de ses blessures étaient superficielles. Quant aux autres... elles attendraient. Privées de lumière, les capes d'or fuyaient vers les bâtiments, et comme parmi ce groupe toutes les cibles avaient été éliminées, personne ne se lança à leur poursuite. Ravenn regarda autour d'elle. Certains de ses hommes étaient sévèrement blessés, et une quinzaine de magiciens reposaient au sol, morts. Il faudrait dénicher les suivants un à un. Cela ne la dérangeait pas, elle se sentait chasseuse plus que guerrière.

— *Les prêtres sont au deuxième étage du bâtiment de brique sur votre droite*, leur apprit le dieu Gris.

Sans que Ravenn ait un seul mot à prononcer, tous se dirigèrent dans cette direction.

Dans l'entre-monde des limbes, Hank savourait son pouvoir recouvré. Il est une chose qu'un dieu peut difficilement expliquer à un mortel : l'ubiquité. Il n'avait jamais perdu cette faculté, qui était dans sa nature profonde et lui permettait d'accomplir sa tâche, mais la sensation d'être partout à la fois s'était estompée durant son exil en Rive. Dès qu'il avait reposé le pied en Ombre, Hank l'avait de nouveau ressentie avec une fabuleuse évidence. À cet instant, il entretenait des conversations simultanées avec cinq cents guerriers, vérifiait qu'Aa et Izil restaient bien à l'écart comme il le leur avait fait jurer, tout en accueillant les morts qui venaient à lui aux quatre coins du monde. Et justement, les magiciens décédés commençaient à se relever dans les limbes.

— Pou... pourquoi ? articula l'un d'eux.

— C'était ton heure, répondit Hank avec une douceur implacable.

L'homme regarda autour de lui, l'air hagard, baissa les yeux vers sa poitrine ensanglantée, l'examina du bout des doigts. Lorsqu'il releva la tête, des larmes coulaient sur ses joues.

— Et maintenant ? demanda-t-il avec crainte.

Pas un seul instant il ne douta de son état ni de l'identité de Hank. Celui-ci saisit les mains de l'homme avec force et admira le fil chatoyant qui jaillissait de son ventre pour plonger vers le sol – vers Rive –, reliant l'existence du magicien à celle d'un membre de l'Ordre. Puis son regard perçant s'attacha à celui du mort.

— À présent, Lei'lith t'attend.

Sous l'impulsion du dieu, leurs quatre mains se joignirent au niveau du nombril du mage et tranchèrent le fil de vie qui le reliait à son Noir Portrait. Quelque part, non loin d'eux, retentit le rire cristallin d'une enfant. Et le mort disparut, comme emporté par le son.

— Lei'lith, murmura Hank, prends soin de lui.

— Pourquoi ? murmura une voix dans son dos.

Hank se retourna. Un autre mort se redressait.

— C'était ton heure, affirma-t-il.

Il reproduisit le rituel jusqu'à ce que tous les morts aient trouvé le chemin du royaume de Lei'lith. Puis il contempla leurs dépouilles étendues sur la pelouse humide du Clos. Une amère mélancolie l'envahit. Le dieu avait érigé en règle de ne pas se mêler des affaires des hommes. Vraiment ? De tout temps, il était intervenu, à dessein ou malgré lui. Désigner cette nuit les victimes au lieu de prendre lui-même leurs vies n'était qu'hypocrisie, un arrangement avec sa conscience dont il n'était pas dupe et qui coûterait plus de vies encore, car le camp de Ravenn ne serait pas épargné.

Étouffant ces pensées, Hank se transféra à l'intérieur du bâtiment où s'étaient réfugiés prêtres et prêtresses. L'armée de Ravenn venait de pénétrer au rez-de-chaussée, après un bref affrontement avec une dizaine de capes d'or. Malgré leurs pouvoirs, elles avaient battu en retraite devant le nombre.

— *Troisième étage*, souffla le dieu dans l'esprit des guerriers.

Julian et Enoc'h prirent la tête du groupe pour gravir l'escalier, immédiatement suivis par Ravenn et le général Rhun.

Soudain, un détail frappa Hank. Si le fil de vie entre Julian et Enoc'h les reliait toujours, il s'était comme éteint. Le dieu se rapprocha, intrigué. Était-ce parce qu'ils étaient en train de manipuler la magie ? Le regard de Hank glissa vers Ravenn. Il constata le même phénomène. Retenant son souffle, il chercha Charly dans le groupe. Le trouva. Le filament qui émergeait de son nombril montait haut dans le ciel avant de filer vers le château où se cachait Iouna. Et, au lieu d'arborer l'habituelle luminescence argentée que possédaient ceux de tous les autres guerriers, il était aussi mat que celui de son frère ou de Ravenn.

Enoc'h et Julian. Charly et Iouna. Ravenn et Axel. Les trois couples de Noirs Portraits qui avaient participé à son retour. Ces événements étaient-ils connectés ?

Hank se projeta à l'étage supérieur. Il ne visualisait les liens entre les Noirs Portraits que lorsqu'il se trouvait dans les limbes, aussi n'était-ce pas étonnant qu'il n'ait pas remarqué ce changement plus tôt. De toute son interminable existence, jamais il n'avait vu une telle bizarrerie ni rien s'en rapprochant. Soit le lien ressemblait à un ruban d'argent, soit, pour les Passeurs, il n'y en avait pas du tout. Mais cela, ce filament éteint…, c'était nouveau.

Et pour un dieu millénaire, toute nouveauté était ambiguë.

Julian bondit sur le palier du troisième étage.

Des capes d'or gardaient une porte fermée. Utilisant la lumière des chandelles murales, Julian rigidifia leurs vêtements pour les immobiliser. La magie avala brusquement les flammes, et l'obscurité s'abattit sur le couloir. Julian sentit plus qu'il ne vit Élouane se glisser devant lui. Sa lame cingla l'air.

— En avant, murmura-t-elle un instant plus tard.

Lorsqu'elle ouvrit la porte, une pâle lueur filtra sur le palier. Les capes d'or gisaient contre le mur, égorgées. Soudain, six autres magiciens jaillirent des pièces latérales.

Julian et Enoc'h se tournèrent dos à dos pour faire face aux assaillants. En l'absence de sources lumineuses, les magiciens du Clos n'étaient que de simples hommes. Alors que l'un d'eux s'attaquait à la reine isolée de l'autre côté du palier, Julian pivota pour la défendre. Enoc'h avait eu la même idée. Leurs bras nus se heurtèrent.

Ils se figèrent, frappés d'horreur.

Leurs regards s'accrochèrent l'un à l'autre.

Ils s'étaient touchés, peau contre peau, Noir Portrait contre Noir Portrait.

Ils allaient mourir, là, bêtement !

Mais alors pourquoi étaient-ils encore vivants ?

Comme rien ne se passait, ils échangèrent un coup d'œil stupéfait et se relancèrent dans le combat. Les six capes d'or tombèrent bientôt, blessées, et rampèrent pour échapper aux guerriers qui s'en étaient déjà désintéressés.

— Je n'ai pas rêvé, murmura Julian à Enoc'h en traversant le palier, j'ai touché ta main…

— J'ai eu la même sensation. Mais nous avons dû déraisonner, nous serions morts.

Julian acquiesça, peu convaincu.

À l'intérieur de la grande salle, des centaines de prêtres et de prêtresses au bord de la panique les regardèrent entrer. Quelques faibles bougies éclairaient cette curieuse assemblée. Aucun magicien en vue. Julian se détendit.

Une soixantaine de guerriers se détachèrent du groupe et marchèrent vers les cibles désignées par Hank. Gênés de ne trouver aucune résistance parmi les prêtres, ils s'entre-regardèrent, hésitants. Mais Élouane prononça un mot étranger qui claqua dans l'air comme un coup de fouet, et chacun plongea sa lame dans le cœur de sa cible. Des cris étouffés et des pleurs retentirent. Quarante-trois prêtresses et vingt-cinq prêtres venaient de mourir.

Julian coula un regard vers Énora. La jeune fille se tenait bien droite au milieu des guerriers, les yeux fixés sur les morts. Aucune expression ne troublait son visage.

Élouane traversa la pièce. Pelekaï et Julian la suivirent. Elle se dirigea vers la grande prêtresse d'Izil qui tentait de se faire oublier dans un angle enténébré. En silence, elle posa la pointe de sa rapière sur la poitrine de la femme. Celle-ci ne fit pas mine de la repousser et affronta son sort. Quelques secondes s'écoulèrent. La prêtresse éclata de rire.

— Tu doutes ! Une reine ne peut douter.

— C'est faux, murmura Élouane. Une reine *doit* douter. Puis elle doit agir. Me suivrez-vous ? vérifia-t-elle.

— Jamais, plutôt périr.

— Qu'il en soit ainsi.

La rapière effilée pénétra dans la chair, puis se retira. Une tache écarlate apparut sur la robe immaculée de la grande prêtresse d'Izil et s'étendit en corolle. Élouane n'attendit pas que la femme s'écroule ; elle tourna les talons pour rejoindre ses alliés.

— Regretteras-tu cette nuit ? lui demanda Julian.

— Non. La paix est à ce prix. Et toi ?

— Non plus. Mais je regretterai mes premiers jours à Astria.

— Pourquoi ?

Il haussa les épaules sans répondre. À *La Plume et l'Enclume*, loin de son monde natal et de son passé, entouré de Charly et d'Énora, Julian s'était senti capable d'affronter ses vices. Oh, il ne l'avait pas fait et, après sa brève période de sevrage dans le Clos des magiciens, il avait rechuté dès qu'il en avait eu l'occasion. Pourtant, pour la première fois, il s'était senti libre au point d'imaginer qu'il *pourrait* se débarrasser de l'alcool.

Depuis le couronnement, Julian n'avait pas bu et n'avait pas ressenti de manque. Il savait qu'il ne le subirait pas, car la sensation de communion avec cette terre que la pierre sanguine avait créée en lui était plus puissante. D'une certaine manière, il avait troqué une addiction pour une autre. Et de celle-là, il n'avait aucun espoir de se défaire. Jamais plus il ne se sentirait libre.

Le poids du devoir ceignait son esprit comme la couronne son front.

Des heures durant, Hank les guida d'un bâtiment à l'autre du Clos, dans chaque recoin où se dissimulaient les Noirs Portraits des membres de l'Ordre. Convaincue de la supériorité de leur groupe, aucune cape d'or n'avait envisagé de fuir Astria. Plus de cent d'entre eux avaient déjà péri lorsque les magiciens admirent leur erreur. Les survivants se réunirent dans l'arène principale de l'académie.

Dans cette vaste salle couverte cernée de gradins de pierre, les étudiants qui apprenaient l'art du combat magique s'entraînaient à manipuler des quantités colossales de pouvoir. Elle était équipée pour ne jamais manquer de lumière, et les immenses lustres qui pendaient en son centre dispensaient une clarté éblouissante.

Le Mage Supérieur Orfaël organisa les défenses. Il plaça en haut des gradins ses plus habiles magiciens de combat afin qu'ils aient une vue dégagée et ordonna que l'armée d'Élouane soit harcelée à l'extérieur pour qu'elle pénètre droit dans le couloir menant au cœur de l'arène. Hank contempla ces préparatifs depuis les limbes. Il prévint Ravenn.

— Pouvons-nous échapper à une attaque frontale ? l'interrogea celle-ci.

— *Si vous parvenez à contourner les bois sur votre droite et à atteindre l'arrière de l'arène, un escalier mène au niveau supérieur des gradins. Ils ne s'attendent pas à vous voir arriver de ce côté, essayez de vous infiltrer par de petites incursions discrètes pour tuer vos cibles. Mais dès qu'ils s'apercevront de votre présence, vous vous retrouverez face à trois cents magiciens furieux.*

— Nous n'avons pas le choix.

— *Toi et Julian devriez rester en arrière, cette fois. Le royaume a besoin de vous. Vivants.*

— Les chasseurs de dragons ont abandonné femmes et enfants pour répondre à mon appel. Je ne leur demanderai pas de se battre sans les accompagner à l'assaut.

Il était inutile d'insister. Les guerriers étaient encore assez loin de l'arène pour que les mages ne les voient pas s'infiltrer sous le couvert des arbres. Traçant une large boucle, ils contournèrent l'édifice à distance, en gagnèrent l'arrière, gravirent l'escalier, pénétrèrent dans les gradins par petits groupes qui fondaient sur leur proie avant de se retirer. Cependant, les sauvages aux longues tresses sombres et aux protections de cuir dénotaient dans le camaïeu noir et or des magiciens, si bien que ce jeu mortel ne put se prolonger longtemps. Les cinq cents magiciens du Clos se retournèrent contre leurs assaillants, et le réel combat s'engagea.

Hank tenta de guider Ravenn et ses compagnons, mais la déferlante de pouvoir était telle que beaucoup tombèrent avant même d'avoir pu atteindre leur première cible. Quand ils aperçurent Jana, la fureur des mages fut telle qu'ils se désintéressèrent un instant des guerriers. *Une femme pratiquant la magie ! Hérésie !*

Jana se démenait. Ses pouvoirs étaient trop neufs pour qu'elle réussisse vraiment à se défendre. Malgré l'aide de Julian et de Til'Enoc'h, elle se sentait acculée. Son regard accrocha celui du Mage Supérieur Orfaël. Il leva un bras. La pression s'amoindrit autour de Jana. Puis la cape d'or pointa l'ouest et disparut par une porte de l'arène.

Hank balaya du regard les gradins bondés. Que les magiciens se concentrent sur la peintre avait permis à Ravenn et aux chasseurs de dragons d'éliminer une dizaine d'hommes. Il n'en restait plus que douze à tuer, disséminés autour de l'arène. La situation était si confuse qu'il était impossible de les rejoindre. Harcelés de toutes parts, isolés les uns des autres, les guerriers ne parvenaient plus à avancer.

Corrompre un corps humain était considéré comme une bassesse par les mages eux-mêmes. La Transformation et le Déplacement d'objets utilisés comme des armes constituaient l'art magique du combat, lequel interdisait d'atteindre la chair. Lorsque Hank constata que les magiciens n'hésitaient pas à altérer physiquement leurs adversaires en déformant leurs membres, une colère sourde s'enroula en lui. Il aurait pu mettre un terme à cette abomination immédiatement, il lui suffisait de…

Le haut d'un corps apparut dans les limbes tandis que son bassin et ses jambes s'écroulaient en Ombre. Hank jura. Non seulement ils corrompaient les corps, mais ils osaient faire disparaître les hommes !

Furieux, il apparut au centre de l'arène, les longs pans de son manteau tourbillonnant autour de lui, et levant les bras, il tonna :

— Assez !

Les magiciens se figèrent sous la surprise. Hank frappa dans ses mains. Un instant plus tard, les mages tombaient sur les marches des gradins, inconscients mais vivants. Hank marcha vers la moitié inférieure du guerrier reposant entre les corps, apposa ses mains sur la peau cuivrée. Le torse et la tête réapparurent. L'homme cligna des yeux, terrifié. Puis le dieu marcha vers chaque blessé, quel que soit son camp, et le soigna, refermant les blessures, redonnant à chaque membre déformé son intégrité première.

Enfin, il se tourna vers Ravenn. Le dégoût l'envahit lorsqu'il désigna les douze derniers hommes destinés à mourir cette nuit, inconscients comme l'étaient toutes les capes d'or.

Énora s'approcha de l'un d'eux une dague à la main.

— Je vais le faire, la retint Julian.

— Laisse-la, assena Hank d'une voix amère. Il est trop facile de regarder les autres tuer pour soi. Laisse-la faire, qu'elle comprenne.

— Hank ! s'indigna Julian. Écoute-toi ! Qu'est-ce qui te prend ? (Les reproches du jeune roi le touchèrent.) Toi et Énora avez passé un marché. Il est trop tard pour avoir un cas de conscience.

Il avait raison. Cette nuit, chacun suivait son propre dessein. Ravenn pacifiait le royaume. Énora obtenait vengeance. Julian protégeait Énora. Charly, naturellement, aidait ceux qu'il aimait, sa famille de sang comme sa famille adoptive. Le général servait sa reine. Le clan des chasseurs de dragons épongeait une vieille dette. Et lui, Hank, dieu de la Vie et de la Mort, acquittait sa part du marché avec ceux qui l'avaient aidé à rentrer en Ombre. Il payait le prix de son retour par le sang versé.

Radouci, il s'approcha d'Énora, posa une main sur son bras armé.

— Laisse faire Julian.

— Mais vous venez de dire que…

— Ce sont mes doutes qui ont parlé. Non ma raison.

— Je veux le faire ! s'écria-t-elle. Je veux savoir ce que cela fait de prendre la vie de ceux qui ont tué les miens.

Il ne servait à rien de débattre si oui ou non l'homme qu'elle voulait tuer était responsable des actes de son Noir Portrait – en aucun cas, évidemment. Hank saisit la dague par la lame et obligea Énora à la lâcher. Puis il la regarda droit dans les yeux avec un sourire las.

— Non. Je t'assure, Énora, tu ne veux pas savoir.

Julian plongea son épée dans le cœur du magicien inconscient.

— Ils sont tous morts ? vérifia Énora. Chaque membre actif de l'Ordre ?

— Non. En Rive, leurs Noirs Portraits peuvent encore survivre une lunaison.

— Mais dans un mois au plus tard, ils mourront ?

— En effet. L'Ordre n'est plus.

Elle hocha la tête. Son visage était impénétrable.

— Les tiens sont vengés, souffla Julian. Te sens-tu mieux ?

Elle lui adressa un regard troublé.

— Je ne sais pas.

Au bord de l'arène, Ravenn rassemblait ses alliés. Énora la rejoignit à pas lents, détaillant les hommes évanouis qui jonchaient les marches. Julian se tourna vers Hank, un regard accusateur sous ses fins sourcils bruns.

— Je l'ai protégée, dit-il. Énora s'est vengée et elle est encore en vie. Tu avais tort.

Puis il tourna les talons pour rejoindre les autres.

Le cœur dans la gorge, Hank resta silencieux, n'essaya pas de le rattraper. Il aimait ce garçon. Il n'en pouvait plus de le voir souffrir.

— Je suis désolé, murmura-t-il en basculant dans les limbes.

Jana s'approcha de Ravenn.

— Il ne reste plus que Til'Orfaël, dit-elle. Je l'ai vu s'esquiver par cette porte.

— S'il a fui, nous ne le rattraperons pas.

— Je ne pense pas qu'il ait fui.

— Tu parles comme si tu le connaissais.

— Parce que c'est le cas.

Les yeux de Ravenn la transpercèrent de part en part.

— Ne faisons pas attendre ton ami, lâcha-t-elle enfin d'une voix glaciale. Hank ? Où se trouve le Mage Supérieur ?

— *Bâtiment de brique,* répondit le dieu dans son esprit, *tourelle ouest, dernier étage.*

Tous quittèrent l'arène.

Jana, Julian et Til'Enoc'h s'engouffrèrent les premiers dans l'étroit escalier en colimaçon qui menait à la tourelle ouest, Ravenn dans leur sillage. Arrivée en haut, Jana poussa la porte entrouverte. Til'Orfaël les attendait, assis dans un fauteuil au centre d'un confortable salon.

Immédiatement, Jana fut happée par des éléments familiers. Les toiles accrochées aux murs. Ses toiles. Toutes celles qu'elle avait vendues ces derniers mois étaient réunies dans cette pièce.

— Vous, murmura-t-elle abasourdie. C'est vous qui les avez achetées ?

— Bien sûr.

D'un geste dédaigneux de la main, il projeta Julian et Til'Enoc'h hors de la pièce et referma la porte derrière Ravenn dans un claquement sonore et définitif. Jana entendit les magiciens se démener en haut de l'escalier pour les rejoindre. En vain.

— Quelqu'un a libéré tes pouvoirs, observa Til'Orfaël. Qui ?

— Bleue de Sav-Loar.

La cape d'or grimaça et frotta son œil de verre.

— Alors cette gamine est toujours vivante...

— Elle n'a rien d'une enfant.

— Oui, j'imagine qu'elle a grandi. Encore une qui aurait dû mourir il y a bien longtemps.

Ravenn et Jana échangèrent un regard incertain. De nombreuses capes d'or avaient péri dans la nuit, et pourtant, le Mage Supérieur était d'humeur curieusement bavarde.

Sans prévenir, Ravenn dégaina une dague et la lança en direction du magicien. Elle s'immobilisa en plein vol et tomba sur le sol tandis qu'une force invisible plaquait Ravenn contre le mur.

— Vous êtes contrariantes de manière héréditaire, dans cette famille, rugit Til'Orfaël en marchant vers elle.

Ravenn banda ses muscles sans parvenir à bouger. Elle gronda :

— Que voulez-vous dire ?

— Ta mère...

— Ma mère a toujours soutenu la politique du roi et la vôtre, cracha Ravenn.

— Pas toujours. Elle a refusé de ratifier la réforme pour que le pouvoir se transmette de nouveau par les hommes. Elle s'est assuré que tu puisses hériter du trône. Bien sûr, cette obstination n'aura servi à rien. J'aurais dû me charger de toi dès l'instant de ton retour. Mais il n'est pas trop tard.

Lentement, la tête de Ravenn fut entraînée sur le côté tandis que le reste de son corps restait immobile. Elle hurla de douleur et de peur. Jana voulut crier au magicien de cesser, avant de s'apercevoir qu'il la tenait elle aussi en son pouvoir, l'empêchant de bouger. Plaqué au mur, le cou de Ravenn formait un angle étrange, prêt à céder. Jana aperçut la dague qui reposait sur le plancher. Elle se concentra de toutes ses forces. La lame trembla. Sursauta.

Puis soudain, elle s'éleva et fendit l'air jusqu'à se ficher dans l'œil valide du magicien. Celui-ci poussa un hurlement aigu. Au même instant, Ravenn tomba au sol et la porte s'ouvrit, laissant apparaître un Pelekaï furieux qui se précipita vers sa reine.

Jana s'approcha de Til'Orfaël. Il avait arraché la dague de son orbite. Jana s'en saisit, un pinceau de métal à la peinture écarlate.

—Je savais, ce jour-là, souffla-t-il, que tu risquais de me tuer…

Elle hésita. Pelekaï lui ôta tout dilemme. D'un geste fluide, il égorgea la cape d'or.

Jana ferma les paupières. Lorsqu'elle les rouvrit, Ravenn l'observait en se massant la nuque, assise contre le mur.

—Qu'a-t-il voulu dire ?

Jana inspira longuement.

—J'avais douze ans quand il est venu chez moi. Ce n'était qu'un magicien de traque, à l'époque. Mes parents attendaient sa visite avec crainte, comme tous les parents d'Astria quand leur enfant atteint la puberté. Til'Orfaël a demandé à me voir seul. Avec le recul, je pense qu'il avait détecté mes pouvoirs, qu'il s'apprêtait à me tuer et qu'il ne voulait pas s'encombrer des suppliques que lui adresseraient mes parents pour qu'il m'épargne.

—Mais il a changé d'avis.

—Manifestement.

—Sais-tu pourquoi ?

Jana désigna les tableaux accrochés au mur du salon et lâcha :

—Il a vu mes dessins. Il les a étudiés un moment. Puis il m'a dit que j'étais douée. Que je devrais entrer à la Maison des Arts. C'est ce jour-là, j'imagine, qu'il a planté cette pique dans ma nuque pour bloquer mes pouvoirs, mais je ne m'en souviens pas. Je me rappelle juste qu'il est revenu le lendemain et qu'il m'a menée jusqu'à la Maison des Arts, que je n'ai jamais quittée.

—Tu as travaillé pour lui, depuis mon retour.

—Oui.

—Parce qu'il t'a aidée à entrer à la Maison des Arts ?

Jana eut un sourire amer.

—Non, il ne m'a jamais rien demandé en échange. À chaque mission que j'ai accomplie pour lui, il m'a payée. Je n'aurais jamais pu étudier la peinture sans cette source de revenus. Les cours dispensés à la Maison des Arts sont gratuits, mais chaque élève doit se procurer son matériel et louer sa chambre…

— Tu m'as espionnée pour… de l'argent ? s'étonna la reine.

Jana ne répondit pas. Ravenn éclata de rire.

— Je préfère presque ça à une vieille dette ! Au moins, si je veux m'attacher tes services, je saurai de quelle manière m'y prendre !

— Tu peux rêver, gronda Jana en se levant.

Elle se dirigea vers ses tableaux et les décrocha un à un.

— Que fais-tu ? s'enquit Ravenn.

— Je récupère mon dernier paiement.

Le roi Degan – l'*ancien* roi, mais avoir été roi pendant tant d'années l'empêchait de se considérer autrement qu'en accolant ce titre à son nom – était prostré devant sa fenêtre depuis des heures, sa cape d'or de magicien luisant sous la lune. Aucune bougie ne repoussait la nuit. En apparence, Degan était calme, comme absent. En dedans, il bouillonnait d'une rancœur et d'une frustration sans borne tandis que son esprit ressassait à l'infini la même rengaine.

Des traîtres, tous.

Même toi, ma fille, ô toi que j'aimais assez pour t'éloigner d'Astria, tu as refusé mon amour en me ravissant le trône.

Fourbe ! Ingrate !

Tu m'enfermes sous mon propre toit, un criminel, c'est ainsi que tu me traites… Des gardes devant ma porte, mes gardes, mes serviteurs, retournés contre moi comme tous ceux qui disaient me servir et m'assuraient de leur loyauté.

Mais on n'enferme pas un Roi-Magicien. Pas dans son palais.

Oh non !

Apercevant sous le clair de lune la cohorte fantomatique des guerriers sauvages d'Élouane qui remontaient la rue menant au château, il remua enfin, marcha vers la cheminée, déplia silencieusement l'extrémité d'une échelle métallique qui s'élevait à l'intérieur du conduit. Elle était couverte de suie, mais Degan n'en avait cure. Empoignant les barreaux à pleines mains, il entama son ascension.

Trois étages plus haut, il atteignit la cheminée et sortit sur le toit. L'air était doux. Il ne s'en aperçut pas. Il avait en tête des pensées trop envahissantes pour se préoccuper du temps. Il franchit prestement une volée d'ardoises rendues glissantes par l'humidité de la nuit, rejoignit une plaque métallique et alluma une bougie. Des ombres minuscules creusèrent les anfractuosités à la surface de la plaque. Employant la magie pour la première fois depuis des années, Degan transforma le métal qui s'émietta bientôt, creusant une large ouverture dans le toit. Il la franchit et se laissa tomber dans les combles du château.

Degan atterrit sur le plancher dans un nuage de poussière. À l'affût, il se redressa. L'escalier de service s'ouvrait à quelques mètres de là. Pas un bruit ne filtrait des étages inférieurs, signe que personne ne le cherchait.

Rassuré, il dégaina son épée, abandonna la bougie et s'engagea dans les marches.

Fragment

Le carnet de Morgane

15 juin

Demain, les jumeaux auront vingt ans.

Le silence règne dans la maison, tout enrobée de nuit. Je ne dormirai pas, je n'en suis pas capable. Mes doigts se referment sur le pendentif hérité de ma mère comme pour repousser la terreur qui me gagne.

J'aimerais que plus jamais le soleil ne se lève.

Chapitre 26

Se laissant porter par le flot des guerriers, Énora entra dans l'austère salle des Armes.

Sa famille était vengée.

Elle était vengée.

Pourtant, libérée de son obsession, elle ressentait avec plus d'acuité encore l'absence qui creusait en elle son sillon, qui n'en finissait plus de creuser ; cette béance indicible de ceux qui restent, avec leur vie entre les mains dont ils ne savent que faire et leur sang qui palpite trop fort. Au fond de sa poche, les doigts d'Énora se refermèrent sur le pendentif hérité de sa grand-mère. Les mots de l'intendant du dernier Roi-Passeur jaillirent de sa mémoire : « Faites que je ne sois pas mort en vain. »

La vérité.

Oui, c'était le but qu'elle devait poursuivre à présent, celui qui donnerait un sens à son existence amputée. Elle devait réhabiliter ses ancêtres auprès du peuple d'Ombre, expliquer pour quelles raisons Gwendal était passé définitivement en Rive, comment il s'était sacrifié pour les protéger.

Près de l'entrée de la salle des Armes, la reine s'entretenait avec Julian et Jana. Elle s'approcha d'eux.

— J'ai découvert un vieux manuscrit dans le tombeau des Rois-Passeurs, rédigé par l'intendant de Gwendal juste avant que celui-ci s'exile en Rive.

— Vraiment ? s'étonna Ravenn. Le tombeau a pourtant été le siège de nombreuses fouilles…

Énora leur montra le pendentif, expliqua comment il ouvrait le socle de la statue de Kanna pour accéder au manuscrit trouvé à l'intérieur et ce que celui-ci contenait.

— J'aimerais que cette vérité soit connue de tous, conclut-elle.

— Je comprends, approuva Ravenn. Nous nous en occuperons.

— Rhett serait intéressé, intervint Jana.

— Ton Encré ?

Les deux femmes échangèrent un regard indéchiffrable.

— C'est un historien remarquable, affirma la peintre. Il pourrait épauler.

— Très bien, nous ferons appel à lui pour rédiger une proclamation officielle.

Énora la remercia d'un hochement de tête, puis s'éloigna. Elle n'avait pas imaginé que ce serait aussi simple. Vengeance. Vérité. Que lui restait-il à accomplir ensuite ? Comment guérir enfin de la perte ? Ses yeux tombèrent sur Charly et Iouna qui discutaient à l'écart, rayonnants d'un bonheur qui lui fit presque mal. Puis elle croisa le regard préoccupé de Julian. Lui sourit. Étonné, le jeune homme sourit en retour.

— Ça va ? articula-t-il silencieusement par-dessus les dizaines de têtes qui les séparaient.

Elle eut soudain envie de lui dire que oui, ça allait, que ça irait, que la douleur déjà était moins vive, que le manque s'estompait jour après jour. Elle eut envie de le dire pour y croire un peu. Mais c'était faux. Pour seule réponse, elle se contenta d'un haussement d'épaules fatigué.

— Que s'est-il passé tout à l'heure ? demanda Enoc'h.

Les yeux de Julian quittèrent Énora à regret.

— Je l'ignore. Mais nous nous sommes touchés, j'en suis certain.

— Pourtant, ce n'est pas une légende, les Noirs Portraits meurent lorsqu'ils se connectent par la peau, il y a des témoignages et des études de ce phénomène dans les archives du Clos…

— Je crois que je sais.

Julian fit volte-face. Hank venait d'apparaître à leurs côtés. Le jeune roi lui lança un regard sombre, encore irrité par l'attitude du dieu dans l'arène du Clos, puis demanda :

— C'est-à-dire ?

— Charly, Iouna, Ravenn, appela Hank, cette conversation vous concerne aussi.

Les interpellés approchèrent, intrigués.

— Depuis que nous avons brisé la barrière qui me retenait en Rive, hier après-midi, la nature du lien qui connecte votre vie à celle de votre

Noir Portrait s'est modifiée. Je n'avais jamais vu cela auparavant, mais je crois que c'est pour cette raison que vous avez pu vous toucher sans…

— Vous vous êtes touchés ! s'exclama Charly. Ça signifie que…

— Que toi et Iouna pouvez peut-être faire de même.

À ces mots, un bonheur intense irradia dans la poitrine de Charly. Il se tourna vers Iouna.

— Il faudrait d'abord vérifier…, commença son frère.

Mais Charly se fichait des peut-être, il croyait en sa chance, il croyait en la beauté de ce monde, il croyait que le meilleur était à venir, toujours, et il y croyait si fort que l'univers répondait à ses vœux. Sans attendre, il tendit la main vers la femme qu'il aimait.

Iouna sourit, émue. Dans la pièce, les guerriers s'étaient tus, et si tous ne comprenaient pas ce qui était en train de se jouer, ils contemplaient cette main tendue, conscients de l'espoir infini qu'elle portait. Iouna la saisit sans hésiter. Pas un instant ils ne doutèrent, et c'est baignés de confiance qu'ils goûtèrent ce premier contact de leurs peaux. Doucement, Charly attira Iouna contre lui. Des effluves de chèvrefeuille l'enveloppèrent, accompagnés d'une senteur plus âpre. L'odeur d'Iouna. Il inspira de toutes ses forces, enfouissant son nez dans les cheveux blonds de la jeune fille. Elle rit, saisit son visage des deux mains, embrassa ses lèvres. Il se laissa faire, plus heureux qu'il ne l'avait jamais été. Des cris moqueurs et des sifflements retentirent autour d'eux, mais, perdu dans les yeux ambrés d'Iouna, Charly ne prit pas la peine de leur répondre, préférant continuer à l'embrasser.

— Ojaedd, lança la voix de la reine, fais sonner la fin des Heures Sombres ! Si le jour ne daigne pas encore nous offrir ses feux, ces deux-là nous ont restauré la lumière.

Lïam courait à toutes jambes dans les couloirs du château.

Furetant dans les passages secrets, il avait jeté un œil dans les appartements du roi Degan… qui n'y était plus. Il devait prévenir Ravenn, lui dire que son père avait échappé à la surveillance des gardes.

Pris d'un mauvais pressentiment, il força l'allure, descendit d'un bond une volée de marches, enfila un couloir, vira vers la salle des Armes.

Alors qu'il passait l'angle du mur, il aperçut la silhouette du roi dans le hall, épée à la main, la foulée assurée.

Le garçon cria.

Degan lui lança un regard infusé de folie, puis il leva sa lame d'une main et poussa la porte de la salle des Armes.

À bout de souffle, Lïam accéléra encore. Le couloir lui semblait s'allonger à mesure qu'il avançait. Il lui restait encore une quinzaine de mètres à parcourir lorsque le roi disparut à l'intérieur.

— Ravenn ! hurla le garçon.

Ses yeux s'emplirent de larmes irrépressibles.

Trop tard ! Il arrivait trop tard !

Entendant son nom, Ravenn se tourna vers la porte. Son père se tenait dans l'encadrement. Aucun obstacle ne se dressait entre eux. *Enfin*, pensa-t-elle. Avec un grognement rageur, il se précipita dans sa direction. Elle tira du fourreau sa fidèle rapière. L'attaque survenait si vite que personne n'avait pris conscience de ce qui se passait. Soudain, Énora recula, se plaçant dans la trajectoire du roi. Julian, Ravenn et Pelekaï crièrent au même instant pour la prévenir du danger. Mais Degan n'avait d'yeux que pour sa fille ; ce corps qui venait de surgir devant lui n'était qu'une ombre agaçante, une gêne à écarter. Il leva sa lame, la plongea dans le ventre de la jeune fille, l'en ressortit, puis poussa le corps d'Énora d'un coup d'épaule. Elle s'écroula.

— Non ! hurla Julian.

Épée à la main, il courut vers Degan. Ravenn fut plus rapide. Elle atteignit son père la première, et un bref combat s'engagea. D'un coup de plat sur le poignet, elle l'obligea à lâcher son arme qui tomba avec fracas sur le sol de granit. Désarmé, l'homme recula jusqu'à ce que son dos rencontre le mur. Ravenn le suivit pas à pas, le regard flamboyant.

— Élouane…, murmura-t-il.

— Père.

— Je l'ai fait pour toi… T'exiler… Pour ton bien…

Elle appliqua le tranchant de sa rapière sur le cou de Degan. Elle avait imaginé tant de fois cette scène que les mots tombèrent sans effort de ses lèvres.

— Vous ne me connaissez pas, père, murmura-t-elle durement. Si je suis Élouane, je suis aussi Ravenn.

Les yeux de Degan s'écarquillèrent. Puis une expression pitoyable s'y lova.

— C'est ta faute, souffla-t-il. Tu es revenue, je dois te tuer, tu m'y as obligé… Je t'aimais.

Ravenn se mit à trembler. Il était acculé, le fil de sa lame sous la gorge, et clamait encore qu'il devait la tuer. Le pire était peut-être qu'il pensait profondément ce qu'il venait de dire. Quelque part, dans l'esprit tordu de son père, se trouvait la certitude que lui envoyer assassin après assassin depuis des jours était légitime et qu'*elle* en était responsable. Et, quelque part dans son esprit tordu, il l'aimait. Il l'avait aimée. Une émotion venue du fond de l'enfance la submergea. Cet homme l'avait rejetée. Il l'avait forcée à fuir sa terre. Il l'avait condamnée à la solitude. Et aujourd'hui, il osait lui avouer qu'il l'aimait. Il prononçait enfin ces mots qu'elle aurait tant voulu entendre lorsqu'elle n'était qu'une gamine en admiration devant son père. Malgré son long exil, malgré la colère, malgré la rancœur, elle réalisa soudain que la raison profonde de son retour se trouvait précisément là. Elle était rentrée pour l'entendre dire « je t'aime ». Il ne lui offrait qu'un navrant « je t'aimais ».

Redressant le menton, elle retira sa lame et recula d'un pas. Son père était si troublé qu'il ne pensa pas à utiliser la magie pour se défendre.

— Arrêtez-le, dit-elle simplement.

Cinq gardes s'approchèrent en compagnie d'Enoc'h. Les yeux fixés sur sa fille, le roi Degan se laissa passer les fers sans résister. Alors qu'on l'entraînait hors de la salle, il eut un regard désemparé et ouvrit la bouche, implorant. Le son des cloches recouvrit ses paroles.

Agenouillé près d'Énora, Julian pressait la longue plaie ventrale pour arrêter l'hémorragie tandis que Luernios tentait de la ramener à la vie.

— Ne me laisse pas, l'exhorta-t-il, ne me laisse pas, pas toi ! Allez ! Reviens !

Ça ne pouvait pas se passer ainsi, pas aussi bêtement alors que tout était terminé, pas après ce qu'ils avaient traversé ensemble… Mais l'épée avait perforé ses viscères et tranché net trop d'artères. Bientôt, il ne fut plus possible de sentir le faible pouls d'Énora. Hank posa une main sur l'épaule de Julian. Celui-ci comprit. Tremblant, il se redressa. La colère familière embrasa son esprit. Il frappa Hank – un coup, puis un autre. Le dieu le laissa faire.

— Tu savais ce qui allait arriver, cria Julian, et tu n'as pas eu un seul geste pour l'empêcher !

— J'ignore comment les événements vont se produire, je sais simplement qu'ils surviendront.

Furieux, sourd au raisonnement du dieu, Julian continua de le frapper jusqu'à s'en faire mal. Soudain, Hank saisit ses poignets.

— Assez, gronda-t-il. Elle est morte, Julian. Les hommes meurent. C'est ainsi. Tu n'es pas responsable. Ni pour elle, ni pour ta mère, ni pour ton père. Aucun de tes actes n'aurait pu changer leurs sorts.

Julian le dévisagea, ravagé par la peine.

— Pourquoi ? souffla-t-il.

Hank lâcha les mains de son protégé.

— Parce que c'était leur heure.

Julian fit un pas en arrière. L'incrédulité, la douleur et la rage se disputaient ses traits, tandis que les larmes qu'il tentait de retenir noyaient le vert de son regard.

— Tu as eu des millénaires pour y réfléchir et tu n'as pas trouvé mieux ? cracha-t-il. C'est une réponse de merde, Hank !

— Je sais..., soupira le dieu.

Ils échangèrent un long regard silencieux.

— Veux-tu que je lui dise quelque chose en l'accueillant de l'autre côté ? lui proposa Hank.

Julian hésita, troublé. Il murmura :

— Dis-lui... dis-lui qu'elle va me manquer.

— Elle le sait déjà.

— Dis-lui quand même.

Le dieu acquiesça, puis disparut.

Julian s'agenouilla près du corps d'Énora. Longuement, il détailla chaque trait de son visage, passa tendrement une main dans ses mèches auburn. Puis il prit le pendentif dans sa poche, se leva, sortit de la salle des Armes et quitta le château.

Dehors, l'aube pointait. Quelques habitants passaient la tête par les fenêtres pour vérifier que les rues d'Astria étaient de nouveau sûres. Julian ne les salua pas. Enfermé dans sa douleur, il était incapable de parler, incapable de prendre en compte qui que ce soit en dehors de lui-même. Les gardes en faction à la porte intérieure qui ouvrait sur le quartier des temples reconnurent leur roi et s'écartèrent sans poser de questions. Julian traversa en diagonale l'immense esplanade, emprunta la ruelle menant au Temple du Fou, y entra. La clé de Luernios était suspendue au mur. Il s'en empara et s'engouffra par la petite porte du tombeau des Rois-Passeurs.

Découvrant l'incroyable enchevêtrement de verdure sous la haute verrière, il s'arrêta, saisi par la beauté sauvage des lieux. Puis il longea l'alignement des gisants jusqu'à la monumentale statue de Kanna. Avant d'ouvrir le socle pour récupérer le manuscrit, Julian s'assit au pied de la statue, face aux tombes de ceux qui l'avaient précédé sur le trône.

Ce ne fut qu'à cet instant, sans témoin, roi d'Ombre parmi les rois d'Ombre, qu'il s'autorisa à pleurer.

Épilogue

En ce premier jour de règne, Ravenn ne fut là pour personne. Elle s'accorda quelques heures de sommeil dans ses nouveaux appartements, puis se rendit à son bureau. Jana travaillait sur la fresque. Ravenn ne la dérangea pas et convoqua Ojaedd.

— Qui s'occupe des chasseurs de dragons ? demanda-t-elle au petit intendant lorsqu'il apparut.

— Lïam. Il fait visiter Astria à ceux qui l'ont demandé. Le Gris les ramènera tous chez eux cet après-midi.

— Bien.

Elle tira une chaise pour qu'il s'installe en face d'elle et s'assit derrière son bureau.

— Ma reine ?

— Assieds-toi. Nous devons mettre fin à trente années de guerre. Que sais-tu des raisons qui ont motivé mon père à mener la guerre contre Terrilis ?

— La politique et l'armée ne font pas partie de mes attributions, le général Rhun serait un interlocuteur plus pertinent…

— Que *sais*-tu ? répéta-t-elle d'un ton sans appel.

Il marqua un temps d'arrêt, les yeux au sol, semblant réfléchir. Finalement, il s'assit.

— Lorsqu'on est le voisin d'un royaume qui abrite la seule académie de magie au monde, on doit s'assurer de pouvoir se défendre.

— Que veux-tu dire ?

— As-tu déjà entendu parler des cristaux d'âme ?

— Les pierres qui déjouent les illusions ? Elles proviennent de Terrilis, n'est-ce pas ?

— En effet, approuva le petit intendant. Et les Terrilisiens refusent de les vendre, non seulement parce que leur valeur est inestimable, mais surtout parce qu'ils ont passé un accord pour assurer leur sécurité.

— Avec ?

— Qui est capable de s'opposer aux magiciens du Clos ? Et de qui la survie est-elle menacée si on déjoue leurs illusions ?

Ravenn sourit.

— Les magiciennes de Sav-Loar.

— De ce que j'en sais, elles font bon usage des cristaux d'âme, et protègent Terrilis des magiciens en retour.

Ravenn s'accorda quelques secondes de réflexion.

— Mon père et Orfaël ont attaqué Terrilis pendant vingt ans pour annexer au royaume les champs de cristaux d'âme, résuma-t-elle. Les magiciens ne pouvaient intervenir massivement de crainte de voir Sav-Loar décimer leurs rangs, ce qui explique l'importante durée de cette guerre.

— Ils étaient fatigués de ratisser la forêt des songes depuis des centaines d'années sans parvenir à trouver les magiciennes.

Ravenn se laissa aller contre le dossier de sa chaise.

— Orfaël voulait marcher sur Sav-Loar.

Ojaedd acquiesça en silence.

Durant quatre heures, ils discutèrent de leurs adversaires, des possibles modalités d'un armistice, des conditions d'un traité de paix, de leurs conséquences sur l'industrie et les finances du royaume. Ravenn rédigea une missive pour le roi voisin, et Ojaedd lui suggéra le nom d'un émissaire.

— Merci, dit-elle simplement à l'issue de cet entretien.

Il se leva pour prendre congé.

— Ojaedd, le retint-elle, connais-tu l'identité du maître espion de mon père ?

L'intendant la dévisagea longuement.

— Le roi Degan l'ignorait lui-même, lâcha-t-il. Il était trop imprévisible pour que l'espion se révèle à lui. Ce n'est pas votre cas et, si vous y tenez, ma reine, il se présentera sous peu.

— Pour sa propre sécurité, je préférerais éviter. Mais qu'il forme Lïam à son art. Le garçon sera notre agent de liaison.

Ojaedd acquiesça.

— Je transmettrai votre demande.

Et il sortit.

Les yeux fixés sur la porte close, Ravenn sourit.

— Elle est déjà transmise, n'est-ce pas ? murmura-t-elle.

Puis à son tour, elle quitta le bureau pour aller saluer les chasseurs de dragons avant leur départ.

Elle les trouva rassemblés dans la salle des Armes. Les guerriers avaient remis leurs fourrures pour affronter le rigoureux hiver austral. Une quarantaine d'entre eux avaient perdu la vie pendant la nuit, et leurs corps étaient alignés sur le sol. Ravenn marcha vers Kaltaj, leur chef de clan aux yeux de félin.

— Merci d'être venu. Je pleure vos morts, Kaltaj.

— Le sang et la vie, Croc de mon peuple. C'était notre dette, il n'y a pas à remercier.

Ils échangèrent un sourire grave.

— Toute dette est effacée, dit Ravenn.

Kaltaj hocha la tête.

— C'est une bien étrange bataille à laquelle tu nous as conviés, observa-t-il.

— Certains diraient la même chose de la chasse au dragon… Ici, les dragons sont simplement cachés dans le cœur des hommes.

Kaltaj eut un petit rire fataliste.

— Ici comme ailleurs, Ravenn, ici comme ailleurs…

Le Gris apparut près d'eux sans s'être annoncé.

— Bienvenue, Loup du temps, le salua Kaltaj.

Ravenn se rappela que, dans les croyances du clan, le temps était représenté comme un grand loup gris qui marchait dans le dos de chaque homme du jour de sa naissance jusqu'à celui de sa mort, où il le dévorait. Elle n'avait jamais fait le lien entre cette légende et le Gris. Hank hocha la tête en direction de Kaltaj.

— Rassemblez vos hommes. Je vous ramène chez vous.

Dès que ce fut fait, Lïam et Pelekaï embrassèrent leurs compatriotes.

— Vous êtes sûrs de vouloir rester ? leur demanda Ravenn une dernière fois.

Pelekaï ne prit pas la peine de répondre, mais se glissa un pas derrière elle, en position de garde du corps.

— C'est ici que je peux être moi, dit Lïam.

Et même si ses yeux brillèrent d'émotion, le garçon se rangea lui aussi sans hésitation près de Ravenn. Le Gris leva un bras.

— Hank ! l'arrêta-t-elle. Dès que tu les auras ramenés, nous serons quittes nous aussi. Ma marque s'effacera-t-elle ?

— Chaque homme porte ma marque, Ravenn, même si elle ne se voit pas. Souhaites-tu qu'elle s'efface ?

Elle réfléchit un instant. Cette marque était la trace d'une promesse tenue, celle de son retour. Si elle demeurait sur son épaule, elle lui rappellerait chaque jour pour quelles raisons elle était rentrée au royaume et ce qu'elle voulait accomplir sur ce trône.

— Non, j'aimerais la garder.

Le Gris sourit.

— Elle te rappellera que tu n'es pas immortelle et que tu dois te ménager dans les batailles au lieu de foncer tête baissée, si tu ne veux pas me revoir trop tôt.

— Cela aussi, oui, sourit-elle.

Le dieu dessina un cercle dans l'air. Les chasseurs de dragons et le Gris disparurent. De l'autre côté des fenêtres, le soleil poudré de la fin d'après-midi illuminait les toits, creusant les ombres des ruelles. Un instant, Ravenn imagina les habitants de Rive qui s'éveillaient de l'autre côté des limbes. Parmi eux, se trouvait Axel, son Noir Portrait, lié à elle jusqu'à la mort, mais qu'elle ne reverrait jamais. Axel, qui ignorait la mort d'Énora. Tant mieux. Ravenn aimait l'idée que quelqu'un, dans un monde ou dans l'autre, imagine encore la jeune fille vivante. Julian et Charly n'avaient pas cette chance. Elle non plus. Et elle le regrettait.

— Je serai dans mon bureau ce soir, annonça-t-elle. Qu'on ne me dérange pas.

Jana embrassa du regard l'ensemble de la fresque.

Tout le jour, elle avait peint, expérimentant autant à l'aide de ses pinceaux que par les procédés magiques qu'elle utilisait auparavant sans s'en rendre compte. Prendre conscience de ses pouvoirs lui ouvrait de nouveaux horizons, démultipliant les possibilités de son art. Devant elle, dans un camaïeu écarlate, des navires fantomatiques s'avançaient sur une mer de sang, des hommes s'affrontaient dans une guerre sauvage, Luernios dansait pour sauver Charly, des femmes faisaient l'amour dans des draps de satin, et des dizaines d'autres scènes encore – qu'elle était la seule à distinguer parmi les innombrables coups de pinceau – s'étalaient sur le mur. Pourtant, elle ne parvenait pas à achever cette fresque. Il manquait quelque chose.

Jana tourna la tête vers le bureau où travaillait Ravenn.

— Que vois-tu ? demanda-t-elle.

La reine leva brièvement les yeux.

— Toi.

— Ravenn !

— Oui ?

— La fresque. Que vois-tu sur la fresque ?

Cette fois, elle prit son temps avant de répondre. Dans la lumière déclinante du soir, ses yeux noirs parcoururent le mur comme s'ils le caressaient, puis se posèrent sur Jana. Elle frissonna.

— Un ventre, lâcha-t-elle enfin. Du désir. Toi.

Jana fut incapable de détourner le regard. Celui de Ravenn la déshabillait sans la moindre gêne. Elle sentit son ventre s'embraser, les lèvres de son sexe se gonflèrent de sang, avides d'être touchées. Ravenn se leva. Avec des gestes lents, Jana posa son pinceau sur le plancher et marcha vers l'estrade. Pas une fois le fil de leurs regards ne se brisa jusqu'à ce qu'elle s'immobilise devant Ravenn. Le souffle court, la bouche sèche, Jana dévisagea cette femme, qui était sa reine à bien des niveaux. Elle la voulait. Chaque fibre de son être vibrait de désir. Comprenant que Ravenn ne prendrait pas l'initiative, Jana posa une main sur sa joue, dessina du bout des doigts l'angle de sa mâchoire. L'embrassa. Une barrière céda en elle, balayant toute pudeur. Les mains de Ravenn s'aventurèrent dans son dos, explorèrent ses hanches, délacèrent sa robe maculée de peinture. Jana entraîna Ravenn vers la couche en la libérant de ses protections de cuir et de ses vêtements. Un instant, elle admira son corps fin et musclé. Puis Ravenn glissa une main entre ses cuisses, et elle cessa de penser. Elle était faim, lèvres, doigts, frémissements. Elle était cris, gémissements et souffle. Se rassasier du corps de l'autre, de son odeur, de la douceur de sa peau. La goûter à chaque angle. Enlacées, ondulantes, elles laissèrent la nuit les prendre dans une vague de plaisir.

Plus tard, un drap remonté sur leurs corps mêlés, elles s'assoupirent.

Jana se réveilla. La nuit était profonde. La tête de Ravenn reposait sur son épaule, paupières closes. Elle caressa doucement ses cheveux de feu, sentant son désir renaître. Pourtant, elle le repoussa. Des réflexions douces-amères s'enroulaient dans son esprit. Ravenn bougea.

— À quoi penses-tu ? demanda-t-elle à mi-voix.

— À ton mari.

Ravenn ouvrit les yeux, se redressa sur un coude. Dans l'obscurité, la peau plus claire de ses seins appelait les caresses.

— Tu sais qu'il n'y a rien entre Julian et moi, n'est-ce pas ?

— Qu'importe qu'il y ait quelque chose ou non, lâcha Jana. Aux yeux de tous, vous êtes le couple officiel, et je ne pourrai être que l'amante.

— Ce qui offre une liberté certaine.

Jana sourit, lucide quand Ravenn s'aveuglait.

— Je crois qu'en amour la liberté est le pire des poisons lorsqu'il porte la contrepartie du secret. C'est intenable. Toujours l'amour veut être connu, reconnu. S'il se noue dans l'intimité, il a besoin d'exister au regard des autres – pour moi, du moins, j'en ai besoin –, et le contraindre au silence des alcôves est un poison qui ronge les amants.

Ravenn médita un instant ses paroles.

— Je me fiche que notre amour soit connu de tous, dit-elle lentement. Tu connais mon opinion à propos de la morale des clergés. Elle n'est qu'un outil de gouvernance. Pour y échapper, il faut n'être rien ou être reine. J'ai été rien pendant près de dix ans. Aujourd'hui, je suis reine. Personne n'a le droit de discuter ma vie privée.

— C'est faux, et tu le sais. Tu es reine en effet, comme Julian est roi. Malgré votre accord de briser vos engagements l'un envers l'autre dès que possible, c'est un fait aux yeux du peuple. Ils ne supporteront pas de voir en leur roi un homme trahi, ni en leur reine un être volage et sans parole – car c'est ce qu'ils verront.

— Julian et moi ne nous sommes pas juré fidélité devant Izil, s'agaça Ravenn, j'ai fait retirer cette partie des sacrements.

Jana se serra brusquement contre elle, l'embrassa, saisit son visage entre ses mains.

— Arrête... Le peuple se contrefiche des serments que vous avez prononcés, vous êtes mariés, et ce mot-là porte un sens si puissant dans l'imaginaire populaire que tu ne peux le défaire. Tu te mens à toi-même en affirmant le contraire.

— Qu'essaies-tu de me dire ?

Jana hésita, puis d'une voix résolue elle annonça :

— Je ne serai pas l'amante contrainte au silence. Je refuse ce rôle.

Ravenn la dévisageait dans la nuit. L'air autour d'elles s'était comme froissé.

— Alors que fais-tu là ? demanda-t-elle après un moment.

— Je te dis au revoir.

— Tu pars ?

— Te souviens-tu de ce qu'a dit le Gris dans les limbes ? Que tu aurais besoin des magiciennes pour stabiliser le royaume ? Je vais aller à leur rencontre, comme me l'a proposé Bleue. J'ai besoin de trouver mes semblables, de comprendre quelle est ma place parmi elles. Si tu as une proposition de collaboration à leur faire, je la porterai.

Ravenn expira lentement.

— Tu reviendras ?

Une étrange détresse pointait dans sa voix. Le cœur de Jana se serra.

— Oui, je crois. Je… j'ai besoin de temps pour comprendre ce que je veux.

Ravenn ne fit pas de commentaire. Elles demeurèrent un instant silencieuses, étendues dans une tiédeur commune. Puis, incapable de résister, Jana se tourna vers Ravenn. Ses mains avides coururent sur sa peau de soie, entrouvrant une brèche de complicité dans leur mutisme. Leurs lèvres se trouvèrent pour ne plus se quitter. Incertaines face à l'avenir, elles firent l'amour avec une voracité à la mesure de leur tendresse.

On frappa à la porte. Julian se redressa sur son lit. Il s'était allongé sans parvenir à trouver le sommeil.

— Oui ?

— C'est moi, lança la voix de Charly.

Il entra. Immédiatement, son regard avisa la bouteille pleine d'un liquide ambré qui traînait près du lit.

— Je n'y ai pas touché, lâcha Julian.

— Pourquoi l'as-tu prise dans ta chambre ?

— Comme une possibilité.

Julian endura les reproches silencieux de son frère, qui s'allongea à ses côtés. La colère et la peine se disputaient l'esprit de Julian. Le souvenir d'Énora et de ce qu'ils auraient pu devenir le hantait sans répit. Lorsqu'il tourna la tête vers Charly, Julian s'aperçut que celui-ci souriait, les yeux perdus sur le plafond.

— Comment peux-tu encore sourire ? demanda-t-il d'un ton accusateur.

Charly le dévisagea. Il n'y avait ni pitié ni honte dans ce regard, juste un amour indestructible et une acceptation totale.

— Julian, dit-il avec douceur, j'ai trouvé une place dans le monde dont j'ai rêvé toute mon enfance, j'aime une femme qui m'aime assez pour se défroquer, et tu es là. Après près de vingt-cinq ans d'errance, je peux enfin regarder une ville en me disant que je suis chez moi et que je vais construire quelque chose qui ne s'écroulera pas dès que toi ou papa déciderez que l'heure du départ est venue. Je suis chez moi. Je refuse de bouder ma chance.

— Énora est morte, Charly ! Comment oses-tu parler de chance !

Les yeux de Charly brillèrent d'une émotion à fleur de peau qu'il peinait à contenir.

— Julian, s'il te plaît, tu es injuste… Je l'aimais, moi aussi. Pas comme toi, mais je l'aimais.

— Tu caches bien ta peine.

— Je ne la vis pas de la même manière que toi, c'est tout. Ne me reproche pas de sourire. C'est ma façon à moi de la pleurer.

Lessivé par les émotions qui se déchaînaient en lui, Julian acquiesça.

— Retourne près d'Iouna, dit-il. Je vais te contaminer avec ma noirceur.

— Non. Elle dort. Si tu veux bien, je vais rester ici un moment. Qui sait ? Peut-être est-ce moi qui vais te contaminer.

— Avec quoi ? Ton insupportable « Charlytude » ?

— Par exemple.

Le reflet d'un sourire joua sur les lèvres de Julian. Côte à côte, ils laissèrent dériver leurs pensées.

Soudain, Charly lança :

— Tu te rappelles, chez Hank, quand Énora est sortie à moitié à poil de la salle de bains ?

Julian secoua la tête, amusé.

Il se rappelait.

À l'aube, Jana quitta sans un bruit le bureau de Ravenn. Elle descendit aux écuries royales, sella un hongre alezan et se mit en route. Rabattant le capuchon de sa capeline sur sa tête, elle traversa au trot les baraquements des soldats.

Près de la Porte du Roi, Jana remarqua un large parchemin placardé sur les panneaux d'affichage officiels. Elle imposa le pas à sa monture et s'approcha, curieuse. Le texte commençait ainsi : « De nouveaux documents ont été retrouvés dans le tombeau des Rois-Passeurs. Après expertise, la communauté des Encrés d'Astria estime qu'ils établissent sans aucun doute possible l'enchaînement des événements ayant conduit Gwendal, dernier des Rois-Passeurs, à quitter le royaume pour s'installer en Rive. »

Elle lut attentivement la suite du parchemin. Il réhabilitait Gwendal – et avec lui l'ensemble de la lignée de Kanna –, mais il faisait aussi mention du Gris, expliquant que, si Gwendal n'était pas un traître, le dieu de la Mort ne pouvait plus être considéré comme tel. Jana sourit en imaginant les clergés d'Aa et d'Izil hurler au scandale lorsqu'ils découvriraient l'avis.

La signature de Rhett ornait le bas du parchemin. Elle passa brièvement ses doigts dessus, comme un au revoir, puis d'une impulsion du bassin, elle mena l'alezan vers la Porte du Roi et franchit les remparts.

Dans la ville extérieure, elle adopta un petit trot régulier. Bientôt, les maisons se raréfièrent, et elle s'engagea sur le flanc d'une colline. Arrivée au sommet, elle s'accorda une brève pause pour admirer l'incroyable silhouette de la ville qui l'avait vue grandir. Son regard suivit avec mélancolie l'enchevêtrement des passerelles et les tours éthérées des temples qu'accrochaient les premiers rayons du soleil. Il se perdit dans les ruelles tortueuses, parcourut les toits d'ardoise humides et les pierres sombres des remparts.

Ici, à Astria, elle avait eu la chance de développer ses talents grâce aux maîtres qui l'avaient formée, soutenue et encouragée des années durant. Ici, elle avait pu développer son art comme elle l'entendait. La peinture était son centre, son essentiel. Il en serait toujours ainsi.

Jana se tourna vers l'ouest, où se dessinait la frondaison de la forêt des Songes.

Là-bas, à Sav-Loar, elle trouverait ses sœurs, ses semblables. Là-bas, elle développerait des pans insoupçonnés de son potentiel. Sa peinture prendrait une autre dimension, qu'elle pressentait sans parvenir à l'atteindre.

Et, si elle savait déjà qui elle était, peut-être comprendrait-elle sur quelles courbes elle voulait tracer le reste de son chemin.

Hank marchait sur une route du royaume. Les pans de son long manteau gris dansaient autour de ses pas, caressant les herbes folles balayées par le vent. Il atteignit l'à-pic d'une falaise et, s'arrêtant, admira le ciel pommelé et les remous torturés de l'eau, drapés d'or et de rose sous les feux du jour nouveau.

Plus loin sur la lande, se dressait une cabane en ruine, ancienne bergerie à demi écroulée, dont les tuiles avaient déserté le toit depuis longtemps. Hank s'y rendit. Il posa une main sur les pierres rongées de lichen. Ici, des siècles plus tôt, avait vécu Mordenn, la mère de sa fille Lei'lith, après qu'il lui avait permis de quitter les limbes. Elle avait donné naissance entre ces murs au premier des Passeurs. Et de l'autre côté, en Rive, se dressait la maison de Lucie.

Deux femmes, deux amours, deux chagrins, un seul lieu où enfouir sa mémoire.

Parfait hasard ? Le Gris sourit à cette pensée. Il ne croyait plus au hasard ni aux coïncidences depuis l'enfance du monde. Pas plus qu'aux erreurs d'ailleurs, chaque événement ayant sa raison d'être. Quatre cents ans plus tôt, il avait fait l'*erreur* d'accorder une nouvelle existence à Mordenn, et cette *erreur* avait engendré une lignée de rois puissants qui avaient aidé le royaume à prospérer comme aucun avant eux. Les regrets n'avaient pas lieu d'être.

Aujourd'hui, la dernière des Passeuses s'était éteinte. Le Gris savait que, si ce pan de l'histoire des hommes se refermait, un autre cycle s'ouvrait, encore indiscernable et pourtant déjà vivace. Restait à découvrir sa nature. Hank huma l'air, heureux de sentir l'inimitable parfum de mystère qui enrobe les transitions.

Après tout, pour un dieu millénaire luttant contre l'ennui, chaque changement est une curiosité délectable.

Merci

Maman / Famille / Stéphane / Hania / Sam / Adrien / Julie / Barge Team / Sandman / Alain //

Aubin
IMPRIMEUR

Achevé d'imprimer en mars 2015
N° d'impression 1502.0119
Dépôt légal, avril 2015
Imprimé en France
35294829-1